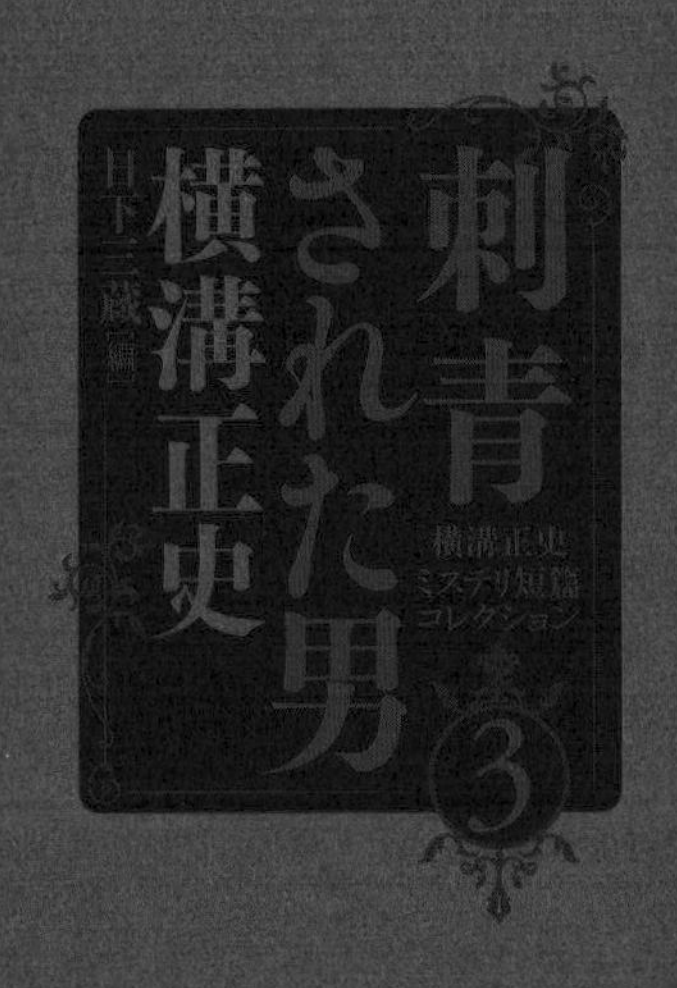
刺青された男
横溝正史
日下三蔵 編
横溝正史ミステリ短篇コレクション
3

目次

横溝正史ミステリ短篇コレクション 3

刺青された男

神楽太夫（かぐらだゆう）

一

私はいい加減に茸（きのこ）探しを諦（あきら）めると、山の平地へ出てごろりとそこに寝転んだ。小父（おじ）さんには少し義理が悪いような気がしたが、抑（そもそ）も自分のような初歩の者に、盛りの頃ならば兎（と）も角（かく）、こう季節遅れになっての茸狩りは無理であると勝手にそう理窟をつけると、急に気が楽になった。

静かなものである。聞えるものといっては小鳥の声だけ。入交（いりまじ）った赤松の枝の間から青い空が見える。暖かそうな雲が浮いている。その雲の緩（のろ）い動きを見ていると、私は何（な）んだか体が宙に浮いていくような感じを覚えた。俳句でも作ってみようか。――そう考えてしばらく頭をひねってみたが、一句も纏（まと）まらないうちに私は急に煙草（タバコ）が喫（の）みたくなった。起直（おきなお）って腰を探って莨（タバコ）入れを取出したのはよいが、そこでふと私は燐寸（マッチ）を持って来なかった事に気がついた。この頃は燐寸も煙草も不自由なので、今日も煙草は持参したものゝ、燐寸の方は小父さんを当てにして、わざと持って来なかったのである。

煙草というものは思い出すと耐（たま）らなくなるものである。私は腰を浮かして足下に落ちこんでいる谷を見廻したが、小父さんの姿はどこにも見えない。さっき迄（まで）がさがさ草を分ける音がしていたのにそれも聞えない。赤松に覆われた山も谷もしいんとして、人の気配はさらになかった。私は急に心細くなった。

その朝私はだしぬけに、茸狩りに御案内しましょうと小父さんに誘われたのである。小父さんというのは近くの町で郵便局の局長をしている人である。私とは親戚続きになっているそうだが、最近までは会ったことは勿論名前も知らなかったのを、岡山へ疎開して来てからはなにかと世話になっている。元来が世話好きな人らしく、野菜の苗を持って来てくれたり、釣瓶を貸してくれたりする。

　私は茸狩りに興味はなかったが、山を歩くのは好きだから、誘われると一も二もなく腰に籠をぶら提げて飛出した。みちみち小父さんはこんな事をいう。縄を張って入山料をとるような山は嫌いだ、金を吝むのではないが、そういう山では採れるに極まっているから面白くない。何んの猟でもそうだが無闇に猟れては詰まらない。探して探して探しまわった揚句、重なり合った落葉の下から、ひっそり頭をもたげた茸を見付けた時の嬉しさ。——

　そんな話をしながら小父さんはいかにも心弾むようにぐん〳〵足を運ぶのである。私はそれに歩調を合せるのと、話に相槌を打つのが精一杯で、途中の景色もろくに眼に入らなかった。今考えてみてもどこをどう歩いたか憶えていない。何んでも山を二つ三つ越えて来たことは憶えているが。……私は急に不安になって、五六歩赤松の間を駈登ると、半丁ほど向うに白い煙が一筋立っているのが見えた。何んだ、あんなところにいたのかと、私はいくらか安心して、山の傾斜を横這いにやっとその場へ辿りついたが、そこで思わずぎょっと立ち竦んでしまったのである。

　先ず第一に私を驚かしたのはそのあたりの地形である。そこは人工的に切拓いた五十坪ほどの台地になっているが、一方は斧で削り落したような嶮しい崖となって、いま私が辿って来た谷の行手を塞いでおり、一方は何百噸とありそうな巨石が累々と積重なって、目のとゞく限り空高く続いている。その石の一つ一つはゆうに自動車ぐらいの大きさはあり、それが巧みに平衡を保って累々と重なり合い、盛合っているところは目を驚かすに足る奇観であった。ところでこの巨石の崖の麓だが、五十坪くらいの台地のおくに八畳敷きくらいの洞があって、洞の奥の岩を刳った龕には小さい仏像が安置してあった。しかもその洞の左の奥にも、更に広い空隙があって、そこには板の床が張ってある。何んのことはない、草双紙の挿絵や芝居の舞台に出て来る山賊の岩窟そっくりだった。

ところでもう一つ私が驚いたのは、そこで焚火をしているのが小父さんでなく、見識らぬ男だったことである。しかもその男の様子というのが甚だ薄気味が悪い。木綿の袷を尻端折りにして、股引きに脚絆を巻き地下足袋を穿いている。古い鳥打帽をかぶって蝙蝠傘の柄に風呂敷包みを結びつけている。そういう風態からして明治時代の探偵小説の挿絵みたいに見えるのに、もじゃもじゃと山賊のように髯を生やして、しかも妙に眼付きが鋭いと来ている。場所が場所だけに私は身内の竦むような思いがした。

男はジロジロ焚火の向うから私を見ている。まさか私も逃出すわけにはいかないので、逆に思い切って焚火のほうへ近附いていった。

「済みません、火を貸して下さい」

男は無言のまゝ焚火の中から粗朶を一本撰り出してのぞけてくれた。そして私の腰に提げている籠に眼をつけながら茸引きかと訊いた。この辺では茸を引くというのである。私が頷くと少しは引けたかと訊く。私は答える代りにお義理に引いた二三本の雑茸を見せようと、籠を出してみせると、その雑茸もさっき滑った時に落したと見えて、籠の中は空っぽだった。私が苦笑すると男も皓い歯を出して笑った。

その笑顔に妙に人懐っこいところがあったので、私もその場に腰を落して小父さんの事を聞いてみた。男は黙って首を横に振る。そこで今度はそこの仏様のことを訊ねると、これは薬師様であると教えてくれた。昔は相当流行ったもので、眼の不自由な者がよくお籠りをした。左手にある岩窟がお籠堂であるが、支那事変以来しだいにすたれて、とうとうこんなざまになってしまった。――

そんな話をしながら男はしきりに焚火の中を掻き廻している。かれはその焚火の中に薩摩薯を放りこんでいるのである。薯の焼けるよい匂いが私の空腹を刺戟して、腹がぐうぐう鳴るのには私も弱った。

男はそれに気がついているのかいないのか、焚火をつゝきながら、おりおりじろッじろッと上眼使いに私を見る。その眼附きがまた私を不安にしたのと、これから薯を食おうとしているのに、邪魔をしても悪かろうと思ったので、私が腰をあげかけると、突然かれがこんな事をいって私を驚かした。

「あなたは若しや桜に疎開して来ている探偵小説家のY――さんじゃありませんか」

私は驚いてかれの顔を見直した。するとかれは弁解するようにこんなことをいった。私は二三日この向うの久代村の親戚に泊っていた。そこへ遊びに来る者にあなたの親戚の人がある。私はその人からあなたの噂を聞いた。さっきからお話していると、この土地の者ではなし、言葉は東京である。それに右手の中指に筆胼胝がある。てっきり物を書く人だと思ったから訊いてみた。と、そういいながら男は焚火の中から大きな薩摩薯を取出すと、

「どうです、一つ食べませんか」

いまの言葉でいくらか警戒を解いた私は、奨められるまゝに薯を貰ったが、しかしこの男何者だろうと肚の中で考える。こちらの名前まで当てながら自らは名乗ろうともしない。服装や言葉から私を疎開者と睨むのは何んでもないが、筆胼胝に眼を附けるとは恐入った。

しばらく私達は無言のまゝ薯を食っていたが、やがて又かれは妙なことを訊ねた。

「あなたはこっちへ来てから神楽を見ましたか」

妙なことを聞くと思ったが、ちょうど一週間ほど前がお祭で、しかも今年は私のいる桜部落が神楽の当番に当っていたので、私も小屋掛けから神楽太夫の世話万端、いくらか手伝いもしたのである。私は七人の神楽太夫に対する一日のお礼が四百円である事も、その人たちに饗応する一日の食料が一人あたり米一升ということも知っていた。金は兎も角一日一升の振舞いは羨ましいと、そんな話をすると、相手はしかし米より金に感心したらしく、

「四百円？　へえ？　えらいもんですな」

と、しきりに小首をかしげていたが、また、マツ

ノオさんはどうであった。王子割りはやったかと重ねて聞いた。

　マツノオとはどんな字を書くか知らないが、これが神楽中での人気者らしく、おどけた面をかぶって登場すると、見物はわっと囃し立てた。マツノオさんとは酒造りの神だそうである。スサノオノ尊に退治されるヤマタの大蛇に飲ませる酒を造るのがマツノオさんで、酒造りにかゝるまえにおどけた身振りや唄や漫談で見物を笑わせる事になっているらしい。私の見たマツノオさんはエノケンのような塩辛声を振絞り、石田一松のような時事小唄と金語楼のような漫談で見物を喜ばせた。

　王子割りとはオオクニヌシノ命が四人の王子に国を分配するところで、太郎次郎三郎四郎の四人の王子は、角力の四本柱みたいに舞台の四隅に陣取っていて、口角泡を飛ばして自己の権利を主張して譲らない。たゞこれだけの事なのだが、これが見物に受けるのは、王子たちの応酬に、本筋の台詞以外の楽屋落ちやスッパ抜きが飛び出して、しまいには神楽か本当の喧嘩か分らなくなるからである。

「あの王子割りでは時々本当の喧嘩になる事があるんです。ずっと前のことですが、やっぱりこの王子割りから喧嘩になって、とうとう血腥い人殺しまで起りました。殺されたのは四郎王子で、しかも死骸が見つかったのは、このお薬師様のまえ、ほら、その辺でしたよ」

　かれはそういって燃えさしの粗朶で私の右手を指さした。

「どうです。その話をしましょうか。ああ、薯が焼けたようです。もう一つおあがりなさい」

　皮についている火の粉をはたき落して、彼はまた大きな薯を私にくれた。私はその薯を食いながら、彼の話に耳を傾けたのである。……

　前の晩岡田の神楽を目出度く舞い納めた神楽太夫の一行七名は、その朝早く村の宿をたって麦草の祭に向った。

　岡田から麦草まで山越しで六里。麦草の神楽をその夜の十二時までに舞い納めると、憩う間もなくすぐその足で、更に二里向うの宇戸谷(うとだに)へ駆付けて、そこでまた夜を徹しての神楽を舞わなければならないのである。

毎年秋のその季節になると、神楽太夫は眼の廻る急(いそ)がしさだった。毎日どこかの村で祭があった。どうかすると同じ日に二ケ村の祭がかち合う事も珍しくなく、あちこちからの引っ張り凧(だこ)で、二里三里離れた村を掛持ちする事も珍しくなかった。

神楽そのものが相当激しい労働である上に、この掛持ちがひどいから、体の弱いものには勤まらない仕事である。しかし神楽太夫といっても、年中神楽をもって生業としているわけではなく、ふだんは郷里の村でほかの百姓と同じように農耕に従事しているのである。それが祭の秋になると揉烏帽子(もみえぼし)に紋附(もんつ)きの羽織袴(はおりはかま)と容(かたち)を改め、神楽太夫に早変りするのだから、健康と健脚とは一般の百姓と少しも変りはない。

さて岡田を早立ちした神楽太夫の一行七名は、がや〱話しながら山越しの道を麦草へと向った。麦草の神楽は三時からだから、そう急ぐ必要もなく、七人の神楽太夫は揉烏帽子に羽織袴という、誰が見てもそれとわかる扮装(いでたち)で、至極(しごく)のんびりと山路を辿っていた。

ところが途中の新本(しんぼん)を過ぎて間もなくの事である。彼等はふと一行の中に二人欠けている事に気づいた。はじめのうちは道草喰っているのだろうと、別に気にも止めなかったが、いつ迄たってもその二人が追(おい)着(つ)いて来ないので、五人の太夫もしだいに不安になって来た。

彼らの不安を感じたには理由があって、遅れた二人というのが王子割りの三郎王子と四郎王子だったからである。この二人は従兄弟(いとこ)同志で、七人の中(うち)でかけ離れて年が若く、どちらも二十三四の屈強の若者であった。ところが今年の巡業がはじまってから、どういうわけか二人の折合いが面白くなかった。何かにつけて角目立(つのめだ)った。それについてほかの太夫ははじめこんなふうに考えていたのである。

一体この辺の神楽は至って簡単なもので、素人(しろうと)でも少し稽古をすれば出来そうだが、中には相当修業を要する役もある。先ずオオクニヌシノ命にスサノオの尊だが、これは貫禄のいる役なので、どの組でも座頭というべき年長の太夫が勤めることになっている。

それからマツノオさんだが、これはよく喋舌り、よく唄い、かつよく踊らねばならない。一番芸らしい芸を要する役で神楽の組の良否はマツノオさんできまるといわれる。それだけにこのマツノオさんが組の実権を握っている場合が多いのである。

それについでヤマタノ大蛇とタケミナカタノ神の二役だが、これは激しい動きを長時間にわたって見せなければならない。逆立ちをしたりとんぼ返りを続けさまに打ったり、長い髪を振ったり、一種の曲芸であるから、体力のある若者で、しかも身体の軽い者でないと勤まらない。王子割りで三郎と四郎の王子を勤める二人の太夫は、この二役を一つずつ受け持っているのだが、彼らは日頃から特に身体の軽いことを自慢にしている者だから、自然はげしい競争意識があって、そういうところから啀合うのであろうと、はじめのうち五人の太夫は、そう簡単に考えていた。

ところが昨夜の王子割りで、かれらは初めて二人の啀合いに、もっと深い原因があることを知った。昨夜の王子割りでも例によって楽屋落ちやスッパ抜きが飛出したが、三郎と四郎の二王子はしだいに熱して来て、しまいには夜這いだの間男だのという露骨な言葉迄飛出す始末で、はては本物の摑合いに終ったのである。

何も知らぬ見物はかれらが露骨になればなるほど喜んだが、五人の太夫はそれではじめてはたと思い当るところがあった。夜這いだの間男だのという言葉の対象になる女をかれらは知っていた。それは廃疾者の亭主をもった若い村の女房で、二人の太夫が日頃からその女房に親切である事は、前から村の噂にのぼっていた。

それが昨夜の王子割りで持出されたのである。二人はその女を中心に激しい鞘当てを演じているらしく、しかもどうやら四郎王子が、そのお主婦さんと出来あっているらしい事が、昨夜の啀合いではじめてわかった。

五人の太夫は眉を顰めた。もっとも田舎ではこういう問題はかなりルーズに扱われるが、困ることはこういう恋の遺恨があるとすれば、これから先折合う見込みはない。いつそれが爆発して、神楽に差支えるような事がないとも限らぬ。――一同はそれを心配したのである。

こういう懸念のある矢先きだから、五人の太夫もしだいに不安が昂じて来た。そこでマツノオさんと太郎王子が引返して、二人の行方を探すことになった。ほかの三人はぶらぶら先へ行くことになった。

こんなことから麦草へは午前に着く筈になっていたのが、正午にはまだ半路も来ていなかった。仕方がないので三人が、路傍で弁当を使うことにして、岡田で詰めてくれた割籠を開いているところへ、マツノオさんと太郎王子が、汗を拭き拭き引返して来た。二人とも太夫たちを発見する事が出来なかったのである。

五人の者はいよ〳〵当惑したが、これ以上待つわけにはいかなかった。行先は分っているのだから、いずれ駆付けて来るだろうと、かれらは先を急ぐことにした。

しかしとうとうその晩二人の若者は麦草へ姿を見せなかった。かれらの役はマツノオさんたちが代ってどうやらお茶を濁した。宇戸谷でもやはりマツノオさんが大奮闘した。こうして宇戸谷の神楽を夜明頃迄に無事に舞納めた五人の太夫は、村の宿へ案内されて、午過ぎまで前後不覚に眠ったが、二時頃になって村のお巡りさんに叩き起された。そして四郎王子の殺された事をはじめて聞かされたのである。

二

「四郎王子の死体が転がっていたのは、いまあなたの坐っていらっしゃるすぐ右後のあたりで、これを見附けたのは茸引きに来た新本の百姓の婆さんでした」

もっともそれが四郎王子とわかったのは、宇戸谷から神楽太夫の一行が駆付けて来てからのことで、それまでは揉烏帽子と羽織袴から、神楽太夫のひとりとは分っても、果してその中の誰とは分らなかった。

　死体が発見された前々夜、神楽のあった岡田からも、祭の世話役が二三人駆け付けて来たが、彼等にもその死体が誰であるかはっきりしなかった。からだつきや年恰好から、三郎王子か四郎王子のどちらかだろうといったが、さて、そのうちのどちらか、はっきり云うことは出来なかった。

　それというのがその死体には顔がなかったのである！

　いや、かつて顔のあった部分は残っているが、言語に絶した無残さで、眼も鼻も口も耳もひんむかれて、そこに残っているのは、ぶち割られた西瓜の中味みたいな、赤いどろどろした肉の塊に過ぎなかった。それはもう相恰の識別のつけようもない、ぞっとするほど恐ろしい、血だらけののっぺらぼうであった。

　それにしてもどうしてこんな無残なことになったのか、その理由はすぐわかった。死体は薬師まえの台地で発見されたが、実際に犯行のあったのはそこではなく、そこから十数丈上の崖の草叢の中であった。そこには明かに格闘したらしい跡があり、又、血にまみれた石ころも草の中から探し出された。この石ころの角は、死体の後頭部にある、恐らくそれが致命傷であろうと思われる傷口ともぴったり一致した。そこでこういう事になる。

　その草叢の格闘で、一人が石ころをもって相手の頭を叩き割った。そして死体を崖から投落したのである。投落された死体はあの累々たる巨石の上を、跳ねっ返り転々し、滑りつゝ台地まで落ちて来るうちに、完全に顔の皮をひんむかれ柘榴のように肉がはじけてしまったのである。その証拠は巨石のいたるところに残っていたし、死体の凄まじい骨折や破壊もそれを示していた。

　さて、話が少し先走ったが、これをもう一度もとへ戻すと、死体が発見されたのは朝の八時頃のことであった。そこでこの事がすぐに新本の駐在所へ報告されたが、新本では前々夜神楽を奉納した縁故があるので、すぐこの由を岡田へ報らせた。そして岡田の世話役から神楽太夫の行先を聞いて、すぐに宇戸谷へ電話で手配した。そこで宇戸谷のお巡りさんがお昼の二時ごろ神楽太夫の寝込みを押えた。当時の田舎としてはこの手配りは賞讃に価する敏速さであった。

神楽太夫の一行はお巡りさんに附添われ、すぐ宇戸谷をたったが、彼らが新本の駐在所へ着いたのは夜の七時頃のことであった。その時分には総社の警察から係官も駆付けていて、綿密な現場の検屍も終り、屍体は新本の駐在所へ運びこまれていた。

そこで五人の神楽太夫がおそる〳〵屍体を調べたが、前にいったような理由から、屍体そのものからは三郎四郎のいずれとも、判断を下すことは難しかった。しかし着衣や揉烏帽子から、それが四郎王子である事に意見が一致したのである。と、同時に三郎四郎両王子の軋轢、ならびに昨日麦草への途中、二人がはぐれてしまった事情まで判明したので、今はもう疑いの余地はなかった。犯人は三郎王子であるというので、五人の神楽太夫から得た人相書によって、県下は申すに及ばず隣県各地まで、三郎王子探索の手配りがされたのがその夜の十一時。

交通不便な田舎の、しかも当時としては、これ以上は望めないほど、それは敏速な手配であったが、しかし一方これを事件そのものから考えると、この手配りがかなり遅れていたことは否めない。殺人の行われたのは前日の午前中であるから、かりにこれを正午としても、翌日の夜の十一時迄には三十五六時間が経過しているのである。それだけあれば犯人が高跳びするには十分である。

だがそれにも拘らず、警察当局がかれらの手配に希望を持っていたのは、三郎王子の服装である。揉烏帽子に羽織袴という扮装はどこへ行っても目立ち易い。かりに烏帽子は隠し袴は脱ぐとしても、紋附きはどうすることも出来まい。五人の神楽太夫の話によると、三郎王子は極くわずかの煙草銭しか持っていなかったという事であるから、着更えを購めるなど思いもよらぬ事なのである。

　しかし、それにも拘らず翌日の昼頃までには三郎王子の消息は杳としてわからなかった。誰一人そういう風態を見たというような情報は入らなかった。そしてそこへ三郎四郎両王子の父親が郷里の村から駆付けて来た。

　前にもいった通り三郎王子と四郎王子は従兄弟同志であるから、駆付けて来た二人の父親は兄弟であった。この二人も口を揃えて、屍体の着衣や揉烏帽子を四郎王子のものであると断定した。ところがその時である。昨日から熱心にこの事件の捜査に当っていた若い警部補が、ふと横から口を出した。

「着衣ばかりではなく、死体そのものをもっとよく見てくれ。ひょっとするとそれは三郎王子ではないかね」

　それを聞くと側にいあわせた彼の上役も二人の父親も、妙な顔をしたが、それでも父親たちは改めて死体を叮嚀に調べた。しかし、その結果はやっぱり分りかねるということであった。三郎四郎の二人は従兄弟同志であるから、顔はそれほどでないとしても、体つきは非常によく似ていた。背恰好から肉附き、肌の色までびっくりするほどよく似ていて、後姿を見たゞけではよく取りちがえる事があったという。

「しかし、どこかに何か目印があろう。三郎でも四郎でもいゝんだ。黒子だとか痣だとか、――それに二十三四にもなったら傷跡の一つぐらいある筈だ」

　そういわれて三郎王子の父親が思い出したのは、彼の息子は小さい時に怪我をして、その傷跡が右の脛小僧に残っていたというのである。それを聞くと若い警部補は、屍体に跳びついて右の脛小僧を改めたが、すぐチェッと忌々しそうに舌打ちした。そこは肉がはがれてがっくりと大きな口が開いているのである。傷があったにしてもなかったにしても、これでは分りようがなかった。

　しかし若い警部補はこれでもまだ断念しなかった。

彼は暫く考えていたが、やがて思い切ったように上役の警部に向って、三郎と四郎が張合っていた若いお主婦さんを呼ぶわけにはいくまいかと云った。

「どうしたんだい。君は屍体の身許に疑問があるというのかい」

「そういうわけじゃありませんが、念には念を入れよで、はっきりさせておきたいんです」

上役にも格別の異存があるわけではなかったので、すぐ若い女房が呼び寄せられた。

なるほどその女は二人が張合っていただけあって、一寸渋皮のむけた器量であったが、はじめのうちは外聞を憚ってなか〱本当のことをいわなかった。しかし若い警部補が脅したり賺したり、根気よく問い詰めているうちに、とうとう彼女も隠し切れなくなって本当のことを打明けたが、それは一寸意外な事実であった。彼女が関係していたのは四郎王子ではなく三郎王子のほうであった。

「そして……」

と、彼女が顔を赧らめ口籠りながらいうのに、

「旅へ出る少しまえの事でした。あの人が、遊びに来まして……その時ちょっと悪ふざけが過ぎて、わたしあの人の右腕にかぶりついて……えゝ、旅へ出る時もその跡がくろずんだ紫色に残っておりました」

警部補はそれを聞くと、また屍体に跳びついたが、今度は彼も勝誇ったように勝利の叫びをあげたのである。屍体の右腕には、極くかすかながら、紫色の歯型が残っていた。その死体は四郎王子ではなく三郎王子であったのである。

三

「なるほど……」

そこまで聞くと私は一寸微笑んだ。

「それは顔のない屍体ですね」

「え？」

語り手は怪訝そうな眼で私の顔を見直す。

「いえね。探偵小説にはよくそういうトリックが出て来るのです。つまり人を殺しておいて、その相恰

を分らなくして、それに自分の着物を着せておくとか、持物を持たせておくとか……そうして被害者を自分であるように見せておく。つまり自分は死んだものになって捜査の眼をくらますわけです。ところが近頃では読者の方でも眼がこえて来て、探偵小説で被害者の顔が分らないというような事件があると、すぐははあ、これは犯人と被害者とが入れかわっているなと気がついてしまうんです。われわれの仲間ではこれを『顔のない屍体』と称んでいますよ」

　私が得意になってまくし立てると、相手は感心したように頷いて、

「なるほど、するとその警部補も、探偵小説の読者だったのかも知れませんね。尤もかれがその時上役にいった言葉によると、屍体の着物の着こなしに妙なところがあったそうで、どうも誰かゞ屍体になった後から着せたように思われる。……そういうところから思いついたといってましたが、これは探偵小説を読んでいて、そういう予備知識があったところへ、着物の着こなしに気がついたから、そこでピンと来たのかも知れませんね」

「すると探偵小説も満更無用の長物じゃありませんね」

　私がいよ〱得意になると、語り手はにやりと薄い微笑を洩らした。

「そうです、そうです。それで若い警部補は大いに面目をほどこしたんですからね。しかし、大分時間が長くなったようですから、後は出来るだけ簡単にお話しましょう。そういうわけで被害者が三郎王子とわかったものだから、今度はまた改めて四郎王子捜索の手配をする事になりました。ところが三郎にしろ四郎にしろ、服装は似たり寄ったりのものです。揉烏帽子に紋附の羽織袴——そういう姿で逃げのびられる筈はないのです。にも拘らず、依然としてその消息が分らない。そこでまた探偵小説好きの警部補がこんな智慧を出しました。四郎はどこかで着物をかえたに違いない。しかしかれもやっぱり煙草銭くらいしか金を持っていなかったという事だから、着更えの着物は買ったのではなく盗んだのだ。しか

し盗んだとすれば盗まれた者があるに違いなく、盗まれゝば届出がある筈だ。ところがそれがないところを見ると、盗まれても届け出る事の出来ない人物、案山子みたいな奴――案山子――案山子――案山子――と、そこまで考えて警部補ははたと膝を打ちました。今と違ってその当時は、それほど衣料には困っていないから、案山子でも相当の着物を着ている奴がある。むろんボロですが犯人にとっちゃボロでもいゝ。裸でさえなければいいわけですから。――そこで現場附近の案山子を調べると……」

「ありましたか。裸にされた案山子が？」

「ありました。山の黍畑に二つ……一つは襯衣と半ズボンを盗まれ、一つは破れ帽子とやっぱり襯衣を盗まれているんです」

「大手柄ですね。警部補さん。なるほど案山子とはよい思いつきだ。犯人は案山子の着物に着更えて逃げたんですね。で、捕まりましたか犯人は――？」

「それがねえ。それで犯人が捕まればあなたの仰有るように大手柄なんですが、それでもやっぱり四郎王子の行方が分らないんです」

「……？」

「一月経っても二月経っても分らない。むろん、郷里の彼の家も刑事が張っていますが何んの音沙汰もない。懐中に持っている金額からいっても、そう長く隠れていられる筈はなし、といって親戚知人の家へ立ち寄った形跡もない。で、結局、どこかの淵川へ人知れず身投げでもしたのだろうという事になっていると、またこゝに妙なことが起ったのです」

「妙なことゝいうと……？」

「年も改まった二月のことでした。新でいえば二月ですが、旧でいえば正月です。その正月に殺された三郎王子の妹が岡山の親戚へ遊びにいったところが、ある古着屋に三郎王子の紋附が下っているのを発見したんです。三郎の着物は四郎が着て逃げたわけですから、さあ、そこで又騒ぎが蒸し返されました。警察の者が調べたところが、その紋附は去年の暮れに買入れた事が帳簿によって分りました。しかし売払った男の人柄がどうしても分らない。何しろ年末の古着屋としては一番急がしい最中だからどうしても思い出せないというんです。帳簿にはむろん売った男の名前も載っていますが、こんなものは当てになりません。しかし、これで去年の暮まで四郎王子が生きていた事が分り、しかも岡山附近をうろついているという事も判明しました。そこでまた〳〵捜索が蒸し返されたのですが、今度もまた駄目で……」

「すると四郎王子は結局捕まらなかったのですか」

「そうです、捕まりはしませんでした。しかし見附かったことは見附かったのですよ」

私には謎(なぞ)のような言葉の意味がよく分らなかったので、黙って相手の顔を見ていると、語り手は薄い微笑を洩(も)らして話をつゞけた。

「しかもそれが警察の力ではなく偶然の事から見附かったのですよ、それは事件があってから丸一年たったやっぱり秋のことです。去年三郎と四郎が格闘を演じた草叢の附近へ茸引きに来た一人の男が、叢の中からニューッと二本の脚の骨が出ているのを見つけたんです。その少しまえに大嵐がありましたから、その時崖崩れがあって、埋めてあった死体が出て来たんですね。それでまた大騒ぎになって死体を掘り出したところが、肉はもちろん腐ってましたが、身の丈骨格から云って、これが四郎王子ではないかという事になったんです。しかもこの四郎王子、明かに他殺の証拠は、頭蓋骨(ずがいこつ)がくしゃ〳〵に割れて……。しかも裸で埋めてあったらしく衣類らしいものは一つもないんです」

「へへえ、すると四郎王子も殺されていたんですか」

私は思わず唾(つば)をのんだ。語り手はまたにやりと薄い微笑を洩らした。

「そうなんです。四郎もやっぱり三郎と同じ時に殺されたんです。犯人――？　えゝ、その犯人はすぐ分りましたよ。四郎が殺されていたという事が評判になってから間もなくあのマツノオさんが気が変になって、妙なことを口走り出したんです。で、早速、そいつを引っ張って調べたんですが、それで何もかも分りましたよ。あの時マツノオさんは二人を探して来るといって引返しましたね。太郎王子もそれについて行きましたが、二人は始終一緒じゃなかったんです。途中で別れて別々に探しにいったんです。それで、マツノオさんが一人で山の中へ探しに入ると、あの崖のうえで二人が争っている。そこで近寄って仲裁するような風をして、とうとう二人とも石で殴り殺してしまったんです」

「へへえ、で、動機は？」

「動機はやっぱりあの女でした。マツノオさん大分以前からその女と関係があったんです。何んといってもマツノオさんが一番働き者ですからね。ところが岡田の祭の王子割りで、三郎と四郎もその女と怪しい事が分ったので、とうとう二人とも殺っつけてしまったんですよ。なにしろその女というのが博愛主義でね、三郎とも四郎とも関係があったらしいんですよ」

「しかし、着物が変っていたのは……？」

「それはこうです。ここが面白いところですよ。二人を殺した後でマツノオさん、一人の屍体を埋めようと考えた。そうすればそいつに嫌疑がかゝるというわけですね。埋めるのはどっちでもよかった。三郎でも四郎でもね……ところがそこでマツノオさん、妙に慾ばった考えを起したんです。埋める屍骸に着物を着せておくのは勿体ない。そいつを剝いでおけば後日金になるとね。恐ろしいといえば恐ろしいが妙な奴ですよ。で、先ず四郎を埋めるつもりでその着物を脱がせたんですが、気がつくとそれにはいっぱい血がついている。こいつはいけないというのでまた三郎を裸にした。そこで衣類が二着と、裸の屍体が二つ出来たわけですが、マツノオさんうっかり四郎を先に埋めてしまった。そして血だらけの四郎の着物を残った三郎に着せたんです。紋附きの事ですからどちらがどちらやら分らなかったんでしょう。いち〳〵紋まで調べる余裕なんてありませんや。そして四郎の着物を着た三郎の屍体を崖から突落したんですが、あの顔はやっぱり崖から転げ落ちる時に出来たので、犯人が故意にやったわけじゃなかったんです」

私は何んだか騙されたような気がした。と、同時にさっき得意になったのが恥しく、撫然として控えていると、語り手はまた、例の薄い微笑をうかべて最後にこんな事をいった。

「それから例の案山子ですが、案山子の着物を盗んだ奴も分りましたよ。なに、この方はもっと早く捕まったので、そいつはこの辺をうろついてる乞食でしたよ。さて、以上のような事からどういう結果が起ったかというと、あの探偵小説好きの若い警部補はすっかり面目を失いましてね。先生、持っている探偵小説を糞喰えッとばかりに火にくべて、警部補の職も罷めてしまいましたよ。そして……そして、いまあなたの前でこんな話をしているわけです。はっはっはっ」

靨

一

　その絵は別に優れた出来でもなければ大作というわけでもなかった。手法はクラシックだが技巧は幼稚で、構図にも配色にも生硬なところが少くなかった。たゞ悪く気取ったところがなく、親切に素直に画かれているので、しぜんと好感が持たれるような絵であった。

　モデルは二十一二の束髪の婦人だが、この絵だけでは娘とも人妻とも判断しかねる。暖い色のセルを着ていて、池のほとりの石に腰をおろし、体を少し斜にして、左手を水に浸し、右手は膝のうえで軽く袂をおさえている。池の中をのぞいていたのが、ふと振返って微笑した、と、そういう瞬間をとらえようとしたものらしいが、この画家には少し荷が勝っていると見え、全体のポーズに崩れたところが見えるのみならず、セルの線や皺の技巧にも曖昧なところがあった。しかし顔だけはさすがに精力を注いだと見えてよく描けている。

　眼の大きな下ぶくれの顔が、赤、藍、白の調和色でふっくらと写され、あたゝかい微笑の影と、双頰にきざまれた靨の陰翳が、優しい愛情でたくみにとらえられている。

　画家の署名はローマ字で毛利とあった。

　私がこの絵を見たのは宿へ着いた翌朝のことで、湯殿からの帰りに通りかゝった座敷の床の間に、沈んだ色を放っている金縁の光が、ふと私の眼をとらえたのである。

そこは中部岡山県の、軽便鉄道の駅からでも、一里以上も歩かねばならぬ山奥の湯治場だが、宿といってはこの家が一軒きりだった。この家とても近頃は締めきりになっていたのだが、昔は相当さかった宿なので、客を泊める設備はひととおり備わっており、家のつくりも立派である。近在きっての資産家だということはこゝへ来る途中で聞いた。

　実は、私はずっと前にこゝへ来たことがあるので、今度復員すると、暫くどこかで自分の気持ちを整理したく、そこで一番に思い出したのがこの宿だった。前に来た時から十年ちかくも経っているし、今度の戦争でどうかと危まれたが、兎も角もとがたぴしの軽便鉄道にゆられて来たわけだが、軽便をおりたT町からこゝまでスーツケースを載せて貰った荷馬車の馬士から、果して不安な便りを聴いた。

　かれはこんな事をいうのである。

　蓑浦さんでは七八年まえから締めきりで、客は一切断っている、それというのがあそこで恐ろしい人殺しがあったからであると。人殺しと聞いて私は眉をひそめた。客の間で喧嘩でもあったのかと訊ねると、いや、そうではない、殺されたのは蓑浦家の者であるというので、私はいよ〳〵眉をひそめた。

「あの家の人といえば五十ぐらいの御主人と、御主人の妹という人と、そうそう、それから綺麗なお嬢さんがあった筈だが……」

　と、私が訊ねると、

「旦那はよく御存じですね。しかし殺されたのはその人達じゃなくて、いま仰有ったお嬢さん、浄美さんという人ですが、その浄美さんのお婿さん、つまり御養子なんです」

　それから彼はこんな事をいった。大体蓑浦家では養子をする必要はなかった。浄美さんには立派な弟が一人ある。それだのに先の旦那が浄美さんを眼の中へ入れても痛くないほど可愛がって、外へ出すことを承知しなかった。養子の方でも、養子になど来ることはなかった。町でも一番といわれる資産家の次男で、分前も沢山持っている。ところがその人が浄美さんの器量に惚れ込んで、嫁に貰えないなら養子でも結構ということになった。それが浄美さんが十八の年で、翌年旦那が亡くなり、そしてその次ぎの年にあの恐ろしい事が起ったのであると。

「それで浄美さんという人はどうしているの」

「やっぱりあの家にいますよ。叔母のお志保さんと二人で……浄美さんの弟は兵隊にいったきりまだ帰って来ないので、今じゃあの広い家に二人っきりなんです」

「で、変りはないんだろうね。その浄美さんというのは?」

「ところが、あの人も気の毒な人で、事件があってからちっとも外へお出にならないで、近頃では床についたきりのようですよ」

それではいよ〳〵泊めて貰えないかも知れないと私が心配すると、なに、その心配ならいらない、蓑浦で泊めてくれなければ、もう半里歩きなさい。そこにも湯治場があって、米さえ持っていけば泊めてくれると馬士は教えてくれた。米なら私も多少用意して来たが、はじめてのところは厭だった。何んとかして蓑浦で泊めて貰える方法はないだろうかと相談すると、馬士はさあと首をかしげていた。

「一体その養子が殺されたというのはどういうわけだね。やはり家の中がうまく行かなかったのかね」

「いえ、そんな事じゃありません。御養子が殺されたにはほかにわけがあるんです」

馬士はあわてゝ打消したが、それから間もなく私たちは、村の入口の岐路のところで別れたのである。

私はたっぷり十分間もその絵のまえに立っていたろうか。ふと背後に人の気配をかんじたので振返ってみると、廊下にひとり品のいゝ老婦人が立っていて、眼鏡越しにじっとこちらを見ていたが、私が振返ると少しあわて気味に会釈して通りすぎた。私も無断でひとの座敷へ入りこんだ事が気にとがめたので、急いで自分の部屋へかえって来ると、小女が朝飯の膳を持ったまゝまごまごしていた。

「失敬々々、廊下鳶をしていたもんだから……」

濡手拭を衣桁にかけると、私はすぐに膳に向った。小女は無言のまゝ赤くふくれた手で白い飯をよそってくれた。
　昨日私がこの家へ着いた時、玄関へ現れたのもこの少女だったが、その時私は一も二もなく跳ねつけられた。私が押して頼んでも彼女は頑として肯かなかった。それでも私が困じ果てゝ立去りかねていると、もう半里も歩けば泊めてくれるところがあると、馬士と同じような事を教えてくれた。私はそれで、否でもこの家を出なければならなかった。ところがものゝ半丁と歩かないうちに、この少女が追っかけて来て、只今は失礼致しました。奥様に申上げると、それではお困りでしょうから、何も出来ないのを御承知ならばと、さっきとは打って変った叮嚀な挨拶で、私はようやくこの家へ泊ることが出来たのである。

「君、昨夜僕を泊めてくれたのは、さっき廊下にいた、あの品のいゝ御婦人かい」

「いゝえ、あれは奥さんの叔母さんでございます。昨夜旦那をお泊めするように仰有った奥さんは、離れでお休みでございます」

「そうそう、奥さんは御病気だってね。どこが悪いんだい」

「さあ、先生の仰有るには気病みだとかで……」

「俗にいうぶら〳〵病いという奴だね。時に、さっき向うの座敷で大変綺麗な女の人の絵を見たが、あれは誰だい」

「あれが奥さんでございます。でも、あれはずっと先にかいたものだそうで……近頃はたいそうお痩せになって……」

　私はその少女が出した宿帳に、諸井謙介、三十四歳、小説家と記き入れた。その宿帳はもう長いこと使わないものらしく、最後に記入された名前は毛利英三という画家の名前で、日附は昭和十二年の秋だった。

　遅い朝飯をすますと私は庭へおりてみた。先の主人の好みでつくられたその庭は、このまえ来たときと少しも変っていなかった。築山や泉水の向うに平家建ての洋館があり、その洋館と鍵の手になったところに離れがある。それらの離れや洋館は、いま私のいる母屋と渡り廊下でつながれている。

その洋館のそばに裏木戸があることを思い出して、私が庭をつっきっていくと、離れの障子が中から開いて、さっきの婦人が顔を出した。私はあわてゝ頭を下げると、

「一寸散歩して来ます。午飯は抜きにしますから御心配下さらないように」

私は裏木戸を出ていくまで、老婦人の視線を背後に感じていた。私の胸はちょっと躍った。お志保さんは自分を憶えているかしら。いや、あれからもうずいぶん経って、しかも戦争のために自分の容貌はすっかり変っている。まさか気のつくような事はあるまい。

裏木戸を出ると道はかなりの傾斜で裏山へつゞいている。この道を行くと山越しでT町へ出られることを私は知っていた。村道を通ればT町まで一時間半はかゝるが、山越えをすれば四十分で行けるのである。但し途中に難所があるので、滅多にこの道を利用する者はなかった。その難所というのはちょうどT町までの中間にあって、宿を出てからどんなに急いでも二十分はたっぷりかゝる。私はとうとうその難所までやって来た。

そこは俗に地蔵崩れといわれていた。年々歳々そのへんの崖が崩れていくので、いくら道を造っても、すぐうしろから崩れて来る砂や礫のために埋められてしまうのである。私はその地蔵崩れの手前まで来ると、崖のうえに突出している一枚岩のうえに腰をおろした。

道はそこで断ち切られていて、行手には地蔵崩れの傾斜が二丁あまりもつゞいている。遥か天空から十数丈の谷底まで落下しているその崖には、到処にごつごつとした岩が突出しているが、その岩と岩との間隙を塡める花崗岩は時々刻々風化して、ざらざらと音を立てながら下の谷へ流れていく。崖のあちこちには育ちのわるい赤松が、根も露わにひょろひょろと生えていた。

ふと背後の山の中で人の気配がしたので、私は驚いて振返った。見るとそれは昨日の馬士であった。

腰に鉈をさしているところを見ると木を伐りに来たものらしい。馬士は坂の途中に立止まって、怪しむように私のほうを見ていたが、やっと私だとわかると、頰冠をとっておりて来た。

「好い塩梅に蓑浦さんで泊めてくれましたね」

「あゝ、お蔭でもう半里歩くのを助かった」

「それは結構でした」

　馬士も私とならんで腰を下ろすと、煙草を出して喫いつけた。そして私の顔を見ながら、

「旦那はあの話をお聞きでしたか」

「あの話とは……？」

「ほら、昨日私がお話した……蓑浦さんの御養子が殺されたって話でさ」

「いゝや、聴かないね。第一そんな暇もない」

「そうですか。そりゃ……私ゃまた誰かにあの話を聴いて、それでわざ〳〵こゝを見においでなすったのかと思った」

「それじゃ、こゝが……」

「へえ、そうですよ。私が一番に見附けたんでさ。蓑浦さんの養子の康夫さんが、ほら、二丈ばかり下に出っ張っているでしょ。あの岩に引っ懸ってたんでさ。額をこっぴどくぶち割られてましてね」

「いったい、それはどうしたんだね」

「へえ、殺した奴もわかってます。T町の者でしてね。もとは相当の家の者だったんですが、身を持崩して二度も三度も牢へ入ったことのある奴なんです。康夫さんもえらい奴に魅込まれたもんで、何んでもそいつの妹というのと、何かあったんですね。その妹というのはおとなしい女だったそうですが、康夫さんに捨てられて毒を嚥んで死んじまったんです。で、兄貴が妹の敵討ちをしたというわけですね」

「そして、その犯人というのはどうしたんだね」

「それがねえ。それっきり行方が分らないんですよ。きっと満州へでも飛んだんだろうと云ってましたが、そこへ戦争でしょ。捕まったって話はきゝませんねえ。名前はたしか青沼とかいいましたっけ。もとは至極おとなしい男だったんですが、人間狂い出すと始末が悪い。しかしさすがに妹だけは可愛がってい

たそうですよ。妹の名はお小夜（さよ）というんですが、なかなか別嬪（べっぴん）でした。もっとも蓑浦さんのお嬢さんにゃ叶（かな）いませんがねえ」

その夜、飯がすんでから、ぼんやり私が持って来た本を開いていると、そこへ例の少女が現れて、お手空（てす）きでしたら向うの離れで、お茶でも差上（さしあ）げたいというお志保さんの口上を取次（とりつ）いだ。それを聞くと私は思わずどきりとした。

「そう、それじゃすぐ行くと云ってくれ給え」

少女が立去ると私はそわそわと立上（たちあが）って座敷のなかを歩き廻った。戦争で心臓を悪くしてから、私はちょっとしたことにも動悸をおぼえるようになっているのである。コップに水を注いでのむと、それでもいくらか気が落着（おちつ）いたので、私ははじめて座敷を出た。

お志保さんが茶を入れようという離れは、二間（ま）つゞきになっていて、その一方には病人が寝ている筈である。私が案内されたのはその隣りの六畳で、そこはちかごろお志保さんの居間になっているらしく、茶簞笥（ちゃだんす）だの長火鉢（ながひばち）だのが置いてある。壁の一方は嵌（は）め込みの簞笥になっていて、その簞笥の一部分に中型の金庫が冷い色を光らせていた。隣りの部屋との境には、ピッタリ襖（ふすま）がしまっている。

「折角（せっかく）来て戴（いただ）いても何もございませんのですけれど……さあ、どうぞお当て下さいまし」

私はすゝめられる座蒲団（ざぶとん）に坐るまえに、そこの床の間に、さっきの肖像画が立てかけてあるのを見てまたぎょっとした。私は探るようにお志保さんのほうを見たが、お志保さんの方でも私の様子を見ていたらしく、二人の視線があうとお志保さんはあわてゝ眼を反らした。

「近頃のことですからほんとに何もございませんのよ。こんな物で失礼ですけれど」

お志保さんは梅型の木皿にみごとなつるし柿を盛ってくれた。私がいつかこゝへ来た時もやっぱり秋で、そのとき私はこの柿を、よろこんでさかんに食べたものである。しかし今の私はその柿に、手を出す気にもなれなかった。私は全身の神経を耳に集めて、隣室の様子をうかゞっていた。しかしそこには人の気配はあっても、こそとの音もしなかった。

「昨日あなたは三蔵と一緒だったそうですね」

　お志保さんは茶を注ぎながら静かにいった。そして私が怪訝そうに顔を見直すと、荷馬車曳きの三蔵ですよと附加えた。それから、あの三蔵になにかお聴きではなかったかと訊ねた。私は黙ってお志保さんの顔を見ていた。聴かなかったといえば嘘になる。聴いたといえば三蔵の迷惑になるかも知れない。私は黙っているより仕方がなかった。

「お聴きになっても構いませんのよ。このへんでは誰でも知っている話ですから。それで今日、地蔵崩れへいらしたのでしょう」

　それについても私は黙ってひかえていた。お志保さんはおりおり私の顔を見るが、そこには何んとなく腑に落ちかねる色があった。何か彼女は思い迷っているらしかった。

「あなたは小説をお書きになる方だそうですね。そうすると画家さんなんかにもお識合がございましょうね。もしや……」

　と、彼女は一心に私の顔を見詰めながら、

「毛利さんという方を御存じではございますまいか。毛利英三という方で、お年齢は多分あなたと同じくらいと思いますけれど」

　私は掌の中で茶碗をまわしながら、

「あの絵を画いた男ですね」

「そうです、そうです。御存じですか」

「いゝえ」

　低い声で答えると、お志保さんはがっかりしたように顔をそむけた。そして何か思案をするように、火鉢の灰に字をかいていたが、やがて思い切ったように坐り直した。

「実は今夜こうしてお招きしたのは、その事について聴いて戴きたい事がございまして……それは又、多分あなたがお聴きになったと思われるあの人殺しの事とも関係がございますので……如何でしょう、聴いて戴けますかしら」

「はあ」

「あの、御迷惑ではございませんか」

「いゝえ、どうぞ」

「そうですか。それでは思いきってお話してみましょう」

お志保さんはまた、眼鏡の奥から探るように、じっと私の顔を見ていたが、やがてちょっと隣りの部屋へ気をおいて、それからゆっくり、次ぎのような話をはじめたのである。

二

あれは昭和十二年のことですから、もうかれこれ十年にもなります。その年の秋のはじめ頃、この家へ一人の画家さんが泊めてくれといってお見えになりました。

その時分からこの家は湯治宿を廃めていましたので、いったんはお断り申上げたのでございますが、その方は三年ほど前にもこゝへお泊りになったことがあるとやらで、亡くなった私の兄のことなどもよく御存じですし、それにその時ちょうど家に居合せた婿の康夫さんというのが、お泊めしてあげたらと奨めますので、とうとうお宿をする事になりました。それが毛利英三さんとおっしゃる方で、その時分二十五六でいらっしゃいました。

こゝでその時分のこの家の様子を申上げておかねばなりませんが、当時こゝにおりましたのは奉公人をのぞいては、私と、姪の浄美と、浄美の婿の康夫さんと、この三人きりでした。浄美の父、つまり私の兄はその前年亡くなっていました。ところでその毛利さんという方が、この前こゝへおいでになった時は、浄美はまだ岡山の女学校の寄宿舎にいましたし、私もこの家へは参っておりませんでしたので、みんなその時お眼にかゝるのがはじめてゞした。でも毛利さんは浄美の父のことをよく知っていらっしゃって、しきりに昔話をしては懐しがって下さいますので、しぜん私たちも嬉しくて、よい感じを持つようになったのでございます。

さて、話が少し前後しましたが、毛利さんが、おいでになると間もなく、婿の康夫さんがまた家をあける事になりました。それというのが、この康夫さんというのがたいそう事業好きの人でして、やれ製材所を作るの、やれ乗合自動車の会社をこさえるのと、年中家を外に跳び廻っているのでございます。その時もこゝから十里ばかり奥に砂鉄が出るとか申しまして、鉱山会社をこしらえ、その鉱山の小屋と町にある事務所のあいだを跳び歩いていて、滅多にこゝへ帰ることはなかったのでございます。それが珍しく毛利さんがお見えになった時、五日程こゝにいたのでございますが、間もなくまた鉱山の方へ出かけることになりました。ところが出かけるまえに康夫さんが、ふとこんな事を云い出したのでございます。

今度は多分一月ぐらい帰れまいと思うが、浄美さん、どうだ、その間に毛利さんに肖像をかいて戴いたら……と、こういうのでございます。ところで浄美という子は、以前はたいへん朗かな、人懐つこい性分だったのでございますが、その時分、妙に内気になっていて、ですからその時もはかばかしい返事も致しませんでしたが、毛利さんもそれをお聴きになると非常に乗気になって、是非かゝせて下さいとおっしゃいますし、康夫さんもかた〴〵お奨めなさるので、それでとうとうお願いする事になりました。

「それじゃ僕が帰って来るまでに仕上げておいて下さい。それを楽しみに帰って来るから。そうだ、毛利さんにはあの洋館を使って戴いたらいゝだろう。あそこなら明るくていゝ」

と、そういうお約束が出来て、康夫さんがこの家を出たのが九月の終りのことでした。

そこで翌日、毛利さんにあの洋館へかわって頂き、早速製作にかゝって頂いたのでございますが、その時、一月ほどかゝって出来たのがこの肖像画でございます。

毛利さんはこの絵が出来上ると、すぐ出発なさるおつもりだったらしいのですが、康夫さんもおっつけ帰りましょうからと、私が強ってお引止めして、絵の出来上った次ぎの晩、毛利さんをこゝへお招きしたのでございます。

それというのが絵の出来る間中、私は毛利さんに大変失礼を致しまして。……何しろ若い者同志のことですから、もし間違いがあってはと、これが年寄りの取越し苦労でございましょうねえ、たいそう用心を致しまして、絵をかく時はいつも二人のそばについておりますし、毛利さんにもなるべくよい顔を見せないようにしていたのでございます。もっとも毛利さんという方は、気さくな面白い方で、冗談もおっしゃる時にはおっしゃいますが、弁えるところはちゃんと弁えているといった方で、私の素振りに気がつくと、自分でもなるべく控えるようにして、毎日一時間ずつ絵をかく時のほかは、決して浄美と差向いになるようなことはございませんでした。浄美のほうは申すまでもございません。

　そういう事がございましたので、一つには毛利さんへのお詫び心、ひとつには絵の出来上ったお祝いという意味で、こゝで浄美と三人一緒に、御飯を食べていたゞくことにしたのですが、忘れもしない、それが十月廿五日の晩のこと。ところがお食事もおわって、三人が久しぶりに打寛ろいで話をしておりますと、あれは八時頃のことでしたでしょうか、だしぬけに康夫さんが女中の報らせもなく、こゝへ入って来たのでございます。しかもその様子というのが唯事ではございませんので、私たち三人ともびっくりしてしまいました。

　康夫さんはズボンもオーバーも泥だらけにして、頬や手の甲にもかすり傷を受けて血がにじんでいます。腕時計も毀れてガラスも針もなくなっていますし、それにその顔色ったら！

「まあ、康夫さん、どうなすったのです」

　私が呆れて詰るように訊ねますと、

「あゝ、馬鹿を見た。近道をしようと思ったら、地蔵崩れで足を踏滑らして……」

「まあまあ、今時分あんなところを通るなんて。……でも、それぐらいの怪我ですんで結構でした。浄美さんお着物を」

　浄美の手伝いで着更ると、康夫さんはやっと寛いだように餉台のまえに坐りましたが、その時毛利さ

んが挨拶をなさると、はじめて気がついたように、

「あゝ、君か、君はまだいたのか」

と、これは意外な挨拶でした。毛利さんはいやな顔をなさいますし、浄美も眉をひそめますし、見るに見かねて私が、

「まあ、康夫さん、何を仰有るのです。毛利さんはあなたがお引止めしたのではありませんか。あなたのお頼みで浄美さんの肖像をかいて戴いて、昨日やっとそれが出来上ったので、今夜はお祝いにお招きしたのですよ」

私がそう申しますと、

「あゝ、そう、そうでしたね。いや、これは失礼、つい、うっかりして……浄美、ウイスキーがあったろう。あれを出してくれ」

その晩のことは思い出しても厭になります。康夫さんはしたゝかウイスキーを呷ってすっかり酔っ払ってしまって……自分から頼んでおきながら、肝腎の肖像画のことはおくびにも出そうといたしません。それで毛利さんが気を悪くなすったのか、座を外そうとなさると、その時はじめて思い出したように、

「そう〳〵、忘れていた。それじゃ早速その絵を拝見しよう。どこにあるんだい。なに、洋館か、よしよし、君たちも来給え」

そういってひょろひょろ立上ると、今夜は酔うているから明日になさいと止めるのも聴かずに洋館へ入っていきました。そしてあの絵のまえに立つとしばらく眼動ぎもしないで凝視めていましたが、だしぬけに酔っ払い特有の調子っ外れの声をあげて笑うと、

「いや、結構々々、大変よくかけた。浄美、君も嬉しいだろう。あっはっはっ」

そういって又大声をあげて笑うと、俄にげろげろ穢いものを嘔き出しまして。……私たちは毛利さんにお気の毒で言葉にも窮しましたが、幸い翌日になると康夫さんも正気に復って、昨夜の無礼を詫びたうえ、改めて絵の出来を褒め、叮嚀に礼をいっていました。そして毛利さんが出発しようというのを、強いてもう二三日と、引きとめているうちに、あの

恐ろしい出来事が起ったのでございます。

それは康夫さんが帰って来た晩から、中一日おいた十月二十七日の夜のことでした。あの恐ろしい夜のことは、忘れようとしても忘れられませんが、こゝに出来るだけ順序よく、その晩のことをお話しいたしましょう。

七時頃に晩御飯がすむと間もなく、康夫さんの姿が見えなくなったので、私はなんとなく不安な気持ちで、浄美の枕下に坐っていたのでございます。言い忘れましたが、浄美は康夫さんが帰って来た晩、徹宵(てっしょう)介抱をさせられたのがもとで、風邪(かぜ)をひいて寝ていたのでございます。私は妙に淋(さび)しい頼りない気持ちで、浄美の熱を計ってやったり、氷嚢(ひょうのう)をかえてやったりしていました。

浄美は何んとも申しませんでしたが、それでも心の中でひとかたならず心配している事は、顔色からでもよく分りました。康夫さんの姿がちょっと見えないくらいで、私たちが何故(なぜ)そのように心配していたか、その理由はいずれ後に申上げますが、兎(と)に角(かく)そうして無言のまゝ、淋しい気持ちで坐っておりますと、八時頃のことでしたろうか、浄美がふと眼を開いて、こんなことを申すのでございます。

「叔母さん、毛利さんはいらして？」

「さあ、……毛利さんが、どうかしたの」

「いゝえ、別に……」

私は何んとなく浄美の言葉が気になったので、そこの雨戸を開いてみますと、洋館の窓に毛利さんの影が映っておりました。何か考え事をしていらっしゃるのか、マドロスパイプを咥(くわ)えたまゝ部屋の中を歩きまわっていらっしゃいました。

「浄美さん、毛利さんはいらっしゃるようよ」

「そう」

浄美は気のない返事をしましたが、私が雨戸をしめようとすると、そこは締めないでくれ、何んだか呼吸が詰まりそうな気がするからと申すのでございます。そこで雨戸をそのまゝにして、私がお部屋へ帰ろうとしますと、洋館の電気がパッと消えました。そして庭へおりる方のドアから毛利さんの姿が現れました。毛利さんはいつものようにだぶだぶのコール天のズボンをはき、ゆるいブラウスを着て、ベレー帽をかぶり、マドロスパイプを啣えて、しばらく築山の向うを歩いていらっしゃいましたが、やがてぶらぶら裏木戸から出ていらっしゃいました。

言い忘れましたがその晩はよい月夜で、そんな晩には毛利さんはよく散歩にお出かけになるので、私は別に気にも止めませんでした。それが八時ちょっとすぎの事でございます。

それからまた私はぼんやりと浄美の枕下に坐っておりましたが、やがて九時になりますと、浄美がもう退(さが)って寝てくれ、用事があったら呼ぶからと、しきりに申すのでございます。それで私も、強いて病人に逆らってもよくあるまいと、自分のお部屋に引きとりますと、その時分いた清(きよ)という女中を相手にお茶を飲んでおりましたが、すると庭の方であわたゞしい靴(くつ)の音がするのでございます。そこで床脇(とこわき)の窓をひらいてそとを見ますと、さっき私の明けておいた雨戸の隙から、康夫さんが中へ入っていく後姿が見えました。

「どうしたのでしょう。旦那さま、たいそうお急ぎの御様子でございましたね」

清の言葉に私はいやな気がしましたが、それでも康夫さんが帰って来てくれたので安心しておりますと、ものゝ五分と経たないうちに、また庭の方で靴音がします。おどろいて私が窓から覗(のぞ)いてみますと、康夫さんが急ぎあしで庭を突切(つっき)って裏木戸の方へいくのです。私がおやと思っていますと、すぐその後から浄美がはだしのまゝ跳出(とびだ)して来て、後を追っかけていくのでございます。私も驚いてお部屋から跳出しました。

これは後から浄美にきいた話でございますが、その時あれはうつらうつらしていたのだそうでございます。するとそこへ康夫さんが帰って来た様子なので、こちらへ来てくれるかと思っていると、その跫(あし)音(おと)は隣の部屋、――つまりこの部屋でございますが、――こちらへ入って来たのだそうでございます。その時、境の襖はぴったり締まっておりましたが、浄

美が襖越しにお帰りなさいと声をかけますと、康夫さんはたゞ、

「ふむ」

と簡単に答えたきりで、金庫を開いているらしく、急がしくダイヤルを廻す音がしたそうでございます。それからやがてがたんと金庫の開く音がしたかと思うと、中を掻きまわしているらしく、がたがたという音がしていましたが、やがて又ばたんと金庫を締めると、そのまゝそゝくさと出ていったのだそうでございます。その様子が唯事ではありませんので、浄美もはっと肚胸をつかれる思いで、夢中で後から追蒐けて来たのだそうでございます。

しかし、私たちが裏木戸へ駆着けて来た時には、むろん康夫さんの姿は見えませんでした。そこで私が浄美をうながしてお部屋へ帰ろうと致しますと、その時、向うから毛利さんが帰って来られるのが見えました。毛利さんはマドロスパイプを咥えたまゝ、ぶらぶらこっちへ近附いて来られましたが、私たちの姿を見るとびっくりして側へ走って来ました。

「どうかなすったのですか」

「あゝ、毛利さん、あなたそこらで康夫さんにお会いになりませんでしたか」

と私がお訊ね致しますと、

「あゝ、会いましたよ。何んだかひどく急いでいる模様で、声をかけると怖い顔で僕のほうを睨んだきり、向うのほうへ行きましたよ」

その時、浄美がふいに私のほうへ倒れて来ましたので、驚いて抱きとめながら顔を見ますと浄美はくちなしの花のように真蒼になって、しかも体は火のような熱なのでございました。その晩、浄美は高い熱にうかされて、しきりにとりとめもない囈語をいいます。康夫さんは帰って来ないし、私は途方にくれましたが、幸い毛利さんが夜中ついていて下さいましたので、大助かりでございました。

さて、明方頃になって浄美の熱もだいぶ下り、意識も恢復致しましたので、私もほっと安心しまして、毛利さんにも退って戴き、自分もお部屋へかえって横になりましたが、すると、お午過ぎのことでござ

います。女中の清にあわたゞしく叩起(たたきおこ)されたのでございます。そして康夫さんが殺されたということを、はじめて聞いたのでございました。

お志保さんはそこで言葉を切ると、眼鏡の奥からじっと私の顔を見る。私は無言のまゝ首を垂れていたが、その時、私は知っていたのである。私のほかにもう一人、お志保さんの話に耳をすましている者があることを。私は全身の感能をもって隣室の気配をうかゞったが、しかしそこは墓場のように静かだった。お志保さんはまた語りつゞけるのである。

康夫さんは地蔵崩れの崖の途中で、額を叩き割られて死んでいたのでございます。つまり康夫さんは誰かと、崖のうえで大喧嘩をした揚句、額を割られ、崖から突落(つきおと)されて……。

ところで喧嘩の相手、つまり康夫さんを殺した人間はすぐに分りました。というのは、その崖下の谷底から、犯人の遺留品が見つかったのでございます。先(ま)ず第一に瘤々(こぶこぶ)だらけの太いもろ松のステッキですが、これにはべっとりと血がついておりました。それから犯人が血にそまった手を拭いた日本手拭と、もう一つ手帳でございますが、それにも血にそまった指紋がはっきりついていたのだそうでございます。

そういう遺留品からすぐ犯人が青沼という人である事が分りました。手拭も手帳ももろ松のステッキもみんなその人の物で、しかも血に染まった指紋まで、その人の指紋だという事が分ったのでございます。青沼という人は二三度牢へ入った事があるので、指紋台帳とやらにちゃんと載っていたのでございますね。それにその人には康夫さんを殺す動機もありまして、私たちがあの時分あんなに心配しておりましたのも、つまりはそれを知っていたからで、その事情というのはこうなのでございます。

康夫さんにはこゝへ養子に来るまえから、ねんごろにしている婦人がありました。その人はお小夜さんといって、至極気質のよい、おとなしい人だったそうですが、この人と康夫さんとの仲は、康夫さんがこっちへ来てからも続いていたらしく、浄美などもうすうすその事は感附いていた様子でした。ところがその人が突然毒を嚥んで自殺したのでございます。さすがにその人は慎しみ深い人と見え、遺書には一言も康夫さんの事は書いてなかったそうですが、事情を知っている人は、康夫さんの薄情をうらんでの自殺だと、みんなそう申しておりました。

　そのお小夜さんの兄さんというのが、いまいった青沼という人なのでございます。その人は康夫さんをたいそう憎んで、いつかこの怨みを晴らしてやるといっていたそうですし、げんにその時分、その人がもろ松のステッキを持って、この辺をうろついていたのを見た人は何人もあったのでございます。

　で、警察ではこういう風に考えたのでございます。あの晩、康夫さんは地蔵崩れで青沼という人に会ったのでしょう。多分金でもやって解決するつもりだったのが、その金額が少かったので、急いで家へとって返し、金庫の中にあった三百円を持ち出したのでございましょう。この金庫の符号は康夫さんだけしか知らないので、後でそれを開けるのに困りましたが、警察の方がいらしって、錠前を毀して中を調べたのです。それではじめて三百円という金が、持(もち)出(だ)された事がわかったのでございます。

　で、康夫さんはその金を持って地蔵崩れへ引返しましたが、そこでどういうことになったのか、とうとう康夫さんはその人に殺されてしまったのでございましょう。唯(ただ)、おかしいのはその三百円ですが、二三日してからそれが谷底の草叢(くさむら)のなかから見附かったのです。それを見附けて下すったのは毛利さんでございますが、多分犯人があまりあわてゝ取落(とりおと)したのだろう。そして探しても見附からなかったか、それとも探すひまもなく逃げてしまったのか、そのどちらかだろうという事になりました。つまり青沼という人は、康夫さんを殺しておきながら、何一つとらずに逃げたということになるのでございます。

　さて、青沼という人ですが、この人はとうとう捕まらずじまいでした。おおかた満洲へでも逃げてそこで野垂れ死にでもしたのだろう……と、こゝまでが誰でも知っている話でございます。

　ところが……ところが……それからずっと後になって、私たちは青沼という人がどうして捕まらなかったか、そのわけがはっきり分ったのでございますよ。

　しかもそれは何んともいえぬほど恐ろしい譬えようもないほど気味悪いことでございました。

　それは康夫さんが亡くなった翌年のことでございました。夏の終りに大嵐がありまして、方々に崖崩れがございましたが、その時地蔵崩れにも大きな地辷りがあって、そして、その地辷りの後から死骸が一つ転がり出しているのを、うちの爺やが見つけて来たのでございます。そこが康夫さんの殺された場所であるだけに、私たちはその話をきくとぎょっとしました。

　それで、すぐに爺やに案内させて駆着けましたが、その死骸が青沼という人にちがいないと分った時の私どもの驚き！　むろん死骸はすっかり骨になっていましたが、洋服はまだそれほど腐ってはおりませんでした。その洋服のポケットから、私たちは一通の手紙を見附け出したのでございますが、それはまぎれもなく康夫さんからお小夜さんに宛てたもので、しかも……しかも……その文面というのが！

　何もかも申上げてしまいましょうねえ。その時分、お小夜さんは体に異常があったらしいのでございますが、それを、つまり……別に送った薬で始末をしてしまえ……と。

　それは何んという恐ろしいことでございましょう。女の一番欣ばしいこと、誇らしいこと、その愛のしるしを薬で始末をしてしまえ……と、まあ、何んという残酷な手紙でございましょう。お小夜さんの嚥んだ薬はむろんそれとは違っていましたが、この鬼のような手紙があの人に、死ぬ決心をさせた事は間違いございますまい。浄美もあまりの恐ろしさに、その手紙を読んだ時には泣き崩れたくらいでございます。

　ところがその時私たちは、もう一つ妙なものを見附けたのでした。洋服の襟のあたりにコバルト色をした、極く小さいものがきらきら光っているのでございます。それを見附けたのは浄美でしたが、何んの気もなくそれをつまみあげると、たちまち指でも火傷(やけど)をしたように、あっと叫んで振落(ふりおと)してしまいました。それは時計の針、それも小さい腕時計の針でございました。

　おわかりでございましょうねえ。一月ぶりに康夫さんが、取り乱した恰好(かっこう)で帰って来た時、あの人の腕時計がめちゃくちゃに毀れていて、ガラスも針もなくなっていたという事は、さっきも申上げましたわね。死体の洋服にさゝっていたのは、その腕時計の針でございました。

　そうするとこれはどういう事になるのでございましょう。あの腕時計が毀れたのは、康夫さんが殺された前々夜のことでございましょう。その腕時計の針が死体といっしょに埋められたといたしますと、その死体――青沼という人がそこへ埋められたのは、康夫さんが殺されるより前だったという事になりは致しませんか。もし、そうだとすると、では、康夫さんを殺したのは一体誰なのでしょう。いままで犯人だとばかり思われていた青沼さんが、康夫さんより二日もまえに死んでいた……いや、ひょっとすると殺されたのかも知れません……と、致しますと、康夫さんは、では、誰に殺されたのか。……

　私たちは気が狂いそうになりました。わけても浄美のうけた打撃は恐ろしいものでございました。兎も角、その死体を、今度こそ決して誰にも見附からぬところへ埋めますと、爺やにも固く口止めして帰りましたが、その晩から浄美は高い熱を出しまして、一時は生死もおぼつかないような状態でございました。

　私は何んともいえぬ心細い思いで、昼も夜も枕下につきゝっておりましたが、ある晩のことでございます。うとうとしていた浄美が突然はっきりこんな事をいうのでございます。

　叔母さん、あの晩途中でかえって来て、金庫を開けたのは康夫じゃなかったのよ……と。しかも、それが囈語(うわごと)なのですが、あまりはっきりしておりましたので、私もつい釣込(つりこ)まれて、では、誰だったのと聞き返しますと、あれは毛利さんだったのよ。私ちゃんと知っていたの。毛利さんはひどく緊張なさると、無意識で咽喉の奥の痰を切るような音をおさせになりますの。あの時、金庫のダイヤルを廻すとき、私はそれと同じ声をきいたんですの。だから、あれは康夫じゃなかったの。毛利さんだったのよ……と、浄美はさめざめと泣くのでございます。私はぞっと致しました。そして囈語を云っている者にむかって、そんな事をするのは悪いと思ったのですが、では、何故あなたはその事を警察の方にいわなかったのと聞いたのでございます。すると、……すると……浄美はさめざめと泣きながら、何故だか分らないの、叔母さん、何故だかわからないのよ。……

三

　お志保さんは眼鏡を外すと、ハンケチで静かに涙をぬぐった。私は無言のまゝ深く深く頭を垂れていた。鉄瓶の沸る音だけが、部屋の空気をかきまわしている。


「毛利さん」

　お志保さんの声に私がはっと顔をあげると、お志保さんは優しい眼で私の顔を見ながら、

「やっぱりあなたでしたわね。あまり変っていらっしゃるので、浄美からそういわれても、私には信じられなかったんですのよ。でも、浄美ははじめからあなただってこと知っていましたよ。あなたが無意識になさる空咳……いえいえ、それを聴くまえから、昨日あなたがこの家へお着きになった時分から、あれは知っていたのかも知れませんわ。何年も何年もあの人はあなたをお待ちしていたんですもの。いつかきっともう一度、こゝへあなたがいらっしゃるって。……そしてあの晩の事をお話して下さるって……毛利さん、話して下さい。何故あの晩、あなたはあんな事をなさいましたの。いえいえ、あなたが盗みをなさるような方でないことはよく分っています。げんにあなたが金庫から持出されたお金は、あなた御自身から返していたゞいたんですものね。それならば……それならば、あなたは何故あのような

事をなさいましたの。ねえ、それを聞かせて下さいまし。浄美はそれが分らないために、あのように悩んでおりますのよ。あのように苦しんで、病みほうけておりますのよ」

「お話しましょう、お志保さん」

私は燃ゆるような眼をあげた。強い、激しい感動で、私の胸は緊めつけられ、私の呼吸はつまりそうであった。

「それを聞いて戴くために私はこゝへ来たのです。浄美さんやあなたにこの話を聞いて戴くまでは、戦場にいても私は死にきれなかった」

戦場と聞いてお志保さんがはっとするのを私は構わずに言葉をつゞけた。

「それに私にもまだ〳〵腑に落ちぬところがあるのです。いまのあなたのお話で、だいぶはっきり致しましたが、まだ〳〵分らないところがあるのです。私の話を聴いて戴いて、後であなたの御意見をお伺いしたいと思います」

お志保さんの注いでくれた茶で咽喉をうるおすと、暫く私は呼吸をとゝのえていたが、やがてあの恐ろしい夜の経験を語りはじめたのである。

まず最初に訂正しておかねばならないのは、いまのお話では、あの晩康夫君が最初に家を出たのは夕食のすぐ後で、それから一時間ほど後にこの私が、ブラウスにベレー帽、マドロスパイプを啣えて出かけたという事ですが、それは違っているんです。夕食後すぐに家を出たのはこの私でした。そして八時頃まで洋館で、私の身代りをつとめていたのは、おそらく康夫君だったのでしょう。その事はいまお話を聞くまでは私も知らない事でした。

では、康夫君が何故そんな真似をしたのか、それはたいてい分っていますが、それをお話するよりも、あの晩の出来事を順序立てゝお話する方がいゝでしょう。

あの日の夕食前のことでした。私は康夫君にこんな事を頼まれたのです。自分は……と、康夫君がいうんです。自分はある男に脅喝されている。そしてその男と今夜の七時半から八時半までの間に、地蔵崩れのところで会う約束になっている。しかし自分がいくと……何か面倒な事が起りそうだから、君、一つ僕に代っていってくれまいか……と。

ところであなたも御存じでしょうが、康夫君が他人に物を頼むときには、妙にねっつこいところがあって、相手に厭といわさない。それに脅喝云々のことは、私もうすうす噂をきいて知っていたので、これは康夫君のいうのも尤もだ、本人が行かない方がいゝと思ったから、私は快く引受けたのです。

すると、康夫君がまたこんな事をいうのです。しかし、毛利君、僕の代りに行ってくれるなら、その服装ではいけないよ。相手は前科者のお尋ね者のことだ、他人に見附かることを極端におそれているんだから、ブラウスにベレー帽という姿では、とても向うが出て来まい。しかし君は外套とソフトを持っているね。あの外套と帽子は僕のとたいへん色合いが似ているし、僕と君は背恰好もそう違わない。だからあれを着て行ってくれゝば、向うも僕と間違えて、隠れ場所から出て来るだろう。そうすれば君の方からすかさず、蓑浦に頼まれて来たんだって事を知らせてやればいゝ。取引は至極簡単なんだ。この紙入を渡して、その代り相手から手紙を一通貰って来てくれゝばいゝんだ。しかし、毛利君、僕はこの事を誰にも知られたくないんだ。浄美や叔母さんに無用の心配をさせたくないからね。で、誰にも内緒で、出かける時もひとに見られないようにしてくれないか。

康夫君のこの話には少しも怪しい点はなかった。細かい心使いもその人の立場とすれば、一々尤もの事と思われました。ですから私は少しも疑うところなく、夕食がすむと間もなく、康夫君にいわれたとおりの服装で、こっそりこの家を出ていったんです。

私が地蔵崩れへ着いたのは七時半ちょっと前でした。そして、私が康夫君に代って取引する相手は、七時半から八時半の間に来るというんです。つまり私は一時間ほどそこで待たねばならぬ事になっているんですが、こゝで私はたいへん大きなへまをやったことに気がつきました。ブラウスのポケットに煙草と烟管を忘れて来た事に気がついたんです。およそ煙草をたしなむ程の人ならば、この事はよく分って戴けると思いますが、煙草なしに人を待つ一時間……それがどんなに辛い、遣切ないものであるか。……

　しかし、後から思えば私はこのためにこそ助かったのです。もし私があの時お気に入りのマドロスパイプを持参していたら、暢気に月を賞でながら、前後を忘れて放心状態になっていたかも知れません。それが私の癖ですから。ところが、幸か不幸か私はそれを忘れたゝめに、始終いら〳〵していなければならなかった。もう来るか、まだか、早く来てくれないかと、その一時間のあいだじゅう、私は神経をとがらせ続けていたゝめに、あのひそやかな足音と、唸りを切って頭上に落ちて来た最初の一撃を、本能的に聴きわけ、身をもって避けることが出来たのです。そうして危く身をかわした私は、中腰のまゝ振返ってみて驚きました。あの太いもろ松のステッキを振りかぶって、私の背後に立っていたのは康夫君でした。

　何をするんだ！　と、私は叫びました。

　康夫君はそれに答えず、最初の一撃の失敗を口惜しがっているのか、ギリギリと奥歯を噛み鳴らしている。

　正直なところ私はまえから康夫君を好いていなかった。憎むという程ではなくとも、虫の好かぬ人だと思っていた。私はそれをおのれの偏狭のせいだと、却って自分をたしなめていたんですが、今こそ康夫君の憎むべき所以が判然しました。兇悪、残忍、冷酷——それは何んとも名状する事の出来ぬ形相なんです。

　康夫君はまたステッキを真向から振下しました。こんども私はうまく逃げました。と、康夫君は無茶苦茶に打ってかゝります。私はとうとう岩鼻まで追いつめられてしまいました。うしろにはあの崖、まえには康夫君。

　蓑浦君、私は絶叫しました。君は何をするんだ。

僕をどうしようというんだ。
殺してやる。殺してやるんだ。
馬鹿、気狂い！　僕を殺してどうするんだ。君は自分のことを考えないのか！
心配するな、貴様を殺しても俺は大丈夫だ。大丈夫なようにしてあるんだ。犯人もこさえてある。現場不在証明もこれから作る。

その言葉の終らぬうちに、康夫君は又ステッキを振下ろしました。ところが今度も空を打ったのみならず、弾みでしたゝか岩角を叩いたゝめに、腕が痺れたのでしょう、あっと叫んで放したステッキが、お誂い向きに私の足下に転がって来たんです。咄嗟に私がそれを拾いあげるのと、康夫君が猛然と拳を固めて突っかゝって来るのと一緒でした。私は危く体をひらくと、無我夢中で康夫君の真向からステッキを振下ろしたのです。

康夫君はあの岩鼻で、うっちゃりを試みる力士のように、体を反らして両手で虚空を引っかいていましたが、つぎの瞬間、仰向けざまに岩のうえから顚落していきました。

私はしばらく茫然としてそこに立っていました。自分が何をしたのか、暫くは弁えもなかったくらいです。しかし岩のうえから覗いてみて、月の光に康夫君の死骸を見ると、急に恐ろしさがこみあげて来ました。これはたいへんだと体中がふるえ出しました。

この時の私の気持ちを説明することは難しいが、要するにそれはこういう事になりましょう。

自分がいまやった事は正当防衛である。あの時私がステッキを振下ろさなかったら、おそらく私の方が崖から突落されていたゞろう。しかしこの事を余人に納得させる事が出来るだろうか。康夫君は土地でも一流の旦那である。それに反して自分は風来坊同様の旅の画工だ。康夫君が私を殺そうなど、私自身にも分らないくらいだから、余人が信用する筈はない。と、すれば今の出来事をありのまゝに話してよいだろうか。いけない、いけない！　私は何んとかして自分を守らねばならぬ。

そこまで考えて来た時、私がはっと思い出したのは、康夫君がさっきいったあの言葉、犯人はこさえてある。現場不在証明もこれから作る。

いったい探偵小説がひろく読まれるようになって以来、都会の智識人のあいだではアリバイという言葉も常識になって来ましたが、こんな田舎でそれを聴くというのは非常な驚きでした。と、同時に康夫君のいまの襲撃が、一時の発作や狂気のためではなく、計画されたものである事が分るのです。

畜生！　畜生！　畜生！

私は夢中で呟いていました。

その時です。向うにボストンバッグがおいてあるのに気がつきました。私がさっき来た時にはそんな物はなかったから、康夫君が持って来たに違いない。私は何かの手懸りにもと、大急ぎで鞄を開いてみましたが、そこであっと驚きました。

中から出て来たのは、私のブラウスとベレー帽、コール天のズボンもある。私は呆気にとられた。何が何やら分らなかった。で、ともかくもそれを取りのけ、なおも底を探ってみると、日本手拭が一筋と、古い手帳が一冊、それから懐中電燈が出て来ました。その懐中電燈で、手拭と手帳を調べてみて、私ははじめて康夫君の言葉が分ったのです。

手帳は青沼という人の物でした。しかも、その手帳にも手拭にもべっとりと血がついていて、手帳には御叮嚀に指紋までついている。私も康夫君の敵が青沼という人物である事は知っていましたから、さては康夫君のつくってある犯人とは、その男なのだと気がついたのです。と、同時にはっと思い出したのは、康夫君が私に奨めたソフトとオーヴァという姿。……つまり康夫君は私を殺しておいてその後で、こういうつもりだったのだ。毛利英三は蓑浦康夫と間違えられて、誤まって青沼という人物に殺されたのだと。

私は今更の如く康夫君の奸悪さに、いいようのない憎悪を感じましたが、と、同時に康夫君のこの計画が、自分にも利用出来ることに気がついたのです。いや、私よりも康夫君が殺されている方がはるかに自然ではないか。

これで康夫君の計画のうち、ひとつは解決されましたが、もう一つアリバイの問題がある。康夫君は青沼に罪をきせるだけでは不安だったので、自分のアリバイを用意しておくつもりだったんだろうが、……そうだ、そのために私のブラウスやベレー帽が必要だったのだ。と、私は気がつきました。

探偵小説を読むほどの人間なら、これは誰でも思いつく事なんですが、自分の殺した男が、殺された時間より後まで生きていたように見せかける。それなんです。康夫君はコール天のズボンをはき、ブラウスやベレー帽で家へかえっていく。そしてちらりと毛利英三の姿を家の者に見せておいてそれからまた出かける。そしてすぐまたその足で蓑浦康夫になって帰って行くのです。御存じのようにこゝから地蔵崩れまでは、どんなに急いでも二十分はかゝるから、毛利英三の後を追いかけるか、或(ある)いは向うで待っていたとしてもあそこで殺して引返すには、毛利英三が出かけてから最低四十分はかゝるわけです。ですから毛利英三が出かけてから、蓑浦康夫がかえるまでの時間を、四十分より短くすればするほどアリバイは確実になる。そして今度家へかえってからは、奥さんの側に終始いて、夜中外出しなかったことを立証すればよいのです。

こういう風に康夫君の第二の計画を解決すると、私はまたそれを自分に応用出来ないかと考えてみました。私がそれを利用するためには、まず康夫君になって家へ帰らねばならぬ。それは非常に危険だが、その代りそれがうまくいけば私は絶対に安全なのだ。

そこまで考えた私は更にこの計画に役立つような事はあるまいかと、康夫君の倒れているところまで下りていきました。

一つにはその時になってはじめて、康夫君が真実死んでいるのかどうかと考えたのです。康夫君はやっぱり死んでいましたが、そのポケットを探っているうちに、私は康夫君の手帳を発見しました。ひょっとするとこの中に、康夫君の計画のような物が書いてありはしないか、そう思ってページを繰っているうちに、眼についたのがその日の日附けの下に書入れてあった三百円、キ・ヨ・ミという三文字です。三百円、キ・ヨ・ミ——とたんに私は金庫のことを思いうかべました。三百円というのはその日金庫へおさめた金に違いない。そしてキ・ヨ・ミとは金庫を開く符号なのだ。金庫——金庫——その符号を知る者は康夫君以外にない筈だ。したがって金庫を開き得た者は、康夫君であったという事になるだろう。

私は金庫のある部屋の隣りに、浄美さんが寝ている事を知っていた。しかし風邪をひいているから、おそらく彼女は起きて来ないだろう。唯危いのはあなたでしたが、あなたがいつも九時には自分の部屋へかえっていく事を知っていました。

こゝまでお話すれば後のことはお分りでしょう。私は証拠の手拭や手帳やステッキを程よいところに配置し、ブラウスやズボンやベレーを鞄に詰込み、この家の裏木戸まで帰って来たのです。そして暫く様子をうかゞっていると、うまい具合にあなたが自分の部屋へかえって行くのが見えました。今だ！　私は急いでこの部屋へ飛込むと、金庫をひらき、三百円を掴み出すと裏木戸から外へとび出し、曲り角の向うに隠しておいた鞄から、ブラウスやズボンやベレーを取出して、いつもの自分の姿にかえったのです。御存じのようにあのブラウスやズボンはだぶだぶなので、オーヴァもズボンも脱ぎかえる必要はなかった。たゞ、うえから着ればよかったのです。おそらく康夫君もそうしたのだろうと思いますが、その間二分とはかゝらなかった。そしてソフトは鞄のなかに突込み、その鞄を叢の中に隠しておくと、ブラウスのポケットにあったマドロスパイプを咥えて、ふたゝび引返して来たところで、あの裏木戸であなた方に会ったのです。

さあ、これがあの晩私のやった冒険の全部です。それは非常に際どい、危険な芸当で、そういう芸当をやってのけた私を正気の沙汰かとあなたはお疑いになるでしょう。まったくその通りで、あの晩の私はたしかに常軌を逸していました。しかしふだんの考え方でそういう場合の思考や行動を判断する事は出来ません。ふつうの時には不自然と思われる事もその時の私には自然だったのです。それにもう一つには、私は康夫君に負けたくなかった。彼にやれる事なら自分もやってみせるぞという競争意識、——と、いうよりは寧ろ決闘者の心理、それが私にあんな事をやらせたのです。つまり私は康夫君と智的決闘をやったのでした。

　お志保さんは桐火桶を撫でながら、一心に私の話に耳をかたむけていた。そういうお志保さんの様子には、私を非難するような色は微塵もみられなかった。その年頃の日本の女としては、お志保さんは物分りのよい方だから、私の話もわかってくれたのかも知れない。

　私はふと隣室にかすかな物音を聴いた。それは深い深い溜息だった。何かしら長いこと心の底に蟠っていたものを、一気に吐き出すような、長い、ふるえを帯びた溜息だった。私は思わず腰をあげかけたが、その時お志保さんが眼をあげて優しく私を制した。

「お話はよく分りました。しかしその時あなたは青沼という人のことをどうお考えでいらしたの。もしその人が現れて、人殺しのあった時分、ほかの場所にいたことを、証明するような事があった場合、あなたはどうなさるおつもりでございましたの」

「むろん、その事は私も考えました。しかし、あの時の康夫君の自信に充ちた態度から、決してそんな心配は要らないのだと考えたのです。その点私は決闘の相手をよく識っていたのですね。その時すでに青沼という男も殺されているんじゃないかと考えたのですが、今のあなたのお話ですっかり分りました。康夫君が一ケ月ぶりで帰って来たとき、あの晩すでに青沼という男は殺されていたんですね。康夫君はその死体をどこかへ隠しておいた。ところがその後になって私を殺すことに決めた時、この青沼を利用しようと思いついたのでしょう。で、もう一度隠しておいた死体を取り出して、おおかた自分の体から血をとったのでしょう。その血を死体の掌になすりつけ、そうして血染めの手拭や手帳の指紋を作ったのだろうと思います。こうする事によって康夫君は一石二鳥（いっせきにちょう）の効果をあげる事が出来る。第一は青沼という男がいかに無頼漢（ぶらいかん）でも、それきり姿をかくすとすれば、世間の疑惑を招くおそれがある。しかしそいつが人殺しをやったとすれば、極力身をかくそうとするのは当然のことですから、それきり失踪（しっそう）したとしても、それほど怪しまれる心配はない。つまり私は青沼という男の失踪を、理由づけるための道具に使われようとしたのですが、たゞ分らないのは、それだけの理由で康夫君は私を殺そうとしたのだろうか。私にはどうもそうは思えないのです。それもあったろうがそれとは別に、康夫君は私を殺さねばならぬ理由があったのではなかろうか。あの時の康夫君の物凄（ものすご）い形相、私に対するはげしい憎悪——それが私には合点がいかないのです」

「あなたにはお分りになりませんの」

お志保さんの声の調子に、私はぎょっとして顔を見た。お志保さんは優しい、慰（なぐさ）めるような眼で私を見守りながら、

「康夫さんがあなたを憎み、あなたを殺そうとまでしたのは、あの肖像画を見たからですよ」

私は探るようにお志保さんの顔を凝視（みつ）める。私にはお志保さんの言葉の意味がよくわからなかった。

お志保さんはかすかに溜息をすると、

「あなたはあの肖像に、浄美の靨（えくぼ）をおうつしになりましたわね。あの靨はめったにひとの見ることのないものなのです。浄美は楽しい時には微笑（ほほえ）みます。嬉しい時にも笑います。しかし、ふつうの楽しみや喜びでは、浄美の頬にあの靨は現れないのです。それは心の底からの嬉しさ喜ばしさ、深い深い愛情が胸のうちに湧上（わきあが）る時、はじめて浄美の頬にあの靨が現れます。それは浄美の口にこそ出さね、胸に秘めた愛の索引も同じことなんです。それをあなたはおうつしになった。何も御存じなく……しかし、康夫さんはその事をよく知っていたのです。それだから……それだから、あの人は嫉妬（しっと）に狂ってしまったの

です」

　しかし私はお志保さんの言葉を終りまで聞いてはいなかった。

　私は卒然として立上った。私の体ははげしくふるえた。知らなかったのだ。私はその索引を読むことが出来なかったのだ。

　お志保さんは下から私の顔を振り仰いだが、その眼には些(いささ)かも私を非難するような色はなかった。却ってその眼は優しく私をはげましている。

　私はふるえる指であいの襖を押開(おしひら)いた。と、見れば白い枕に頰を横(よこた)えた浄美さんの大きな瞳(ひとみ)が……窶(やつ)れて、落ちくぼんだがためにいっそう大きく見える瞳が、なにかをうったえるように私を迎えている。強い磁石に吸いよせられるように、私はつとその枕もとにひざまずいて、痩せ細った浄美さんの手をとった。私も変ったが浄美さんもかわった。互いに変り果てた面影を見守りながら、私たちは長いこと無言のまゝ眼を見交わしていた。何もいう事は出来なかったし、またいう必要もなかったのだ。やがて浄美さんの瞳には霧のように泪(なみだ)が湧き出(い)で、浄美さんの唇ははげしくふるえた。

　だが……だが……その時私は見たのである。蠟(ろう)のように白く血の気をうしなった浄美さんの双頰に、極くかすかなくぼみが現れたかと思うと、しだいにそれが深い靨となって刻まれていくのを……。

刺青された男

一

確かにいっぷう変った看板には違いない。縦四尺、横五尺ぐらいの白塗りのトタン板に、黒ペンキの線(せん)描(が)きで、さま〴〵な物のかたちが描いてある。

先(ま)ず中央には帆に一杯風をはらんだ三本マストのスクーナー船、それを取巻いて、人魚や、黒ん坊の顔や、西洋美人や、錨(いかり)や、椰子(やし)の樹や、カンガルーや、トランプのハートの女王や……等々そして更にそれら全体を取囲んで、鎖つなぎの枠を作っているのは、色彩(いろ)とりどりの世界の国旗。

民国十五、六年頃の上海(シャンハイ)の、船着場に近い、とある横町にかゝっていた看板である。

その看板の前に立っている彼は船乗りであった。

一瞥(ひとめ)で東洋人と知れる皮膚の色をしていた。だが東洋人としては珍しく見事な体軀(たいく)を持っていて、六尺豊かな身長は堂々たるものだった。手なども野球のグローヴをはめたように大きかった。男振りも悪くなく、毒気のない、開けっ放しな笑顔は船着場の女どもに随分騒がれそうな魅力を持っている。

彼はひどく酔っている。ひょろひょろしながら看板の絵を見ている。絵を見てしまうとこんどは看板の下に書いてある横文字に、ちかぢかと顔を寄せた。

Tattoo Expert
Prof. Chan

「刺青師(いれずみ)　張(チャン)先生か」

ふうっと酒臭い息を吐くと、彼は陽気な笑い声をあげた。それから何んの躊躇もなく、穴蔵のように狭い暗い入口の中へ、ひょろひょろとのめり込んでいった。

刺青師張先生のアトリエはその建物の二階にある。狭い、暗い、陰気な一室で、汚点だらけの黄色い壁には刺青をした男女の裸体写真が一面に張りつけてある。西洋人、中国人、日本人、――種々雑多な人間の、種々雑多な刺青をした写真が、雨気をはらんだ薄暗い部屋に、一種異様な妖気を添えている。

窓の側に粗末な寝台。寝台の側に書物机。その机に向って小柄な男が、背中を丸くして何やら熱心に書いている。その男。刺青師の張はふと顔をあげると、ペンを持ったまゝ入口を振返った。入って来たのは彼である。

「い――刺青師の張というのは――お前さんかい」

呂律は多少怪しかったが立派な日本語だった。

張は眼動ぎもせずにその男の顔を凝視めている。椅子の横木をつかんだ指には、爪の跡が残るほど力がこもっている。小鼻をふくらして二三度大きく息を吸いこんだ。やがて――気がついたようにペンを置くと、大きな鉄縁の眼鏡をかけ、おもむろに榻から立上がった。

張の背は五尺そこそこしかない。黄い、ひからびたような顔をした男で、帽子の下から蜻蛉の尻尾ほどの短い辮髪を垂れている。

「おいでなさい。刺青をなさるんですな」

「おや――大将、日本語が出来るんだね」

「私、長い事日本に居ました。日本で刺青、勉強しました。日本の刺青、世界一素晴しい」

そういいながら張の眼は、注意深く相手の表情を読んでいる。しかし泥酔した彼は気がつかぬらしく、何んの反応も示さない。

「おっとどっこい。刺青の世界一か、大して自慢にもならねえな。はっはっはっ」

船乗りは寝台の端にどしんと腰を落すと、油臭い上衣と襯衣をぬぎ捨てた。

「さ、大将、この胸へ刺青してくれ」

「胸――？　胸、刺青しますか。日本人、たいてい、背中、刺青する」

「だから俺ア胸へするのよ。背中へ児雷也や滝夜叉を背負っているのも気が利かねえ。船乗りは船乗りらしく、ここへ別嬪の顔を彫ってくれ。うんと可愛い奴をな」

「別嬪さん、よろしい。お国の別嬪さん、なか〳〵綺麗。娘さん？　芸者さん？」

「いや、支那の別嬪さんにして貰おう。髪を前に垂らした奴でな。可愛いんだ。名は梨英――」

「梨英――？」

　張の瞳がまた怪しく光ったが、泥酔している船乗は気がつかない。

「梨英――そうよ。可愛い奴なんだ。悪魔みたいに凄い奴よ。大分まえに死んじゃったがな。あっはっは」

　張は戸棚を開いて、針だの絵具だのを取出した。針は紫檀だの象牙だのゝ柄の尖端に、絹針よりも細いのが、三本から多いのになると三十本ぐらいも取りつけてある。ボカシ彫りに使うのは更にそれより多くて、歯刷子みたいな恰好をしている。

　張がさっき日本で刺青の勉強をして来たといったのは嘘ではなかったらしい。それらの道具は日本の有名な刺青師、彫兼だの彫宇之だのという人たちが使うものと殆んど変らない。

　張は針をアルコールでいちいち叮寧に拭きながら、折々偸視るように船乗りのほうを見ていたが、やがて前の戸棚からウイスキーの瓶と二つのグラスを取出した。グラスにウイスキーをなみなみと注ぐと、張はまた、ちらと船乗りの方へ眼をやった。

　船乗りはぼんやり窓の外を眺めている。と――張の手が素速く動いて、グラスの一つに白い粉末が投げこまれた。粉末はすぐ琥珀色の液体のなかに溶けていく。張は両手にグラスを持って、船乗りの側へやって来た。

「おあがり」

　船乗りはびっくりしたように眼をあげて張の顔を見る。

「ウイスキー。これ、飲む、よろしい。針の痛さ、わからない。おあがり」

「こいつは気が利いてる」

船乗りは眼を細めて一息に飲干（のみほ）すと、手の甲で口のまわりを拭きながらからから笑った。張はちょっとグラスの端に唇をつけたゞけで、すぐ机の上に押しやった。

「さあ、やりましょう。横になりなさい」

船乗りはごろりとベッドに仰向（あおむ）けになる。張は彼の広い胸をアルコールで拭きながら、船乗りの顔を見ている、天井で青蝿（あおばえ）がものうい羽音を立てゝいる。

あーあ、と船乗りが大きな欠伸（あくび）をした。

「俺ア……何んだか……睡（ねむ）くなっちゃった」

「睡（ね）なさい。睡なさい。睡てると針の味分らない。刺青、出来たら起してあげる」

「う、うんそうか。そうして貰おうか……」

船乗りはもう睡っていた。

張は立って窓の鎧扉（よろいど）をしめる。それから小机を引きよせると、そのうえに墨だの朱だの紅殻（べにがら）だのを並べる。その間始終薄笑いをうかべている。こうして用意が出来ると、張は針をとってベッドの側にうずくまり船乗の胸に刺青を彫りはじめた。傍目（わきめ）もふらずに彫り出した。

天井では青蝿がブーンブーンとものうい羽音を立てている。……

それからどのくらい経（た）ったか。——

船乗りはポッカリ眼を開くと大きな嚔（くしゃみ）をした。あたりは真暗で、どこかでぴたりぴたりと波の寄せるような音がする。それはいゝが、仰向けになった顔といわず体といわず冷い水滴がいちめんに降り注いでくるのが耐（たま）らない。

船乗りはまた嚔をした。起直（おきなお）ってきょとんとあたりを見廻す。真暗（まっくら）な底から、ちゃぷんちゃぷんと波の音。冷い雨。だしぬけにボーッと霧笛（むてき）が耳をつんざいた。

船乗りはそれではじめて気がついた。彼は波止場の突端（トッパナ）に寝ていたのである。

船乗りはブツブツ言いながら立った。どうしてこんなところに寝ていたのか分らない。向うに灯が見えるので、兎も角もと歩き出す。と、ふと彼は胸の痛みに気がついた。しかもその痛みは、気がつくと同時にそこら中にひろがって、何百何千という針でつゝき廻されるような感じである。

ふいに彼は刺青師のアトリエを思い出した。眠るまえに飲んだウイスキーの味を思い出した。いまから思うとあのウイスキーは苦かったような気がする。彼はあわてゝポケットを探った。何もなくなっている物はない。第一、あの時脱いだ上衣や襯衣もちゃんと着ている。

だんだん彼は明るい方へやって来た。それほど遅い時刻ではないらしく、電気蓄音機が騒々しく鳴っている。彼は明るいカフェーの前に出た。そのカフェーの前で彼はふと足をとめる。飲物や食べ物を飾った飾窓の奥に、大きな鏡が光っている。

船乗りはその飾窓の前に近寄ってあたりを見廻した。カフェーの中からは蓄音機の音や、酔っぱらいの濁声が騒々しく聞こえて来るが、表の通りには人影もない。船乗りは手早く襯衣のボタンを外して胸を開いた。明るい鏡の中に赤く爛れた胸が映る。数秒――数十秒――彼は眼動きもしないで鏡の中の自分の胸を凝視している。突然、彼の唇がわなわなと顫えた。

咽喉までこみ上げて来る恐怖と驚愕の叫びを噛殺して、彼はあわてゝ襯衣の釦をかけた。なおその上から上衣の襟をかき合わせて、きょろきょろあたりを見廻した。

どどどどーと百雷の炸裂するような音が耳の奥で鳴っている。船乗りは夢中になって雨の波止場を駈出した。

刺青師の張がアトリエの中で縊り殺されているのが発見されたのは、それから三日目の事である。犯人は遂に分らずじまいだったが、細い、しなびた張の咽喉に残っていたのは、恐ろしく大きな指の痕だった。

昭和初年頃の上海での出来事である。

二

私がその男の存在を知ったのは、あと数時間で船がシンガポールへ入るという、印度洋での事である。

暑気と無聊に苦しめられながら、医務室で冗らない三文小説を読んでいると、五六人の水夫ががや〳〵口々に罵りながら、一人の怪我人を担ぎ込んで来た。怪我人は同じ水夫の津田という男である。私は前からこの津田という男を知っているが、彼にはゴリラという綽名があって、仲間からはゲジゲジのように嫌われている男である。

ゴリラとはよくよくつけたもので、実際彼の様子はあの獰猛な動物にそっくりであった。腰よりも肩の巾のほうが広くて手が無闇に長い。ビリケンのように尖った頭はつる〳〵に禿げて、眼は落ち窪んでいる。いわゆる金壺眼という奴である。鼻がへしゃげて口が大きい。おまけに出っ歯である。そして恐ろしく毛深い体質である。

こいつがズボン一つの半裸姿で、ノッシノッシと甲板を歩いているところは全くゴリラそっくりである。おまけにゴリラのように腕っ節が強くて、何彼というとそれを振廻すのだから始末が悪い。

そのゴリラが怪我をして担ぎ込まれたのである。しかもこれが過って滑ったの転んだのという怪我でない事は一瞥見れば分る。片眼が叩潰されている。前歯が二本折れている。鼻翼が裂けて鼻血が泡のように吹出している。体中が斑になって気息奄々としているのである。私は思わず吹出さずにはいられなかった。

「どうした。喧嘩か、相手は誰だ」

「相手はマルセーユから乗込んだ新入りですがね、いや強いの何んのって、津田の奴すっかり手玉にとられやがった」

「畜生——野郎——来い——」

ゴリラは弱々しい声で呻くと、ぺっと血の混った痰を吐いた。

「津田をこれだけにやっつけるところを見ると、よっぽど強い奴なんだね。で、相手はどうした。そいつも相当やられてるだろう」

「ところが向うさんは損傷ひとつ受けてやしねえ。何んしろゴリラを側へ寄せつけねえんですからな。津田の奴、まるで破れ雑巾みたいに振り廻されやがった」

「ほゝう、上には上があるもんだね。しかし津田もこれで少しは眼が覚めるだろう。おっと、誰かこゝへ来て津田の頭をおさえていてくれ。よしよし。全く津田ものさばり過ぎたからな。例によって津田の方から喧嘩を吹っかけたんだろう」

「いえ、ところが今度はさすがのゴリラも大分躊躇していたんです。何んしろ相手があんまり見ごとな体をしている。それに態度なども妙に他人を屈服させる力を持っている。ゴリラも今度は勝手がちがって、一目おいてやアがったんですよ」

「それがまた何故喧嘩になったんだ」

「亀田の奴が悪いんですよ。亀田が嗾しかけやがったんだ」

「冗談いうない。嗾しかけたのは俺じゃねえや。白石じゃねえか。白石が変な事を云い出すもんだから……」

「俺がいつ変な事をいった」

「だって手前じゃねえか。『襯衣を脱がねえ男』っていうのはあいつじゃなかろうかって……」

「それは俺じゃねえ。一番はじめにそれを言い出したのは松山なんだ。なあ、松山、お前が……」

「おい、みんなちょっと黙っていてくれ。津田、どうした、苦しいのか。誰か津田の体を支えていてくれ。静かにやれよ、おっとと……」

津田はまた泡のような血を吐いた。それを見ると水夫たちもしいんとして顔を見合せた。

「先生、津田は悪いんですか……」

「ふむ、どうも肋骨が折れているらしい。こいつが肺にさゝっていると……津田、どうだ気分は……いゝか。なあに、大丈夫だ。もともと頑丈な体なんだからな。で、何んだい、その『襯衣を脱がぬ男』というのは……？」

「へえ……先生は御存じじゃありませんか」

「何を?」

「何をって『襯衣を脱がぬ男』の話でさ」

「だからそれはどういう事なんだ」

「じゃ、先生は御存じねえんですね。なにね、こちとら仲間にゃ有名なもんです。だが、この話なら松山が一番詳しい。松山、手前お話をしろ。お前が一番弁が達者だ」

「おだてるない」

「松山、何んだい。その『襯衣を脱がぬ男』というのは……」

「先生、それはこうなんです。あっしら仲間の水夫のなかにひとり絶対に襯衣を脱がねえ男がいるんです。あっしらまだ一度もそいつに会った事はねえが。船着場なんかでほかの船の仲間と一杯やる時、よくそいつの噂が出るんです。不思議なんですね。とにかく決して襯衣を脱がねえてんですから。印度洋や南アフリカの襯衣はおろか自分の皮まで脱いでしまいたくなるような場所へ行っても、そいつだけは決して襯衣を脱がねえ。でまあいろんなことをいうんです。体に傷があるんだとか腫物があるんだとか、中にゃ人に見せられねえ刺青をしているんだとか……しかし先生も御存じの通り、あっしら水夫という奴は、極まり悪がるというふうじゃねえ。腫物があろうが傷があろうが、そんな事を恥かしがる奴は一人もねえ。刺青なら誰だってやってまさあ。だから不思議なんです。一体、その襯衣の下に何を隠してるんだろうって……ね。ところでそういう噂をする奴も、自分で直接にそいつに会ったのは殆んどねえ。たいていは噂のまたききのまた、又聞きくらいなんです。だからそいつの名前なども区々で、人格風態なども西洋人みてえに巨い奴だというのもあるし、そうかと思うと、色の生っ白い女みたいな野郎だという奴もある。つまりよく分らないんです。というのはそいつは滅多に日本船に乗らねえ。いつでも外国船に乗込んでいるんで、しぜんこちとらと顔を合わせる事はねえんですね。ところが今度マルセーユから乗込んだ男、芳賀という人ですがね。こいつがどうもそれじゃねえかと……なに、はじめは誰も、夢にもそんな事思ってやあしなかったんですが、スエズからこっちへ来るにしたがって怪しくなった。印度洋のこの熱さにも、野郎ちゃんと襯衣(シャツ)を着ている。で、誰がいい出したか、あいつがあれじゃねえか、『襯衣を脱がねえ男』じゃねえか……と先生、そうなると相当気味(きび)が悪いもんですぜ。何んだか、ねえ、こう、いやあな気持ちなんです。みんなそういうんです。で、みんなで相談して、とうとう津田を嗾しかけたんです。つまり津田に喧嘩を吹っかけさせて、奴(やっこ)さんの襯衣をひっぺがして、ひとつ体を見てやろうじゃねえかと……おや、先生、どうかしましたか。津田が……」

津田はまた泡(あぶく)のような血を吐くと、苦しそうにベッドのうえをのたうちまわった。

「津田、どうした。しっかりしろ」

しかし津田の顔色はしだいに紫がかってくる。瞳(ひとみ)が急に気味悪く吊上(つり)がった。あわてゝ聴診器を胸に当てゝ見ると、呼吸音がすっかり変って、ヒューヒューと毀(こわ)れた笛みたいな音を立てゝいる。しかもそれさえもしだいに弱くなって行く。私の顔色をみて水夫たちもあわてゝ津田の枕下に集まって来た。

「津田、どうした、だらしがねえぞ」

「しっかりしろ。こんな事で参っちゃ、ゴリラの沽(こ)券(けん)にかゝわるぞ」

「先生、津田は……」

私は聴診器を耳から外すとかすかに首を振った。

「誰か船長を呼んで来い。それから……何んとか言ったな。芳賀か。『襯衣を脱がぬ男』だ。そいつを逃がさぬように……津田にもしもの事があると……」

水夫たちは唾(つば)を飲んで顔見合せた。それから二三人顔色変えて医務室をとび出した。

津田はその晩死んだ。しかし芳賀の姿は船のどこにも発見されなかった。芳賀と一緒にボートが一艘(そう)なくなっている事が発見されたのはその翌朝の事である。

襯衣を脱がぬ男の襯衣の下に、いったい何が隠されていたのか、私は渇した者が水を求めるように、その秘密を求めたのだが……
昭和六年頃の私が船医をしていた時分の事である。

三

昭和十七年の夏、私は南洋のある島にいた。私がその島にいたのはむろん戦争のためである。しかし私は今度の戦争については語りたくないし、また戦争はこの物語に何んの関係もない事である。また、島の名もある理由からこゝに明かす事を差控えたいと思う。これ又この物語にさして重要な役目を持っているとは思えないからである。

その九月に私はある任務のために、部隊をはなれて百数十里向うの地点へ行かなければならなくなった。一行は私のほかに若い将校が一人、下士官が二人、兵が二人、それから報道班員と通訳が一人ずつついていた。

これからお話する出来事は、この旅行の途中で遭遇した事件なのである。

部隊を出発してから数日の後、私たちは大きなジャングルの周辺にある、インドネシヤの部落に分宿した。そこは島でもかなりの奥地で、戦争でもなければ、滅多に日本人などの足を踏入(ふみい)れるところではなかった。

その晩私とともにインドネシヤの小屋に泊ったのは、若い報道班員と通訳のK君だった。ところがもう真夜中に近い頃の事である。昼の疲れで私がとろとろしていると、小屋の入口でしきりに何か言いあっている声がする。一人は通訳のK君らしかったが、聞くともなしに聞いていると、病人だの医者だのという言葉が混(まじ)る。むろん話はインドネシヤの言葉でなされているのだが、その程度の言葉なら私にも分ったのである。

私は起上がって小屋を出た。見るとK君をつかまえて、しきりに何か訴えているのは、まだ十三四のインドネシヤの少年だった。

「Kさん、どうしたんですか」

K君の話によると、この部落にいま一人の病人があるそうである。聞けばこの一行の中にお医者さんがいるそうだが、一度その病人を診てくれないかと、こうこの少年は訴えているというのである。

「それからこいつ妙なことをいうんです。その病人はわれわれと同じ日本人だというんです。でその日本人がお前を使いに寄越したのかと聞くと、そうじゃない。病人は何も知らない。むしろ私が医者を呼びに来た事が分ると、どんなに叱られるか分らないとこういうんです。何故叱られるのかと聞くと、医者が来ると体を見せなければならない、それがきっと病人は厭なんだろう……と」

「医者に体を見せるのが何故厭なんですか」

「さあ、それは私にも分りませんが、聞いてみましょう」

K君は暫くインドネシヤを相手に喋舌っていたが、

「どうも分りませんねえ。その日本人というのは今迄決して襯衣を脱いだ事がない。つまり体を見せた事がないというのです。その男はこの少年が赤ん坊の時分からこの土地にいるんですが、絶対に襯衣を脱いで体を見せた事がない。今度重病に取り憑かれてからも……」

私はK君の話を皆まで聞かないうちに、小屋へととって返して鞄を持って来た。ごろ寝をしていたので着物を着更える必要はなかったのである。

「さあ、行こう。お前の主人のところへ案内してくれ」

K君は呆気にとられた。それから急に気がついたように私を制めた。しかし私はK君の言葉を耳にもかけず、インドネシヤの少年を急き立てゝ案内させた。

その日本人というのは部落から少し離れた小屋に、このインドネシヤの少年と唯二人で住んでいるらしい。私がおぼつかない土地の言語を操って、みちみち彼から聞き出したところによると、彼はこの近在では非常に尊敬されているらしい。それというのが彼は大変親切である。インドネシヤの面倒をよく見る。しかし怒ると実に怖い。第一非常に強くて、この近在で彼に立向かう事が出来る者は一人もない。しかし怒って腕力を揮うような事は滅多になく、ずっと以前に自分は唯一回見たゞけである。その時彼はたった一撃でインドネシヤを叩殺した。殺された男はこの近在でも鼻抓みの、性質の悪い奴だったので、みんな却って喜んだ。そして一層彼を尊敬した。彼は一人である。女房も子供もない。……

　少年の話を聞いているうちに私はいよ〳〵確信を強めた。あの男なのだ。十年以前、一葉の小舟に身を托して、印度洋の波間に消えていった男、絶対に襯衣を脱がぬ男。——いまこの異郷の空で、計らずもその消息を耳にした私は、今更厳粛な運命の導きに、全身に総毛立つような緊張を覚えた。

　だが私は警戒しなければならなかった。私はその男の並々ならぬ腕力を知っているし、彼があの襯衣の下に秘められた秘密を守るためには、どんな暴力の発揮もいとわぬ事も知っている。どうして彼に襯衣を脱がせようか。いや、どうして彼に知られずに、襯衣の下を見ようか。……

　だが、さすがに強い彼の意志も、運命の前には抗しかねたのだ。私が彼の小屋へ着いた時、彼は昏睡状態におちていた。ほの暗い獣油の光でその顔を見た時、私は果してその男が、彼であるかどうか見極めがつかなかった。みちみちインドネシヤの少年から容体を聞いて、おそらくそれは喉頭癌であろうと推断していたが、その推察に誤りはなかったらしい。人類に対する最も残虐な苛責であるこの病気は、彼の体内から昔日のエネルギーを奪い尽したらしい。その時の彼の形容は枯痩の一語に尽きていた。

　暫く私は彼の寝息を窺っていたが、やがて思い切って襯衣の裾をまくり上げた。襯衣の下には彼はまだ白い晒布を巻いていた。手術用の鋏で私はその晒布を断ちきった。そしてそして私は見たのである。

　それは私が予想した通り刺青だった。しかもその刺青がどのように彼を悩まし苦しめたか、それは何度も何度も焼消そうと試みたらしい。酸膽たる努力の跡を示す如き、無残な皮膚の変色によっても分るのである。しかもあらゆる努力にも拘らず、その刺青は依然として、彼の皮肉に喰入りその原形を保っている。あたかも張の執念を示すように……

ふいにかすかな鼻息が聞こえたので、私ははっと顔をあげた。彼は眼を開いて、じっと私の顔を凝視めていた。私はあわてゝその刺青を隠すと、鞄から聴診器を取出した。私の今の所業が底意あるものではなかった事を示すために。……だが、本当の事をいうと、実はそこに深い底意があったのだが。

彼は手を振って私の診察を拒んだ。そして弱いゴロゴロするような声でいった。

「先生、御覧になりましたね。私の刺青を……いゝえ、お隠しにならんでもいゝんです。どうせ私の体は長いことじゃない。それにこんな戦争じゃ、私を日本へ連れて帰る事も出来ませんからな。は、は、は、は」

彼は弱い、力のない声で笑って、

「先生、お話しましょうか、この刺青の仔細を……死ぬ前に一度誰かに聴いて貰いたいと思っていたんです。今夜は幸い馬鹿に気分がいゝ。いよ〳〵死期が近づいたんですな」

彼は凄い微笑をうかべると、それから俄かに起きると言い出した。私が手伝って、出来るだけ楽に倚りかゝる事が出来るようにしてやると、彼は何度も礼を言った。そして低い、しゃがれた、苦しそうな声で話し出したのである。以下掲げるのはその時彼の話した物語である。この打明話をした数日後、彼は苦悩に満ちた生涯を閉じたという事だ。

大正十二年の夏から秋へかけて、私は神戸の下等な船員宿にごろごろしていました。

その前の航海で私は誤まって船橋から落ちて、脚を挫いていたので、そこに置き去りにされたわけです。幸い怪我は思ったよりも軽くて、間もなく起出せるようになりました。もっとも多少跛は引いてましたが。……

その時分私はまだ若かったし、無聊に苦しめられていましたし。しぜん起きられるようになると毎晩遊びに出掛ける事になります。どうせ私ども下等な船乗りを慰めてくれるものといったら、酒と女と昔から相場が極まってます。私の足の向くのもやっぱりその方角で、その頃、毎日私が出掛けていったのは、三の宮の近くにあるトロカデロという酒場です。

こゝは酒場というより船乗相手の地獄宿みたいなところで、五六人の女がいる。みんな日本人ですが、その中に唯一人中国人の娘がいました。それが梨英です。この梨英というのは、まあ、云ってみればフリーランサーみたいな奴で、そこに住込んでいるんじゃなくて、別に家を持っていて、毎晩夕方頃になるとそこへ出張して来るんです。そして酒の相手をしたり、ダンスのお相手を勤めたり――えゝ、そこには一寸したホールもあって、踊れるようにもなっていたんです――そして、十二時になるとさっさと帰って行く。

私はその梨英に惚れたんです。お恥かしい話だが全く夢中になっちまったんです。美人という方じゃない。しかし何しろ凄い奴で、娘というよりは腕白小僧といった感じなんです。体なんどもその年頃の日本娘のようにぶよぶよしていない。きりゝと引緊っていて、そして弾力がある。色は浅黒い方です。

そういう奴が翡翠の耳飾かなんかして、蟬の羽根のような薄いきらきらする支那服を着て。しかも唇をついて出る言葉といえば変に流暢な日本語、それも江戸弁で啖哥を切るんです。えゝ、日本語は実に上手で、その代り肝腎の支那語はから駄目。私は全くこの梨英には悩まされました。だらしない話ですが足下に跪ずいて泣いた事もあります。ところが梨英の私に対する気持ちというのが、どうしても捕捉出来ない。自惚れじゃないがたしかに私を嫌っちゃいない。触れなば落ちんという態度を見せる。それでいて最後のところまで行くと、突っぱねてしまうんです。

私は何度も梨英の家へ押しかけて行きました。梨英はその頃生田神社の裏の、安っぽい洋館の二階に、呉という中年者の男と二人で住んでいました。この呉というのはちんちくりんの、瘦せっこけた、風采の上がらぬ男でしたが、梨英の話によると親の代から彼女一家に仕えているという。私はしかし呉など眼中になかった。それに私が行くといつも呉は座を外して、なるべく姿を見せぬようにしているので、勢い顔を合せる機会も少かったわけです。

　私が遊びに行くと梨英はいくらでも酒を飲ませる。その時分私は嚢中しだいに淋しくなっていたんですが、そんな事にはお構いなしに実に気前よく飲ませる。で、結局、私は盛りつぶされて、何んのために梨英の家まで押しかけていったのか、割切れない心持ちで帰って来る、と、こういう、お預けをされた犬みたいな、いらいらした、遣り切れない交渉が一月ほども続きましたろうか、それが突然変ったものになったというのは……

　それは八月も終りに近い、むんむんするように暑い晩のことでした。十二時過ぎになって梨英の家へ押しかけて行くと、梨英は私を待っていた、さあ、すぐ出掛けようという。見ると驚きました、梨英の奴洋服に鳥打帽という男装。それがまたよく似合う。元来がきりゝと引緊った、娘というより少年といった感じの体格ですから。

　何んにもいわないでよ、私のいう通りにして頂戴、その代り今夜はきっと面白く遊んであげる。さあ、これを持ってついて来て頂戴。梨英が私に持たせたのは黒い皮のボストンバッグ、こいつが馬鹿に重い。何が入っているのかと訊いても梨英は笑って取り合わない。どこへ行く、何をしに行く、もしそんな事をうるさく訊こうものなら旋毛を曲げてしまうに極っている。黙って私のいう通りにして頂戴。そういう言葉に従って、犬のようについて行くより仕方がなかったんです。今夜は面白く遊んであげる。さっき言った梨英の言葉に胸をわく〳〵させながら。

　梨英が私を引っ張っていったのは、山の手にある異人屋敷でした。梨英の話すところによると、この異人館の主人は目下六甲の別荘へ避暑に行っていて、家は空っぽである。しかし自分はその主人と懇意で、留守中自由にその屋敷を使ってもいゝという許可を得ている。だから今夜はこの家で面白く遊ぼう。

　だが、その遊びというのが……手っ取り早く言ってしまいましょう。それは結局強盗なんです。驚いた事に、私の提げてきたボストンバッグには重いも道理泥棒の七つ道具が入っている。梨英はそいつを器用に使って、扉でも窓でも雑作なく開ける。そして最後には金庫まで。……

梨英はしかしいうんです。自分はこゝの主人と懇意だから、何もそんなにビクビクする事はない。たゞ一寸悪戯をしてびっくりさせてやるだけなんだから。さあ、そう顫えずにしっかり懐中電燈を持ってゝ頂戴。だがこれが顫えずにいられますか。ビクビクせずにいられますか。梨英は私を意気地なしだの、見かけ倒しだの、独活の大木だのと、舌をふるって罵倒する。罵倒しながら一心不乱に錐を使って金庫に孔をあけている。

だが正直いって、その時ほどの美しい梨英を私はまだ見た事がない。少し汗ばんで、唇を咬んで、きっと錐の尖端に瞳を据えている、その息苦しいほど緊張した梨英の顔。凄いような真剣さ。金庫は間もなく開きましたが、しかし梨英の予期したほどの財物は得られなかったらしい。ちょっ、あの嘘つき爺いめ。自分の金庫には金貨だの宝石だの山ほどあるといっていたが、何んだい、これっぽっちの紙幣束と時計と指輪。梨英はそれでもそれらの物を持って来た袋に詰めました。それから私の方を振向いてにやっと微笑いました。

お馬鹿さんね。何をそんなに顫えているの。いゝわ、さあ、性根を入れてあげる。私の持っていた懐中電燈を叩き落とすと、梨英はいきなり私の首っ玉に噛りついて来ました。閉めきった、人気のない、むんむんするほど蒸せっぽい、夏の夜の空屋敷の中での事。……

私は突如、絢爛たるお花畠へ連出された心地です。そこには眼を奪うような色彩と、魂を痺らすような芳香がある。しかしそれと同時に人を堕落へ誘い込む囮もある。ちょうどあの美しい罌粟から麻薬がとれるように。私はもう梨英の言葉を信じない。いや、あまり尤もらしからぬ弁解など、最初から信じていなかった。第一、新聞がちゃんと書いているんです。昨夜山の手の異人館に二人組の強盗が忍び込んで、金庫を破って逃走した。足跡から判断すると、一人は小柄の人物、他の一人は大男で、大男のほうは跛である。だが、私はその新聞を突きつけて、梨英を詰問しようなどとは思わなかった。それよりも私の心はもっと別の事に奪われているんです。あの冒険の後に突如やって来た激しい嵐、気狂いじみた、獣のような歓楽の思い出。

だが、その後梨英はまた私から遠退いてしまいました。誘うような、焦らすような、人を生殺しにするような以前の梨英、そこを踏越えて、もう一度あの歓楽を貪り食うには、同じような冒険をやるよりほかに手段はない。そこで私はやりました。二度三度、私はもう顫えない。錠を破る事も、金庫に孔をあける事も、自ら先に立ってやりました。梨英の歓心を買うためなら、どんな事でもやってのけたんです。

新聞がしだいに騒ぎはじめました。異人館専門の二人組強盗。——不思議にも梨英の選ぶ家はいつも異人館なので——そんな記事が毎日のように新聞に出る。むろん私はそれ等の記事を、いつも注意して読みますが、そのうちに不思議な事実を発見しました。それはこうです、船に乗っていた私は知らなかったのですが、その年の春頃から夏のはじめにかけて、やはり同じような二人組強盗が、阪神間の異人館を専門に荒し廻ったらしい。それが一時ぱったり歇んだのは、強盗の一人と思われる人物が捕まったからなのです。七月の半ば頃の事、御影のドイツ人の家に忍込んだ二人組強盗は、彼等の今迄の成功を一挙に帳消しにするような大きなヘマを演じた。留守だと思った主人が家にいて、しかも、強盗の一人に向って発砲したのです。弾丸はたしかに一人の脚部に命中したが、その時は二人とも逃げてしまった。しかし、それから二三日後に負傷した奴がとうとう捕まったのです。それは芦屋に下宿している学生で、まだ二十三にしかならない青年だったという事が、当時非常に世間を騒がせたらしい。その青年は脚部に銃創があり、そのほかにも逃れられない証拠があったのでしょう。とうとう二人組強盗の一人として挙げられ目下未決にいるという事でした。

さて、以前横行した二人組強盗と、近頃また世間を騒がせはじめた二人組と、全然無関係なものである事は、誰よりも私がよく承知している。しかし二組のこの強盗のやり方には、不思議に一致した点が多かった。殊に近頃現われる強盗の一人が、跛を引いているという点が、一層、これを同じ人間の連続犯行と見做す説に有力な根拠を与えたのです。一時強盗沙汰の歇んでいたのは（その点がかの容疑者なる青年の、有罪説を支持するに強い根拠になっていたのですが）仲間の一人が捕えられたゝめではなく、そいつが負傷で動けなかったからなのだ。それが治って、――但し跛を矯正するまでには至らないが――ふたゝび活躍を始めたのが、即ち最近の頻々たる強盗沙汰である。そこで世間の同情はかの青年に集まります。それに警察の挙げていた証拠というのも、それほど有力なものではなかったのかして、間もなくその青年は釈放される事になりました。こうなると、私たちの近頃の行動は、まるでその青年を救うためにやっていたもののように見える。そして、事実またそうであったのです。あゝ！

青年が釈放されたという記事が新聞に出てから、二三日後の夕方のこと私は梨英を訪れた。そんな時刻に私が彼女を訪れたのは今迄に一度もない事で、実は不意を襲って彼女を驚かしてやろうと思ったのです。事実は驚かされたのは却って私の方でしたが。……扉を開くといつも出て来る呉の姿もその日は見えなかった。私にはこれが勿怪の幸いで、かん〳〵西陽の当るガタピシの階段を、足音を盗んで登っていくと、途中から梨英の声が聞える。誰か来ているのかと思わず立止まりましたが、すぐ電話をかけているのだと分りました。こんな時には私ならずとも、立聴きしたくなるのが人情でしょう。彼女の部屋は二間続きになっていて、電話は奥の寝室にある。扉を開いて、表の居間へ忍び込む。境の扉はしまっていて、電話の声はその奥から聞こえて来るのですが、そこまで来ると急にはっきりする。それを一層よく聞くために、私は扉に耳をつけました。あゝ今から思えばあの時あんな真似をしなければよかったものを！

　だって、だってそうしなければ……と、梨英の声は涙ぐんで躍起になっている。私は今迄こんな神妙な梨英の声を聞いた事がない。で、一層扉に耳を押しつける。そうしなければあなたは無実の罪におちてしまう。恐ろしい二人組強盗の片割れにされてしまう。しかもあなたがあらぬ疑いを受けたその原因は、私が作ったんですもの。私が過まってあなたの脚を撃ったゝめなんですもの。あなたがそれを云いたくない気持ち、私にもよく分る。どうせ私はこんな女ですもの。だから私それを云わないで、あなたを救う方法を一生懸命に考えた。えゝ、えゝ、それこそ骨身を削る思いで考えたわ。そして結局私のやった方法よりほかに思いつけなかったんですもの。それがいけないって？　だから云ってるじゃないの。盗んで来たものは、どこへもやらずちゃんととってある。あなたが牢から出て来たらいずれ機会を見て、もとの持主に返すつもりだって。えゝ？　それはいいがあの男の事ですって？　だって、だって、それは仕方がないわ。あゝでもしなければ、あの男相棒になってくれやしないわ。自分の恋人を救うために、泥棒の真似事の相棒になってくれって、そんな事いえて？　たとい言っても相手が肯くと思って？　あの男についてはこの間打ちあけたのがすっかりよ。どうせこんな体ですもの、二度や三度、あの男のおもちゃになったって……嘘よ、嘘よ、私があの男を選んだのは、何も惚れてるからじゃない。あの男の跛なのが、私の計画に都合がよかったからなのよ。私あの男を憎むわ。こんな生活を憎むわ。こんな生活に落したお父さんを憎むわ。お父さんも私も立派に日本人なのに、……えゝ、それゃこんな港町ではふつうの日本娘では人眼を惹かない。異国人になってた方が、男を惹寄せる魅力があるって、そういうお父さんの計画はうまく行ったわ。でも、でも、お父さんを召使にして、呉だの梨英だの……私、もういや。あなた、あなた、私を救って、……ねえ、私を救ってくれる人はあなたしかないわ。いや、いや、嫌い、嫌い、私、あの男を憎む、憎む、憎む――

梨英が寝室の中で縊り殺されているのが発見されたのはその翌日の事でした。

冒頭に掲げた一節、彼がその後梨英の父に上海で出会って、あの呪わしい刺青をされた顚末は、こゝへ入るべき物なのである。

「ねえ、先生」

長い長い物語にも拘らず、刺青された男は疲れも見せずに語りつゞけた。

「私は自分をそんなに凶暴な男だとは思っていない。しかし、他人が不当に自分を傷つけた時、私は怒りの発作をどうする事も出来ないのです。そして怒りの発作が起った時……私は自分の腕力を呪う。人並すぐれた膂力を呪う。梨英の場合でもまた梨英の父の張――呉ですか、二人とも日本人としての名があるのでしょうが私は知らない。どちらの場合でも私は殺そうとまでは思っていなかった。後から思えば梨英は可哀そうな事をしました。私は一度梨英の恋人に会いたいと思う。会って彼女の真情を伝えたいと思う。しかし、もう今となっては駄目ですね」

刺青された男は咽喉をゴロゴロ云わせながら淋しく微笑んだ。それはもう何んの苦悩も苛責もない、長い間背負わせられて来た重荷をおろした微笑だった。

私は立って小屋の窓から外を見た。空には凄いような熱帯の半月がかゝって、大蝙蝠が群れをなしてジャングルの上を飛んで行く。私はつと刺青された男の枕下によった。そして彼の耳許に囁いた。

「君は梨英の恋人に会いたいと云いましたね。その希望は果されました。いま君の眼の前にいる男がそれですよ」

私はそういいながら驚愕に眼を瞠っている彼の胸に眼をやった。そこには張の彫った呪いの文字が、まだ消えがてに……

大正十二年秋、神戸で梨英という娘を殺した犯人は私である。

明治の殺人

一

明治四十二年の秋のことである。

駿河台にある桑島病院の院長桑島ドクトルは、沈痛な面持ちをして千駄ケ谷にある細木原謙三の寓居を訪れた。不治の病におかされて、死期を待つばかりの患者を見舞う医者の誰でもがそうであるように、桑島ドクトルの心は重かった。殊に患者が他人ではなく、おのれが近親であるのみならず、長い間心友として交わりを結んできた人物であっただけに、ドクトルの重い気持ちのなかには、職業的でない、深い悲しみさえ多分にまじっていた。

雨に打たれて黒くなった粗末な門のくゞりをくゞる時、ドクトルはいつも一種の感慨に打たれる。生涯を自由のために闘って来た闘士、細木原謙三の住居がこれなのか——と。するとドクトルはいまさらのように、この不遇な友の生涯がかえりみられて、暗然たる気持ちに閉されるのであった。

玄関に立って呼鈴を押すと、広からぬ家のなかにジリジリと鳴りわたる金属性の物音が、かえってこの息を殺して病人を見守っている静けさを象徴しているようで、ドクトルはあわてゝ呼鈴の釦から手をひいた。

すると間もなく、ひそやかな足音がきこえて来て、中から格子をひらいたのは、この家の老僕伍介であった。伍介はドクトルの顔を見ると、一歩うしろへ退いて、袴に手を立てゝ無言のまゝ頭を下げた。

「さきほどは、使い、御苦労だったね」

伍介はまた頭を下げた。

「どうだね。あれから変ったことはないかね」

「はい、今日はずっと落着いておいでになりますようで……先生様のおいでを、たいそう待ちこがれていらっしゃいます」

「そう」

伍介に鞄を渡すと、ドクトルは自分で外套をぬいで玄関の釘にかけた。そして勝手知った家のこととて自ら先に立って歩き出した。

足音をきいて、なかから病室の襖をひらいたのは、謙三の娘の明子であった。明子はいままで泣いていたと見えて、まだ涙の残っている眼で、訴えるようにドクトルの顔を仰いだが、すぐまた無言のまゝ畳の上に頭を下げた。長い間の病人の看護と、それからドクトルもうすうす知っているもう一つの悩みのために痩せ細った明子のうなじは、一握りにも足りないほど窶れて、それを見下ろすドクトルの眼にいたいたしくうつった。

しかしつぎの瞬間、じっとこちらを見ている謙三のほうへ眼を向けた時、ドクトルの顔からはもうあの沈痛な色は拭われたように消えて、いつも病院で患者に応接する時のような、精力的な晴々しい顔色にかえっていた。

「やあ。さきほどは使いを有難う、どうだね気分は……」

病人の枕下にどっかとあぐらをかくドクトルに座蒲団をすゝめ、伍介の持って来た鞄をそこへおくと、かねてから父に言いふくめられていたとみえて、明子は無言のまゝ頭を下げて、静かに部屋を出ていった。

「ふむ、有難う」

謙三は顔を横に捩じむけて、明子が外から襖をしめてしまうまで見送っていたが、やがてその眼をドクトルのほうに向けると、この病気特有のしゃがれた声でいった。

「わざわざ来て貰ってすまなかった。にわかに話しておきたい事を思いついたものだから」

「あゝそう、とにかく診察させて貰おうか」

ドクトルが鞄を開きにかゝるのを、謙三はあわてゝ手をあげてとめた。

「いや、今日はいゝ。診(み)てもらったってもらわなくったって、どうせ同じことだから」

「しかし、せっかく来たのだから……」

「いや、ほんとにいゝんだ。それより話というのを聞いてもらいたいんだ」

「どうしたんだね。いやに急ぐじゃないか」

ドクトルは取りあげた鞄を、手持無沙汰(ぶさた)にいじりながら病人の顔を見直した。

五十にはまだ二三年間(ま)のある年頃だし、眼の光などには、病人とも思えぬほど生々(いきいき)としたものがあったが、肉という肉を完全に削(そ)ぎ落された、頰(ほお)から顎(あご)へかけての骨ばった線や、大きく飛出(とびだ)した喉仏(のどぼとけ)や、さては蒼黒(あおぐろ)い皮膚の色などには、医者ならずともはっきり読取(よみと)ることの出来る死相がありありと現われていた。謙三の病名は喉頭癌(こうとうがん)であった。

「それゃ……急ぎもするよ。おれみたいな立場になってみろ、だれだって急がずにゃいられまい。死ぬまえにいろいろと片附けておかなければならんことがあるからな」

ふつうならば、病人の口からこんな言葉をきいた場合、何(な)んとか相手を元気づけるような冗談を見出(みいだ)せぬドクトルではなかったが、何しろ相手が相手であった。お座なりをいったところではじまらないことを、桑島ドクトルはよく知っていた。無言のまゝ相手の顔を見守っているよりほかはなかった。

「で、君に話しておきたいというのは明子のことだ。少し長くなると思うが、聴いてもらえるかね」

「よし、聴かせてもらおう。しかし、大丈夫かい。そんな長話をして苦しくないかね」

「苦しいたって仕方がない。これは是非(ぜひ)話しておかねばならない事なのだ。苦しくなったら合図をするから、すまないが、その時は吸呑(すいの)みの水を飲ませてくれ」

「よし来た。しかし急ぐことはない。なるべく楽なようにゆっくり話したまえ」

謙三は眼を閉じると無言のまゝうなずいた。そして眼を閉じたまま言った。

「明子にちかごろ縁談のあることを君も知っているだろうね。相手は薬王寺恭助という理学士だ」

　桑島ドクトルは無言のまゝ頷いた。明子がいま思い煩いやつれているのは、父の病気も病気だが、ひとつにはこの縁談のためであることを、ドクトルもよく知っている。

「明子は死ぬほどその青年にこがれている。いや、口には出さずともわしにはよくわかる。わしを見るあれの目がよくそれを物語っている。相手の青年も明子を愛していることは間違いはない。わしもたった一度だが、病いに倒れるまえにその青年にあった事がある。立派ないゝ青年だ。近頃の若い者のようではない。大学で顕微鏡ばかりのぞいているだけあって、誠実で、軽薄なところが微塵もないのが気に入った。明子を托すには、この上もない人物だとわしも思う」

　謙三はそこで一息いれるように言葉を切ると、激しい、ぜいぜいいうような息使いをした。桑島ドクトルは眉をひそめて、不思議そうに謙三の顔を見守っていたが、俄かに膝を乗出すと、

「それだのに、君はこの結婚に反対しているんだね」

「そうだ」

「何故だろう、何故いけないのだろう」

　病苦にさいなまれつくした謙三の容貌のなかで、唯一つ生々としている眼が、そうして、目蓋でおおわれてしまうと、彼の死相にはいよいよのっぴきならぬものがあった。もし、謙三の激しい息使いがなかったら、誰の眼にも死人としかうつらなかったろう。しかしその時ドクトルは、相手のそういうひどい衰弱さえ忘れるほど、切ないものが胸もとにこみあげて来ていた。それは、思い、煩い、やつれはてゝ、何かを訴えているような明子の瞳を思い出したからであった。

「ねえ、細木原君、よけいな事をいうようだが、明さんのおふくろは私にとっては従妹だった。それも唯の従妹ではない。私とは兄妹のようにして育って来たなかなのだ。私は明さんを自分の姪とも娘とも

思っている。してみれば、明さんの事については、私にもいくらか発言権があってもよかろうじゃないか」

　相手が何かいうかと思って言葉を切ったが謙三は相変らず眼を閉じたまゝだった。そこでドクトルはまた言葉をついだ。

「このあいだも伍介が来て嘆いていたぜ。このまゝじゃお嬢さん死んでしまうって。悲歎のあまり体をそこなうか魂を破るか、あゝいうおとなしいお嬢さんだけに、思いはいっそう深いものだと。……君も伍介がどんなに明さんを愛しているかは知っているだろうね」

　謙三は眼を閉じたまゝ頷いた。

「伍介は私に言葉添えをして貰いたいというのだった。私も機会があったら口を利こうと約束しておいた。しかしその後君の容態がはかばかしくないし、それに君の気持ちもわからなかったので、いまゝで控えていたのだ。だが、いま聴くと君もその青年が気に入っているというその言葉に嘘はないのだろうね」

　謙三は強く強くうなずいた。

「それじゃ何故いけないのだ。どこにこの結婚に反対する理由があるのだろう」

　ドクトルは出来るだけおだやかに話をしようと思ったが、それにも拘らずいつか詰問するような調子になるのをおさえることが出来なかった。それに対して唯一言、吐出すようにいった謙三の言葉はこうであった。

「あの男は薬王寺俊太郎の伜なのだ」

　それを聞くとドクトルは眉をひそめて、

「薬王寺俊太郎……？　あゝ、そうか。君は軍人嫌いだったね。しかし細木原君、それは君、あまり頑冥じゃあるまいか。なるほど薬王寺俊太郎は軍人だったね。大佐だったかしら、少将だったかしら。しかしその人はもう二十年も前に死んでいるのだし、本人の恭助君は軍人じゃない。親爺が軍人だったからって、たゞそれだけの理由で、娘の幸福を犠牲にするというのはあまり酷じゃないか」

「それだけじゃないのだ。たゞそれだけの理由じゃないのだ」

　不意にくわっとひらいた謙三の眼には、病苦とはちがった激しい苦痛のいろがあった。

「おれだって……おれだって唯それだけの理由で、この結婚に反対しようというほどの分らず屋ではない。もっとほかに……もっとほかに、どうしても反対しなければならぬ大きな理由があるのだ。そして……そして君に聴いて貰いたいというのはその話なのだ」

　謙三の頬は苦痛のためにはげしくふるえた。しかもその苦痛が謙三の肉体から来ているのではなくて、精神的な苦悩から来るものであるらしい事が、ドクトルの眼にもよくわかった。ドクトルは探るように謙三の顔を見ながら、

「よし、聴かせて貰おう」

　と、膝を少しまえに乗り出した。謙三はまた眼を閉じて、しばらく呼吸をとゝのえていたが、やがて全くちがった調子でこんなことをいった。

「君、床脇に手文庫があるだろう。すまないがそれをちょっと取ってくれないか」

　ドクトルが振返って見ると、なるほど床脇に、昔の文筥を少し大きくしたくらいの、漆塗りの文庫がおいてあった。立上って手にとって見ると、何が入っているのか、ずっしりと手ごたえのある重さで、しかもその手文庫には、紫色の紐がかけてあり、その紐の結目には日本紙で厳重に封印がしてあった。

「これを……？」

「開いてみてくれ」

「だが、これには厳重に封がしてあるぜ」

「構わないから封を切ってくれ」

　封を切って蓋を取ると、中には紫の袱紗にくるんだものが入っていた。手にとって見ると、固い、ごつごつとした金属性の手触りが、はっとドクトルにある品物を聯想させたので、急いで袱紗をひらいて見ると、果してなかから出て来たのは一挺の拳銃であった。それは明治四十年頃ですでに旧式となっていた、大きな、古風な恰好の拳銃で、明治の初年頃

に渡来した前装の六連発、いわゆる「引落し式」という奴である。

「ピストルがあったろう」

「ふむ……」

「おれがこれから話をしようというのは、そのピストルに関係があるのだ。それは君に預けておく。さあ、話すからよく聴いていてくれ」

　ドクトルは不安な胸騒ぎを感じながら、探るようにそのピストルと衰えはてた謙三の顔を見較べていた。謙三はしかしそんな事にはお構いなしに、ふたゝび眼を閉じると、枯木のような両手を胸のうえに組合せ、それから淡々たる調子でつぎのような話をしたのである。

二

　細木原謙三は明治維新を築上げた、西国のある大藩の下級藩士の子としてうまれた。だからもう十年も早くうまれていたら、かれもまた同藩の子弟の多くのものと同じように、いわゆる維新の志士として活躍していたかも知れなかった。

　しかし幸か不幸か、鳥羽伏見の戦から上野戦争、さらに函館の戦いと、江戸幕府の勢力が完全に崩壊して、明治の新政府が強固にうちたてられた明治の初年には、かれはまだ七つか八つの少年であった。したがって、同藩の先輩たちの華々しい活躍ぶりを、かれはただ話に聞くのみであった。明治の新政府に同藩の先輩たちが、着々と地歩をしめていくのを、かれはたゞ遠くのほうから眺めているばかりであった。そのことは決してかれを愉快にしなかった。反対にかれを憂鬱にする場合のほうが多かった。

　つまり近頃の言葉でいえば、かれはバスに乗りおくれたのである。数年おそくうまれたがために、大きく廻転する時代の風雲に乗ずる機会を逸した自分を、かれはどんなに激しい憤りと嘲りとをもって視詰めたかわからない。むろん、かれにその志さえあれば、先輩の手蔓によって、新政府に地位をうることはなんでもないことであったろう。げんにかれの同輩の多くはそうして、しだいに頭をもたげはじめていたのである。細木原謙三はそれが出来ない性分であった。狷介なかれはどうしても、先輩の勲功のおあまりを頂戴するために、尻尾がふれない性質であった。

　こうしてしだいにかれは同藩の人々からはなれていった。かれの藩中の子弟の多くは、軍人を志望する慣わしであったが、かれはまったくちがったみちを選んだ。かれは新聞記者になったのである。

　しだいにかれは同藩出身の人々から異端者扱いをうけはじめた。細木原謙三か、あいつは気ちがいだよ、と、明治政府に時めいている、かつての先輩や同輩はかれを嘲った。そういう噂が耳に入るにつけ、かれはいよいよ激しく反撥した。そしてその反撥は猛烈な勉強となって現れた。かれはつとめて西洋の思想や政治について知ろうとした。

　そういう勉強が身について来るにしたがって、時の政府に対する彼の反感は、いよいよはげしく燃えさかった。

　かつてそれは、個人的感情によるものであったが、いまではもっと大きな立場から、反対しなければならぬ理由を発見しはじめていたのである。

　折恰も同じくバスに乗りそこなった連中によって、藩閥反対、藩閥打倒の叫びがあげられはじめたころだったが、その急先鋒に立ったのは細木原謙三だった。

　謙三はかれのはげしい性格そのまゝの、はげしい筆をもって縦横に時局を論じ、時の政府に毒づいていた。

　明治十八九年頃の謙三のその鋭鋒は、主として山県有朋にむかって集中された感じがあった。山県有朋は当時は内務卿であったが、陸軍に対しても大きく睨みを利かしていた。まったく日本陸軍というものは、山県によってうまれ、山県によって育てられたといってもよかった。

　山県は内務卿の椅子にあるあいだ、その仮借なき性格を遺憾なく発揮して、政府の施政に反対するものを容赦なく弾圧した。立憲政党や改進党、自由党などの弱散されたのもその間のことであった。むろん、これらの党の思想と後年の自由主義とのあいだに大きなひらきのあることはたしかだったが、それでも当時の政府より、はるかに進歩的な意見をもっていたことは争えない。

謙三はこういう情勢を見ると黙していることが出来なかった。彼の筆はいよいよ辛辣に、いよいよ鋭く山県の急所をつき、ほとんど熱狂的な憎悪をもって山県を攻撃した。その結果はとうとうかれの主宰している新聞の解散となって現れた。それは明治十九年の秋のことである。

この事はしかし謙三もあらかじめ覚悟していたところなので、大して驚きもしなかった。こうして閑散の身となったのを機会に、外遊して来ようと思い立って、その手続きをとった。だがそのまえにどうしても一人の人間を、この世から抹殺しておかねばならぬと決心したのである。それが薬王寺俊太郎だった。

薬王寺俊太郎は当時陸軍大佐だったが、いわゆる智謀百出の策士型ともいうべき人物で、山県の懐刀であった。山県の画策の多くは、この薬王寺俊太郎の方寸から出るといわれていたが、こういう人物の常として、自ら表面に立って事を行おうとしない。いつも黒幕の背後にあって、影から糸を引こうとするのである。細木原謙三はそれを憎んだのであった。

善かれ悪しかれ、山県は責任ある地位に立ち、自らの責任を明らかにしているに反して、薬王寺俊太郎にはそれがない。謙三が世にもっとも憎むものは黒幕的存在であり、黒幕こそは政治を毒するものであるというのが、細木原謙三の信念であった。

「この信念にはいまも変りはない。しかし、いまならば黒幕を排斥するにしても、もっとちがった方法をとったろう。しかしその時分のおれはまだ若かった。直接内務にうったえるということが、同じく政治を混乱におとし入れるということを知らなかった。いや、知らなかったわけではないが、若者の情熱からそれを押えることが出来なかったのだ。おれはいまそれを悔んでも悔んでも、悔みきれない後めたさを感じているのだ」

　こうして薬王寺俊太郎を暗殺しようと決心した謙三は、しかし相手の生命と自分の将来をひきかえにするのは真平（まっぴら）御免だと思った。相手がもっと大物ならともかく、その程度の人物のために、自分の将来を棒にふってはたまらないという気持ちだった。そのためには、この暗殺を絶対に人に知られないように決行しなければならない。そしてそれを決行すると同時に、海外に逃避しようと考えたのである。

　謙三はこういう計画をたてると同時に、ただ一人の人物にこの事を打明けた。相手は従僕の伍介だった。

　伍介は謙三にとって生涯の伴侶である。かれは代々細木原家の家扶（かふ）をつとめた家筋だが、瓦解（がかい）後、謙三が禄にはなれ、浪々の身となったときでも、決して昔の主人のもとをはなれようとはしなかった。謙三より八つうえの伍介は、ある時は謙三の父であり兄であり、ある時は無妻の謙三の女房であり、またある時は謙三の従卒であり忠実な犬でもあった。

　謙三からこの無謀な計画をきかされた時ばかりは、さすが無口な伍介も、口をきわめて謙三を諫（いさ）めた。しかし、一旦こうと言い出したら、絶対に後へひかぬ謙三の気性をよく知っている伍介は、最後には諦（あきら）めたようにこの計画に同意しなければならなかった。

　謙三が伍介に計画を打ちあけたのは、かれの助力が必要だったからである。つまり伍介によって薬王寺俊太郎の動勢を探ろうというのであった。朴訥（ぼくとつ）で、機転の点においては大して期待出来ない伍介だったが、その代り着実で細心なかれは、こういう役にはうってつけだった。

　こうして十日あまり伍介は、薬王寺俊太郎の後をつけまわしていたが、遂に機会はやって来た。

　明治十九年十一月三日、当時一世のハイカラと謳（うた）われた時の外務卿井上馨（かおる）の主催によって、麹町（こうじまち）内山下町の鹿鳴館（ろくめいかん）で、盛大な天長祝賀の舞踏会が催された。この招宴に臨む者、皇族方をはじめとして、内外の貴顕紳士千数百名、車馬をつらねたなかに、薬王寺俊太郎もちかごろ手に入れた二頭立ての馬車を、自ら駆って馳せ参ずるというのであった。

　細木原謙三にとって、これほどの機会はまたとあるべき筈はなかった。何故ならば、かれが外遊のために乗込もうとする汽船は、その翌日横浜を解纜する筈であったから。

　謙三の心は躍った。薬王寺俊太郎が鹿鳴館よりの帰途を擁して事を決行し、すぐその足で横浜へ駆着ければ、翌日にははや故国を離れることが出来るのである。かれの外遊はだいぶまえから決定していることだったし、薬王寺俊太郎に対するかれの憎悪は、いまゝで胸底ふかく秘められていたことだから、うまく事を運びさえすればおそらく疑いのかゝるような事はあるまいというのが謙三の目算であった。

　留守中のことはこまごまと、伍介に言いふくめてある。いまはもう何も気になることはなかった。唯、事を決行するばかり。

「その夜のことをいまだにおれは忘れない。おれは幾度も鹿鳴館の周囲を徘徊した。館の楼上高く瓦斯燈で描かれた、鹿鳴館という三字が、瞼を閉じるといまでも眼底にうかぶようだ。館を埋めた菊花の雛壇、やがて馬車をつらねて駆けつけた連中のなかには、三條もいた、伊藤もいた、山県もいた、松方もいた、榎本もいた。やがて館内から洩れて来るカドリール、ワルツ、ポルカの楽の音。そして館外に打揚げられる花火の明滅、おれは酔えるが如く館のほとりを彷徨していたが、やがて思い直して日比谷原頭、練兵場のほとりに身をひそませたのだ。……」

　それは九時頃のことであった。日比谷の暗闇に身をひそめている謙三のもとに、伍介があわたゞしく駆着けて来た。いま、薬王寺俊太郎が鹿鳴館を出た、というのである。その夜の舞踏会は、深夜の一時頃までつゞいたのであったが、薬王寺俊太郎はなにかの都合で中座したのだろう。だが、これこそ謙三にとってはもっけの幸いであった。

　彼はそばに躊躇している伍介にむかってきびしい声で命令した。

「おまえはもう帰ってくれ」

「いゝえ、旦那、私も一緒に……」

「いけない、いけない。もしもの事があっておまえもいっしょに捕えられるようなことがあってはたいへんだ。おまえの用事はもうすんだ、後はおれにまかせておけ」

しばらく二人は押し問答をしていたが、やがて伍介はきびしく主人に極めつけられて、渋々その場を立去った。

だが、伍介の報告にも拘らず、薬王寺俊太郎の馬車はなかなか現れなかった。五分――十分――謙三がしだいにじりじりしはじめた時である。ついに聞えて来た。戛々たる馬蹄の音が、轣々たる轍の音が。

……

やがて日比谷原頭の瓦斯燈の光に、くっきり姿を現わしたのは、まぎれもなく薬王寺俊太郎の二頭立ての馬車であった。馭車台に坐して自ら手綱を操っている人物は、瓦斯燈の光がとゞきかねて、さだかにそれとは見極めかねたが、かれが自慢の大きな八字髭が、くっきりと薄暗がりに浮きあがっている。今夜は軍人としてゞなく、一私人の資格で出席したと見えて、燕尾服にシルクハットという姿であった。

謙三はその馬車が目のまえに来るのを待って、ピストルを発射した。一発、二発、三発と、つゞけざまに発砲した。最初の一発は覘いが反れたが、二発目は見事に腹部に命中した。薬王寺俊太郎はなんとも名状することの出来ぬ声をあげてまえに突っ伏した。つゞいて三発目をうったが、この時二頭の馬が仁王立ちになったかと思うと、やにわに矢のように疾走しはじめたので、果してそれが命中したかどうかはわからなかった。

馬車が駆出したがために、相手の最期を見届けることが出来なかったのは残念だったが、たしかに命中した第二発目に満足して、謙三はそのまゝ闇のなかに姿をかくした。そしてその翌日、予定どおり横浜から外遊の途についたのである。

「ロンドンで君や君の従妹の万里子と相識った時おれにはこういう秘密があったのだよ」

ロンドンへ着いた謙三は、故国からの通信に全身の神経を集中していた。彼は日本大使館へ来る故国の新聞を、眼を皿のようにして読漁った。また、後からやって来た日本人に、それとなく薬王寺俊太郎の消息をきくことも忘れなかった。しかし、不思議なことには、薬王寺俊太郎の遭難については、どの新聞にも一行も出ていなかったし、その後日本を立った人々も、誰一人、そういう噂を知っている者はなかった。もっとも、薬王寺俊太郎は黒幕としてこそ有力だが、世間的にはそれほど知られた人物ではなかったので、新聞では問題にしなかったのかも知れない。あるいはまた、何か理由があって、当局がその事をひた隠しに隠しているのかも知れなかった。どちらにしても、謙三は奥歯に物のはさまったような、妙にいらだたしい気持ちだった。

一月ほどすると伍介から手紙が来た。それにはたゞ、万事上首尾とあるばかりで、それ以外のことは何も書いてなかった。上首尾というのは、誰も謙三を疑っている者はないという意味だろうが、それにしても薬王寺俊太郎はどうなったのか、あのまゝ死んだのか生きているのか、生きているとすればどういう容態なのか、そういうことは一切書いてなかった。謙三のいらだちはいよいよ激しくなった。

ところが、それから三月ほどして、年も明けた明治二十年の春になって、伍介から一枚の新聞を送って来た。それはその年の二月三日附けの東京の新聞であったが、そこには次ぎのような記事が載っていた。

――旧臘馬車の転覆のために大怪我をした薬王寺俊太郎は、その後自宅で療養中だったがついに昨日逝去した。――

謙三はこれを読むと、はじめてほっと胸を撫でおろしたのである。長い間の溜飲がやっと下りたという気持ちであった。そこには狙撃一件について一言も触れてなかったが、何かの理由で、薬王寺家ではそのことを秘密にしているのだろう。

謙三はその晩、ホテルで、ひそかに祝杯をあげたのであった。

「桑島君、おれの話というのはこれだけだ。これから後のことは君も知っているとおり、おれはロンドンに三年いて、そしてそのあいだに君の媒酌で、君の従妹の万里子と結婚した。そして相携えて帰朝すると間もなく明子がうまれたのだ。おれが薬王寺俊太郎の倅と明子との結婚に同意することの出来ない理由はこゝにある。薬王寺恭助にとっては、おれは親の讐なのだ」

長い話に疲れたのか、謙三はこゝで深い深い溜息を吐いた。桑島ドクトルは身動ぎもしないでこの話に耳を傾けていた。かれの眼には彷彿として、あの訴えるような明子の瞳がうかんで来る。するとかれもまた絶望的な、深い深い溜息を吐いたのである。

謙三はふたたび苦悩に充ちた眼をひらくとすゝり泣くようなしゃがれ声でこういった。

「桑島君、おれは明子を愛している。恭助という相手の青年にも好感を持っている。出来ることなら二人を夫婦にしてやりたい。しかし、……しかし、おれの口からはどうしても、許すという言葉は出ないのだ。だが、……だが、……おれは間もなく死ぬだろう。おれが死んだ後までも、明子はやはり恭助の讐の片割れと目さるべきだろうか。桑島君、はなはだ身勝手な話だが、そこのところを君の判断にまちたいと思うのだ。この事を二人に打明けて諦めさせてしまうか、それとも一切秘密にして、二人の望みをかなえてやるか、それを君に一任したい。お願いだ。引受けたといってくれ、君はさっき明子を自分の娘とも思っているといってくれたな。おれはそれを知っている。知っているからこそ頼むのだ。桑島君、細木原謙三が最後の願いだ。引受けたといってくれ。なあ、頼む……頼む……」

細木原謙三が、その不遇な生涯の幕を閉じたのは、その翌日のことである。

三

桑島ドクトルの心は重かった。

引受けた——と、言ったものゝ、そしてその言葉に微塵の嘘もなかったものゝ、あまりにも大きな責任に、さすが剛腹なドクトルも圧倒されているようであった。

謙三の遺志が、この事を一切不問にして、二人を夫婦にしてやってくれというところにあったらしい事は、桑島ドクトルにも、わかり過ぎるほどよくわかっていた。そしてドクトル自身もそうしてやりたいと思う心はやまやまであった。しかし、こういう恐ろしい秘密を押包(おしつつ)んで、知らぬ顔の半兵衛をきめこんで二人を夫婦にしてやった後、万一、この事が明るみに出たら……そう考えると、ドクトルは軽々に決心することは出来なかった。

明子は桑島ドクトルが、父から万事を一任されていることをよく知っているので、その後のかれを見る瞳にはいよいよ切なるものがあった。伍介は伍介で、何か言いたげに哀願するようにドクトルの顔を見る。しかもドクトルはまだ決断しかねているのである。

それは謙三の初七日のことであった。桑島ドクトルは仏のまえで、ふとこんなことを明子に訊(たず)ねてみた。

「明さん、君は恭助君から、恭助君のお父さんのことを聞いたことがありますか」

「はあ……」

「恭助君のお父さんは、恭助君のまだ幼い時分に亡くなったのだね」

「はあ、たしか五つの時だったそうです」

「どうして亡くなったのだろう。君はその事について恭助君からきいた事がありますか」

明子は驚いたようにドクトルの顔を見直した。しかしすぐ静かな調子でそれに答えた。

「ございます。恭助さんのお父さんは、馬車がひっくりかえって大怪我をなすったのだそうです。そして一月ほど寝ていらっしゃった揚句、とうとう二月のはじめにお亡くなりになったのだということです」

「一月ほど寝た揚句に、二月のはじめに……？　するとその馬車が転覆したのはいつ頃のことだろう」

「はあ、何んでも師走(しわす)のことだったそうです。そうそう御用おさめにお役所へ出られたそのかえりだったという話でございました」

「師走の御用おさめ……？　明さん、その事に間違いはないかね」

　ドクトルの声が思わず高くなったので、明子は怪しむように顔を見た。しかし、すぐ伏眼になると、同じような静かな声で答えた。

「恭助さんはたしかにそうおっしゃいました。それは明治十九年の暮のことで、恭助さんはその時四つだったそうですが、お父さんが大怪我をしてかつぎこまれた時のことを、いまでもよく憶えているとおっしゃいました。それは師走の風の強い夕方のことで、その時恭助さんはお正月のために買っていたゞいた凧を、家のまえで書生さんと一緒にあげていたそうです」

　ドクトルの胸は怪しく躍った。そこまで記憶しているとすれば、恭助の言葉にあやまりがあろうとは思えない。正月用の凧を、十一月三日頃に買って貰おうとは思えないし、また薬王寺俊太郎がかつぎ込まれたのは夕方のことであるという。

　するとこれはどういうことになるのだ。十一月三日の晩、細木原謙三に狙撃された俊太郎の傷は案外軽くて、年末にはもう出仕出来るまでに恢復していたのだろうか。しかし細木原の話によると、弾丸はたしかに腹部に命中したという。それがたとい致命傷にならなかったとしても、そう早く恢復するというのは受取れぬことである。

　桑島ドクトルはもう一歩つっ込んで、恭助の父がその災禍にあうまえに誰かに狙撃されたような事はないかと聞いてみたかったが、そこまではついに口に出すことが出来なかった。明子はいまの質問だけで、もうだいぶ怪しんでいるのである。それ以上の質問を切出すのは、藪をつゝいて蛇を出すのも同じことだった。

　その日、桑島ドクトルは自宅へかえると、書生に命じて明治十九年十一月と十二月の新聞を集めさせた。書生はすぐ二三の新聞社をまわって、命じられた新聞の一束を借りて来た。

　その夜、桑島ドクトルは克明にそれらの新聞に眼を通した。かれは先ず十一月四日五日の新聞を調べてみたが、どの新聞にも日比谷原頭の惨劇に相当するような記事は出ていなかった。六日、七日、八日を調べてみたが、いずれも同じことである。

　そこで今度は十二月の新聞を終りの方から調べはじめたが、すると今度はすぐに求める記事が見附かった。十二月廿九日の新聞はいっせいに、薬王寺俊太郎の遭難を報道している。

　それによると、昨日の夕刻陸軍省を出た薬王寺俊太郎の馬車は、何に驚いたのか俄かに奔走しはじめたが、霞ケ関の外務省のほとりで、ついに一頭の馬が脚を折り、馬車ははげしい勢いで転覆した。そしてそのはずみに、馬車から投出された薬王寺俊太郎は、外務省の塀に頭を強くうちつけて、人事不省におちいっているのを、駆着けた人々によって発見された。俊太郎は脳震蕩を起しているらしく、生命危篤である。

　桑島ドクトルはこの記事をまえにして、猛烈に鼻から煙草の煙を吐出していた。こういう記事が出ているからには恭助の記憶に間違いはなく、薬王寺俊太郎の生命をうばった災難というのは、十二月二十九日に起っており、そして細木原謙三とは何んの関係もないのだ。おそらくさきほどもドクトルが想像したとおり謙三に狙撃された俊太郎の傷は案外軽傷ですんだろう。

　ドクトルは助かったと思った。謙三は俊太郎を狙撃はしたが、相手の生命をうばったわけではないのだ。とすれば、恭助と明子の結婚に反対しなければならぬ理由はどこにあるだろう。

　ドクトルは新聞をまえにして、突如、床にひざまずいた。久しく忘れていた神への祈りを、その時ほど熱心に捧げた事はない。ドクトルの眼には泪さえうかんでいた。

　ところがそれから二三日後のことである。駿河台の病院の診察室で、患者の診察にあたっていた桑島ドクトルは、その日が初診の外来患者と向いあって坐っていた。患者は品のよい初老の婦人で、身だしなみのよい、清潔な感じのする人だった。

「どこがお悪いのですか」

　桑島ドクトルはそういいながら、診察にかかるまえに、看護婦の記入したカルテの名前に眼をやって、思わずはっと眼を欹てた。

薬王寺節子。――年頃からいっても、それは恭助の母、即ち薬王寺俊太郎の未亡人にちがいなかった。ドクトルが聴診器を持ったまま、戸惑いしたようなかおをしているのを見ると、婦人はほのかな微笑をうかべたが、すぐに、固い、真面目な表情にかえった。

「先生、こんなふうにしてお眼にかゝるなんて、ほんとうに失礼だということはよく存じております。しかし、はじめから名乗りましては、ひょっとするとお眼にかゝらせて頂けないかも知れぬと思いまして……お察しでもございましょうが、わたくし、薬王寺恭助の母でございます」

「はあ。……」

ドクトルは眩しそうに未亡人の顔を見ながら、手持無沙汰に聴診器をいじくっていた。未亡人の瞳には一生懸命のいろがしだいに濃くなったが、しかし、その声は相変らずおだやかであった。

「こう申上げれば、わたくしが何故こんな失礼をおかしてまで、こゝへ参ったかよくおわかりの事と存じます。先生が細木原謙三さんから、後事一切を托されていらっしゃるということは、明子さんから伺いました。それでお伺いしたい事や、お願いしたい事があって参上したのでございます。先生、恭助のどこに不服があって、細木原さんはあゝまで頑にこの縁談に反対なすったのでございましょう」

「さあ。……」

ドクトルは言葉に窮した。謙三も恭助に異存はなかったのである。しかしその事をいえば、その背後にかくれている秘密を打明けなければならない。ドクトルが思い惑っていると、それをどういうふうにとったのか、未亡人は俄かにハンケチを出して眼にあてた。

「先生、恭助は明子さんを愛しています。いいえ、恭助ばかりではなく、わたくしも明子さんをいとおしく思っています。失礼ながらほんとの娘のように思っています。そしてこれは親の慾目かも知れませんが、明子さんの婿として、恭助は決して恥かしい人物ではないとわたくしは思います。むろんまだ書生同様の身でございますから、収入とても少く、また、家にこれといって財産があるわけではございません。しかし、細木原さんはそういうことを問題になさる方とは思えません。そうするとどこに言分があって、この縁談に御不承知なのでございましょう。それをお伺いしたいと存じます」

未亡人の切々たる訴えをきいていると、ドクトルはどうしても、ある程度まで真実を打明けずにはいられなくなった。

「奥さん、細木原も恭助君に言分があったわけではなかったのです。反対にあの男も恭助君には惚れこんでいたんです」

未亡人はハンケチを眼からはなすと、探るようにドクトルの顔を見た。ドクトルは勢い後をつゞけなければならなかった。

「細木原がこの縁談に躊躇したのは、恭助君に難点があるのではなく、言わ……恭助君のお父さんに……」

未亡人ははっとしたように眼をすぼめた。それから暫く黙ってドクトルの顔を視詰めていたが、やがて静かにこういった。

「わかりました。その事はわたくしもうすうす承知してはおりました。亡くなりました主人と、細木原さんとは、政治上の意見で対立していらしたようでございます。しかし、先生。それではあまり女々しいではございませんか。二十年も以前のこと、ましてや本人の恭助の何も知らぬことを根に持って、いつまでも敵視するというのは、細木原さんにも似合わしからぬことと思いますがいかゞでしょうか」

ドクトルはそこでまた言葉に窮した。だが、その時ドクトルはとうとう思いきってこう切出してみたのである。

「奥さん、これは話が別ですが。あなたは御主人が災難に遭われた年、即ち明治十九年十一月三日の夜のことを憶えてはいらっしゃいませんか」

「十一月三日の夜のこと……?」

未亡人は不思議そうに首をかしげた。

「そうです。その晩、鹿鳴館で舞踏会があって、御主人も出席された筈ですが、その時、何か変ったことでもおありじゃなかったですか」

　言ってしまってからドクトルは、しまった。これでは少し深入りしすぎたかなと危(あやう)ぶんだが、意外にも未亡人の表情には予期したような反応は現れなかった。不思議そうに小首をかしげてドクトルの顔を視詰めていたが、急にはっとしたように、

「そうそう、その晩、ちょっと妙なことがございました。主人の馬車が紛失したのでございます」

「御主人の馬車が……」

「そうなのでございます。これは後から、主人に伺ったのでございますが、その時分、主人は二頭立ての馬車をある人から贈られまして、得意になって乗(の)廻(ま)わしておりましたが、その晩もその馬車で鹿鳴館へ参ったのでございます」

「ちょっとお伺い致しますが、その時、御主人が自ら手綱を取られたのですか」

「いゝえ、むろん馭者が、いっておりました。ところで、舞踏会のありますあいだ、馬車は館外の広場につないであったそうです。その晩はお供の人々にも振舞い酒が出ましたので、馭者はその方へ参って御馳走になっていたのでございますが、そのあいだに誰が引っ張り出したのか、馬車が見えなくなってしまいまして……たしか主人はその晩二時頃、馭者と二人で歩いてかえったように記憶しております。幸い、馬車はその翌日、愛宕(あたご)下あたりの路傍にとまっているのが見附かって戻って参りましたが、誰が引っ張り出したものか、それはとうとうわからずじまいでございました。先生のおっしゃるのはその事ではございませんか」

　桑島ドクトルは急に立って窓のそばへ行って外を眺めた。未亡人に動揺した顔色を見られたくなかったからである。謎(なぞ)はまた濃くなった。そうするとあの晩謙三に狙撃されたのは、いったい誰だったのであろう。

「奥さん、それではもうひとつお訊ねいたしますが、その晩の御主人はどういう服装でしたか。軍服でし

たか。それとも……」

「むろん、軍服でございました」

　桑島ドクトルはそこでくるりと振返(ふりかえ)った。

「失礼いたしました。奥さん、妙な質問をするとお思いになったでしょう。ある理由からこの質問の真意は申上げるわけに参りません。どうかいまの事は水に流して忘れてしまって下さい。ところで御令息と細木原の娘のことですが、この決定は明後日の水曜日までお待ち願えませんか。その日が細木原のふた七日になっています。何んでしたら、その日恭助君に細木原の家まで来てもらって下さいませんか。そうすれば仏のまえで最後の御返事を申上げましょう」

　未亡人はじっとドクトルの顔を眺めていたが、やがて無言のまゝ叮嚀(ていねい)に頭を下げると、静かに部屋を出ていった。

四

謙三のふた七日の日は、朝から妙に薄曇りの、陰気なお天気であった。

　桑島ドクトルはきょういよいよ、最後の決定を下さなければならぬと思うと、しきりに心が騒ぐのだった。謎はまだ、すっかり解けたわけではない。薬王寺俊太郎の死については、細木原謙三に何んの責任もないらしいことは、未亡人の話によっていよいよ確かになったが、しかし、桑島ドクトルはそれですっかり安心してしまうわけにはいかなかった。

　細木原謙三は薬王寺俊太郎こそ狙撃しなかったが、ほかに人殺しをしているのかも知れなかった。だが、それはいったい何者だろう。その男は故意に薬王寺俊太郎の身替りをつとめたのだろうか。それともそこにわけのわからぬ間違いが演じられたのだろうか。いやいや、それよりも、狙撃されたその男は、その後どうなったのだろう。死んだとすれば事件が明るみに出ぬ筈はないし、生きているとすれば、訴えて出ぬというのが訝(いぶか)しい。

　桑島ドクトルがとつおいつ思い惑うて、まだ決心をつけかねているところへ、千駄ケ谷の明子から電話がかゝって来た。

「小父さまですの。駿河台の小父さまですの。わたし明子……すぐ来て下さい。爺やが……爺やが……」

「伍介がどうかしたのか」

「えゝ……今朝からとても苦しみ出して、……この前小父さまがいらした時、盲腸炎かも知れないとおっしゃったわね。……あれが、とても痛み出して……もう動かせないと思います……小父さま、手術自宅で出来ません？」

「よし、いますぐ行く。あゝちょっと、時に恭助君は来ているかね」

「えゝ、見えております。小父さま、早くいらして、……いまもし爺やにもしもの事があったら……わたし……わたし……」

「明さん、心配しなくてもいゝ。すぐいくから待っておいで」

大急ぎで手術の用意一切をとゝのえて、看護婦を一人つれて千駄ケ谷へかけつけると、明子は体がよじれるような心痛に真蒼になっていた。そのそばにつきそって、優しく明子を慰めているのが、恭助であった。ドクトルはひとめ見て、誠実そうないゝ青年だと思ったが、それ以上深く観察しているひまはなかった。

「明さん、伍介は？」

「奥の四畳半よ」

明子もついていこうとするのを、ドクトルは振返って押止めた。

「座敷で待っていらっしゃい。なに、心配することはないさ。伍介は年寄りだが、日頃頑健なほうだから……恭助君、明さんを頼む」

ドクトルが看護婦をつれて奥へ去ったのち、明子と恭助は無言のまゝ、座敷に向いあっていた。明子はもういてもたってもいられぬ風情だったが、しばらくすると看護婦が出て来て、

「手術にとりかゝりますが、決して御心配なさらないように」

そういい捨てると、ふたゝび小走りに奥へ入った。

明子は唇まで土色になり、わなわな体をふるわせた。

「明さん、何も心配することはないさ。先生がついていて下さるんだもの。それより仏様にお線香をあげて、手術がうまくいくようにお祈りしたら……」

「あゝ、そうでしたわ。いゝ事をおっしゃって下さいましたわ。お父さまはあんなに爺やを愛していたんですもの、きっと護って下さいますわ」

それは息づまるような瞬間であった。明子は仏壇に線香をあげると、そのまえに額いたまゝ身動きもしなかった。恭助は優しく、力強くそれを見守りながら、折々ポケットから時計を出しては眺めていた。

十分――十五分――二十分――三十分――ドクトルが病室へ入ってから、ちょうど三十五分たった時、明子は足音をきいてむっくりと顔をあげた。そしてドクトルの顔をひとめ見るなり、

「小父さま！　爺やは死んだ……」

と、怯えたような声をあげた。それほど桑島ドクトルの顔は固くこわばっていたのである。

だがドクトルは強く頭を左右にふった。そして、強い感動で呼吸がつまったような声でこういった。

「いゝや……伍介は大丈夫、……伍介は死なない。……伍介は盲腸炎ではなかったのだ。……伍介の腹にはこんなものが入っていた、……」

ひらいてみせたドクトルの掌には、血にまみれた小さい鉛の塊がのっかっていた。明子と恭助が驚いて眼を瞠っていると、ドクトルは床脇の手文庫のなかから、古風なピストルを取出し、それに伍介の腹から摘出したという鉛の塊を装塡してみた。

弾丸はぴったりとピストルに合った。

ふいにドクトルの眼から滂沱として泪が溢れ落ちた。

「明さん、恭助君、いまこそ細木原謙三になりかわって君たちの結婚を許す。二人とも早く伍介のところへ行って介抱してやりなさい。伍介は……伍介は……君たちを救った。いや、君たちのみならず、君たちの父、細木原謙三と薬王寺俊太郎を救ったのだ。自分の生命を投出して……」

蠟の首

一

　私が中部岡山県のこの農村へ疎開して来たのは、去年の五月のことだった。それまで数ケ月間、空襲の緊張のなかに生きて来た私は、こゝへ来ると急に尖りきった神経を解きほぐされたような気楽さを覚えたのと、もうひとつには、はじめて住む農村というものが珍らしくて、その当座、私は暇さえあればステッキ片手に散歩に出かけたものである。

　散歩ほど私に幸福感をあたえてくれるものはない。ステッキ片手に空想を描きながら、当てもなく歩いている時、私には何んの欲望もなく何んの野心もない。たゞもう孤独の楽しさが、温く私を包んでくれるのである。それは都会でもよかったし田舎でもよかった。お天気のよい日はなおさらの事だが、雨の日はまた雨の日で、別の風情が私を楽しませてくれる。思えば私の持っているこのさゝやかな道楽でさえ、こゝ二、三年は思うように楽しむことが出来なかったのである。

　幸い私の疎開して来た部落は、山懐に抱かれているので、散歩の場所には事欠かなかった。そこにはあまり高からぬ山の起伏が、毛細血管のような複雑な地形をつくって、どこまでもつゞいている。そしてその毛細管と毛細管のあいだには、岡山県の穀倉といわれる、吉備郡の沃野がくいこんでいるのである。

　こうしていたるところで山と平地が鋸の目のように入組み、絡みあい、格闘しているのであるが、ある日私が散歩の途次見附けたその不思議な屋敷趾というのも、そういう鋸の目の周辺にあった。

　そこは赤松に覆われた丘の中腹をきりひらいた、二百坪ほどの地積なのだが、ひとめ見て火事のために焼崩れた屋敷趾であることがわかった。しかもそこに遺っている地形や、煉瓦や、セメントの堆積から想像すると、以前そこにあったのは、この辺によくある藁葺の農家ではなく、かなり大きな洋館であったことがわかるのである。

　私は間もなくこの洋館で、かつて恐ろしい殺人事件があったことを村の人から聞いた。私はこの殺人事件に非常に興味を覚えたので、よく村の人に訊ねてみたのだが、この事件の中には大変異常な要素があって、それが農村の人たちの理解を超えているらしく、私を満足させるほど詳細に、この事件の顚末を語り得る者はひとりもなかった。

　私は何んとなくもどかしいような、いらだたしいような感じに捉われたものだが、そのうちに終戦となって、この村へも若い人たちが続々とかえって来た。そういう若い人たちの中にF君という人があった。

　F君は岡山医大を仮卒業で出て入隊していた人だが、復員するとともにもとの学校へかえっていた。そしてちょくちょく私の家へ遊びに来るようになった。この人は若い人にも似合わず非常に話題の豊富な人で、また座談も上手であった。この地方に残っている伝説だの、自分の見聞した犯罪事件などを、よく私に話してくれた。

　ある日、私はふと思い出して、あの焼跡のことをF君に訊ねて見た。するとF君ははたと膝を叩いて、

「そうそう、その話をするのをいまゝで忘れていたなんて！　先生、この話こそ材料になりますぜ。なに、百姓たちによく分らないのは無理もないので、この事件の捜査には非常に風変りな方法がとられたんです。それをやったのは私どもの先生で、大河内博士という人なんですが、その時の捜査資料はいまでも学校にとってあります。それは蠟でこさえた二つの首なんですが、当時、犯罪捜査史上に一エポッ

クを作ったとまで騒がれた代物ですから、先生など、是非一度御覧になっておく必要がありますよ」

そう云ってF君が語ってくれたのが、次ぎに掲げるこの恐ろしい物語なのである。

二

それは昭和十二年の秋のことだった。

毎年この辺を襲う颶風がその年もやって来たが、その颶風の吹きすさむ真夜中ごろ、突如あの洋館から火を発したのである。

そこは一軒だけ、どの部落からも離れているうえに、近年にない大颶風に村の人たちは早くから寝床に潜りこんでいたので、それと気がついた時には、洋館全体がもう手のつけられぬ大きな火の玉となっていた。しかもそこは水の手のいたって不便なところだったので、折角駈附けた、若い、威勢のいい消防団の兄哥たちにも手の施しようがなかった。

それにまた、丘の上の赤松林に火が燃移ろうものなら、山中が火の海になるのはわかりきっていたし、吹きすさむ颶風に火の粉がとんで、あちこちから火の手があがるのも警戒しなければならなかった。

それやこれやで洋館そのものは焼けるにまかせたかたちとなったので、夜明けとともに風がおさまった頃には、完全にそこは焼落ちてしまった。そしてその焼跡から二つの死体が発掘されたのである。

一体、この洋館の主は笠原謙三といって、京大出の若い文学士であった。笠原家は近村きっての大地主であったが、謙三の父の代に岡山の町へ出てしまった。ところが謙三が京大を出ると間もなく、その父が亡くなったので、かれはこゝに自分の気に入った洋館を建てゝ、当時娶ったばかりの若い妻とともに引移って来たのである。

謙三の妻は妙子といって、いつまで経っても女学生らしい口のきゝかたをする、どこかに淋しそうな翳のある女だったが、しかしなかなかの美人であった。彼女はこの近在のものではなくて、同じ岡山県でもずっと離れた作州のものであるということであったが、謙三が彼女を娶るについては、親戚うちからかなり異議が出たらしい。

　だから謙三がせっかく村へ帰って来ながら、昔から伝わった笠原家の大きな家へ入ろうとはせずに、そんな不便なところへ引込んでしまったのは、出来るだけ小うるさい親戚どもからかけ離れて住むためであるらしかった。実際かれはこちらへ帰って来てからも、村の人たちとは殆んどつきあいらしいつきあいもせず、唯一人おいていた老婢のほかには、一切他人を交えず夫婦二人きりのひっそりとした生活を、外部からかけ離れて営んでいた。

　焼跡から発掘された二つの屍体は、それが発掘された場所から考えても、当然、謙三妙子の夫婦でなければならなかったが、しかもそれを決定することは容易なわざではなかった。というのは、それは死体という概念からはあまりにもかけ離れた代物、即ち完全に白骨と化してしまっていたからである。

　おそらく当夜の強風のために、焔が異常な高温度に達し、そのために屍体の完全燃焼が行われたのであろうが、それにしてもどうして二人が、こういう大事にいたるまで眼覚めなかったものか、その事が村の人たちに不思議がられた。

　もっとも、その晩娘の家へかえっていて、危く災禍をまぬがれた笠原家の老婢お直さんの話によると、当時夫婦とも不眠症にとりつかれていて、毎晩多量のベロナールを服用していたというから、薬の利目で熟睡していたことも考えられる。だが、それにしても二個の白骨に、少しももがいたような形跡がなく、座敷の中央に並行にならんで、仰臥していたのが腑に落ちなかった。いかに熟睡中焔に巻かれたとはいえ、多少はもがいたような跡があってもよさそうに思われた。

　だが、そういう疑問は疑問として、その白骨が謙三夫婦以外のものとは考えられない以上、笠原家の親戚がそれを引取ったのは当然の処置であった。そして妙子の実家である作州へもすぐに電報でこの由が報告されたが、その電報によって作州から駈附けて来たのは、妙子の姉で志摩子という婦人であった。志摩子も妹の無残な最期には驚いたが、不思議にも涙一滴こぼさなかった。いや、それのみならず通夜の席で、彼女はこんな事を言ったという。

「謙さんや妙子がこんな惨めな死方をするのも無理のないことです。人に思いのあるものなら、二人が満足な死方の出来ないのは当りまえの事で、私はいつかこんな事があるだろうと思っていました」

　些か不謹慎とも見える志摩子のこの言葉は、すぐに村中に伝わったが、やがてそれがこの事件について、少からず疑惑の念を持っていた、木村という刑事の耳に入ったのである。

　木村刑事がこの事件に疑惑の眼を向けたのは、まえにも云った二個の白骨の姿勢のほかに、いろいろ理由のあることだった。先ず第一に出火の原因だが、どうもそれに納得のいくような説明がつかなかった。風呂の火の不始末だの漏電だのという説があったが、それにしては合点のいかぬ節々が多かった。またその出来事が老婢お直さんの留守の晩に起った事も、刑事の疑惑を深める一因だったが、さらにそれをいっそう刺戟したのは、お直さんの証言である。

「旦那さまと奥さんとは、それはそれは仲のよい御夫婦でございました。しかし、その仲のよさには、何んと申しますか、どこかに暗い影があるようで……私どもにはよくわかりませんが、とにかく尋常ではございませんでした。それに奥さんにはヒステリーと申しますのですか、そういう御病気がございまして、その発作が起りますとすっかりおふさぎになって、死にたい、死にたいと仰有るのでございます。死んであの人のところへ早く行きたい……と、そればかりならまだよろしいのでございますが、どうかすると、あの人もあなたに殺されたのだから、いまにわたしもあなたに殺されるに違いないと、そんな事を仰有るのでございます。そんな時の旦那様のお顔の怖しさと来たら……、いゝえあの人というのが誰なのか、わたくしにも分りません。奥さんも唯あの人あの人とおっしゃるだけで、名前をおっしゃった事は一度もございません」

　こういう話を聞いた矢先だったから、そこへ又志摩子の述懐を耳にすると、木村刑事はすぐに笠原の親戚へ赴いて、そこに泊っている志摩子に面会を求めた。

　志摩子というのは妹の妙子とはまるで型のちがった、がっちりとした、正義感の強そうな、そしてその正義心を振廻すのが好きなような、どっか女学校の舎監を思わせるようなタイプの女だった。

　そういう志摩子の様子を見ると、木村刑事はすぐにこいつは些か難物だなと思ったが、案に相違して、彼女は少しもためらう風もなく、むしろ刑事の訪問を待ち設けていたような口吻でこんな事を言った。

「えゝえゝ、そういう事を申しましたよ。申しましたとも。この事は笠原の親戚でも、みんな知っている事ですから、何も隠す必要はございません。謙さんや妙子が満足な死方が出来ないだろうと云ったのは、こういうわけでございます」

　まえにも云ったとおり謙三は京都帝大の出身だったが、学生時代彼には一人の親友があった。親友の名は河合仙介といって作州津山の近在のものであった。謙三と仙介は同県人のよしみのみならず、趣味にも性格にも共通したところがあったかして、その時分二人の仲は兄弟以上の親密さであった。

　休暇毎に謙三の方から作州に遊びに行くか、仙介のほうからこちらへ遊びに来るか、とにかく二人は片時も離れがたいように見えた。

　妙子はこの仙介の妻になるべき女だったのである。

　それがいつどういうふうに縺れて来たのか、いつか妙子はしだいに謙三のほうへ接近していった。謙三のほうでもまた、作州へ遊びに行く目的が、いつか仙介よりも妙子に移っていたらしかった。しかし、その時分にはまだ妙子にも、仙介を捨てゝ謙三に走ろうというハッキリとした決心はついていなかった。

　ところがそこに恐ろしい事件が起ったのである。

　ある年の春の休暇に、仙介は妙子をつれてこちらへ遊びに来た。そして三人で四国へ旅行することになった。

　この辺から四国へ行くには、宇野から出る連絡船で高松へ渡るのが普通であるから、三人もむろんその道を撰んだ。ところがその連絡船から仙介の姿が見えなくなったのである。

覚悟のうえで飛込んだのか、それとも誤まって転落したのか、船の中に姿が見えない以上、瀬戸内海へ落ちたものと考えるよりほかはなかった。むろんすぐに舟が出されて、その辺いったい隈なく捜索された。この捜索は半月も一月もつゞいた。しかし、瀬戸内海というところは潮の干満の激しいところだから、とうとう仙介の死骸は発見されずにしまった。

「そういうわけで仙介さんが死んだので、妙子は謙さんのお嫁になることになったのですが、私にはそれが非常に残念で、その時妙子に尼になれと勧めたものでございます。むろん私だって謙さんが手を下して仙介さんを殺したなどとは思っていません。しかし立派な若者が誤まって落ちるなどというような事は考えられません。これは覚悟の自殺にきまっていますが、では何故仙介さんが自殺したのか、それは謙さんと妙子の仲を知ったからで、そういう意味からいえば、二人が仙介さんを殺したも同様でございましょう」

その翌日、木村刑事は本署と打合せた上で、いったん笠原の親戚へ下渡した二個の白骨を改めて岡山の医大へ持込んだのである。

三

「この白骨の鑑定に当ったのが、さっき云った大河内先生なんです。白骨と云ってもそれは土中から掘出されたようなものと違って、何しろ高温度で長時間熱せられたものだから、丁度火葬場から拾いあげたお骨のようにボロボロになっている。唯頭蓋骨だけは割合に完全に残っていたので、それから推して三十前後の男と女と鑑定された。しかし、先生はそれだけでは満足出来なかったので、そこで非常に斬新な方法をとられたのです。つまりその頭蓋骨に肉附けをされたのですよ」

頭蓋骨の肉附け——？　私は思わず眼を瞠った。

もっとも頭蓋骨の肉附けということを、私は全然知らないわけではなかった。容貌のわからなくなった屍体の頭蓋骨に肉附けして、もとの顔を再生する。

そしてそれによって被害者の身許から、ひいては加害者を捜査するという方法が、かつて外国でとられたという事を何かで読んだ事がある。しかしそういう事が果して正確に、科学的に行くものかどうかハッキリ知らなかったし、ましてやこの日本でそれが行われたという事は、全くの初耳だったので、私は非常に興味を覚えた。

「そして、それはうまく行きましたか」

「えゝ、うまく行ったのです。もっとも大河内先生が頭蓋骨に肉附けをされたのはその時がはじめてゞはなかった。先生は前にも一度身許不詳の白骨に肉附けを試みられた事があるのです。しかし、その時はそこに再生された顔が、もとの顔に似ているかどうか自信がなかったので、すぐに打毀されたそうです。というのは、そこに再生された顔が、もとの顔に似ていないだけならまだしも、もしかりにほかの人間にでも似ていようものなら、どんな間違いが起るかも知れない。それを心配されたんですね。しかし、先生はこの方法に強い確信を持っていられたので、いつか実際の犯罪捜査に用いてみたい。そう考えていられた矢先ですから、とうとうこの事件で試みられることになったんです」

　F君の話によると、一口に頭蓋骨の肉附けといっても、それはなかなか生優しいものではないらしかった。頭蓋骨のあらゆる角度を精密に測定して、そのうえに肉附けをして行く。肉附けには大河内博士創成の、特殊の蠟が用いられるらしい。むろん同じ人間でも肥えている時と瘦せている時とでは容貌がちがって来る。これは仕方がないから、普通標準の健康状態として肉附けして行くのだそうである。尤も、その人間が肥満性の体質か筋肉質の体質かということは、頭蓋骨の形状を見れば、だいたい推定されるそうである。

　大河内先生はむろん謙三も妙子も知らなかった。これは知らないほうがよいのであって、知っていると無意識のうちに、それに似せて行こうとする危険が生まれて来るのである。

　先生は先ず女の方から肉附けにとりかゝった。この前試験的にやった時には、先生は指導されるだけで、実際には助手の北村博士に当らせたのだが、ちょうどその時分北村博士が病気静養中だったので、先生自ら手を下してやられたのである。

やがて女の方が完成すると、今度は男のほうに取りかゝった。ところが男の顔を再生していくうちに、先生はしだいに不安を感じて来たのである。と、いうのはそこに再生されていく顔が、どうもどこかで見たことがあるような気がしてならないのだ。しかも出来ていくにしたがって、ますますその感じは強くなり、やがて完成した時にはたしかに一度どこかで見た顔だと思われた。しかしどこで見た顔なのか、誰なのか、どう考えて見ても先生には思い出せなかった。

そういうわけで男のほうには多少不安を感じたが、ともかく肉附けが完成した事を警察へ知らせてやると、すぐその翌日木村刑事が笠原家の親戚やお直婆(ばあ)さんなど、謙三夫婦をよく知っている数名の者をつれてやって来た。そこで先生はまず女の方の首から見せたが、それを見ると一同あっと驚いたそうである。それはいくらか肉附きに相違はあったが、明(あきら)かに妙子の顔に違いなかった。

これに確信を得たので、今度は男の首を出して見せたが、この方は失敗（？）だった。そこに再生された顔は謙三ではなく、誰も知らぬ男だったのである。

この事は大河内先生を少からず動揺させたが、するとこの時横合から、木村刑事が亢奮(こうふん)した声でこう叫んだのである。

「先生、この顔は謙三に似ていないほうがいゝのです。その方が私の想像に符合するのですよ。謙三は死んだのじゃない。死んだと見せてどこかに隠れているんです。あいつは妻の妙子を殺したがその犯跡をくらますために、自分も死んだと見せかけようとしやあがったんです。で、どこからか死体を持って来て、自分の身代りに立てゝおいて、そのうえで火を放って姿をかくしたんです。先生、だからこの顔は謙三でないほうが本当なんです」

警察では木村刑事のこの報告をきくと俄かに色めき立った。肉附けされた女の首が、正確に妙子の顔を再生した以上、大河内博士の技術を疑うわけにはいかないのだから、木村刑事のこの思い切った推断も、十分根拠あるものとして、そこで全国にわたって笠原謙三捜索のための通牒が発せられたのである。

「で、謙三はつかまりましたか」

「つかまりました。薬品で顔を焼いて、すっかり相好をかえ、下関から関釜連絡船に乗ろうとするところを取りおさえられたのです。だが、そのまえにもう一つ妙なことがあるんですよ」

それは謙三がつかまる少しまえの事だった。大河内先生の弟子で、長らく病気静養していた助手の北村博士が、久しぶりで学校へ出て来たのである。

「先生は今度頭蓋骨の肉附けをされたそうですね」

まえに先生の指導で、試験的にそれを試みたことのある北村博士は、その結果に興味を感じて登校したのだった。

「ふむ、その事だよ。それで私はいま非常に不安を感じているのだ。二つの頭蓋骨のうち女のほうはうまく行ったのだが、問題は男の方だ。私はどうもこの顔に見覚えがあるようで、それが不安の種なんだよ。見てくれ給え。これだよ」

北村博士はその顔をひとめ見ると、非常に深い驚きの色を示した。

「先生、こ、これは……」

「え？　どうした、どこか変なところがある？」

北村博士はそれに答えないで、深い亢奮の色を見せながら、自分の机の抽斗を探っていたが、やがて取出したのは一葉の写真だった。

「これだ、これだ。やっぱり、同じだ。先生、先生が見覚えがあるとおっしゃるのはこの顔ですよ」

大河内先生もその写真をひとめ見ると、はっと呼吸を吸って大きく眼を瞠った。

二人がそんなにも大きな驚きを味ったのも、全く無理のない話であった。

前に一度大河内先生が北村博士を指導して、身許不明の白骨に、試験的に肉附けを試みた事はさっきもお話しておいた。その時先生は他に思わぬ迷惑をかける事を慮られて、出来上るとその肉附けを崩してしまわれたのだが、その前に参考として出来上った顔を写真に撮影しておいた。いま北村博士が机の抽斗から取出したのはその写真なのだが、何んと今度大河内先生が肉附けされた顔と、前に撮影しておいたその顔とは、全く同一のものなのである。

「だが……だが……北村君、これはどういうことになるんだ。二つの頭蓋骨から同じ顔が出来るなんて……」

「いゝえ、先生、そうではありません。先生はお忘れですか。いまから一年ほどまえにこの教室から、研究資料の白骨が一体盗まれたのを……あの時、盗まれた骨というのが、即ち以前、試験的に肉附けをやったものなんです」

「あー、そ、それじゃ……」

「そうです、そうです。あの時白骨を盗出したのが、即ち今度の事件の犯人笠原謙三に違いありません。つまりそいつは一年まえから今度の殺人を計画していて、白骨を盗んで準備していた。その白骨が再びこの教室に戻って来て再び先生の手で肉附けされたのですよ。先生は何も御存じなかったにも拘らず、こうして再現された顔が、二度とも全く同一のものとなったというのは、先生の肉附けの正確さを裏書きしている事になるじゃありませんか」

　大河内先生は何んともいえぬ不思議な感じに打たれたが、ともかくその事を警察へ報告しておいた。そこで警察で調べてみると、謙三はこの大学に友人があって、あの白骨の盗難があった時分、よくそこへ出入りしていたという事が分ったのである。

「こうなると、いよいよ謙三の計画もはっきりし、そこで捜索にも拍車がかけられたのですが、そのうちに前にも言ったとおり謙三は下関で捕えられました。ところが、こいつしぶとい奴でしてね、あくまでも自分は笠原謙三ではない。そんな男は知らないと言い張るんです。何しろ薬品ですっかり相好をかえてますから、親戚の者に突合せても、さあと首をかしげる。前科者じゃないから、指紋を引合せるわけにもいかない。警察でもすっかり手古摺ってしまったんですが、その時、例の木村刑事がふと思いついて、あの肉附けされた蠟の顔を突きつけることにしたんです。そのショックによって尻尾を出しゃあしないかという考えなんですね。で、最初先ず妙子の首をつきつけた。これには謙三もちょっと驚いたらしいが、しかし、大河内先生が、頭蓋骨の肉附けをされたということは、当時の新聞に出ていたので、奴さんもあらかじめ、覚悟していたんでしょう。フフンといった顔色なんです。なんしろしぶとい奴で……そこで今度はもうひとつの首、即ち男のほうの首をつきつけたんです。そして、どうだ、これがおまえが身代りに使った骸骨の本人だぞ、と極めつけたんです。ところが……」

「ところが……?」

「ところが、そこに非常に妙なことが起ったんですよ。妙子の首には眉毛ひとつ動かさなかった謙三も、男の首をつきつけられたとたん、それこそ、天地がひっくりかえったような、大きな驚きに打たれたたんです。な、な、な、なんですって、こ、こ、こ、これが、あの骸骨の本人ですって……と、いうわけです」

「ふうむ、謙三はしかし、どうして、そんなに、その男の首に驚いたんですか。謙三はその首に見憶えがあったんですか」

「そうなんです。刑事もはじめは、謙三がなぜそんなに驚いたのか、いや、驚いたというよりも、むしろ恐怖にちかい状態なんですから、このしぶとい男が、どうしてこうも恐れおのゝくのかと、却って呆気にとられた感じだったそうですが、そのうちに、謙三がたゞひとこと、こ、こ、これは河合仙介……」

「え、え、え、な、なんですって!」

驚いたのは謙三ばかりではない。私もそこまで話をきくと、思わず座布団から腰をうかしかけたのである。

「それじゃ、肉附けされたその首は……?」

「そうなんです。前に連絡船から姿を消した、河合仙介の首だったんです。さすがにしぶとい謙三も、これにはよほど、大きなショックを感じたんですね。唯ひとこと、これは河合仙介！　と、叫ぶと、そのまゝ、気を失ってひっくりかえってしまったそうです。さあ、警察では大騒ぎになった。そこで早速、作州のほうから、仙介の親戚の者を呼びよせて、その首を鑑定させたんですが、誰の眼も同じことで、たしかにそれは仙介にちがいないというんです。ところで、大河内先生の肉附けの正確なことは、まえの妙子の場合でもよくわかっている。だから、こうして仙介の顔を再現したその頭蓋骨は、当然、仙介のものであらねばならぬということになって来ます。そこで、又改めて、その骸骨の出所が調査されたんですが、だいたい、つぎのようなことがわかりました。なんでも、その白骨というのは、鞆の海岸の洞窟に打上げられていたものを、漁師が発見して、それが廻りまわって、大学の教室へ、研究資料として持込まれたものなんです。それは仙介が連絡船から姿を消してから、半年ほど後のことだったそうです。つまり、河合仙介は宇高連絡船から落ちて死んで、鞆の海岸に白骨となって打上げられた。それが大学へ持込まれたのを、謙三が盗み出して自分の身代りに使ったというわけです。しかもその際、謙三は、自分の殺した妙子と、河合仙介の骸骨とを、ひとつ床にならべて火を放ったのですから、手もなく、昔の恋人同志をひとつに結んでやったも同じことです。さすがにしぶとい謙三も、こういう恐ろしい因縁には、よほど大きなショックを感じたのでしょう。それから間もなく、すらすらと、一切の犯行を自供したということですよ」

　私達はそこで、長いあいだ黙りこんでいた。何かしら恐ろしいもの、髑髏の肉附けというような、末梢的な恐ろしさではなく、もっともっと深いところにある、この物語の神秘な恐ろしさに、私はしばらく、口を利くことも出来なかった。

「ところで、河合仙介ですがねえ、その男はどうして連絡船から落ちたんですか。これもやはり、謙三に突落とされたんですか」

「いや、それは謙三が突落としたわけではなく、仙介が自ら飛込んだものだそうです。つまり、謙三と妙子との仲を知って、仙介は絶望のあまり投身自殺をしたのですね。だからまあ、手を下さずとも、謙三が殺したも同じようなものです。妙子が許婚者(いいなずけ)の仙介を捨てゝ、謙三に心を寄せるようになった最初のきっかけは、謙三に、暴力をもって自由にされたためであったということです。謙三はそういうふうながむしゃらな、非人情的なところが昔からあったそうですが、そういう男と友人になったのが、仙介——ひいては妙子の不幸だったんですねえ」

それから、F君は最後に、こういうふうにこの話を結んだのである。

「ねえ、先生、この話にはどこか超自然なところ、昔の人にいわせれば、因縁とか、因果とかいう言葉で、片附けてしまいそうなところがあります。しかし、その因縁因果を現実に暴露(ばくろ)し証明することが出来たのは、やはり科学の力、大河内先生の精密な測定による、頭蓋骨の肉附けにあるということは間違いのないことですね。だから、やはりこれは科学の力、精密な数字の勝利であることを忘れないでください」

かめれおん

一

親愛なる狭山耕作（さやまこうさく）様。

　この手紙を郵便受けのなかに発見なすった時、あなたはきっと非常にお驚きになるでしょう。実際、こんなに近くに住んでいながら、私がいま、手紙という形式をかりて、自分の考えを述べようとしている事は、たしかに妙なことにちがいありません。しかし私はいまあるのっぴきならぬ事情があって、どうしてもこれを手紙にしなければならぬ必要に迫られているのです。どうぞしばらく私の悪筆と悪文をもって、あなたの御清閑（せいかん）をおさまたげすることをお許し下さい。

　さて、これから私が述べようとする事柄については、賢明なるあなたの事ですから、すでに御想像がおつきの事と存じます。そうなのです。あなたの御想像のとおり、私はもう一度この間の事件、即ち（すなわ）新聞でいうところの、「学校横町（よこちょう）の殺人事件」について申上（もうしあ）げようとしているのです。

　あの事件について、お互いに腹蔵（ふくぞう）のない意見を吐きあい、議論をたゝかわすことの出来たのは、まったく愉快なことでした。いつものような探偵小説についての議論ではなく、それがわれわれの身辺に実際に起った事件であっただけに議論に熱があり、それだけに私は愉快に感じたのでした。

　いまゝでのところでは、あなたのお説は突飛（とっぴ）であり、空想的であり、探偵小説としてはたしかに面白いが、しかしあまりにも非現実的でありすぎる。それに反して私の説は、平凡ながらも現実に即しているということになっています。しかも警察当局でも、私と同様の見解をとっていますから、私の説のほうが勝利をしめたかたちになっています。

ところが近頃になって私は、この事件について、新しい、しかも非常に意外な事実を発見したのです。この事はあなたも私も、二人とも見逃がしていた、非常に珍しい、しかも犯人にとっては致命的な事実なので、私はいやでも、いまゝでの持説を修正しなければならぬ破目に立ちいたりました。そこでいま私はこうして禿筆をふるっているしだいでありますが、その事を申上げるまえに、もう一度、この事件を最初から見直したほうがよくはないかと思いますので、記憶を辿ってあの日のことをこゝに書きとめておくことに致します。

六月十二日、即ちいまから丁度一週間まえの午前十時頃、学校横町をひとめで見渡す位置にあるミルクホール万来軒へ、ふらりとやって来たのがあなた、即ち狭山耕作氏でした。（以下しばらく三人称でおよびする事をお許し下さい）狭山氏が毎朝十時頃にこの万来軒へやって来るのは、もう長いあいだの習慣になっていて、氏が湯浅謙介（即ち私）と心易くなったのもこのミルクホールでした。狭山氏も湯浅謙介もお互いに相手が自分と同じ探偵小説のマニヤである事を識ると、非常に親しさと興味をおぼえ、それから後の二人がそこへ足を運ぶ気持ちのなかには、互いに相手を待ちもうける気持ちが、多分にあったことはいなむことが出来ません。

さて、問題の六月十二日は、前日から引続いて鬱陶しい雨が降りつゞいていましたが、万来軒へやって来た狭山耕作氏は、いつものテーブルに腰をおろすと、新聞を読みながら、しかし心の中では湯浅謙介のあらわれるのを待っているので、しじゅう向うに見える学校横町へ眼をやっていました。

すると果して五分も経たぬ間に、学校横町の奥から湯浅謙介が、カーキ色のレーンコートに長靴をはき、片手に大きな折鞄をさげ、洋傘をさしてやって来ました。湯浅謙介は万来軒のまえまで来ると、店

の中を覗いてみましたが、そこに狭山氏のすがたを見付けると、

「やあ」

「やあ」

と、挨拶をしました。

狭山氏は湯浅謙介の服装を見ると、

「どこかへ出かけるんですか」

と訊ねました。

「えゝ、一寸……しかしまだひまがあるからちょっと寄っていきましょうか。おっと忘れていた。自働電話までいって来ます。すぐかえって来ますから待っていて下さい」

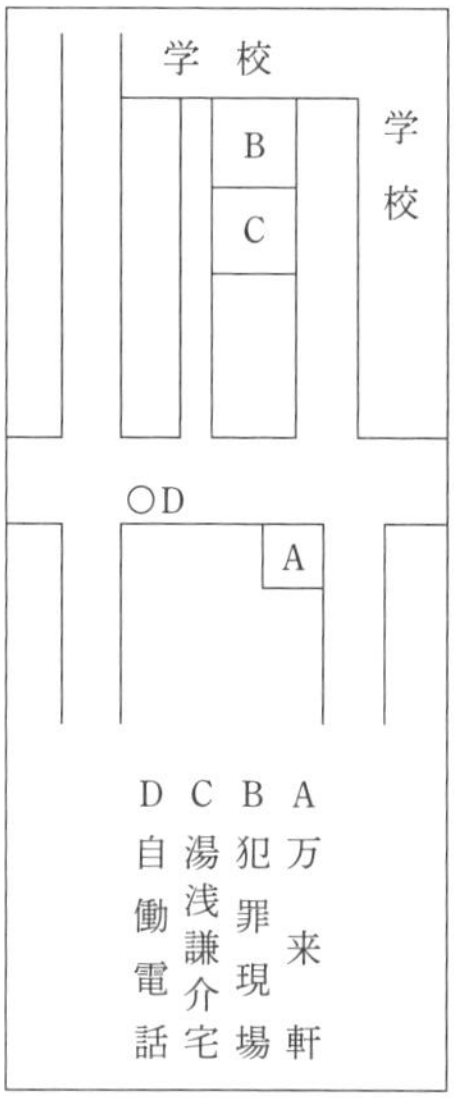

学校
学校
B
C
○D
A

A 万来軒
B 犯罪現場
C 湯浅謙介宅
D 自働電話

そういって湯浅謙介は大股に、万来軒のまえを通りすぎ、自働電話のほうへ行きました。そこで狭山氏は煙草を吹かしながら、ぼんやり表の雨脚を眺めていましたが、するといま湯浅謙介が立去った方角から、一人の男がやって来ました。その男もやっぱり長靴をはき、レーンコートを着ていましたが、そのレーンコートの眼のさめるような鮮やかな紫色がぱっと強く狭山氏の注意をひきました。唯、幸か不幸かこの男は、洋傘をまえにかしげていたので、狭山氏には全然顔が見えなかったのですが、この事が後になって狭山氏、即ちあなたの素晴しい推理の根拠になったのでしたね。

さて、その男は万来軒のまえまで来ると、そこを左へ曲って学校横町へ入っていきました。そしてその横町の一番奥にある家、即ち湯浅謙介の隣家へ入っていくところまで、狭山氏はぼんやり眺めていました。

それからどのくらい経ったか――狭山氏の説によると、少なくとも五分は経っていたろうという事で

すが、そのあいだじゅう狭山氏は、湯浅謙介がかえって来るのを、いまかいまかと待っていたので、片時も表から眼をはなさなかったのですが、するとまた左のほうから一人の男が足速にやって来ました。この男もまた、洋傘をまえにかしげていたので、顔は見えなかったのですが、同じように長靴をはき、レーンコートを着ていました。但し、そのレーンコートは色の褪せた緑色の古ぼけたものでした。ところが妙なことにはこの男も、学校横町へ入っていき、そしてまた、路次の一番奥の家、つまりさっき紫色のレーンコートを着た男が入った家へ入っていったのです。

たった五分ほどのあいだに、二人の男が同じ家へ入っていった事について、狭山氏はかなり強い好奇心をおぼえました。というのは狭山氏はその家の住人について、とかくの噂を耳にしていたからで、いまにひと騒動起るのではないかと心待ちにしていると、果して第二の男が入っていってから三分と経たぬ間にあわたゞしく一人の男がその家からとび出して来ました。

それは紫色のレーンコートを着た男、即ちさきに入った男でしたが、今度も洋傘をまえにかしげていたので、狭山氏は顔を見ることが出来ませんでした。その男は路次の入口まで、ほとんど駆出さんばかりにやって来ましたが、万来軒のまえまで来ると、急に歩調をゆるめしかしいよいよ傘をまえにかしげて、顔をかくすようにしながら、左のほうへ立去っていきました。そしてその男のすがたが見えなくなると殆んど入違いに、カーキ色のレーンコートを着た湯浅謙介、即ち私が戻って来たのでした。……

狭山耕作様。

以上がその朝、あなたの目撃された全部でしたね。後になってあなたが告白されたところによると、その時にはそれらの事実に、特別の意味があるとも御存じなかったそうで、私がかえって来たときも、あなたはにやにや笑っておられた。そして私にこうおっしゃいました。

「湯浅君、君の隣りのお妾さん、相変らずなかなか発展しますね」

「え？　どうしてゞすか」

　私が訊返すと、あなたは相変らずにやにやしながら、

「いまね、二人の男が落合ったんですよ。顔は見えなかったが、からだの恰好からみて、いつも来る旦那のようじゃなかったから、きっと二人とも、あの女の恋人たちにちがいありませんよ」

「へへえ、またひと騒動起らなければよいが……」

「いや、それはもう起っちまったらしいですよ。さきに来てたほうが、いま、ほうほうの態でかえって行きましたからね。こうなると心臓の問題ですね。押しの太い奴が勝つ。しかしあゝいうのがお隣りじゃ、お宅の奥さん、しじゅう御迷惑をなさるでしょう」

「えゝ、よくこぼしていますがね。今日は幸い実家へかえっていて留守ですが……」

「あゝ、そうですか。それは結構でした。朝っぱらからあゝいう男を引っ張りこむお妾さんを隣人に持っていちゃやりきれませんな」

「そういえばまあそうですが、慣れているせいか、女房の奴、案外平気ですよ。それに女房も女中も今日は留守で、……いや、それより今朝は大したことはないでしょう。あのお妾さん、熱があるって昨日から寝てるそうですから」

「そうすると、折角忍んで来た男も御愁傷様ということになりますね。はゝゝゝは」

　そういってあなたは面白そうにお笑いになった。そして、それから間もなく私はあなたとお別れして、銀座まで用達しに出かけたのでしたね。

二

狭山耕作様。

　私があの恐ろしい殺人事件についてはじめて聞いたのは、その日の四時頃、銀座の出先からかえって来たときでした。

　何気なくこの横町の入口、即ち万来軒のまえまで来ると、近所の人が大勢立っているので、いったい

何事が起ったのかと聞いてみたところが、あのお妾さん、即ち私の厄介な隣人であるところの、佐藤加代子が殺されているという事なので、私は大急ぎで家へかえって来たことでした。

　帰ってみると実家へいっていた女房も、午前中使いにいっていた女中もすでにかえっていて、二人ともうすぐらい家の中で、蒼くなってちゞみあがっていました。

「おい、どうしたんだ。お隣のお妾が殺されているというじゃないか」

「あら、あなた、大変よ、大変よ。あたしもう怖くて、怖くて……」

　女房はもう怯えきって、歯の根もあわぬくらいふるえています。

「いったいどうしたというんだ。おまえのようにふるえてばかりいちゃ分らんじゃないか。お妾が殺されたというが、いったいそれは何時のことなんだ」

「あゝ、そうそう、それについて何度も刑事さんが訊きに来ましたよ。あなた今朝何時頃にうちをお出になりましたの」

「おれ……？　おれがうちを出たのは姐やが出かけたすぐあとだから、たぶん十時頃のことだったろうよ」

「まあ！」

　と、女房は女中と顔を見合せながら、

「あなた、その時、お隣でなにか妙な物音がするのをお聞きになりませんでした？」

「いゝや、しかし……するとお妾さんの殺されたのは……？」

「えゝ、十時前後のことだろうというのよ。でも、見付かったのはずっと後なのよ。あれ、一時頃のことだったわねえ、ねえ、姐や」

「はい、さようでございます」

「あたし十二時過ぎにかえって来たのよ。姐やはあたしより一足さきにかえっていたので、二人で御飯を食べていましたの。すると表を通る足音がしてそれがお隣へ入っていきました。それはお隣の姐やさんで、お隣の姐やさんも、午前中お使いに出ていたんですわね。ところが姐やさんがお隣へ入ったと思うとすぐに、きゃっという叫び声なんでしょう。それから、誰か来てえ……って呼ぶんでしょう。それであたし姐やと二人で、何事が起ったのかと思って駆つけてみると……」

女房はそこでまた蒼くなってふるえます。

「なんだ、それじゃおまえたち現場を見たのか」

「えゝ……加代子さん、昨日から熱があるって寝ていたでしょう。そこを抉られたのでしょうねえ。少しはだけた乳房のあたりから、真紅な血が流れていて、布団がぐっしょり……いやだわ、いやだわ。あたしもあの顔を思い出すと、とても今夜は寝られやしないわ。それにねえ、あなた、怖いことはそれだけじゃないのよ。もっと、もっと気味の悪いことがあったの」

「もっともっと気味の悪いこと……?」

「えゝ、加代子さんの死体から眼をあげて、ひょいと向うを見ると、縁側に洋服を着た男の人が、ブランと首をくゝって……いやよ、いやよ。あたしもういやよ」

女房はそういって、いきなり私の膝に顔を伏せました。これには私も驚いて、

「何んだ、それじゃ犯人は首をくゝって死んでいるのか」

「犯人かどうかあたし知りませんわ。あたしもう夢中でしたけれど、三人の中ではこの姐やが一番しっかりしていましたわ。お巡りさんに知らせなきゃというので、それでお隣の姐やさんが走っていったんです。そしたらすぐ、お巡りさんや警察の人が大勢来て……そしてお医者さんが調べたところが、二人とも死んだのは十時前後のことだろうというのよ」

ふうむーと、私がうなっているところへ、やって来たのは刑事でした。刑事は私が出かけた時刻を、どこかで聞いて来たと見え、出かけるまえに何か物音をきかなかったかと訊ねるのです。そして私が何もきかなかったと答えると、出掛けたのは何時か、正確な時間は分らないかと、重ねて訊ねました。そこで私はふと思い出して、

「そうそう、出かけるまえに気がつくと、腕時計がとまっていたので、そこの柱時計に合わせたので、よく憶えていますが、十時七分まえでしたよ」

「なるほど、すると犯行の時間は九時五十三分より後のことになりますな。しかし、それより後としても、あまり長くはない筈ですが、あなたはもしや途中で、誰かに会いませんでしたか」

　そこで思い出したのが、今朝万来軒であなたに聞いた話でした。刑事はその話をきくと、眼を輝かせて、

「なるほど、なるほど、するとあなたが出かけた直後に、二人の男がこの家へやって来たんですね。そしてその一人が逃げるようにこの家から出ていったと……あゝ、わかりました。最初の奴がつまり犯人なんですね。そいつが女を殺したあとで首をくゝる。そのあとへ来た奴がそれを見てびっくり仰天、かゝり合いになっちゃ詰まらんというので、ほうほうの態で逃げ出したんですね」

「いゝえ、ところが刑事さん、逃げ出したのは最初に来た男だったそうですよ」

三

親愛なる狭山耕作様

実際、私がこういった時の刑事の顔こそ見物でしたよ。まったく第一の男が首をつっていてこそ、刑事の説も成立ちます。ところがその男が逃出して、第二の男が首を吊っていたとなると、どうしても不自然はまぬがれませんからね。何故といって、あなたのお話によると、第二の男がやって来た時には、まだ第一の男がいた筈です。刑事の説のとおり、第一の男が犯人とすると、その男が女を殺してまごまごしているところへ、第二の男がやって来た。そこで、第一の男があわてゝ逃げ出した。そのあとで、第二の男が——この男は当然、第一の男、即ち犯人を見ているにも拘らず、それをひとに告げようともしないで、首をくゝるというのは、たしかに不自然ですからね。

　では、第一の男が犯人ではなく、したがってその

男が逃げ出した時には、女はまだ生きていた。そして、それを殺したのは、第二の男であるということにしたら——ところが、それにもまた不合理があるのです。それはこういうわけでした。

「いったい、逃げ出したのが第一の男だとはどうして分っているのです。あなたの御友人ははっきり顔を見られたのですか」

「いゝえ、私の友人は二人とも顔を見ていないのです。というのは、二人とも洋傘で顔をかくすようにしていたそうで……」

「それだのに、どうして逃げ出したのが第一の男だと分りましたか」

「それはレーンコートの色でわかったそうです」

「レーンコート?」

「そうです、そうです。何んでも第一の男は眼のさめるような紫色のレーンコートを着ており、第二の男は色の褪せた緑色のレーンコートを着ていたそうですが、逃げ出したのは紫色のレーンコートを着たほうだったそうですよ」

それを訊くと刑事は眉をひそめてこんな事を言いました。

「それは妙ですね。首を吊ってる男はレーンコートなんか着ていない。しかも、隣(となり)家には緑も紫も、レーンコートなんて一枚もありませんよ」

さあ、これでまたこんがらかって来ました。第二の男が犯人とすると、それは当然、第一の男が立去った後に演じられた殺人にちがいありません。まさか、眼のまえで女を殺し首を吊るのを、第一の男が指をくわえて見ているわけはありませんからね。では、第一の男が立去ったあとで、第二の男が女を殺し、首を吊ったとすると、その男の着てきたレーンコートはどうしたかという事になります。

「ひょっとすると、第二の男が女を殺し、首を吊ったあとで、また誰かやって来たのではありませんか」

「そして、第二の男のレーンコートを持っていったというのですか。レーンコートだけを。……女中の話によると、盗まれた品は何一つないといっているのですよ。かなり金目(かねめ)なものが手近かなところにあるにも拘らず、それには眼もくれず、レーンコートだけ持っていくというのはどういうわけです」

「さあ。……」

私も困って首をかしげました。

「いや、とにかく一度その友人というのに聞いてみましょう。果して、逃げ出したのが第一の男か第二の男か、それを確かめてみなければなりません」

刑事は第一の男犯人説を捨てかねているようでしたが、それから間もなく私の案内で、お宅を訪れ、あなたの口から話を聞いた時には、刑事のみならず私までペシャンコになってしまいました。あなたはその時きっぱりとこう仰有(おっしゃ)いましたね。

「いゝえ、逃げ出したのはたしかに第一の男でしたよ。緑のレーンコートを着た男が家へ入ってから、三分ほどして飛び出して来たのは、たしかに紫のレーンコートを着た男、即ち第一の男でしたよ。その点、間違いはありません。それから、湯浅君の説によると、第二の男が首を吊ったあとで、誰かが来てそいつのレーンコートを持ってかえったのだろうという事ですが、それも間違いです。私は後に残った男が出てくるのを待ちうけて、顔を見てやろうと思っていたものですから、湯浅君が銀座へいってから後、ずっとあの万来軒に頑張っていて、見張っていたんです。ふつうならば、表口しか見えないのですが、ひょっとすると裏からかえるかも知れないと思ったので、わざわざ万来軒の表のほうへ席をうつして、両方とも見張っていたのです。そうです。湯浅さんの姐やさんや奥さん、それから殺されたお妾さんのうちの女中がかえって来るまで、ずっと見張りをつゞけていたのですが、第一の男が飛び出してから後、誰一人あの家へ出入りをしたものはありません。御存じのとおりあそこは袋路次になっていますから、向うから出入りするわけはありません。もっとも同じ並びの家の人が、裏の路次をとおって出入したとすれば、私の眼につかないわけですが、まさかその人たちが、レーンコートだけを盗みにいくとはねえ。……」

四

親愛なる狭山耕作様。

　あなたがあの素晴らしい推理を聞かせて下すったのはその翌日、私たちがまたあの万来軒で落合（おちあ）ったときでしたね。今でも私はあなたのあの愉快なお説を忘れることが出来ません。その時あなたはこう仰有いました。

「湯浅君、私は昨夜、夜（よ）どおしかゝって今度の事件について仮説をたてゝみましたよ。刑事の第一の男犯人説、あなたの第二の男犯人説、ともに不自然なところや、不合理な点があるのは、あなたがたも認めていらっしゃるとおりです。そこで私は何んとかしてそこに納得のいくような説明はつかないものか、昨夜さんざん頭をひねって見たのです。そしてやっと自分でも満足出来るような仮説をたてる事が出来たのですよ」

　それを聞いて私も体を乗出（のりだ）しました。

「それは面白い。実は私もやってみたのですが、一つ、あなたのお説から聞かせて下さい」

「私の説というのはこうです。第一の男も第二の男も、同じ人間だったというのです」

「え？　え？　え？」

　私はあまり奇抜なお説に椅子からずり落ちそうになりましたが、あの時、私の示した驚きは決して見せかけではなかったのですよ。

「狭山さん、それはいったいどういうわけです。あなたのお話では第一の男があの家へ入ったきり、まだ出てこないうちに、第二の男がやって来たという事でしたが、そうじゃなかったのですか」

　私がそういうと、あなたは意味ありげにじっと私の顔を見ていられたが、やがて皮肉な微笑を洩（も）らすとこんな事をおっしゃいました。

「そうです。表からは出て来ませんでしたが、裏というものがあります。私が裏の路次も見える位置へ席をかえたのは、それから後のことですから、第一の男は表から入って裏へ出ることが出来たわけです。私が何故こんなことを考えたかというと、あの時私が見たのは、レーンコートと長靴と洋傘以外に何もありません。御存じのとおり長靴だの洋傘だのというものは、どれもこれも似たり寄ったりのものです。ですからレーンコートをかえるだけで、立派に一人二役がつとまるということに気がついたのです。つまり最初に紫色のレーンコートを着てあの家へ入ると、そこでそのレーンコートを脱ぐ。するとその下には緑色のレーンコートを着ているのです。で、その緑色のレーンコートで裏口から路次を通って、万来軒のまえの通りへ出ると、また万来軒の前を通って学校横町へ入り、もう一度あの家へ入っていく。そして今度出て来るときに、紫色のレーンコートを着て来たが、その時そいつはつい縮尻ったのです。紫色のレーンコートを緑色のレーンコートの下へ着ればよかったものを、急いだためか、それともわざと事件をこんがらかすためか、紫のレーンコートをうえへ着てしまったのです。それさえなければ刑事の第一の男が犯人説で、立派にこの事件は解決ということになったのでしょうがねえ」

「しかし、なんだってその男はそんな一人二役を演じたのですか」

「それはねえ。その時刻に殺人が行われたと見せかけるためだったのですよ。その男は、私がこゝに頑張っていることを知っていて、二人の男がそこへ入っていったということを見せつけようとしたのです。何故二人必要だったかといえば、むろん、首を吊っている男も、ほんとうは絞殺されたのでしょうからねえ。つまり一人が他の一人を絞め殺したと思わせるためには、どうしても二人の男が登場する必要があったんです」

「じゃあの首吊り男も自殺じゃなくて、他殺だったのですか」

「そうですよ。いまにそれがわかって来ますよ。いや、警察ではわかっていながら、わざとかくしているのかも知れません」

「なるほど、そうなって来ると事態はかわって来ますね。しかし、そうだ、首吊男が他殺とすると、なにもあなたのように凝った考え方をしなくとも、第一の男犯人説で立派に解釈出来るじゃありませんか。つまり第一の男が女を殺して逃出そうとした、そこへ緑色のレーンコートを着た第二の男がやって来たので、これまた絞殺して首吊りと見せかけておいて逃げ出した……と、それでいゝじゃありませんか」

「しかし、それなら第二の男の着て来た緑色のレーンコートはどうなったのです。何故犯人がそれを持っていったんです」

「あっ、なあるほど」

「それにもう一つ、第二の男があの家へ入ってから、第一の男がとび出すまでには三分とはかゝっていないのですよ。あそこは一番奥まったところですから、格闘の音や悲鳴はきこえなかったとしても、僅か三分、実際はもっと短かったような気がするんですが、その間に大の男を絞殺し、首吊りの芸当までやらせるということはなかなかできるものではありません」

「そうそう、そういえばあなたはいま、殺人のあったのはあの時間でないようにいわれたが、では、実際はいつだったのです」

「それより少しまえ、即ちあなたがまだ家にいられた頃です」

「しかし、それなら多少私も気がつきそうなものだが……」

「湯浅君」

そこであなたは気味の悪い顔で椅子からぐっと体を乗出された。

「君がそんなにとぼけているのなら、ほんとうのことをいいますよ。僕の考えている犯人とは、湯浅君、君ですよ」

「え、え、え、何んですって！」

「君も相当お芝居がうまいですね。そんなに驚いたふりをしてもいけません。そうです。女を刺殺し、男を絞殺したのは君なのです。それは君が家を出る少しまえの事だったのでしょう。ところで君はアリバイを作りたかった。と、同時にほかに犯人をこさえたかった。そこで思いついたのが僕のことで、いつも十時頃から僕がこゝに頑張っていることを知っているものだから、それを利用しようとしたのです。

で、どういうふうにしたかというと、きみは先(ま)ず女を刺殺し、男を絞め殺して、首吊りのまねをさせると、裏の路次づたいに、自宅へ帰り緑色のレーンコートを着る。そのうえに紫のレーンコートを着る。この二つのレーンコートのうちどちらかは、殺された男のものにちがいない。さて、君はこの二枚のレーンコートのうえに、更にカーキ色のレーンコートを着るのです。そしてこのこと学校横町から出て来ると、万来軒にいる僕に挨拶をしておいて自働電話へ入る、そこで先ず一番うえのカーキ色の奴を脱ぐと、すぐ引返して来てあの家へ入る。これで紫色の男が第一にあの家へ入ったというわけで、脱いだカーキ色の奴は、折り鞄に入れて、洋傘のかげに持っていたにちがいない。そしてそれから後はさっき言ったとおり紫色のレーンコートを脱ぎ、裏から抜(ぬけ)出(だ)し、もう一度緑色の男となってあの家へ入っていった。そしてまた紫色の男となって出てくると、万来軒のまえをとおりすぎ、自働電話にとびこむと、二枚のレーンコートは脱いで折鞄におさめ、改めてカーキ色の奴を着て、のこのこと万来軒へやって来たのです。つまり君はかめれおんのように、レーンコートで自由自在に色をかえ一人三役をつとめたというわけですが、どうです。湯浅君、ちがいますか」

実際あの時私は驚きました。あまりの驚きのためにしばらくは口も利けず、まじまじとあなたの顔を見つめていましたが、やがてやっと私はこういいましたね。

「狭山さん。なるほど面白いお説です。この私がかめれおんとは驚きました。しかしあなたがもう少し詳しくあの時の私の行動をお調べになったら、そんな説は成立しなかった筈です。紫色の男がやって来たのは、私が自働電話のほうへいってからすぐだったとおっしゃいましたね。ところがあの時私が自働電話へいくと、御存知のKさんが中にいて、これがいくら呼出しをかけても通じないのです。Kさんはいらいらしながらも、すまぬすまぬというふうに、いくども表に待っている私に頭を下げていましたから、きっと証人になってくれるでしょう。Kさんの電話がやっと通じて、用件を終って出て来るまでには、五分以上もかゝりましたよ。私があの時電話をかけるのに、あんなに長くかゝったのはそのためなんです」

　あなたはそれをきくと、みるみる真蒼（まっさお）におなりになった。そこでまた私は言葉をつぎました。

「それからもうひとつ、あなたのお説の欠点は、紫色の男が裏口から抜出して、緑色の男になって現れたというところで、それの出来ないわけがある。というのは、あの時あの裏の路次には汚穢屋（おわい）が来て汲（くみ）取（と）りをしていたのですよ。十時七分前に私が家を飛出したのも、その匂いを嗅（か）いだからです。その汚穢屋は私が自動電話をかけ終って、こゝへ帰って来るときもまだあの路次にいましたから、その男に聞けば、緑色のレーンコートを着た男が、あの家の裏口から飛出したか飛出さなかったかすぐわかるでしょう」

　あなたはいよいよ蒼褪（あおざ）めて、ふかくふかく首を垂れていらっしゃったが、やがてぐいっと首をあげると、

「湯浅君、すまない。つい調子に乗過（のりす）ぎて……」

「いや、いゝんですよ。話としては非常に面白かったですよ。かめれおんですか。ははは！　ところで、狭山さん、私にも意見があるんですが、それをお話しましょうか」

「どうぞ、ぜひ聴かせて下さい」

「私のはあなたほど奇抜ではありませんよ。つまり、紫色の男も緑色の男も実在の人物なのです。で、先ず紫色の男がやって来て女を殺し首を吊る。はじめからその気でやって来たとすれば、女を殺すのに声を立てさせずにやるくらい雑作（ぞうさ）ないでしょうから、近所に汚穢屋がいても気がつかなかったのです。さて、その男が首を吊った後へ緑色の男がやって来て、この態（てい）を見てあわを喰って逃出したのですが、その時、そこに脱捨てゝあった紫色のレーンコートを着ていったのです」

「何故——？　何故そんなものを着ていったのです」

「それはこうです。第二の男が女の死体のそばへ寄

った時、レーンコートに血がついたのです。緑のうえに赤ですからこれは目立ちますよ。そのまま飛出すわけにはいかない。といって脱捨てゝいっては後日の証拠になるし、雨の降るのにレーンコートをかゝえて歩くのも変に思われる。そこでその血をかくすために、紫色のレーンコートを上に着ていった――と、こう考えるのですがどうでしょう」

五

狭山耕作様。

あの時あなたは、私の説に非常に感服して下さいましたね、そして率直に御自分の敗北をお認めになりましたね。しかもその後判明したいろいろな事実は、いよいよ私の勝利を裏づけてくれましたね。例えばあの首吊男ですがあれは決してあなたのおっしゃったように、偽装された自殺、つまり、絞め殺してから、首吊りをさせたのではなく、ほんとうの首吊りであることが分りましたし、またその男が紫色のレーンコートの持主であったことも判明しました。更にまたかれが被害者佐藤加代子に対して、報われざる、しかも非常に激しい恋情を捧げていたことも分りました。だから、その男が加代子を殺し、首を吊ったのだろうという私の説は、警察の意見とぴったり一致しましたが、唯いまだに分らないのは、緑色のレーンコートを着た第二の男で、したがってその男が何故、紫のレーンコートを着ていったかは、まだはっきりと確定されておりません。しかし、だいたい、私の想像どおりであろうということになって、警察でもその男の捜索については、あまり熱意を示していないようです。こうしてこの事件ではまったく私が勝利をしめているように見えています。しかし、狭山さん、いまこそ私は白状します。私は完全に敗北したのです。

狭山さん。あなたは何故あんなに慾ばって、私を一人三役に仕立てなければおさまらなかったのです。何故一人二役ぐらいで我慢なさらなかったのです。そうすれば勝利はあなたのものだったのに!

そうです。佐藤加代子を殺したのは私でした。そしてその時刻もあなたのお説のとおり、九時五十三分以前でした。何故私が加代子を殺したか、その事だけは私も話したくありません。それはあまりにも穢わしく浅間しい話ですから。

さて、加代子を殺した私はレーンコートを重ね着して出かけたのですが、それはあなたがお考えになったように三枚ではなく二枚だけでした。即ちカーキ色のレーンコートの下に着ていたのは緑色の奴だけでした。では、何故そんな真似をしたかというと、それはこうです。加代子を殺して裏口からかえって来た私は、服のボタンが一つもぎとられているのに気がついたのです。それは加代子を突殺した時、もぎとられたものにちがいありませんが、これに気がつくと、私は非常に驚いてまた裏口から出ていこうとしました。ところが、その時路次口から入ってきたのが汚穢屋です。万事休す、私はそれを見るとあわてゝ家へ引っ込みました。

汚穢屋が立去るまで待とうか、ところがこの汚穢屋と来たらとても尻の長い奴で、汲取りがすんでからでも、どうかすると半日ぐらい、その辺にうろついている事がある。加代子の家の女中がいつ帰って来るか分りませんから、とてもそれまでは待てません。では表から入ろうか――と、そう考えたとき、はたと、私が当惑したのは狭山さん、あなたの事です。その時刻にはいつもあなたが万来軒に頑張っていて、私を待って下さるために学校横町を見張っていらっしゃる事を、誰よりも私がよく知っています。そしてあなたの強い好奇心と詮索癖を私以上に知っている者はありません。ですから隣へ入るためには、どうしてもいったん家を出て、他の人間になって改めてやって来るより手がなかったのです。

狭山さん。かめれおんは色をかえました。しかしそれはあなたがお考えになったように、カーキ色、紫、緑の三色ではなく、カーキ色と緑色の二色だけでした。紫は私にも思いがけな道化役者が現われて、かめれおんの変色をいっそう複雑にしてくれたのです。

実際私が電話をかけ終って、(この電話はあとで調べられた時の用意に本当にかけました。そしてKさんに五分以上待たされた事も事実です。そのあいだ、いかに私がいらいらしたことか！）緑色のレーンコートになってあの家へ引っ返して来たとき、いつの間にやら一人の男がやって来て首を吊っていたのには、私もまったく肝を潰しました。おそらくかれは、悲恋の相手の無惨な最期を見て世をはかなんだか、それとも殉ずる気持ちかで自殺したのでしょうが、私にとってはもっけの幸いでした。そこで私は女の握っていた釦を取返すと、急いで外へ出ようとしたのですが、何と気がつくと、レーンコートの裾にべっとり血がついている。……

狭山さん。ですから私がこの間申上げたのは、推理でもなんでもなく、私の体験談でした。私はそのレーンコートを脱いで出るわけには参りません。何故なら、その下に着ているのは、あなたのよく御存じの洋服なんですから。そこで私はあの首吊男の着て来た紫色のレーンコートをうえから重ねて飛出したのです。その間三分。

狭山耕作様。

これで一切の事実を申上げました。何も書落したことはないつもりです。それにしても、私が何故こんな事を書いているのか、黙っていれば分らずにすむ自分の罪状を、何故あなたに書送ろうとしているのか。――それは私が敗北したからです。あの恐ろしい、誰も気がつかなかった事実の発見が、私をこの敗北感に追いこんでしまったのです。その恐ろしい発見とは――？

狭山さん。佐藤加代子が殺された当時、熱を出して寝ていたことはあなたも御存知でしたね。そしてそれが死後になって、丹毒だったと分った事も、あなたは御承知でしたね。その丹毒に私は感染しているのです。加代子を刺殺したとき、あの女は苦しまぎれに私の腕に、深い爪跡をつけましたが、丹毒の病菌がそこから私の体内に侵入したのです。それに気づいた時の私の気持ち、――有頂天になって勝利の踊りを踊っていた私は、突如足を踏外して、地獄の底へ突落されたのです。いやいや、はじめから勝利などはなかったのだ。それは恐ろしい陥穽のうえにえがかれた、勝利の幻想にすぎなかったのだ。私はあの女の高らかなあざ笑い、笑って笑って笑い転げる声が聞えるような気がする！

　私は刑事に向って、こゝ一月あまりあの女と、口を利いたことはおろか、顔を見たことすらないといっている。それだのに女と同じ病気に冒されていることがわかったら……そしてそこへ、あなたのあの素晴らしい推理が持出されたら……？

　狭山さん。では、さようなら。この手紙を投函すると同時に、私は用意の毒薬を呷ることに致しましょう。だからあなたがこの手紙を御覧になるときには、私はすでに死んでいるでしょう。終りにのぞんで、あなたの完全ではなかったが素晴らしい推理に喝采を送ります。

湯浅謙介拝

　追伸　かめれおんは死んだらどんな色になるか御存知ですか。

探偵小説

一

あの時は驚きました。あんなに怖かったことはほんとうに生まれてはじめてゞした。いゝえ、あたしばかりじゃございません。里見さんも野坂さんも真蒼（まっさお）におなりになって。……御存じでしょう、探偵作家の里見先生に洋画家の野坂さん、……えゝ、あの人達も御一緒でしたが、三人ともふるえあがって暫（しばら）くは口も利けませんでした。いったい、何（な）んの話だって？　えゝ、だからこれからお話しますわ。聞いて頂戴（ちょうだい）、こういう話なんですの。

あれはスキーが盛んだった時分のことだから、むろん戦争前の話ですよ。そうね、もうかれこれ十年もまえになるかしら。その年の二月中旬のこと、あたし小説家のM先生の御招待で、東北本線のN温泉へスキーにいったんです。先生はそこに正月から滞在していらして、つぎからつぎへとお識会（しりあ）いを御招待なさいます。あたしがお伺（うかが）いした時も、何（なん）しろお顔の広い先生のことですから、いろんな方面の知名な方が、いっぱい押しかけていらして、それはそれは大変な賑（にぎ）わいでございました。その時分あたしはまだ、レコードにも二三回きゃ吹きこんでいない、いわば駆出（かけだ）しの歌手だったんですけれど、それでも皆様、鮎川（あゆかわ）さん、鮎川さんと可愛（かわい）がって下さいまして一週間あまり実に愉快に遊んでいたゞきましたが、お話というのはその帰（か）えりのことですの。

それは忘れもしない二月二十五日のことでしたが、皆様お引止（ひきと）め下さいましたけれど、あたし拠（よんどころ）ない用事があったのと、幸い、前に申上げました里見先生と野坂さんが、三時の汽車で帰るとおっしゃるので、御一緒願うことにしたのです。そこであたしたち三人、三時ぎりぎりの時間にN駅へ駆着けて、プラットフォームへ跳出したのですが、何んと汽車は雪崩のために延着で、一時間ほど待たなければならないというんです。

そこであたし達いろ〱評議をしたのですが、宿へ引返すのも億劫ですし、といってその辺には気の利いた憩み場所は、一軒もございません。駅の前にカフェーみたいなものもありますが、きたならしくって。……そこでとうとう待合室で待とうということに衆議一決いたしました。

待合室たって改札口の前にあるのではなくて、ほら、プラットフォームによくあるでしょう。長方形の箱みたいなのが。……あれなんですが、幸いそこにはストーヴもあるし、今とちがって石炭なども山のように積んであります。たゞ、どういうわけか駅の方へ向いた窓ガラスが全部こわれて、ベニヤ板が押しつけてあるので、待合室の中が妙に薄暗くていやでしたが、そんなことをいっている場合ではございません。何しろ寒いものですから、あたしたち中へ跳込んでストーヴにかじりついたんですが、その時はじめて、待合室の一隅に男の人が二人、座っていることに気がついたのです。前にも申上げましたように、汽車が一時間も延着することがわかったので、たいていの人はいったん駅から出て行ったので、その時プラットフォームに残ったのは、あたしたち三人きりかと思っていたのに、そこに男の人が二人押し黙って、肩すり寄せるようにして坐っているものですから、ちょっと驚きました。

その二人というのは待合室の一番奥、――その待合室は両方出口になっていないで、袋みたいになっているのですが、――その袋の一番奥の隅に、いまも申しましたとおり、肩をすり寄せ、体をくっつけるようにして坐っているのですが、どういうものか、二人とも、妙にしいんと押し黙っています。向こうの隅にいるほうは洋服を着た男でしたが、帽子をまぶかにかぶり外套（がいとう）の襟（えり）をふかぶかと立てて、その襟の中に半分以上も顔を埋めているのでどういう人物なのかよくわかりません。そのこちら側にいる人は、二重廻し（にじゅうまわし）を着た若い男でしたがこれまた深くうなだれて、まるでもう一人のほうにもたれるようにして腰を下ろしているのでした。しかし、その時はとくにその二人に注意を払ったわけではなく、ストーヴのおかげでぬくもりが廻って参りますと、そろそろ軽い冗談のやりとりが始まりましたが、どういうものか里見先生に落着き（おちつき）がございません。なんとなくいらいらしていらして、とかく話もとんちんかんなんです。そこであたしがどうなすったのかとお訊（たず）ねしますと、先生お笑いになっておっしゃるのに、

「いや、失敬々々、実は原稿の締切に追われていましてね、それで参っているんですよ。Mさんの宿で書こうと思っていたのがあの状態で、すっかり遊んでしまったでしょう。だからこれから東京へかえって、大急ぎで書かなければと思っているもんだから、つい……」

「あら、それじゃあたしたちが押しかけていったのが悪かったのね。御免なさい、先生」

「いや、そんな事はありませんよ。柄（がら）にもなくあんなところで書こうというのが心得ちがいだったのです」

「作家もいゝが締切には誰でも参るらしいね。われわれも秋の展覧会まえになると痩（や）せるが、作家はそれが毎月あるわけだね」

野坂さんも同情したようにおっしゃいます。

「そして筋は出来ていらっしゃいますの。ほかの小説とちがって探偵小説は筋を立てるだけでもたいへんでしょう」

「まったくだ。探偵小説という奴はいわば全行（ぜんぎょう）伏線だからね。里見君、あれはすっかり頭のなかで纏（まと）めてから筆を執（と）るんだろうね」

「それにトリックというものがございますわね。あたしども素晴（すば）しいトリックにぶつかると、やられたあと思いながらも、しみじみ敬服してしまいますわ。あれはよほど苦労でしょうね」

「そうですねえ。探偵小説というものは、拵えた文学ですから、ぼんやり考えてたんじゃ纏まりませんね。脳細胞を総動員して、あゝでもない、こうでもないと練るんですから、苦労といえば苦労ですが、探偵作家はみんなそういう事を考えるのが好きだから……いや、そういうことを考えるのが好きな連中が、探偵作家になるんですから、はたでお考えになるほどでもないかも知れませんねえ」

「で、何かテーマはあるのかい」

「それはあるんだ。こっちへ来て拾ったんだがね。君たちも知ってるでしょう。ほら一月ほどまえ、この土地にあった女学生殺し……」

　そういえばそんな話を宿できいたように憶えておりますが、詳しいことは存じませんでした。野坂さんは全然知らぬとおっしゃいます。

「そうかな、それじゃきみたちが来るまえだったかしら。S新聞の通信員が来て、詳しい話をしてくれましたが、このへんじゃ大変な騒ぎだったらしい。もっとも犯人もつかまったので、ちかごろでは一段落ついたかたちで、新聞も騒がなくなりましたが……しかし僕のは小説だから、犯人はわざとちがった人物にしてあるんですよ。つまり事件の発端だけを事実にかりて、あとは空想というわけですね」

「それじゃ犯人もきまってるのね。そしてそれは実際の事件の犯人とちがっているのね。面白いわ、先生、その話を聞かせていただけません、あたし探偵小説というものが、どういう風にして出来るものか、まえから一度お伺いしたかったのよ。どう？　野坂さん？」

「それは面白い。里見君、汽車が来るまで、ひとつその話をしてみないかね」

「君たち聞いてくれる？　それは有難い。僕はいつでもだいたい話がまとまったところで、誰かにきいて貰うことにしているんだ。話をしてると星雲状態にある奴が、しだいにはっきりした形になって来るからね。じゃ話すから聞いてくれたまえ。いやきくばかりでなく、あやふやなところがあったら助言してくれ給え。君たちなかなか探偵小説通らしいから、三人でひとつ合作といこうじゃないか」

と、そういうわけで里見先生がまずお話なさいましたのが、その当時N温泉を騒がせた女学生殺しの顛末でした。

二

「一月十七日というから約一月ほどまえの事になりますね。その日は月曜日だったそうだが、その月曜日の午前十一時頃、ほら、こゝから五丁ほど西に見える山の出っ鼻。あそこで線路が急カーヴしてるでしょう。あのカーヴを向うへ曲ったところの線路から南へ約三丁ほどいったところに杉の森神社というのがある。われわれもいまその神社のまえを通って来たわけだが、その杉の森神社の境内で、お嬢さんが一人絞殺されているのが発見されて大騒ぎになったんです。その時分大雪が降続いて……」

「ふふふ。そら始まったぞ。雪、雪、雪とね。それがトリックになるんだろう」

「その通り。僕の小説ではこの雪が大きな意味を持っているので、念のためにS新聞の通信員にきいてみたんだが、雪は前々日の土曜日の午前から降りはじめ、日曜日いっぱい降りつゞき、死体の発見された月曜日の明方頃まで降っていたそうだ。だから死体が発見された時も、すっかり雪に埋まっていたというが、さてそのお嬢さんの身許、これはすぐわかった。この土地でも素封家ともいうべき……名前はかりに田口家としておこう。その田口家の娘さんで、那美さん……これも仮名だよ。その田口那美さんなのだ。こゝでついでに那美さんのことを説明しておくが、上りで行くとこの次ぎの駅にT市というのがある。那美さんはそのT市にある女学校の専修科の一年生なんだが、可愛い顔立ちの美人だったそうだ。あたまは先ずふつうで、性質は明るい、朗かな、しかしどっちかというと軽はずみなほうだったらしい。その那美さんが殺されていたんだが、田口家でも前日の日曜日から、那美さんの行方を探していたんだ」

「つまり那美さんは日曜日から失踪していたんだね」

「いや、そうじゃない。厳密にいうと那美さんの失踪したのは土曜日の晩だが、田口家ではそれを日曜日の晩まで知らなかった。というのはこういう事情がある。NからTまで汽車でかっきり三十五分、だから那美さんもふだんは汽車通学しているが、冬になると汽車のダイヤが狂い易いので、毎年十二月から三月までT市にある遠縁の未亡人のところに下宿することにしている。だから田口家では那美さんは、その未亡人のところにいるとばかり思っていたところが、日曜日の晩方、T市から那美さんの先生がやって来た。かりに古谷先生としておくが、この人はT女学校の教頭で、謹厳をもってとおっている。田口家とはまえから附合いがあって、那美さんの保証人になっているくらいだが、この人が日曜日の晩方、わざわざT市からやって来たのは、当時田口家の主人が中風で寝ていた。それを見舞いに来たのだが、病人にべつに変ったこともないのを見ると驚いた。更に、那美さんが家へかえっていないときくといよいよ驚いて、ポケットから出してみせたのが一通の電報。それにはチチキトクスグカエレとあって、那美さんの兄さんが土曜日にT市の那美さんに打ったものなんだ」

「まあ！　それが贋電報だったのね」

「そう、田口家の主人、病気は病気だが別に変ったこともないのだから、そんな電報打つ筈がない。さて古谷先生だが、そういう電報を持参していたものゝ、土曜日に那美さんに会ったわけじゃない。ではどうしてその電報が古谷先生の手に入ったかというと、それはこうなんだ。その土曜日は一月十五日だから藪入りで、古谷先生のうちでも婆やが自分の家へかえっている。夜おそくでないと古谷先生の家へかえらない。当時先生は婆やと二人暮しだったんだね。そこで先生早くかえっても仕方がないので、学校前のうどん屋で晩飯を食ったり、二三軒古本屋をまわったりした揚句、散髪屋へ寄った。そしてしばらく順番を待っていたが、そのうちにふと今夜は那美さんが勉強に来る晩だということを思い出した。那美さんはだいぶまえから毎週土曜日に、先生のところへ勉強に来ていたんです。そこで先生、散髪もしないで家へかえってきたのだが、それが八時ちょっとまえ。すると婆やが一足さきにかえっていて、先生、私がかえって来ると玄関の格子に、こんなものが挟んでありましたと、差出したのがその電報なんだ」

「なるほど、勉強を休むというわけに、那美さんが電報を残していったんだね」

「そうなんだ。電報の裏にもその事が書いてある。『先生、こんな電報が参りましたから、八時の汽車でNへかえります。今夜の勉強はお休みにして下さいませ、那美より』と、それは鉛筆の走り書きで、何か木目のあらい板のうえで書いたと見えて、鉛筆の線がでこぼこしているんだが、たしかに那美さんの筆蹟にちがいない。そこでこういう事になるんだ。電報を受取った那美さんはT駅へ駆着ける途中古谷先生の家へ寄った。那美さんの宿から駅へいくには、古谷先生のちかくを通ることになるんです。ところが先生の家には誰もいない。格子にも錠がおりている。そこで格子わきの壁板に電報を押当てゝ、鉛筆の走り書きをして、それを格子のあいだに挟んでいったという事になるんです。その格子わきの壁板というのが、木目のあらい杉の焼板で出来ているから、さてこそ鉛筆の字が妙にでこぼこしているわけです」

「なあるほど、しかし鮎川さん、気をつけなさいよ。先生いやに話が細いが、こゝらあたりがトリックかも知れないよ」

「えゝ、もち、謹聴してるわよ」

「はっはっはっ。そう先廻りをしちゃ困る。こゝいらはまだ事実譚で、僕はたゞ正確に話しているだけなんだよ。そういうわけで古谷先生は、土曜日の晩那美さんに会っていないが、電報を見ると那美さんの父が危篤とある。そこで心配になったものだから、日曜日の午過ぎになって那美さんの宿をしている未亡人のもとへ様子をきゝにいった。ついでだからここで土曜日の夕方、電報が来たときの模様をいっておこう。その電報は五時半頃に来たそうで、その時那美さんが晩飯を食わずにとび出したら、五時五十五分という下り列車に間にあっていたんだが、ちょうどお膳についたところだったので、一汽車おくらせることにして宿を出たのが六時ちょっと前、むろん八時の汽車には早過ぎるのだが、古谷先生の家へ寄らなければならんので早目に出たんだそうだ。本来ならばこの時未亡人も同行する筈なんだが、彼女は生憎一週間ほどまえから、風邪で寝ていた。それではよろしく、変ったことがあったら報らせて下さい、とそういって那美さんを送り出したのだが、今もって何もいって来ない。実は自分も行きたいのだが、このとおりの風邪ひきで……と、そういう未亡人の挨拶をきいて、それでは私が行って見ましょうと、そこで古谷先生、夕方の四時の汽車でTをたってNへ来たというわけだ」

「それが、つまり、日曜日のことなんだね」

「そうなんだ。そこではじめて贋電報のことがわかり、田口家では大騒ぎになった。もしやというので兄さんや嫂は心当りをたずねてまわる。むろん冬のことだからあたりはすっかり暗くなっていたが、そのうちに古谷先生が思いついたのは、昨夜八時の汽車に乗ったとすれば、八時三十五分にN駅へおりている筈だ。駅へいってきいてみましょうと、雪の中をとび出した。ところが生憎スキーシーズンの最盛期の、しかも土曜日の晩ときているから、おびたゞしい客が下車している。三つの改札口がいっぱいになったぐらいで、誰も那美さんが降りたかどうか憶えている者はない。古谷先生はなおも駅の近所を小一時間もきいて廻ったが、どこでも要領を得ないでかえって来ると、兄さん嫂さんも蒼いかおをして帰っている。その晩、古谷先生も田口家へ泊ることになって、一同不安な一夜を明かしたが、翌日の月曜日、午前十一時になって那美さんの死体が見附かったのだ。これを発見したのは近所の者で、場所は杉の森神社のいちばん奥の、玉垣の根元に雪に埋まっていたそうだ。そこで大騒ぎになって、死体を雪の中から掘出したところが、さっきもいったとおり扼殺されている。ところで那美さん、土曜日の晩T市から汽車にのったことはたしかなんだ。というのは一月十五日の印のある切符で鋏の入った奴が蟇口のなかに入っていたから」

「あら、先生、でもそれはおかしいじゃありませんか。切符は改札口で渡す筈でしょう」

「御尤(ごもっと)も。しかし那美さんは村のもので顔がきいてるんですよ。むろん列車が空(す)いていれば改札口から出たんでしょうが、いまいったとおりの大混雑、そこで奥の手を出して、非合法的に改札口以外のところから跳出したんですね。小さい駅ではよくある図だが、但(ただ)し実際に那美さんが汽車に乗っているところを見たものはない。何しろ土曜日の晩だから、T駅も列車のなかも大混雑の超満員で、誰一人那美さんの姿に気がついたものはないんだ」

「そこらが怪しいところだね」

「小説だとそういう事になるが、実際の場合にはありがちの事だから、結局那美さんは土曜日の晩八時の汽車でNへかえった。そして駅から家へかえる途中で殺された。とこういうことになっている。あの杉の森神社というのが、駅から那美さんの家へ帰る途中にあるんだ」

「すると偶然途中で出会ったか、待伏せしていたか、とにかく犯人が神社の奥へひきずり込んで殺した、という事になるわけだね」

「まあそうだが、偶然出会ったというのはどうだろう。あの贋電報からみても、これは相当計画的な犯行と思うがねえ」

「そうそう、電報のことがあったわねえ。で、電報を打った人というのはわかりませんの」

「それがねえ。電報は土曜日の午前十一時五十分N郵便局で受附けているんだが、郵便局は知ってるでしょう。駅のすぐ隣りだから。ところがその時刻には郵便局は満員でね、局員もよく憶えていないんだが、唯(ただ)青い雪除(ゆきよけ)眼鏡をかけてマスクをした、色の白い青年だったような気がするといっているんです」

「でも先生、人相はわからなくても、局には頼信紙が保管してあるでしょう。それで電報を打った人はわからなくって」

「ところがねえ、その頼信紙は鉛筆で書いてありましてねえ。元来鉛筆の字という奴はいちばん筆跡鑑定がむつかしいんだそうです。それに電文だから片仮名でしょう。御叮嚀にその電報は差出人の住所氏名まで片仮名なんですが、この片仮名というのがまた鑑定がむつかしい。結局、誰の字かわからないんですが、唯これでわかるのは犯人が局のペンを使わずに、自分の鉛筆を使ったらしいこと。それから田口家の事情をかなりよく知っていること。というくらいで、この電報は大して役に立たなかった。さて電報はこれくらいにしておいて今度は死体のほうに移ろう。先ず死後の推定時間だが、だいたい四十時間から三十五六時間ということになっている。で、死体の発見された月曜日の午前十一時頃から逆算すると、土曜日の晩の七時頃から十二時頃迄の犯行と云うことになる。もっともそれだけの時間がたつと多少の誤差はまぬがれないが、だいたい今までに知られている事実に一致するんだ」

「死体はむろん解剖したんだろうね。御婦人のまえでなんだが、暴行されたような形跡は……」

「それはないんだがもっと驚くべきことがある。那美さんは妊娠三ケ月だったそうだ」

「あらまあ、スキャンダルねえ」

「そうですよ。そこで当局では妊娠の相手が怪しいというので調べたところが、これはすぐわかった。このNで田口家同様の素封家、名前はかりに秋山としておこう、その秋山の次男で、次男だから次郎とするかな。この次郎君は東京の私立大学の学生だが、これが以前から那美さんとたいへん仲がよろしい。田舎のことだから評判になっている。田口家でも秋山家でもこのことはよく知っているんだが、似合いの縁組みだから黙認のかたちをとっている。去年の秋の十月の二日つゞきの休みにも、次郎君は帰省して、那美さんをハイキングに引っ張り出したりしている」

「去年の十月というと、そうね、一月十五日頃で約三月になるわね。だけど次郎さん、那美さんとそこまで深入りしていたのかしら」

「それは次郎君も認めているんですよ。但し、それは去年の夏休みに一度あったきりで、秋に帰省したときには那美さんの態度がすっかり変っていて、そんな事は絶対になかった。だから妊娠六ケ月というのならともかく、三月じゃ自分に責任はないと主張するんです」

「おや〳〵、それが事実とすると、いよいよスキャンダルだね。ところで次郎君の当夜の行動はどうなんだね」

「それがいけないんだよ。次郎君は冬の休暇でまだこちらにいたが、土曜日の晩には、こゝへ滑りに来ている友達の宿をたずねてしたゝか酒を呷っている。そのときの次郎君の口吻によると、最近那美さんとの仲がうまくいっていなかったらしい。失恋だ失恋だとか、このまゝでは捨てゝおかぬとか、だいぶ不穏の言辞を弄している。そういえばこの冬はあまりいきゝもせず、二人のあいだに溝が出来ていたらしいことは家人も気がついていたそうだ。さてその晩の次郎君だが、したゝか酒を呷った揚句、友人のとめるのを振切って、宿をとび出したのが八時二十分頃、そして九時過ぎに途中でころんだといって、泥まみれになって、駅前のカフェーへ跳び込んで来て、そこでまたしたゝか呷っていったというんです。次郎君は柔道三段の、腕力は強いほうだが、酒は日頃あまりたしなまなかったというのに。……」

「それで次郎さんを郵便局の人につきあわせてみたのかしら」

「それはやったそうです。雪除眼鏡やマスクを次郎君にかけさせて。……しかしどうもはっきりしないんです。年恰好は似ているが、色はもう少し白かったようだというんです」

「遺留品は？」

「それがあればいうことはないんだが、……何しろ雪が月曜日の明方ごろまで降っていたので、足跡だって残っちゃいない。その代り那美さんの持物からなくなっている品が三つある。先ず第一に鉛筆。那美さんは古谷先生のところへ置手紙をしているんだから、当然鉛筆を持っているべき筈のがない。第二にベレー帽。これは未亡人の家を出るときかぶっていたというんだがそれがない。それからもう一つ妙なものがなくなっている。というよりは数が減っている」

「なあに、それは？」

「林檎ですよ。T市の宿を出るとき、未亡人が林檎を十個、女のことだから数をかぞえて見舞いにことづけたのが、死体のそばにあった風呂敷包みには、数が減って九個きゃない」

「あら、面白いわね」

「いや、ところが大して面白くもないんです。林檎はちゃんと那美さんの胃袋に納まっていた」

「あらまあ！　どこで食べたのかしら」

「汽車のなかで食べたんだろうということになっている」

「あら、だっておかしいわ。その汽車超満員だったというんでしょう。そんななかで若い娘が、林檎を齧れるかしら」

「そうだ〳〵。どうせ彼女も立ちん棒だったんだろうからね」

「そういえばそうだが、絶対に齧れんということはないね。現に那美さんの胃袋に林檎がおさまっているんだから仕方がない。さて、たいへんごたごたしたが、これが僕の知っているすべてなんだ。警察では次郎君が犯人だということに確信を持っている。で、何か質問はありませんか」

「あります。土曜日の晩の古谷先生に現場不在証明がありますか」

「はゝゝは、来たね。いや、それはあるんだ。完全に。警察でも土曜日の晩の古谷先生の行動をしらべているが、それによるとこうだ。先生は四時半まで学校にいる。それから学校前のうどん屋でうどんを二杯食べてそこを出たのが五時ちょっとまえ。それから六時半ごろ散髪屋へやって来るまでに、三軒の古本屋をまわっている。散髪屋では七時半過ぎまで順番を待っていたが、結局散髪はしないで家へかえったのが八時ちょっとまえ。そこで婆やに電報を渡された。それから餅を焼いて食べたりしたが、那美さんが来ないなら、友人のところへ行って碁を打って来ようと家を出たのが八時半、友人の家へは九時十分前についているが、そこで十二時過ぎまで碁を打っている。ところが下り終列車のとおるのをきいて、おやもうそんな時刻かと家へかえったのだが婆やはもう寝ていたので、自分で戸締りをして二階へあがって寝た。と、そういうわけで古谷先生は土曜日の晩、絶対にNへは行けないことになっている」

「なあるほど」

「得心がいきましたか」

「はい、わかりました。先生。はっはっは、それじゃいよいよ君の小説の番だ。さあ、承ろう。君の小説では誰が犯人なんだい」

　里見先生はそこでゆっくり一服おすいになりました。野坂さんとあたしとは、ちょっと固唾をのむ思いで、先生の顔を見守っている。外はいつか霙になって待合室のなかはいよいよ暗くなって来る。あたしはその時ふと思い出して、向うの隅に眼をやると、二人の男は依然として同じ場所で、二人ともつくねんと首をうなだれているんです。

　やがて里見先生が、こういうふうに口をお開きになりました。

三

「はじめに断っておくが僕のはあくまで小説だよ。いまゝでお話した事実を、小説に都合がいゝように解釈していくだけで、これで真犯人を指摘しようなんて野心は毛頭ない。実際また、これからお話するような微に入り細をうがち、計画した犯罪がほんとにあっちゃたまらない。僕の犯人は偶然だの僥倖だの天佑だのは絶対に勘定にいれない。つまり神風なんて当てにせんのだね。あらゆることがかれの綿密な計画から出て来ているんだ。こういうと気焔をあげるようだが、話していくうちにボロが出るだろう。辻褄のあわぬところが出て来るかも知れない。そういうところがあったら遠慮なく指摘してくれたまえ」

「まあ、そんなに計画された犯罪なの、素敵ねえ」

「これこれ、乗出さんでもよろしい。前置きはそれくらいにして、犯人は、犯人は——？」

「はっはっは、いやに急ぐね。犯人は古谷先生」

「まあ、やっぱりねえ」

「よし、それでは先生のアリバイがいかにして破れていくか。鮎川君、御油断あるな。変なところがあったら容赦なく突込むんだぜ」

「よし来た。眉にしっかり唾をつけてと。さあ、お伺いしましょう、里見先生」

「はっはっは、たいへんな事になって来たな、それではまず最初に僕の小説の名探偵が、古谷先生に眼をつけたわけから話そう。日曜日の晩、古谷先生が田口家へ病気見舞いにきたとき、先生、電報をちゃんと持って来ていたねえ。あのとき先生はそれが贋電報だと知る筈もなく、那美さんの失踪も知らない筈なのに、それにもかゝわらず証拠の電報を用意していたのは、あまり慎重すぎやしないかと、それでまず古谷先生に目をつける。そのほかにもまだいろいろあるが、これはおいおい話していくとして、さて古谷先生が怪しいとなると、誰でも眼をつけるのは土曜日の晩の先生の行動だが、これは警察でも完全にしらべている。その夜の先生のアリバイがあまり完全だから、警察でもついそれ以前のことを調べるのを失念した。つまりN郵便局で、あの電報を受付けた時刻における先生のアリバイをね」

「あ、なるほど！」

「もっともこれは無理もないので、学校の先生というものは、登校から退出時刻まで、学校にしばりつけられているものという先入観があるのだね。ところが僕の名探偵がしらべてみると、これが実に簡単に破れるんだ。いや、はじめからアリバイなんてないも同然なんだ。古谷先生、いとも容易に十一時五十分頃、N郵便局に現れることが出来るんだよ」

「あら、どうしてゞすの」

「なにね。土曜日の午前の最後の時間には先生の授業がない。と、但しこれは小説ですよ。小説に都合がいゝようにそうしておくんだ。するとそのまえの時間を早目にきりあげると、十一時から午後一時まで完全に体があくことになる。そしてこれは事実だが、十一時五分T駅発の下り列車があるんだ。それからこれも事実だが、学校からT駅まで男の足で急いでいけば七分もあれば大丈夫だそうだ。そこでまえの時間を早目にきりあげた古谷先生、大急ぎでT駅へかけつけると、Nまでの切符をかって十一時五分の汽車に乗る。むろんその間、知人に見られちゃたいへんだから変装する。なに、変装たって簡単なもので、雪除眼鏡にスキー帽、マスクをかけて外套の襟を立てる。これで完全に顔はかくれるし、体の恰好だって外套の下にスウェーターやなんかうんと着込むと、相当太った人間になる。古谷先生は痩せぎすな人だそうだからね。こうしてNへつくのが十一時四十分、先生、そこで切符をわたさずに、定期券をちらと見せて、スーッと改札口を出てしまう」

「先生、定期券を持っているのかい」

「ということにするんだ。もっとも古谷先生は去年の秋までNに住んでいて、T市へ通勤していたというから、その定期券をまだ持っていることにするんだね。むろん例の混雑で駅員はいちいち名前まで見やしない」

「なるほど、それで切符が一枚浮いて来たな」

「そうだ。しかも土曜日の日附けと鋏のはいった奴さ。さてN駅を出ると先生大急ぎで郵便局へ駈着けるが、その時局も満員。しかし先生こゝでぐず／＼していられない。というのは先生の乗って来た下りとほとんど入違いに上り列車が入って来る。十一時五十五分N発だ。先生、それでT市へ帰らねばならない」

「その間十五分、相当際どい芸当だね」

「なに、そんなことはない。電報を自分で窓口へ出そうと思わなければいゝんです。先生、局へ躍込むと、そこにいる客のなかゝら、なるべく自分に似ていない青年を見つけて、すみませんが僕急いでいるんです。恐入りますがこの電報をお願い出来ませんかと、頼めば誰だっていやとはいわないさ。しかもその青年が週末利用のスキーヤーとすれば、死体の発見された月曜日には、遠くNをはなれている。古谷先生そういう青年を物色するんだね。こうすることによって先生、局員のまえに立つ危険と、待たされる時間の両方を省略することが出来る。そして十一時五十五分の上り列車で、十二時四十分頃には首尾よく学校へかえることが出来るんだ」

「なるほど、しかし同僚にどこへ行っていたと訊かれたらどうするだろう」

「うちへ飯を食いにかえっていたといえばいゝさ。先生あらかじめ用意して、その当座、弁当はつめたくていかんとか何んとかいって、昼飯を食いにかえっていた事にするんだね。その日は藪入りで婆やも家にいないから、先生が昼食にかえらなかったとは誰もいえないさ」

「なるほど、用意周到ね」

「よし、それで電報は打ったと。今度はいよいよ夜のばんだ。さあ承ろう」

「君もすでに気附いているだろうが、古谷先生のアリバイにひとつ曖昧なところがある。それはうどん屋を出た五時から散髪屋へ現れる六時半まで、そのあいだに古谷先生、三軒の古本屋へ顔を出しているが、三軒の古本屋の親爺もしじゅう先生に注目していたわけではあるまいし、古本屋から古本屋までのあいだにすきがある。つまりそのあいだに先生、家へかえって那美さんの来るのを待っているんだ。それにしても一時間半という長時間にわたるアリバイを不明瞭ならしめたというのは、思慮綿密な先生には不似合いなことだが、それは先生、那美さんは五時五十五分の汽車にするものと思ってそのほうに網を張っていたからだよ。いずれにしても先生、必ず那美さんはやって来るものと確信を持っていたんだが、これは不自然じゃあるまい」

「それは確信を持っていてもいゝね。駅への途中だし、それにその晩が稽古日だからね。そこで那美さんがやって来たんだね」

「そうだ、六時少しまえに宿を出た那美さんは、六時五分頃には先生の家へ来る。それをすぐ二階へつれてあがる。むろん電燈の光は外へ洩れないようにしてある」

「なるほど」

「ところでこゝで云っておきたいのは、那美さんが格子のなかへ入るところを見たものがあったらどうするかという問題だが、そんな気配があったら先生止すつもりだったんだ。抑も先生が今度のことを決行することになったのは、前日のラジオで、土曜日には大雪になる、そしてその雪は一昼夜以上つゞくだろうという事をきいたからで、そこで先生、かねてからの計画を実行にうつすことにして、まず手初めにあの偽電を打ちにいったんだが、その時だって先生、知人に会うとか怪しまれるというようなことがあったら、惜気もなく計画を変更するつもりだった。人殺しさえなきゃ、偽電ぐらい大して問題にならないからね。古谷先生の遣口は万事そのとおりで、いつも両天秤をかけている。あの電報の裏の文句などもそれだ」

「あゝ、そうそう、電報といえば那美さんがその晩古谷先生に会ったとしたら、裏にかいてあった文句はどうしたんですの」

「それはこうさ。古谷先生が留守かも知れぬと思って那美さんが宿を出るとき書いて来た。……」

「いや、那美さんはそんな思慮のあるお嬢さんじゃない。それにそうするとあの鉛筆のでこぼこはどうなるんだ。それがあるから、古谷先生の玄関わきで書いたということになっているんじゃないか。それに第一、古谷先生はそういう僥倖は覘わない」

「あら、じゃやっぱり古谷先生が書かせたの。面白いわね。どういうふうにやりますの」

「それはこうです。古谷先生、那美さんにむかってこういうんです。僕は君の勉強日記をつけているんだが、今夜休むとすれば、こゝへ休みと書いておこうね。いや、それよりいゝことがある。君、その電報のうらにこう書きたまえ。こんな電報が参りましたから、八時の汽車でNへかえります。今夜の勉強はお休みにして下さいませ。那美……とね。僕はこれを日記にはりつけておくことにする。そうすれば後になっても、どういうわけで休んだかよくわかる。あゝ、ちょっと待って。膝のうえでは書きにくかろう。何か台になるものは……と、あゝ、これがいい。このうえで書きたまえ。と、差出したのが、ほら、羊羹の箱なんかによくあるじゃないか。木目の立った杉板の箱」

「あらまあ！」

「うまい。そのトリックはいゝ。そこでまんまと那美さんにでこぼこの字を書かせたんだね。しかし、その時那美さんが電報を持って来ていなかったらどうするんだ」

「だからさっきもいったとおり、先生両天秤をかけていたんだ。那美さんが電報を持って来なければ、ほかの紙だってかまわないとね。その時は少し文句をかえるだけさ。要するにチチキトクという電報が来たこと、八時の汽車でNへかえるということ、それがわかりさえすればよいのだ」

「なるほど」

「さて、そこまでは古谷先生上出来だったが、こゝで一つヘマをやらかした。先生そのときまだ洋服のまゝだったが、うっかりポケットから自分の鉛筆をとって渡した。ところがその鉛筆たるや、その朝頼信紙につかったのと同じ代物（しろもの）なんだ」

「なるほど、それから足がつく。……」

「これには先生弱った。まさか自分の鉛筆を死体に持たせておくわけにはいかない。といってそれと同じ種類の鉛筆を、ほかに持合せがなかったんだね。この事が先生のひとつの弱点になった」

「それに贋電報の頼信紙と、那美さんの置手紙が同じ鉛筆で書かれたらしいということは、立派な証拠になるだろう」

「その鉛筆がざらにある種類のものだとしたら、証拠として、どの程度の価値があるかわからないが、僕の名探偵はそれも考慮に入れることにする。さて、こうして首尾よく置手紙を書かせたら、後はもう用はない。そこで那美さんを殺してしまう。そうです。那美さんは古谷先生の家の二階で殺されたんです。その間（かん）、大して時間はかゝりゃしない。那美さんが来てから、十五分もあれば沢山だ。そこで死体をあとになって、こっそり運び出すのに便利なように、裏の物置きにかくしておく。その時、浮いて来たあの切符を那美さんの蟇口（がまぐち）に入れておいたことはもちろんだ。そしてもう一度戸締りをして、玄関の格子に電報をはさみ、こっそり家を抜出して、最後の古本屋に顔を出し、それから散髪屋へやって来たのが六時半」

「それから八時ちょっとまえに婆やさんがかえってくるのね。だけど先生、そうなると婆やさんが玄関にのこっている那美さんの足跡を見つけやしませんか。泥靴のあとってなかなか消えやあしなくってよ」

「おっと、そこに抜かりのある古谷先生じゃない。先生、那美さんがやってきた時、なかゝら格子をひらいてやるまえに、マットかなんかを敷いておく。君、そのうえを歩いてくれたまえ。玄関を汚すと後で掃除に困るから。おっと、その洋傘はこのバケツへ。で、後でマットとバケツを片附けると、玄関になんの跡ものこらない」

「やるね。なか〳〵、古谷先生は……」

「そりゃもう生死の境だからね」

「それで殺人もおわったと。で、今度は死体の始末だが、どうしてそれをNまで運ぶんだ」

「野坂先生、こゝがいちばん肝腎なところだから、よく気をつけていましょうよ。少しでもあやふやなところがあったら、遠慮なく突っ込んであげましょうよ」

「どうぞ願います。さて――とその晩古谷先生がかえって来たのが十二時過ぎ、先生はそこで裏の物置きにかくしてあった死体をそっと担ぎ出す。ところで君たち気がつかなかった？　T駅を出るとすぐ登り坂になっていて、汽車はしばらく徐行する。しかも線路の両側はたかい崖になっていて、崖には雪崩除けの金網がずうっとつゞいている」

「そうそう。そういう崖がTからこっち、いたるところにあるわね」

「古谷先生の家の近所には、そういう金網に一ケ所破れているところがある。先生そこから抜出すと、崖の中途までおりる。ところで下り終列車が出たあとで、一時頃にT市を出る貨物列車があることを君たちも知っているだろう。長い長い奴で、麻雀なんかやっていてよく悩まされたじゃないか。古谷先生はあの貨物列車が足下へやって来るのを待って、その屋根に那美さんの死体をのっける。あのへんの貨物列車ののろいこと、牛の歩みのごときものだから、これは雑作ない。さて死体をのっけた貨物列車は、猛吹雪のなかを、しだいにスピードを増して三十五分の後にはNへ差しかゝるが、N駅へ入るまえいやでも通過しなければならないのがあの急カーヴ。あのカーヴで列車はおそろしく傾斜する。そのはずみに死体は屋根から投出され、線路わきから土手下までずるずると転がり落ちる、とこういう寸法だ」

「そういえばあのカーヴにはあたしも驚いたわ。立ってた乗客いっせいに将棋倒しで、阿鼻叫喚の大騒動……」

「しかし待てよ。えゝ、里見先生。先生の大傑作にけちをつけるわけじゃありませんが、どうも小生、そういうトリックならどこかで読んだような気がするんですが……」

「参ったなあ。だから通にはかなわない。すぐに看破されちまう。実は僕がこのトリックを思いついたのはほかにわけがあるんだが、たしかにそういう小説はあります。僕の記憶しているのでも二つある。一つは外国物でアパートの窓の下を高架線が走っている。その高架電車の屋根へ窓から死体をのっける。電車は猛スピードで走っているうちに死体をふり落す、とこういう事になっているが、このトリックには弱点があって、死体が線路のすぐそばにある事になる。ちかごろの如く読者の眼がこえて、野坂大人の如き達眼の士がふえて来ると、すぐはゝあ、電車の屋根から落されたなと来る。この弱点を補うために出来たのがEさんの小説で、死体は野っ原へふり落されるんだが、そこへ山犬かなんかゞ現れて、死体を林のなかへひきずりこむ。つまり死体は線路からはなれた林のなかで発見されるから、探偵も読者もひっかゝるということになっている」

「しかしそれは僥倖だね。そういつも都合よく山犬は現れてくれれんだろう?」

「だから古谷先生もそこを考えたさ。山犬に期待することが出来ないとすると、自分で山犬になるより仕方がない。……」

「そして古谷先生、首尾よく山犬になったのね。だって死体は線路からはるかはなれた、杉の森神社の境内で発見されたんですもの」

「そうです。山犬になる方法……というより機会を発見したんです。それがつまり犯行の翌日、即(すなわ)ち日曜日の晩の古谷先生の田口家訪問となって現れた。先生あの時、T駅を四時に出る汽車で田口家を訪問している。ところであの日は日曜日なんだから、なにも夕方まで待つ必要はない。もっと早くやって来てもよいのに、わざわざ夕方まで待って、ひとを訪問するのにいちばん非礼な時刻をえらんだというのは、田口家でぐず〱しているうちに夜になることを勘定に入れていたんだ。では何故(なぜ)いっそ夜まで待たなかったか。もう一列車おくらせて、五時五十五分にしなかったかというと、これではまた都合の悪いことがある。この理由はもう少しあとで話をするが、とにかく古谷先生、日のあるうちに田口家を訪問して、そこでぐず〱しているうちに夜になる、とそういう時刻をえらばなければならなかったのだ。さて計略図にあたって夜になった。しかも雪はいまなおさかんに降っている。そこで君たちも憶えているだろう。古谷先生、那美さんがN駅でおりたかどうかきいて来ると、田口家をひとりでとび出している。それは八時頃だったが、その時だよ、先生が線路の上から杉の森神社へ死体をうつしたのは。あのカーヴから杉の森神社の裏まで、ずっと繋みがつゞいているから、往来からは見えないんだ」

「だけど先生、それはおかしいわ。おかしくってよ。だってそうすると死体は日曜日一日、土手の下にころがっていた事になるわね。それがどうして人眼につかなかったんですの」

「そりゃあの大雪で埋まっていたのさ」

「それもある。しかし雪は夜中にあがるかも知れない。古谷先生は計画屋だから、そういう当てにならん事は当てにしなかった」

「ほゝう。と、どうするんだね」

「実は僕がこのトリックを思いついたのもそれなんだが、Mさんの宿にいるあいだ、僕はよく郵便局へ出かけていった。ところで君も御承知のとおり、あの道を歩いていると、半丁ほど向うに問題のカーヴが見える。ところがあのカーヴの土手の下には、いつも累々たる雪が盛りあがっているんだ。あそこは北側に線路の土手をひかえているから、吹溜りになるべき場所ではない。変だなあ、どうしてあそこだけ雪が盛りあがっているのかと、いつも不審に思っていたんだが、するとある時向うから、下り列車がやって来た。それがカーヴへさしかゝると、どさっどさっと片っぱしから屋根の雪を落していくんだ。それで僕の疑問が一時に氷解したと同時に、このトリックを思いついたんだ。つまり古谷先生もそれを知っていたんだね。で、先生どうしたかというと、貨物列車へ死体をのっけるとき、いちばん先頭のやつをえらんだんだ。するとその貨車がまず一番にあのカーヴにさしかゝり、死体と雪をふり落す。つぎに連結された奴が、その上から雪をふり落す。はい、お次ぎ、はい、お次ぎというわけで、その列車がとおり過ぎる頃には、あらかた死体は埋まってしまう。更に夜明けまでには何列車か通るしね」

「あゝ、先生、もひとつい ゝ事があるわ。夜明けまえにラッセル車を走らせるのよ。それがパッパッと雪をはねとばし、いよいよ死体を埋めてしまう」

「それはいゝですねえ。古谷先生、それも勘定に入れていたことにしましょう。さてその死体を掘り出す場合だが、先生あまりぐず〳〵出来ない。現場へ着いてからこゝかしこと探すようじゃ困る。そこだよ、先生が四時の汽車をえらんだのは。四時の汽車があのカーヴへさしかゝるのはおよそ四時半、あたりはまだ明るい。僕は思うんだが、なんの気なしに見る眼ではわからないが、それと知った者がその気で注意してみれば、およそどのへんに死体があるか、雪のふくらみで分ったと思う。古谷先生は汽車の窓からその見当をつけたかったんだ。それには四時以後の汽車では暗くなりすぎて駄目だから、そこで先生、絶対に四時以外の汽車には乗れなかったわけだ」

「なるほど、すると古谷先生の行動には、いちいち深い意味があるんだね。しかし、そうすると僕はひとつの疑問がある」

「なんだい。云ってくれたまえ」

「古谷先生がこんどの計画を実行にうつす決心をしたのは、土曜日の前夜、即ち金曜日の気象通報で、大雪になるということを聴いたからなんだね。先生かねてこの雪を待っていたのだから、それはよろしい。しかし日曜日の晩、死体をうつすときに問題がある。土曜日の朝降りはじめた雪が、日曜一杯降りつゞき、月曜の朝まで降りつゞくだろうと期待するのは、天佑神助をたのまず、あくまで自力本願でいく先生にしちゃちと虫が好過ぎやしないか。もし日曜日の夕方までに雪がやんで見給え。死体を運ぶときの先生の足跡は、歴々と雪のうえに残るぜ。事実は月曜日の朝まで降ってくれたからまあよかったようなもの〻」

「いや、われわれの先生はむろんそんな僥倖は祈らなかったさ。君も知ってるだろう、あのカーヴのすぐそばを小川が流れている。この小川は杉の森神社のうしろを通ってやがて往来に接している。先生があのカーヴに接近する際は、おそらくこの小川を利用したことゝ思う。小川たって水は涸れてせい〴〵くるぶしくらいの深さしかないし、底はあらい砂利だから、足跡の残るきづかいもない。しかも温泉の湯が流れこむから、この小流は絶対に凍らないしね。だから死体を運ぶ経路については、先生大して心配もしていなかったが、やがて発見されるであろう死体のうえの雪の量については、相当気を揉んでいたことゝ思う。しかしまあそこは仕方がないから発見者の無智に頼ることにしたんだね。実際の事件のばあい誰だって、探偵小説の最初の死体発見者みたいに、死体をそのまゝの状態でおいとく、なんてことはちょっと無理だからね。先生、そこを頼りにしたんだが、うまくそれが図に当って、那美さんの死体を最初に発見した男は、あわてゝ雪を掻きのけて死体をひっぱり出し、それから田口家へ報告している。こゝで注意しなければならないのは、その朝古谷先生も田口家に泊っていたことで、おそらく先生まっさきに駆けつけて、いよいよ雪を踏みあらしてしまったにちがいないよ。これで先生の最後の難関も見事突破。どうです。わかりましたか」

「はい、わかりました。先生」

「ほっほっほ、それですっかり古谷先生の完全犯罪が出来あがったのね。口惜しいわね」

「いや、世のなかに完全犯罪なんてありっこないんです。どっかにきっとエラーがあるにちがいないんです。そこをこれから検討していこうというんですが、御両君に何かゝい知慧はありませんか」

「そうだね。エラーとはいえないが弱点はあるね。偽電を打った時刻にアリバイのないこと」

「頼信紙と電報の裏の文字が、同じ鉛筆で書かれてたこと」

「そう、しかしそれも決定的な証拠とはいえないね。で、僕はかんがえてるんだが、那美さんの身辺からなくなっているもの、鉛筆、ベレー帽、林檎、これが何かに利用出来ないかしら」

「そのベレー帽がカーヴの下の雪のなかゝら、掘り出されるとしたらどうだろう」

「それから林檎は、古谷先生の二階で食べたとしたらどう？　その皮が二階に残っている」

「まさか。……林檎を古谷先生の二階で食べたという説には賛成だが、皮をそのまゝほったらかしとくほどうかつな先生じゃあるまい。それはさておき里見先生、いったい殺人の動機というのは何んですかね」

「それはこうだ」

里見先生が語りつゞけようとなすった時、出しぬけにうしろから、

「なかなか面白いお話ですね」

四

あたしたちまったくぎょっとしてしまいました。里見先生の如きはふいをくらって、危うく椅子からひっくりかえるところでございました。無理もございませんわね。いまのような話、ひとに聞かれてよくないことはわかりきっているでしょう。こっちは小説のつもりで話していても、聞く人によってはどんな誤解がうまれないとも限りませんからね。いう

までもなくその人は、さっきから待合室の隅っこにつくねんと坐っていた二人のうちの、二重廻しのほうでしたが、もう一人のほうはと見ると、これは相変わらず、外套の襟に深く顎を埋めたまま隅っこのほうにもたれています。さて、二重廻しの男はストーブのそばに椅子を引きよせると、

「だしぬけに顔を出して、さぞお驚きでしょう。向うで聴いているとあまり面白いお話なので、ついお仲間入りがしたくなったんです」

「はあ」

　里見先生、すっかりあがって、もじもじしていらっしゃいますが、しかしその人、別に悪気があるようにも見えませんでした。年は三十前後でしょう。頭は丸刈りで、太い凜々しい眉と、大きな眼と、引きしまった唇を持っています。強い訛のある言葉から、この土地の人であることはわかりますが、まんざらのお百姓とは思えません。二重廻しも小ざっぱりとしていましたが、どういうわけか裾のほうに泥が沢山ついていました。その人は燃えさかるストーヴの火をぼんやり眺めていましたが、やがて沈んだ声でこういうんです。

「お話の腰を折って失礼しました。その代り、私にその小説の結末をつけさせて下さいませんか。いけませんか」

「いえ、どうぞどうぞ、結構ですとも」

　あたしたちは思わず顔を見合せましたが、その人はそんな事にはおかまいなしで、

「それじゃひとつ喋舌らせて貰いましょう。いま殺人の動機というところまで来ていましたね。平凡ながら動機はやはり痴情ということにしたらどうでしょう。いけませんか」

「えゝ、えゝ、結構ですとも」

「それじゃそういうことにして話を進めましょう。古谷先生には立派な奥さんがおありなんですが、御病身で去年の秋からお里へかえっていらっしゃる。そこでつい那美さんとのあいだに間違いが出来てしまった。しかも那美さんが妊娠したのですから、古谷先生の狼狽するにあまりあります。こんなこと

が世間に知れては、教育者としては由々しい問題をひき起こす。そこで事が明るみに出ないうちに、那美さんを殺してしまった。……というのはどうですか」

「いや、至極もっともな動機ですね」

「そうお褒めにあずかると僕も乗気になります。では、つぎに小説の結末ですが……」

　と、しかしその人は一向調子づいた色もなく、相変らず沈んだ調子で語りつゞけるんです。

「こゝに一人新らしい登場人物を出します。それは次郎の兄で、次郎の兄だから一郎ということにしておきましょう。その一郎は弟の口からいつかこんな事をきいたことがある。ちかごろ那美さんの様子がすっかり変った。自分に対してまるでよそよそしくなった。その原因は古谷先生にあるらしい。自分には二人のあいだに、ふつう以上の関係があるように思えてならぬ。……しかしその頃一郎はそんな話を信じようとしなかった。かえって次郎をきびしく叱りつけた。ところが今度の事件です。一郎は弟をよく知っている。次郎は粗暴な男だから、愛人に裏切られた場合、怒りのあまり相手を殺さぬとは限らないが、その死体を雪に埋めたり、つかまってから言を左右にして逃げを打つというのはどうも次郎らしくない。第一、贋電報で那美さんを呼び寄せるなどという、計画的なあたまは次郎にないことです。ところが古谷先生にはそれがある。古谷先生は謹厳な人でとおっている。事実、今度の事件があるまではそのとおりでしたが、しかしこの人の謹厳さの底には、何かしら一種恐ろしいような苛酷さのひそんでいることを、一郎は前から知っていた。燃え立たぬ陰火のように、はげしいつきつめたものが、謹厳な先生の行動に抑圧されていることを、一郎はかねてから知っていました。だから今度の事件で次郎の無罪を信じると、当然かれは古谷先生に疑いの眼を向けました。こゝで一郎にあなたがた、いや、あなたがたの小説の名探偵のような慧眼があれば問題はなかったんですが、悲しい哉、プアな一郎のあたまにそれをのぞむのは無理でした。彼に出来ることゝいえばせいぜい古谷先生の後をつけまわすぐらいのこと。そうです、事件以来一郎は、影の形に添うように、根気よく古谷先生の後をつけまわしていたんです。ところが……ところがある日のことです。それは事件からかぞえて一月ほど後のことですが、一郎は古谷先生が現場附近をうろついているのを見た。それのみならず先生が、消えかけた雪のなかゝら何か拾ってポケットに入れるのを見たんです。そこで一郎は古谷先生をある場所においつめ、……拾ったものを見せろという、見せぬという……押問答の末……つまり一郎も弟に似て粗暴な男だったんです。……それに……それに腕力が強すぎた。……気がついた時には古谷先生、一郎に咽喉を締められて、ぐんにゃり死んでいたんです」

　不思議な男はそこまで語ると、突然椅子から立上り、そして物凄い微笑であたしたちを見くらべながらこんなことをいうんです。

「どうです、この結末は。お気に入りませんか。はっはっは、いや、失礼。つい調子に乗って詰まらぬお喋りをしてしまいました」

　まるで疾風のようにその男は待合室を出ていきました。あたしたち、その男が改札口を出ていくまで、後姿を見ていましたが、その後で顔を見合わせたときの、里見先生や野坂さんの顔色ったらございませんでした。

「なんだい、ありゃ……」

「事件に関係のある人物らしいね」

「いやだわ、いやだわ。気味が悪いわ。でもおかしいわね、あそこにいる人、あれ、あの人の連れじゃないのかしら」

　そういいながらもう一人の男のほうへ眼をやったとたん……そのことで里見先生や野坂さんによくひやかされるんですよ。ありゃ君、すばらしいコロラチュラだったよなんてね。だけどそうおっしゃるお二人だって、あまり威張ったことは申せませんわ。

　だってねえ、あたしたちが振り返ったとたん、外套の男がクラクラと崩れるように、腰掛けからずり落ちたんですが、その拍子に帽子がとんで、下から現われたのは……ああ、思い出してもぞっとするわ、くわっと眼をみはった男の顔！　しかも、その人たら腰掛けから滑りおちると、両脚をうんと左右に踏んばり、頭を腰掛けにもたせたまま、身動きはおろか、まばたきひとつしないんです。あまりの気味悪さにあたしたちふるえあがりましたが、三人のうちでいちばんしっかりしていたのは野坂さんで、変な腰つきをしながらも、そろそろそばへ近寄ると、スキーのステッキで遠くのほうから外套の襟をつついていらっしゃるの。

「先生、およしなさいよ。いやよ、いやよ、そんなこと。……あれえ！」

　あたしまたコロラチュラをあげました。だって、外套の襟をめくると、咽喉のところにくっきりと、くろずんだ指の跡が見えたんですもの。ええ、その人、絞め殺されていたんですわ。

五

　それからどうしたって？　どうもこうもありませんわ。何もかも滅茶々々、里見先生はとうとう原稿すっぽかし。だって仕方がありませんわ。声をきゝつけて、駅員がどやどやとかけつけて来たんでしょう。まさか、はい、さようならというわけにはいかないじゃないの。駅員の言葉でその男が、古谷先生であることがわかりました。面倒ですからこれから後も、小説の名前で呼ぶことにしましょうねえ。

　で、あたしたちがわいわい騒いでいると、思いがけなくさっきの男が、今度はお巡りさんをひっぱってやって来たんです。そしてそこに死んでいる古谷先生を指さしてこんなことをいうんです。

　古谷先生を殺したのは自分である。いや、殺すつもりではなかったが、この待合室の中で口論をしているうちに、つい力が入りすぎて絞殺した。驚いて逃出そうとすると誰かやって来る。そこで急いで先生の死体を隠そうとしたが、とっさのことでどこにも隠すところがない。そこで帽子と外套の襟で顔を隠して、隅によりかからせたところへ、この人たちがとび込んで来た。万事休すである。

「そこで私は自分のからだで、古谷先生の体を支えながら、この人たちの出ていくのを待っていたんです。しかし何が幸いになるか分らない。この人たちの話によって、私ははじめて古谷先生のやりくちがわかった。さあ、この人たちにきいて下さい。この人たちはいかにして古谷先生が那美さんを殺したか知っている。きいて下さい、きいて下さい、きいて下さい。……」

あたし探偵作家の空想に敬服せずにはいられませんわ。土曜日の午前の最後の時間には古谷先生の授業はなかったんです。古谷先生はその時分、いつもおひるをうちへ食べにかえっていたんです。古谷先生はNからTまでの定期券を持っていたんです。古谷先生の二階の押入れから、木目のあらい杉板の菓子箱が出て来たんです。古谷先生の家のちかくの崖の金網には、ちかごろ破ったあとがあったんです。頼信紙と電報の裏の文字が精密に比較研究された結果、同じ鉛筆で書かれたものであることがわかったんです。那美さんのベレー帽が、カーヴの土手下の雪の底から掘り出されたんです。

最後に……さあ、こゝがいちばん肝腎なところよ。ようく聴いていたゞきますわ。

古谷先生の婆やはあの土曜日の晩のことをよくおぼえていました。というのはその日が藪入りだったから記憶しやすかったのね。婆やの話によると、古谷先生は碁を打ちに出るまえ、二階の掃除をして床をとっておくように命じたそうです。悪賢い古谷先生、二階になにもないぞということを、それとなく示しておきたかったのね。婆やは二階の書斎をかたづけましたが、畳のうえにあった重い洋書を、机のうえに重ねようとして持上げると、本の裏からポロリと二寸ばかりの林檎の皮が落ちたのですって。その皮がまだ水々しくて、たったいまむいたばかりみたいだったので、それでは先生、自分よりまえに一度この二階へかえっていらしたのかしらと、その時婆やも不思議に思ったそうです。思うに古谷先生、芯も皮もひとまとめにして、抜目なく捨てたつもりだったのでしょうが、二寸ばかりの切れっぱしが、重い洋書の下敷きになっていて、本を持上げてもぴったり裏へくっついていたものだから、つい見落していたのね。

　どう？　林檎の皮が古谷先生の二階から出て来るというのはあたしのアイディヤよ。だから、さあ、あたしが威張ったの威張らないのって。すっかり天狗になっちゃった。えゝ、あたしたち警察の要請で、またM先生の宿へもどると、しばらく成行を見ていたんです。

　これですっかりお話したつもりですけれど……えゝ？　古谷先生が現場で拾ったもの？……おゝ、そうそう、それは銀のシガレットケースでした。しかも蓋の裏に恩師古谷先生に献ず、T女学校卒業生一同というような文字が彫ってあったのですから、先生がいかに血眼になって探していたかわかるわね。そのケースの落ちていた場所は杉の森神社の玉垣の石と石とのあいだゞったそうで、先生が死体を抱いて玉垣をとびこえるとき、ポケットからすべり落ちたのだろうといわれています。落ちるときバネがひらいたと見えて、なかの煙草はくちゃ〳〵になっており、誰の眼にも長いこと雪のなかにうまっていたことがわかったそうです。先生、雪が解けてしまうまでに、そのケースを探し出そうとやっきとなっていたのでしょうが、やっとそれを見附けたところを、一郎さんに見附かったのですから、やっぱり完全犯罪ってないものね。ついでに言っておきますが、古谷先生の死因は窒息じゃなくて心臓麻痺だったんですよ。一ケ月あまりの精神的緊張と神経過労のあげくに、一郎さんに責めたてられて、とうとう心臓にカタストロフィーが来たのね。だから一郎さん――待合室の隅にいたあの不思議な人物が、一郎さんだったことはお分りになっているでしょう――その一郎さんはなんの罪にもならずにすんだんですの。

　最後に里見先生ですが、こうなると原稿の一つや二つフイにしても惜しくはないわね。何しろその時の先生の人気たるやたいへんなもので、一躍英雄にまつりあげられたんですもの。でも、先生御自身はすっかりお照れになられまして……だって、その時、地方新聞に出た記事のみだしというのがこうなんですもの。

――名探偵作家得意の推理によって、見事怪事件を解決す！――

名探偵作家がいゝじゃありませんか、ほっほっほ。

花粉

事件の表面

「沢村（さわむら）さんが人殺しですって？　あのおとなしい沢村さんが……あなた、そんな馬鹿なこと信じていらっしゃるの？　それゃ、ひとは見かけによらぬものって言葉もあるけど、そんな言葉は沢村さんには通用しませんわ。何かの間違いよ。えゝ、えゝ、間違いにきまってますとも、警察の方、何か飛んでもない勘違いしてらっしゃるのよ。あなた、ねえ、あなたってば……」

「う、うん、何（な）んだい」

「何んだいじゃなくってよ。沢村さんとは、それほど深い御交際ってわけじゃないけど、こうして同じ隣組に住んで居（い）れば、まんざらの他人ってわけにはいかなくってよ。何んとかしてあげて頂戴（ちょうだい）よ。ねえ、ねえったら……」

「それや、僕だってそうは思わないことはないさ。しかし、何もかも沢村君に不利なことばかりでねえ。どうもわれわれの手に負えそうにないんだよ」

「沢村さんに不利なことって、あの酔っ払いの証言でしょう。そもそもあんな酔っ払いの言葉を取りあげるのからして間違っているのよ。ねえねえ、あなたってば、あなたも大学教授だなんて威張ってるんでしょう」

「僕はなにも威張ってなんかいやあせんよ」

「威張らなくったって大学教授は大学教授でしょう。大学の先生だなんていうと、頭脳（あたま）のいゝものと相場がきまっているわ。だからさあ、その頭脳のいゝとこを見せて、何んとかしてあげて頂戴よ。あたし沢村さんがお気の毒で、たまらないのよ。あの方、ほんとに運の悪い方なんですものねえ」

「そりゃ僕だって大いに同情してるがねえ」

大学教授の笹井賢太郎氏が、ほっと溜息ついたというのは、むろん気の毒な沢村君に対する同情もあったけれど、もう一つは今度の事件ですっかり昂奮している、奥さんの美穂子さんを持てあましているからであった。

美穂子さんは今年二十七、御主人の賢太郎氏とは十違いである。女子大出の、美しくて、聡明で、朗らかな、申分のない奥さんだが、玉に瑕ともいうべきは、何かに熱中すると前後もかまわず夢中になることである。むろん、何事にもあれ、物に熱中出来るという性質は、決して悪いことではない。しかしそれも程度の問題で、美穂子さんのように度を越すのは、いさゝか困りものだと、賢太郎氏はいつもハラ〳〵している。その美穂子さんが、今度は事もあろうに殺人事件に熱中しているのだから、賢太郎氏が持余すのも無理はなかった。

「同情していらっしゃるだけではなんにもなりませんわ。実際に行動を起して沢村さんのお力になってあげて頂戴よ」

「実際に行動を起すって……？」

「だから、あなたの明晰な頭脳を働かせて頂くのよ。そして真犯人を捕らえて頂くの」

「なんだ、それじゃおまえ、僕に探偵の真似をしろというのかい」

「そうよ。でも、探偵といっても、何も自動車で悪漢を追跡したり、ピストルを振廻したり、そんなんじゃないのよ。脳細胞を働かせて推理していたゞくの。推理によって事件の真相を突止めていたゞくのよ」

「美穂子」

「なあに」

「お前、ちかごろ探偵小説を読んでるね」

「あら！」

「馬鹿だなあ。なるほど探偵小説を読むと、探偵が素晴らしい推理力を発揮して、見事、事件の謎を解くね。そして真犯人をつかまえ、無実の罪に泣いている善男善女を救うことになるね。しかし、あれは要するに小説家の作り話、つまり空想さ。実際の事件の場合、そうは行かない。少くとも僕には自信がないね」

「分りました。えゝ、ようく分りましたわよ」

「おい、おい、美穂子、どうしたのだ」

「いゝえ、あなたって方は日頃から冷淡な方だとは思っていました。でも、そんなに冷酷な方だとは存じませんでしたわ。えゝ、よござんす。あなたがそんなお気持ちなら、もうお願いは致しません。あたし一人でやります」

「おまえがやるって探偵をかい？」

「えゝ、そうよ。いけなくって？ この事件には何か大きな間違いがあるのよ。その間違いがわかって、沢村さんに罪がないことがわかればいゝのよ。あたし、その間違いを発見して見せます」

　美穂子は当るべからざる勢いである。

　もっとも、美穂子がこのように昂奮するのも無理ではなかった。誰だって自分の身辺に恐ろしい殺人事件が起って、しかも自分の懇意な人が、容疑者として捕らえられゝば、昂奮せずにはいられまい。ことにその人が善良で、好意の持てる人物であるとすれば、何んとかして恐ろしい疑いから、救ってやりたいと思うのは人情である。だが美穂子はそれがいくらか極端に来るのであった。凝り性で、積極的な彼女は、かげで同情したり、気を揉んだりしているだけでは納まらないのだ。

　それにしても、美穂子をこんなに昂奮させている事件とは、いったいどんな事か、それをお話する前に、美穂子と美穂子の御主人の賢太郎が営んでいる家庭の模様からお話しなければなるまい。

　笹井賢太郎氏は国立の方にある大学の教授である。専門は経済学史だということだが、なるほどこれでは探偵小説の探偵とは縁が遠いかも知れない。年齢は美穂子さんと十違いの三十七。美穂子さんと結婚したのは五年前だが、夫婦にはまだ子供がなくて、つまり、それだけに美穂子さんはいつまで経っても、若くて、美しくて、女子大気質が抜けぬというわけである。

　さて、結婚以来夫婦は吉祥寺に住んでいる。御存じの通り吉祥寺というところは戦災をまぬがれたので、駅の近くは恐ろしく人口が殖えている。しかし、笹井夫婦の住んでいるへんは、吉祥寺もうんと北の端れで、そのあたりはまだ武蔵野の名残りの雑木林や、原っぱや、ゆるやかな起伏が残っている。そして、そういう雑木林や原っぱのほとりに、あちらに一軒、こちらに二軒というふうに、ポツンポツンと家が建っている。そういう家が七軒集まって、一つの隣組をつくっているのだが、それらの隣組の住人というのは、笹井賢太郎のような学者だとか、退役軍人だとか、音楽家だとか、そういう物静かな人たちばかりであった。

　ところが、昨日の朝のこと、この附近で恐ろしい殺人事件が発見されて、日頃物静かな隣組の人たちをふるえあがらせたのである。その事件というのはこうなのだ。

　この隣組のなかにかなり大きな雑木林がある。この雑木林は同じく隣組の一員であるところの、地主さんの持物なのだが、ちかごろでは燃料不足なので、隣組の人たちは必要に応じてこの雑木林へ燃料を探しに行く。昨日の朝も、妹尾という若い音楽家の細君で折江さんというのが、その雑木林へ燃料を探しに入ったが、間もなく、あれえという叫び声をあげたのである。

　この雑木林は、隣組のなかでは笹井氏の宅に一番ちかゝった。しかも、昨日は講義の都合で、賢太郎氏は午前中家にいたが、そういう日には美穂子さんは、いつも御主人に留守を頼んで買出しに出かける事にしている。つまりその時賢太郎氏は一人で、調べ物をしていたのだが、するとそこへ聞えて来たのが妹尾夫人折江さんの悲鳴である。賢太郎氏は驚いて書斎の窓から外を見たが、すると折江さんがこけつまろびつ、雑木林のなかを駆けて来るから、何事が起ったのかと声をかけた。

「奥さあん、どうかしましたか」

「あゝ、笹井さん、早く来て、……早く来て頂戴……ひ、人殺しよう！」

「な、な、なんですって、ひ、人殺し？」

「えゝ、人殺し……女の人が殺されてるのよ」

　そこで賢太郎氏は泡を食ってとび出したが、そこへ通りかゝったのが、同じ隣組の一員であるところの、退役の老大佐藤田省吾氏だ。

「笹井さん、何かあったのですか。あの奥さん、何をあんなに騒いでるんです」

「あゝ、藤田さん、人殺しなんだそうです。雑木林の中で女が殺されているそうです」

「何んじゃ、人殺し……？」

　そこで二人は雑木林のなかへとびこんだが、折江さんの指さすところまで来ると、二人ともはっと立ちすくんだ。草に埋もれて女が一人倒れている。それは二十七、八の、お化粧の濃い、そして真白なイヴニングのうえに、紫色のレーンコートを着た女だったが、レーンコートの前がひらいて、イヴニングの左の胸に、真っ赤な血がこびりついているのが見えた。その血の色が、右の胸にさした紅い、押しひしゃがれた薔薇の花と対照して、妙に印象的だった。

　賢太郎氏はそれを見ると、脚がしびれるような気持ちだったが、藤田老大佐はさすがに勇敢で、死体のそばへ寄ると傷口を調べていたが、

「撃たれたのだね」

「え？　撃たれたのですって？」

「そう、ピストルで撃たれたらしい。あゝ、ちょっと見給え。腕時計が毀れて、十一時二十分のところで針がとまっている。多分これが犯行の時間だよ。つまり十一時二十分に射殺されたのだ。そして倒れるときに何かにぶっつけて腕時計がとまったのだよ。ほら、そこを見給え。草の中にきらきら光っているのは、腕時計のガラスじゃないか」

「しかし、藤田さん、そうすると妙ですよ。昨夜は地主さんのお宅でお通夜があって私も出かけましたが、それは十二時から後のことで、十一時二十分には私はまだ家にいて調べ物をしていましたよ。こゝでそんなことがあったのなら、ピストルの音が聞え

た筈ですがねえ」

　賢太郎氏が不思議がるのも無理ではなかった。

　昨日は地主さんの家に不幸があって、六軒の隣組でお通夜をすることになった。しかしこの六軒が全部夜通しつとめるのはたいへんだからというので、これを二組に分けて、早い組は宵から十二時まで、遅い組は十二時から二時までということに話がきまった。この早い組に当ったのは藤田老大佐に、音楽家の妹尾さん、それにもう一人川口さんという老未亡人の三人であった。そして遅い組に当ったのが、賢太郎氏に、彫刻家の沢村恭三氏、それに福井さんという御老人の三人であった。だから犯行が十一時二十分頃にあったとすれば、賢太郎氏はまだ自宅にいた筈だし、そうすれば当然、銃声を聞いた筈だというのである。

　藤田老大佐はそれを聞くと、なるほどもっともというふうに髭をかんでいたが、

「いや、そうすると、どこかほかで殺して、こゝへ死体を運んで来たのかも知れない。それとも、ピストルの音を消すような装置がしてあったのかも知れん。いずれにしても、すぐこの事を警察に報告しなければ……」

　と、そういうわけで、すぐその由が警察へ報告され、そこで日頃物静かな、この武蔵野の一角はたちまち大騒ぎになったのである。

　さて、死体の身許だが、それはすぐにわかった。死体のそばにハンドバッグが落ちていたが、そのハンドバッグの中身によって、彼女が有名なレビュー女優、鮎川千夜子であることがわかった。それと同時に、千夜子が昨夜十一時頃、吉祥寺駅へおりたのを見た者があることも分った。千夜子の住居は大森だから、そんな時刻に吉祥寺でおりたとすれば、きっと誰かを訪問するところだったに違いない。その途中で殺されたか、それとも訪問先で殺されて、後からあの雑木林へ運ばれたのか……そうだとすると、彼女の訪問先は誰だったのか。

　いったい鮎川千夜子という女は、昔からとかくの風評のあった女で、見たところ、二十七、八にしか

見えないが、本当の年齢は三十を越している筈で、それまでにはずいぶんいろんな噂を立てられて来た。美貌と人気を種にして、かなりひどい事もやって来たというし、こういう最期を遂げるのも、当然かも知れないというものもあった。

笹井夫妻は以上のようなことを今朝の新聞で知ったのだが、するとお午前になって、またもや隣組を驚かせるような事態が起った。同じ隣組の一員であるところの、彫刻家の沢村恭三が、千夜子殺しの嫌疑で拘引されたのだが、それにはつぎのような事情があった。

その頃、吉祥寺には一人の人気者があった。名前を六さんといって、もとは本所か深川で叩き大工をやっていたもので、戦災で女房子供を失って、ひとりぼっちになって吉祥寺へ流れこんで来たものだが、器用でもあるし、こまめによく動くし、また気の軽い人物なので、六さん、六さんと重宝がられて、あちこちに雇われて行く。唯困ったことにはこの男、酒に目がない。金があると飲んでしまう、そして酔うと往来であろうがどこであろうが寝てしまう。しかし、一体が罪のない酒で、ひとに迷惑をかけるような事はあまりないので、酔っぱらってふらふらしていても、あら、六さんが酔っ払ってるよぐらいですんでしまう。お巡りさんもまたかというかおで見て見ぬふりをしている。

その六さんが、今朝の十時頃、いつにない生真面目なかおをして、警察へ駆込んで来たかと思うと、つぎのようなことを申立てたのである。

「一昨日の晩のことですが、つまり、その、また酔っ払っちまったんです。そして十時頃、酒場を出たまでは、まあ、かなりよく憶えてるんですが、それから後がいけません。あっちへふらふら、こっちへふらふら、気がつくと馬鹿に淋しいところへ来ちまっている。はてな、こゝはどこだっけと、考えてみてもどうしても分らねえ。あたりを見廻すと、林があって、原っぱがあって、あっちにポツン、こっちにポツンと家が建っている。さあ、大変だ、妙なところへ来っちまったぞと思ったが、何しろ酔っ払ってるもんですから、歩くのが大儀でならねえ。そこでまゝよとばかり、手近にあった家へ入って寝ちまったんです。それからどのくらい経ったのか。そんな調子だから見当もつきませんが、何かのはずみにふと眼をさましたが、その時には驚きました。

何故(なぜ)ったたって、それがとても変てこな家(うち)なんで……へえ、洋館は洋館だが、ふつうの洋間じゃねえ。馬鹿に広くて、がらんとしていて、天井はガラス張りでさ。そのガラス天井から、月の光がかすかにもれているんですが、その光にぼんやり浮きあがっているあたりの様子を見た時には、あっしもぎょっとしましたよ。部屋のあちこちいちめんに、にょきにょき人が立ってるんです。いや、立ってるのもあれば坐ってるのもある。男もいれば女もいるんですが、そいつがみんな裸なのには驚きましたね。それがまた、だまって身動きもしねえで、しいんと月の光のなかにうずくまっているその気味悪さったら！

あっしゃ肝(きも)を潰(つぶ)してすんでのことで声を立てるところでしたが、その時やっと気がつきました。人形なんです。はゝゝゝは、みんな泥でこさえた人形なんですよ。

それにしても妙なところへ潜りこんだものだと思ってきょろきょろしていると、そこへ人の足音がきこえて来ました。見附かっちゃ大変と思って、あっしゃまた横になりましたが、幸いそこは部屋の隅っこで、暗くもあるし、あたりはごちゃ〳〵と人形が立っている。向こうから見える気使いはねえとたかをくゝって見ていると、ドアを開いて、女が一人入って来ました。暗いので顔はよく分りませんが、レーンコートの前がひらいて、その下に真白な洋服を着ている。そうそう、それから洋服の右の胸に、花を挿(さ)しているのが見えましたっけ。女は入口に立って部屋のなかを見廻していましたが、やがて中へ入って来ました。

ところが、その時、また人の足音がきこえたんです。女もそれを聞くと、うしろへ振返(ふりかえ)りましたが、そこへぬっと入って来たのは、黒っぽい洋服を着た男でした。えゝ、この方も顔のところはよく見えません。ちょうどその辺のところがかげになっているんですね。それにあっしのところからはかなりはなれておりましたので……

　ところが、驚いたことにその男、左手に何やらきらきら光るものを持っていると思ったら、なんとそれがピストルなんで、そいつでズドンと一発、……いえ、音は大してしませんでしたよ。カチッというような音がしたゞけですが、すると、女がくらくらとよろめいて、そこに立っている人形に抱きついたかと思うと、そのまゝくなくなと床に倒れました。それがあなた、男も女も一切無言でしょう。おまけにピストルの音もしねえ。まるで活動写真、……それもトーキーじゃなくて、昔の音のしねえ奴を、音楽も説明もなしに見ているような気持ちで、いや、もう怖いのなんのって、あっしゃふるえあがっちまいました。見附かっちゃどんな事になるか知れませんやね。

　そこであたりを見廻すと、多分そこからさっき自分が潜りこんだんでしょう。うしろの窓があいている。これ幸いとふるえる足を踏みしめて窓から外へとび出すと、足音しのんで一目散に逃出(にげだ)したのはよかったが、めくら滅法(めっぽう)走っているうちに、防空壕(ごう)へころげこんでしまって……その時打ちどころでも悪かったのか、朝まで気を失って寝ているところを人に見附かって起されたんですが、さて、後になって考えてみるに、昨夜のことが夢かうつゝかはっきりしねえ。おおかた酒に酔って、つまらねえ夢を見たんだろうと、そう思ったもんですから、誰(だ)れにも話さずにおいたんですが、今朝の新聞を見ると、女の殺されたことが出ています。しかも、その女というのが一昨夜(おととい)の女のように思われるので、届けに参ったんですが……

　へえへえ、その男はたしかに左利きでしたよ。左の手にピストルを握っていました。え？　右腕があったかどうか、……さあ、そういえば右の腕が肩の附根(つけね)からなかったような気がしますが、このほうはしかとおぼえておりません。何しろ暗かったので……あゝ、そう〳〵、それから時刻ですが、それはちょうど十一時十五分でしたよ。というのはその部屋のドアのうえに時計がかゝっているんですが、妙な時計でくらがりでも光っていて、時間がわかるようになっているんです。窓から外へとび出した時、ひょいとうしろを振返ると、その時計が十一時十五分を指しているのが見えました。へえ、こればかりは間違いございません」

以上が六さんの申立てだったが、この言葉によって直ちに想像されるのは、六さんが一昨夜潜りこんだのが、彫刻家のアトリエらしいということである。しかも、昨日千夜子の死体の発見された雑木林のすぐ近所には、沢村恭三のアトリエが建っている。そこで警官がそのアトリエを調べてみると、床には血を拭きとった痕があり、それが絨緞で隠してあった。また、そこにある裸像の一つには、胸のあたりに血がついていた。更にまた、そのアトリエのドアのうえには夜光時計もかゝっていた。だが、それよりもアトリエの主人公沢村恭三にとって決定的に不利だったことは、六さんの見た犯人が、左手でピストルをぶっぱなしたということである。

沢村恭三は今度の戦争のはじめ頃、南方戦線で負傷して、右腕が肩の附根からなくなっている。笹井夫人の美穂子さんが、いつも沢村恭三を、気の毒な人と同情しているのもそれがためであった。

右腕を失った彫刻家、それだけでも大きな不幸であったのに、今また殺人の嫌疑をうけて、もしそれが当人にとって身におぼえのない濡衣だったとしたら、どんなにか不仕合せな事だろう。笹井夫人の美穂子さんが躍起となって同情するのも、いわれのない事ではなかったのである。

事件の裏面

「ねえ、あなた。あなたは鮎川さんの死体を一番先に見たんでしょう。その時、鮎川さんの死体にどこか妙なところはありませんでした?」

「おいおい、美穂子、それじゃおまえほんとうにこの事件を探偵してみる気かい」

「えゝ、もちろんよ。だけど心配しないで頂戴。あたし外国映画の女探偵みたいに、やたらにピストルを振廻したり、汽車から、自動車に乗移ったり、そんな放れ業はしなくってよ。あたしはもっと高級な近代的探偵なの、ロジックとディダクション、論理と推理よ」

「おやおや呆れた。お前の探偵小説熱も相当なもんだね」

「なんとでもおっしゃい。あたしこれでも一生懸命よ。あたしの推理が成功するかしないかで、沢村さんの運命がきまるんですもの」

「あゝ、よくわかったよ。女シャーロック・ホームズ君、僕は甘んじてワトソンになるよ。で、何んだっけ、お前の質問は？」

「駄目ね、そんな事じゃ。よくきいて頂戴よ。あなたは一番さきに鮎川さんの死体を御覧になったんでしょう。その時、何か妙なことはなかったかって伺いしているのよ」

「あゝ、その事か。それだと別にとり立てゝ、妙だと思うような事もなかったよ」

「だから駄目よ、あなたは。昨日あなたはこう仰有ったでしょう。鮎川さんは左の胸に傷をうけていて、そこから滲み出した血が右の胸にさした薔薇とならんで、とても気味が悪かったって……」

「うん、それがどうかしたかね」

「それ、変にお思いになりません？　女が洋装して、胸に花をつける時には、たいてい左の胸に挿すものよ」

「なんだ、その事か。それくらいの事なら僕だって知ってるよ。僕もその時ちょっと妙に思ったんだ。ところがさっき来た刑事に聞くと、六さんの話でも、鮎川という女は右の胸に薔薇の花を挿していたそうだ」

「まあ、あなた、それほんとう？」

「ほんとうだとも、誰が嘘をいうものか」

美穂子は急に黙りこんでしまった。そしてはげしく唇を噛みながら、何か一心に考えている。その様子が真剣さを通り越して、悲壮にさえ見えるので、賢太郎氏も心配になった。賢太郎氏とて沢村恭三には同情している。だから妻の美穂子が不幸な友人のために、一生懸命になってくれることは、決して不愉快なことではなかった。しかしあまり真剣になりすぎて、体をこわすようなことがあってはと、それが心配になって来るのであった。そこでかれはつとめて軽く、からかうような調子でいうのである。

「おいおい、女シャーロック・ホームズ君、どうかしたかね。いきなり難関にぶつかったね」

「あなた。その洋装って一体どんなふうなの。左の方に何かデザインがあって、どうしても右の胸に花をつけなければならないようになっているんですの」

「そんなふうでもなかったね。たしかに右にさしていたのは変だった。僕のようなものゝ眼にもわかったからね。もっとも、左の胸には血が吹き出しているから、ちょうどそれで釣合いがとれていたが、しかし鮎川はまさか左の胸を狙われることを知っていて、はじめからそこをあけておいたんじゃあるまいがね。はゝゝは」

それを聞くと美穂子ははっとしたように眼を輝かせた。そして何かいおうとするようにせきこんだが、また思い直したように、ゆっくりとこんな事をいった。

「それじゃこの問題はこれくらいにして、別の方面から考えて見ましょうよ。一昨日の晩は地主さんのお婆さまがおなくなりになって、隣組の人たちは二組にわかれてお通夜をしましたわね。その時沢村さんは遅番の組、つまりあなたと同じように十二時からの組だったのでしょう」

「それだよ。あの晩、沢村君が早番の組だったら、こんな疑いは受けずにすんだのだがね。それにしても警察でもっとよく考えてもらいたいのはあの晩の沢村君の態度で、かっきり十二時に地主さんの家へやって来たが、その時の沢村君の態度には、ふだんと少しも変ったところはなかったよ。もっともあの晩は、婆やさんが親戚へ行っているから、家は空っぽだ。無用心だから早く帰りたいというような事は言っていたが。……」

「それ御覧なさい。それが沢村さんの無罪の証拠よ。

なんぼなんでも人殺しをしておいて、そんなに落着(おちつ)いていられる筈はないわ」

「そうだ。僕もそう思う。しかしこれは感情の問題で、ロジックとしては成り立たない。六さんの証言によると、鮎川が殺されたのは十一時十五分だったというし、鮎川の腕時計も十一時二十分のところでとまっていた。その時刻には沢村君、唯(ただ)一人でアトリエにいたわけだから、アリバイが成立(なりた)たないんだ。それに左腕の問題がある。今度の戦争がいかに大きかったとはいえ、右腕のない男が、そうざらにあるわけはないからね」

「あなた、それが間違いなのよ。そこに大きな間違いがあるんですわ。相手はどうせ酔っ払いですもの。当てになんかなるもんですか」

　美穂子はそこで血の出るほども、きつく下唇を噛んでいたが、突然はっと顔をあげると、

「あなた、あたしこれからアトリエへ行っちゃいけません？　あのアトリエでちょっと調べてみたいことがあるんですけれど」

「美穂子。……」

「あら、何も心配する事はないのよ。唯ちょっとあの人形……ほら、鮎川さんが倒れる時、縋(すが)りついたという人形を調べてみたいの。ねえ、あなたも一緒に来て頂戴よ。ひょっとするとあたしの推理が当っているかも知れないわ」

　美穂子があまり熱心なので、賢太郎氏もそれを拒む勇気はなかった。そこで内心危ぶみながらも美穂子についてアトリエのまえまで来ると、そこでばったり出会ったのは、藤田老大佐と音楽家の妹尾氏である。どちらへと聞かれて賢太郎氏が仕方なしに頭をかきながら、委細の話をすると、藤田老大佐と妹尾氏も、好奇心にかられていっしょにアトリエへ入って来た。

「はゝゝゝは、女シャーロック・ホームズはいゝですな。ひとつ奥さんのお手並み拝見といきますかね」

　妹尾氏は笑っていたが、藤田老大佐は笑わなかった。

「いや、これは笑いごとではない。奥さんの探偵效(こう)

を奏して、何んとか沢村君を救いたいものだ。あの男が人殺しだなんて、そんな馬鹿げたことがある筈はないからな」

「ところが藤田さん、さっき刑事にきいたんですが、形勢はますます沢村君にとって悪いんですよ。鮎川千夜子はあの晩、駅の附近で沢村君のところを聞いているんです。してみると、あの晩千夜子がこゝへ来ようとしていたことは先ず間違いない。それから、沢村君も以前あの女と恋愛関係があったことは認めたそうです。もっとも戦争に行っている間に女のほうで心変りがしたので、沢村君は諦めたといっているそうですが、警察ではむろん、そんな言葉を額面通り受取る筈がない。それからピストルですが、これはまだ見附からないが、死体から取出された弾丸によると、軍隊用の拳銃らしいというんです。そうなると帰還兵の沢村君はますます不利になる。僕も奥さんの御成功を祈る点にかけちゃ人後におちんつもりですが、これは脈がなさそうですね」

美穂子は蒼白い緊張したかおで妹尾氏の話を聞いていたが、軍隊用のピストルときいたときには、彼女の頬の筋肉が、かすかにぴくりと動いたようであった。

「さあさあ、美穂子、お望みどおりアトリエへ来たが、こゝで何を発見しようというのだね」

「あゝ、そうでしたわ。うっかり妹尾さんの話に聞きとれていて……」

美穂子は改めてアトリエの中を見廻したが、すると今さらのようにぞっと薄ら寒さをかんずるのだった。六さんが驚いたのも無理はない。そこには男女の裸像がさまざまな形をして、何十となく並んでいる。あるいは立ち、あるいは跪き、あるいは坐り、等身大のもあればそれより大きなものもある。そういう塑像が黙々として、天窓からさしこむ折からの夕明りに、さまざまな陰影をつくり出している光景は、それだけでも一種の妖気をはらんでいるように見えるのに、そこで恐ろしい人殺しがあったかと思うと、これらの人形に何かしら神秘なものが感じられて、美穂子はぞっと身顫いが出るのだった。

「あなた、鮎川さんの縋りついた像というのは……？」

「奥さん、それならあれですよ。ほら、両脚をふん張っている等身大の男の裸像……鮎川はなんでもよろめくはずみに、その裸像に接吻するような恰好で縋りついたということですよ。ほら、御覧なさい、この裸像の右の乳の下に、かすかな血痕がついていますよ」

　美穂子は問題の裸像に近寄ると、黒ずんだ血痕にちかぢかと顔を寄せて、舐めるように眺めていたが、やがて満足そうな叫声をあげた。

「あなた、あなた、ちょっとこゝへ来て、これを見て頂戴。あなた、これ、何んだかお分りになって？」

「どれどれ、何を見附けたんだね」

「ほら、この黄色い粉、血の痕のすぐ上についている……これ、花粉じゃありません？」

「おゝ、なるほど、花粉らしいね」

「そうでしょう？　花粉でしょう。分ったわ。これで何もかもあたしの考えていたとおりなのよ。あたし、鮎川さんの胸にさしていた薔薇が押しひしゃがれていたと聞いたとき、そしてこの像に血の痕がついていると伺ったとき、きっと薔薇も、鮎川さんがこの像に縋りついた時に、押しひしゃがれたに違いないと思ったのよ。とすれば、この像のどこかに薔薇の痕が残ってやしないかと思ったの」

「しかし、奥さん、こゝに花粉がついてることがそんな大事なことなんですか」

「あら、妹尾さん、まだお気附きになりません？　この花粉は血痕と同じように、この像の右の胸についているんですよ。鮎川さんがこの像に真正面から抱きついた時、薔薇の花がへしゃげて花粉がついたとしたら、鮎川さんはその時、花を左の胸にさしていたことになりますわ」

「そ、それゃそうですね。しかし、それが……」

「あら、まだ、そんなことを言っていらっしゃる。鮎川さんはあの晩、左の胸に花を挿していたんですよ。それだのに酔っ払いの六さんは何んといいまして？　女は右の胸に花を挿していたと、いってるそうじゃありませんか。つまり、六さんの眼には右と左と逆に見えたんですわ。右と左と逆に見える。それはどんな場合でしょう」

「右と左と逆に見える……？」

「えゝ、そうよ、それはつまり、鏡に映った像の場合じゃありませんか」

「美穂子、そ、それじゃ……」

「えゝ、そうなのよ。あたしはじめからその事に気がついていたのよ。だってあたしこのアトリエのことはよく知っているんですもの。六さんの忍びこんだ窓というのも、だいたいそれと見当がつきましたわ。ほら、この窓、……ここが一番入りよいでしょう。ところがこの窓は少し外へ張り出しているので、窓の外からじゃこっちの壁が邪魔になって、ドアは見えない筈なのよ。それだのに、六さんは窓から外へ飛出して、そこからひょいと振りかえったら、ドアのうえの夜光時計が見えたというんでしょう。だから六さんの見たのはほんとうの時計ではなく……」


美穂子は広いアトリエを小走りに斜につっ切ると、ドアの真向いの壁にかゝっているサラセン模様のカーテンに手をかけた。

「沢村さんはお通夜の翌朝、何も御存じなくこのカーテンをおしめになったんでしょう。これを開いたまゝにしておゝきになったら、警察の方だって、きっと気がおつきになったに違いないと思うんですけれど……」

美穂子がカーテンを開いた刹那、窓際に立っていた三人は、思わず眼をそばだてた。今まで見えなかったドアやドアのうえの夜光時計が、くっきりとそこに現れたからである。そこには大きな姿見が、壁一杯に張りつめてあるのだった。

「これでお分りになったでしょう。あの晩六さんの見たものは、すべてこの鏡にうつった像だったんですよ。酔っていたし、寝呆け眼だったし、それにスカイライトから洩れて来る月の光で見たんですから、六さんは鏡の像とは少しも気がつかなかったんですのね。ところで、鏡にうつった十一時十五分は本当の時間では何時でしょう、一時十五分前……つまり十二時四十五分ですから、その時分には沢村さん、地主さんのお宅でお通夜をしていらっしゃいましたわ。いえいえ、それより鏡に映った犯人の左腕は、ほんとうは右の腕だったんですから、右腕のない沢村さんが犯人でないという、これほどたしかな証拠はございませんわ」

「素敵だ。美穂子、素敵だよ！」

　賢太郎氏は手を叩いて喝采（かっさい）したが、藤田大佐と妹尾氏は何故かにこりともしなかった。二人とも妙に深刻な顔をして、あらぬかたを眺めている。御主人に喝采された美穂子さんも、しだいに蒼褪（あおざ）めていったがそれでも彼女はきれぎれにこんな事をいった。

「あたし……あたし……あたしの話はこれだけにしたいのでございます。あたし、どなたも傷つけたくはございません。今の話だけでも、沢村さんをお救いすることが出来ると思いますから……でも、こゝにロジックがございますの。そのロジックを押し進めていくと、鮎川さんを殺したの、どなたゞか分るような気がするんです」

「奥さん。ひとつそれを聞かせて貰（もら）いましょうか」

　そう訊（たず）ねた藤田老大佐の声があまり妙だったので、賢太郎氏と妹尾氏は思わずその顔を見直した。美穂子は硬張（こわば）ったかおをしながら、それでも淀（よど）みない声でこんな事をいった。

「あたし、ほんとうにどなたにも傷つけたくはございません。鮎川さんを殺した方にはそれ相当の理由がおありだったと思います。でも、でも、ロジックに人情はございません。そしてそのロジックを押しすゝめていくと犯人はどうしてもこの隣組の方だということになるのです。何故って、鮎川さんを殺した犯人は、殺人の後で、床の血を拭いたり、絨緞でそれを隠したりしています。犯人がそんなに落着いていられたのは、アトリエの主人が留守だということを知っていたからでございましょう。ところであの晩、お通夜の早番と遅番がきまったのは、夜の八時頃のことでしたから、この隣組以外に、沢村さんが十二時以後、留守になることを知っている人は、先ずないと見てよかろうと思います。ところでこの隣組に犯人があるとしても、十二時以後のお通夜に当った、宅の主人と福井さんの御老人は除くことが出来ます。そうすると早番に当った三人ですが、その中の川口さんの奥さんは、あゝいうお年寄りですから、ピストルで人を殺すことは出来るとしても、後で死体を雑木林まで運ぶなんて事は不可能ですわね。そうすると後は藤田さんと妹尾さんのお二人ということになります。つまり犯人はこのお二人のうちのどちらかなんです。ところで思い出すのは、死体の胸についていた薔薇の位置ですが、これは多分こうだろうと思います。鮎川さんがあの像に抱きついて倒れた時、胸にさした薔薇の花が脱けて落ちた、犯人は死体を運び出すとき、その花をもと通り胸に挿しておこうとしたのですが、左の胸には血が吹出している。それでつい何気なく右のほうへ挿したのだろうと思います。と、いうことはその人が女の洋装などに無関心な方、花など右へ挿そうが左へ挿そうがどっちだって構わないと思っていらっしゃる方……それは妹尾さんじゃありませんわね。だって妹尾さんはいつも奥さんの洋装に、それはそれは難しい注文がおありだということを伺っていますもの。そして、その犯人は軍隊用の拳銃を持っていらっしゃる方……」

「とうとうわしだという事になりましたな」

藤田老大佐の声が気味悪いほど沈んでいたので、美穂子も賢太郎氏も妹尾氏も、ぎょっとしたようにその顔を見直した。

「いや、驚かれるのも御尤も、しかしわしは笹井さんの奥さんから指名されるまでもなく、すでに覚悟はきめておりましたよ」

藤田大佐は優しい、沈んだ眼で美穂子を見ながら、

「そうですよ。千夜子を殺したのはわしだった。動機かな。動機は先年死んだ息子にある。馬鹿な息子はあの女に騙されて、さんざん苦しんだ揚句、自殺したのです。しかし、わしもあの晩まではあの女を殺そうなどとは夢にも思うていなかった。運命だな。あの女にとっても、このわしにとっても悪いまわり

合せだったのだな。あの晩、お通夜からのかえりに、家の前でわしはあの女に会った。あの女はわしとは知らずに沢村君の家を訊ねたが、わしのほうではすぐあの女だと気がついた。そこで家へ入るとピストルを取出し、すぐ女のあとを追っかけたんだ。しかし断っておくが、その時わしはほかの者に罪を被(かぶ)せようなどという考えは毛頭なかった。ピストルを撃つ時も、左手をうしろへ廻して覘(ねら)いを定めたのだが、それが鏡に映っていて、右手のない沢村君に見違えられたなどとは夢にも知らなかった。また女の腕時計を十一時二十分にしておいたのも、そうしておけば自分が助かると思ったが。そのために、沢村君にこのような迷惑がかゝろうなどとは思いも寄らぬ事だった。沢村君に迷惑がかゝってはならぬと思えばこそ、死体を外へ運び出し、床の血痕も拭いておいたのに……。何もかも運命だな。悪い巡り合せだったのだ。沢村君が引っ張られた時から、わしはもう覚悟をきめていましたよ。御覧、こゝにわしの告白書がある。いざとなればこれで沢村君を救うつもりでいたのだが、奥さん、これはあなたにお預けしておこう。これがあなたの素晴らしいロジックに対する、わしのせめてもの賞賛のしるしだと思って下さい。さようなら、皆さん、わしの始末はわしがつける。日頃のお馴染(なじ)みがいに、これだけは大目に見て下さいよ」

　藤田老大佐はしっかりとした足どりでアトリエを出ていったが、それから間もなく聞えてきた銃声を耳にした時、美穂子は思わず良人(おっと)の胸にくずれかゝった。

「あなた、あなた、あたしは出すぎた女でしょうか。いけすかない、小生意気なことをする、悧巧(りこう)ぶった出しゃばり女でしょうか。あなた、あなた、あなた……」

アトリエの殺人

一

深緑色のビロードを思わせるようなねっとりとした闇。――その闇のなかに、さまざまなポーズをした女の顔がほの白くうきあがっている。

全裸体で長椅子に寝そべっている女もあれば、翡翠の耳飾りをつけた支那服の女もある。ペルシャ猫と戯れている洋装の女もいれば、涼しげなうすものをまとうた日本趣味の女もある。そのほかに、少くとも十人からの女が闇のなかにひっそり静まりかえっているのだが、不思議なことにそれらの女たちが、ポーズや服装や髪かたちはかわっていても、みんな同じ女であるらしいことに、少し注意深い観察者なら気がついた事だろう。

その女たちは壁のうえから、いちように床のある一点を凝視している。恐ろしそうに眉をひそめ、唇をふるわし、溜息をつき、ひそひそ話をしているが、やがてまた、黙りこくってもとのポーズにかえってしまう。……

月がスカイライトの真上にやって来たと見えて、ふいに一道の光がこの闇をさしつらぬいた。そしてその光のなかにくっきりと、男の姿がうきあがった。その男は白いタオルのパジャマを着たまゝ、床のうえに仰向きに倒れている。苦痛にゆがんだ顔は凄いほど蒼くて、真白なパジャマの胸のあたりには、ドス黒い汚点がついている。

その汚点が、静かに、音もなくひろがって行くのを見たとき、そして、その男のそばに落ちているピストルが、まだかすかにうすけむりを吐いているのが眼にとまったとき、壁のうえの女たちは、いっせいにまた溜息をつき、ざわざわとざわめき、なかには取りかえしのつかぬ事をしたのを悩むように、呻(うめき)声(ごえ)をもらしたものさえある。だが、それも束(つか)の間(ま)で、月の動きにしたがって、闇が光にとってかわると、女たちはふたゝびもとのポーズにかえって黙りこんでしまう。闇はいよいよ深くなり、静けさは骨の髄を凍らせるかと思われるほども気味悪い。

だが……

諸君の眼がその頃までに闇になれて来ていたとしたら、そこが画家のアトリエであることに気附かれたことだろう。そしてそのアトリエの中央に、心臓を撃貫(うちぬ)かれて倒れているのが、このアトリエの主人であり、さっきからこの画家の死体を、無言のまゝ眺めている女たちというのが、壁にかけられた画家の制作品であることに気がつかれた事だろう。これらの作品のなかには額縁(がくぶち)におさまっているのもあれば、カンバスのまゝ、四隅をピンで壁にとめられているのもある。

だが……、諸君の眼がさらに闇になれて来たとしたら、その壁のうえに少し不自然な空白が出来ていることに気がつかれたに違いない。そうだ、そこにもやっぱり画家の制作品がかゝっていた筈(はず)なのだ。その証拠に、壁のうえに四つのピンの跡がのこっている。いったい誰がそれを剝(も)ぎとっていったのだろう。そして、何(な)んのために……

だが、諸君がもう一度、床に倒れている画家の身辺に眼をそゝいだら、そこにもう一つ不思議なことが起っているのに気がついたに違いない。画家の死体を覆うて散乱している、きらきら光る細片……いったいあれは何んだろう。薄いガラスのかけらのように見えるのだが……

壁にかけられた女たちの、意味深い沈黙のうちに、時はしだいにうつって行く。月光のかわりに、あかつきのほの白い薄明(うすあかり)が、窓のすきから、スカイライトから、しだいにアトリエのなかにしみ込んで来る。

やがて、空襲のために半分廃墟(はいきょ)となったこの郊外の住宅地にも、ふたゝび明方の生活の息吹きがよみがえって来た。表を通る女学生の、小鳥のような笑い声。省線電車の駅へいそぐお勤人の靴音。――

午前八時頃、アトリエのドアが静かに外からひらかれたかと思うと、そのすきから、年寄った女の顔がそっとなかを覗きこんだ。老婆の眼は一瞬、アトリエの中央に倒れている画家の死体に釘附けにされたが、やがて、その死体の胸を染めている黒い汚点と、死体のそばに落ちているピストルに眼がとまると、老婆ははげしく唇をわなゝかせ、それからバターンと大きな音をさせてドアを締めた。

「ひ、人殺しイッ！」

廊下を走っていく老婆の足音は、まるで弾きとばされたもののゝようである。やがて表の往来で、ふたゝび老婆の叫声がする。

「ひ、人殺しイッ、だ、旦那様が殺されて。……」

二

そもそもこのアトリエの主人というのは、池上新三郎といって、三月ほどまえに復員して来たばかりの若い画家である。

新三郎が応召中、このアトリエには友人の画家が住んでいたが、その男は新三郎が復員すると間もなくほかへ移ったので、ちかごろでは新三郎と年とった老婢の二人が、不自由な配給生活をつゞけていた。

さて。――

新三郎の死体が発見された日の夕方ごろ、このアトリエへあわたゞしく駆着けて来た男女がある。殺人事件をきゝつたえて、アトリエを遠巻きにしていた近所の人たちは、この女の姿を見ると思わず眼をそばだてた。それというのが、女の服装がいまどきにふさわしからぬほど贅沢だったからではない。その女というのがあまりに美しかったからである。

ねっとりとした、真珠のような皮膚の光沢、猫属のように柔軟な身のこなし、繊細で透きとおるような感じのする美しさ、あまり美しすぎて、どこか病的な感じさえする女である。女はアトリエのまえまで来ると、ためらうように歩調をゆるめて、二三度大きく息をうちへ引いた。

「どうかしたの？」

「いゝえ」

「顔色が悪いよ。君はやっぱり来なかったほうがよかったかも知れない」

「いゝえ、いゝんです。もう大丈夫です」

「そう、じゃ、手をとってあげよう。僕にすがっていたまえ」

「あら、いゝんですの。人が見ていますわ」

「構わないじゃないか、そんなこと……」

「だって……」

　女は甘えるように男の顔を見たが、近所の人がじろじろこちらを見ているのに気がつくと、うすく頰を染めて、小走りに垣根のなかへ駆込んだ。男は苦笑をもらしながら、大股にその後からついていく。

　その男というのは、死んだ画家の池上新三郎と同じ年頃で、身には職工のような油じんだ作業着をつけているが、広い額や、落着いた瞳の色や、きっと結んだ唇には、高い教養と、深い叡智の輝きが揺曳している。落着いた瞳の底には、深い悲しみが宿っていた。

　二人がアトリエへ入っていくと、そこには精悍なかおをした警部が待っていた。

「さきほどはお電話を有難うございました」

　青年の慇懃な挨拶に、警部は驚いたように眼をパチクリさせた。

「あなたが相馬謙介さんですか」

「えゝ、そうです」

　謙介はかすかにほゝえんだ。かれには、不思議そうに念を押す警部の気持ちがよく分っていた。

　謙介の父はちかごろ公職追放令にふれて引退したが、それでも今なお、財界の一方に隠然たる勢力を持っている一巨頭である。その御曹子であるかれが、油じんだ職工服を着ている事は、たしかに妙に思われたに違いない。

「工場からすぐ駆着けて来たものですから、着更えるひまもなくて……」

「現場で働いていらっしゃるんですか」

「えゝ、職工ですよ」

謙介はまたほゝえんだ。警部はギコチなく空咳をすると、窓際に立っている女の後姿に眼をやって、

「あの方は……?」

「あゝ、あの人は僕の友達で、牧野斐紗子さんという人です。池上とも古い識合ですから途中寄って誘って来たんですが……」

斐紗子がこちらを振返ったとき、警部は思わず口笛を吹くように口をつぼめた。警部はこの女を知っていたのである。いや、本人に直接会ったのはいまはじめてゞあったけれど、その顔はさっきからいやというほど、見せつけられている。裸体の女、支那服の女、ペルシャ猫の女、軽羅の女……壁にかゝっている女という女は、ことごとく斐紗子をモデルにして画いたものであったから。

「あゝ、そうですか。いや、それは結構でした」

謙介は、警部が意味ありげに自分たちの顔を見較べているのを気にもとめずに、

「時に……池上のなきがらは……?」

「あゝ、それは向うの日本間へ引きとらせました。検屍も終ったので……すぐ、御覧になりますか」

「いや、その前にお話をお伺いしたいと思います。どうしてこんな事になったのか。……さっきのお電話では自殺とかおっしゃいましたね」

「いや、それがねえ……」

警部はまたギコチなく空咳をすると、

「あの時はそう思っていたのです。ピストルもそばに落ちていたし、そのピストルというのが軍隊用のものでしてね、たしかに池上君のものにちがいないというので、簡単に自殺ときめてかゝったのですが、だんだん調べてみると、そうは簡単に考えられない節もありましてね」

「と、おっしゃると……?」

「つまり、他殺の疑いが濃厚なんですよ」

窓際に立っていた斐紗子が弾かれたようにこちらを振返った。そして大きく瞠った眼で喘ぐように警部の口許を眺めていたが、しだいにこちらへ近附いて来ると、謙介のそばへ寄りすがるようにして立っ

た。

「他殺ですって？」

　謙介は斐紗子の手を握ってやり乍らそう訊返した。かれの息使いもいくらか弾んでいた。

「そうなんです。そうとしか思えないんです」

「で、犯人は……？」

「それはまだわかりませんがねえ、多分近頃はやる強盗じゃないかと思うんです。この辺はことに物騒ですからねえ。つい一週間ほどまえにも、すぐこの向うで強盗にやられた人がありましたよ」

「しかし、さっきのお話では、兇器は池上自身のピストルだとおっしゃったようですが」

「そうです、そうです。で、こういうふうに考えられるんですね。泥棒が忍込んで、このアトリエのなかを掻廻していた。池上君はその物音をきいて、ピストルを持ってこゝへやって来られたんですね。ところが逆にそのピストルでやられたと。……」

　斐紗子はまた大きく息をうちへひくと、ぎゅっと謙介の手を握りしめた。謙介はやさしく、力づけるようにその手を握りかえしながら、

「すると、格闘の跡でも……」

「いや、それは大したことありませんでした。池上君はそこんところ、ほら、まだ血がこびりついてるでしょう、そこに倒れていたんですが、ただ、その死骸のうえにはガラスの破片がいちめんに散らかっていましてね」

「ガラスの破片？」

「そう、電球が毀れて飛んだんですね。ほら……」

　警部が指さす頭上を見れば、なるほどそこにブラ下っている電気のソケットには、毀れた電球の金具だけが残っている。

「なるほど、すると格闘のはずみに、電球に何か当って毀れたというわけですか」

「いや、私も最初部屋の様子を見たときには、そう考えたのですが、その後仔細に調べてみて、そうでない事がわかりました。と、いうのは、ガラスの破片は、死体の下には一つもなかったのです。みんな死体のうえか周囲に散乱していたのです」

「なるほど、すると電球の毀れたのは、池上が倒れた後だという事になるんですね」

「そうです、そうです。それで他殺の疑いが起って来たわけです。つまり犯人は池上さんを殺した後で電球を毀していったんですが、何んのためにそんな事をしたのか、それがちょっとわからない」

「ちょっと待って下さい。あなたのお話を聞いていると、犯人が故意に電球を毀していったように聞えますが……」

「それはそうでしょう。電気はあんな高いところにブラ下っているのだから、過ちで毀すなんてことは考えられませんからね」

「もしや、ピストルの弾丸でも当ったのでは……？」

「いや、ピストルは一発しか発射されていませんでしたよ。そして池上君はその一発で殺されているんです。もっとも強盗が別にピストルを持っていたとすれば格別ですが、それならば何も池上君のピストルを使う必要はない。自分のピストルで殺した筈ですからね」

「なるほど、それに電球の破片は、池上の死体のうえに散っていたんですね」

「そうです、そうです。相手がもう死んでいるのに、ピストルをぶっ放す筈はない。だから過ちや偶然で、あの電球が毀れる筈はないのです」

「ひょっとすると、電気を消すためでは？」

「しかし、電気を消すためならば、何も電球を叩き毀す必要はない。スイッチをひねればよいのですからね。そのスイッチはドアを入ったすぐ右手についている……」

「しかし、強盗にはそのスイッチのありかゞ分らなかったのじゃありませんか」

「ところがねえ、犯人がこの電球を叩毀すために使った道具も分っているんですが、それは箒なんですよ。箒の先にガラスの破片が若干さゝっているんです。だから犯人は池上君を殺した後で、わざわざ箒を持出して、電球を毀していってるんですが、その箒のかゝっている場所というのが、スイッチのすぐそばなんです。だからその箒を取りに行った時、犯人の眼には当然、スイッチがうつったに違いない。もし、電気を消すのが目的ならば、そこで思い直してスイッチをひねるだけにとどめた筈だと思うんですがねえ」

「なるほど、すると犯人は何んのために電気を毀していったのか……難しい問題ですね」

謙介は斐紗子の手をはなして、アトリエの中を歩きまわる。急に突っぱなされた斐紗子は、頼りなげな眼付きで、その謙介の動きを追うている。謙介は急にまた立止まった。

「ところで、何か盗まれたものがあるんですか」

「それがねえ。妙なものを持出しているんですよ。テラコッタ――というんですか。土でこさえた焼物の女の首なんですがねえ。そこの台のうえに載っかっていたんだそうです」

「テラコッタ？　斐紗子さん、君、憶えてる？」

「さあ。……」

「いや、それはもう見附かったんですよ。五六丁先きの草っ原のなかに捨てゝあったんです。思うに強盗先生、それを持出したものゝ重くもあるし、荷厄介でもあるので、途中で捨てゝ逃げていったのですね」

「すると、結局、紛くなったものはひとつもないわけですか」

「いや、もう一つ、そこの壁んところがブランクになっているでしょう。そこに、額にはめない絵が一枚、ピンで止めてあったそうですが、それが紛くなっているんです。だが、思うにこれは、テラコッタをくるむために、ひっぺがしていったんですね。もっともこのほうはまだ見附からないが、どこかで破り捨てていったんでしょう」

「どんな絵だったかしら？」

「婆やの話によると、黒いシャツに黒い股引をつけた、つまり西洋映画に出て来る女賊みたいな服装をした女らしいんですね、それがマスクをつけて、何かに怯えたような恰好をした絵で、その絵のうえに何やら字が書いてあったというんですが……」

「斐紗子さん、君、そんな絵憶えている？」

「さあ……」

「でも、こゝにある絵、殆(ほと)ど全部君がモデルだろ。その絵もやはり……」

「えゝ、でも、ずいぶん昔のことだから……それにあの時分、ずいぶんいろんなポーズをとらされて……池上さんもあたしも、苦しい最中でしたから」

「あゝ、どこかから頼まれたポスターの絵なんだね。いや、有難うございました。警部さん、それでは池上の死体を……」

「御案内しましょう。しかし、こちらは……？」

「あたし？　あたし、どうしようかしら」

「あゝ、君はこゝにいたまえ。ふつうの死方(しにかた)じゃない。会って気分でも悪くなっちゃ大変だ」

「えゝ……では……あなた、早くかえって来てね」

　警部は意味ありげに二人の顔を見較べていたが、やがて先に立ってアトリエを出ていった。謙介もその後からついていく。たった一人残った斐紗子は、窓際に立って、しだいに暗くなっていく庭を眺めたが、急に思い出したようにはげしく身顫(みぶる)いをした。

三

　相馬謙介と池上新三郎とは、中学時代のクラスメートであった。しかしその頃の二人には、まだ後年のような濃(こま)やかな交情は見られなかった。中学を出ると、二人は別々の道を歩いていって、間もなくお互いの存在をさえ忘れていたくらいである。

　その二人が偶然再会したのは、上野の絵画展覧会の会場であった。その年池上の絵が特選になって、新聞に大きく名前が出たので、謙介はゆくりなくも旧友のことを思い出し、その絵に敬意を表するために、上野へ出かけていったのである。

　当時の池上新三郎は貧窮のどん底に喘(あえ)いでいた。その日その日の生活のために、雑誌の口絵や商品のポスター描きに、あまり丈夫でもない体を酷使しなければならぬ境遇にあった。それは官展で特選になったからといって、大して変りはなかった。日本画だと、室内の装飾芸術でもあり、また画商の制度も発達しているから、一度特選にでもなると、あとはどうにかやって行ける。しかし日本画にくらべて遥かに需要の少い洋画では、なかなかそうはいかないのである。

謙介はこの友人の才能が、生活のために切売されているのを気の毒に思って、自らパトロンの位置を買って出た。二人の交情が兄弟よりも濃やかなものになったのはそれから後のことである。謙介の剛毅で果断な性質に反して、新三郎は心の優しい、それこそ神のように弱い男だった。年も新三郎のほうが一つ下だった。謙介はこの年少の友を、真実の弟のように愛でいつくしんだのである。

謙介が牧野斐紗子と相識ったのは、新三郎をとおしてゞあった。斐紗子は当時、左翼的傾向をおびている新劇団に属していたが、彼女の素晴らしい美貌にも拘らず、舞台の業績は甚だ芳しくなかった。先天的に彼女は女優に不向きに出来ていたうえに、美貌はかえってしばしば彼女の役の邪魔になった。

こうして不遇な新劇女優と不遇な洋画家とは、いつかしだいに接近していった。当時新三郎が身すぎ世すぎに描いていた雑誌の表紙やポスターには、いつも斐紗子がモデルになった。

そこへ謙介が出現したのである。そして新三郎の幸福は、当然斐紗子の幸福でもあった。だが、その幸福はあまり長くはつゞかなかった。事変がしだいに深刻になり、そしてとうとう今度の戦争がはじまった。先ず新三郎が応召し、それから一月も経たぬうちに、謙介が応召した。

新三郎は遠くニューギニアまで持っていかれたが、謙介の行先は朝鮮であった。だから戦争が終ると謙介は比較的早く復員したのである。復員したかれは何んと思ったのか、応召以前についていた、父の関係会社の重役の地位をおしげもなくかなぐり捨てゝ、やはり父の関係会社ではあったけれど、一職工として現場に潜りこんだ。

こうして油まみれになって働いているうちに、ある日かれはゆくりなくも街で斐紗子に邂った。すると二三日して斐紗子のほうからかれを訪ねて来た。用件というのは、今度新しく新劇団を組織するにつき、資金を融通してくれないかというのであった。謙介は快くそれを引受けたばかりか、二三度稽古を見にいったりしたが、そのうちに斐紗子と諒解が出来て、婚約したのである。そこへ池上新三郎が復員して来た。……そして、……そして二人の婚約を聞くと、新三郎は心の底から喜んでくれたが。……

ふと背後に足音をきいた斐紗子は、窓際でくるりとうしろを振返ったが、すでに薄暗くなりかけているアトリエのなかへ、その時、よろめくように入って来た謙介の姿を見ると、おどろいたように駆け寄った。

「あなた、どうかなすって、お顔の色がとても悪いわ」

「そう」

謙介はそっけなくいうと、顔をそむけるようにしてアトリエの中央へ歩いていった。そして大きなデスクの上に積重ねてある、古い雑誌をひっくり返していたが、やがてその中から一冊を抜きとると、薄暗がりの中で裏表紙を眺めていたが、その額にはみるみる苦悶の色がひろがっていった。かれはそれをデスクのうえに伏せると、蠟燭を探し出して灯をつけた。

「牧野君。こゝへ来給え」

「あなた、どうなすったの。警部さんは？」

「警部は帰った。だから誰にも気兼ねなしに話が出来るんだ。こゝへ来給え」

「話って……？」

「池上を殺した犯人がわかったのだ」

デスクのほうへ歩いて来かけた斐紗子は、ぎょっとしたように立竦んで、蠟燭の灯の向うにある謙介の顔を見直した。

「そして……そして、犯人が何故電球を叩き毀したのか、また、何故テラコッタと向うの壁にかゝっていた絵を持出したのか、そのわけがわかったのだ」

「あなた……あなた……」

斐紗子は喘ぐようにいった。だが、何故かいま立止まっている場所から一歩も前進しようとしなかった。いや、動くにも動けなかったといったほうが本当だろう。だが、謙介はそんな事にはお構いなしで、容赦(ようしゃ)なく言葉をつゞけた。

「僕は池上の死体を見た。それから、池上が殺された時着ていたタオル地のパジャマを見た。そのパジャマにはガラスの破片(かけら)がいっぱい刺さっていた」

「電球が……電球の毀れた破片(かけら)でしょう」

「そうだ。その大半は。……しかし、たった一片(ひら)だったけれど、そして極(ご)く小さい破片(かけら)だったけれど、電球とはちがった質のガラスの破片(かけら)が刺さっているのに気がついたのだ」

「あなた、……あなた……」

「それは時計の蓋(ふた)ガラスなのだ。池上は絶対に腕時計をしない男だった。パジャマを着て懐中時計を持っている奴もあるまい。だからそれは犯人の腕時計だとしか思えない。つまり、犯人と池上が揉合(もみあ)うはずみに、犯人の腕時計のガラスが毀れて、池上のパジャマにさゝったのだ。そこで犯人はどうしたか。むろん、毀れたガラスの破片(かけら)をかき集めたにちがいない。しかし、粉々に毀れたガラス、しかもタオル地のパジャマにさゝった奴を、完全にかき集めるということは不可能だ。それにいつ人が来るかも知れないから落着いてもいられないんだ。そこで犯人は何をしたか。腕時計のガラスをカモフラージするために、電球を叩き毀した……電球の破片(かけら)によって、腕時計の破片(かけら)をカモフラージしようとしたのだ」

「あなた、もう沢山、もういゝから帰りましょう。ねえ、こんなに暗くなったのに……」

「だが……」

と、謙介は容赦なく言葉をつゞけるのである。

「こゝで考えなければならないのは、何故犯人がそんなに腕時計の破片(かけら)をのこす事を気にしたか。通りがかりの強盗なら、そんなに迄(まで)して、その破片(かけら)をカモフラージする必要はないと思われる。腕時計のガラスにいちいち目印がついているわけはないからね。しかし、もし犯人が池上の身近(みぢ)かなものだったら、話は自(おのずか)らちがってくる。死体に腕時計のガラスが刺さっており、その人物の腕時計のガラスが毀れているという事になれば、すぐ疑いがかゝって来る。近頃では腕時計のガラスといえども、容易に、簡単に直すわけにはいかないからね。だからその人物は、腕時計の毀れた事を絶対に人に知られたくなかった。そこで電球を叩き毀さねばならなかったのだ。牧野君。君は腕時計をどうしたのだ」

　斐紗子はくずれるように床に膝をついた。

「さっきこゝへ来る途中時間をきいたら、君は腕時計を忘れて来たといったね。しかし、あの腕時計は婚約が出来たとき僕があげたものだ。君は僕の歓心を買うために、僕に会う時はいつだってあの時計をはめていない事のない女だ。――まだガラスの修繕が出来ないと見えるね」

　斐紗子は両手で顔を覆うと、呻くようにすゝり泣きの声をあげた。しかし、謙介の心はもうすゝり泣きでは動かされない。

「さっき警部が、この壁からなくなっている絵の図柄を話したとき、君は憶えがないといったね。しかし、あんなに変ったポーズ、僕でさえすぐ思い出した絵を、モデルである君が思い出さぬという筈はない。僕はあの時、ちょっと妙に思ったのだが、見給え、その絵はこゝにある」

　謙介が差出したのは、さっき探し出した雑誌の裏表紙であった。そこには警部もいったとおり、西洋映画に出て来る女賊のような黒装束をした覆面の女が、物におびえたように鞭をふりあげている。その鞭のさきには、大きく、明るく輝いている電球があり、そしてその絵の上にはつぎのような文句が書いてある。

――光は罪悪を駆逐する。

――夜は明るくサクラ電球で。

　サクラ電球の広告なのである。

「毀れた腕時計のガラスの始末に困っている時、君の眼にふとうつったのが、壁にかゝっていたこの広告の原画なんだ。それが君に電球を毀すことを教えた。それだけに君はこの絵をこゝへ残しておくことをおそれたのだ。そこで君はその絵を持っていこうとしたが、たゞそれだけを持っていったのでは怪しまれるので、テラコッタを持出した。テラコッタをくるむために、剝ぎとったと思わせるために。……君というひとはそういう人なのだ。腕時計のガラスをカモフラージするために電球をこわす。ポスターを持出すためにテラコッタを持出す。そういう廻りくどい智慧の出るひとなのだ。君は……僕はそれがいやだ」

謙介は吐き出すようにいうと、帽子をつかんで立上った。

「君と婚約するときに僕は君にこういう事をいった。自分はいまゝで純潔を守り通して来たのだから、自分の妻となるべき人も、純潔であって貰いたいと。……その時、君は絶対に純潔だとちかったね。しかし、池上がかえって来たとき、そしてかれのまえで二人の婚約を発表したとき、僕はすぐ、君たちのあいだに何かあったに違いない事に気がついた。だが、僕はその事については何も言わないつもりだった。いったん婚約した以上、いまさら過去を追究したところで仕方がないと思っていたのだ。君と池上のなかが過去においてどんなものであったにしろ、僕は君に自分を愛させてみせると思っていたし、また自信も持っていた。池上には気の毒だが、何か別の方法で償いをする事が出来ると思っていたのだ。池上もまた悲しみは別として、われわれの婚約を心から喜んでいてくれた。あの男は二心を持つような男ではない。君を裏切って、昔の秘密を僕に打明けるような人物じゃない。それだのに……それだのに……」

謙介はちょっと息をのんだが、すぐまた言葉をつづけて、

「君はそれでは安心出来なかったのだ。腕時計のガラスを電球でカモフラージしたり、ポスター絵を持出すために、テラコッタを持出したりする君の悧巧さが、それでは君を安心させなかったのだ。そこで……そこで池上の口を封じるために殺してしまったのだ」

「あなた……あなた……あたしはあなたを愛していたのですわ」

「有難う。僕もそれは信じている。まさか君の愛し

ていたのは僕の財産ではなかったろう。だから君の殺したのがほかの男だったら、そしてもっとほかの理由だったら、僕も君を赦(ゆる)せたかも知れない。しかし……しかし、池上のような善良な男を……神のように弱いやさしい池上を……僕はだから赦せないのだ。……さようなら」

「あなた」

「安心したまえ。僕はこの事を誰にもいいはしない。腕時計のガラスに気がついたのは僕だけだ。警部はなにも知ってはいない」

「あたしは……あたしはどうしたらいゝの」

「君の気持ちひとつだよ」

　謙介は帽子をかぶって出ていった。斐紗子は長いこと、身動きもしないで床に坐っていたが、やがてものうげに立上ると、さっき謙介が腰を下ろしていた椅子によろめくようにくずおれた。

　と、明滅する蠟燭の光のなかに、謙介がおいていった雑誌の裏表紙が、そのまゝそこにひろがっているのが眼についた。斐紗子はうめくような声でその広告の文句を読む。

　　――光は罪悪を駆逐する。

女写真師

一

この間、古い外国雑誌を読んでいたら、四十分間に一つの割合いで人殺しが行われるということが出ていたが、何(な)んとこわいことではないか。それもファースト・ディグリー・マーダー、即(すなわ)ち、第一級の殺人というのだから、戦争や無頼漢(ぶらいかん)の喧嘩(けんか)や、医者の見立てちがいから起る過失の殺人などではなく、ほんとうの殺人、即ち謀殺をさすらしいのである。愈々(いよいよ)もって恐ろしいことではないか、

　尤(もっと)も此(これ)は外国の話だが、同じ人間が形成している社会である以上、日本だって大差はあるまい。あるいは終戦後の、このように人心険悪な時代では、日本のほうがひどいかも知れぬ。いまかりに日本に限ってそんな事はない。四十分に一つなんて、そんなべらぼうな話はないという人があったら、一時間に一つとしてもいゝ。いや、大負けに負けて、二時間に一つと譲歩してもかまわない。いずれにしても、恐ろしいことに少しも変りはないではないか。

　だって考えて見給え。いま私がこんな事を書いているあいだにだって、日本のどこかで人殺しが行われているかも知れないのだ。あるいは一時間後に起る殺人事件のために、悪賢い犯人が、いまネチネチと悪賢い人殺しの準備をすゝめている最中かも知れないのだ。いや、ひょっとすると人殺しはすでに終って、死体のあとしまつをしているところかも知れぬ。いやいやいや、これをもっと突っ込んで考えると、更に恐ろしいことになって来る。即ち、あると

ころではいま犯人が人殺しの準備をすゝめているところであり、あるところではこの瞬間に人が殺されており、更にまた別のところでは別の犯人が、すでに終った人殺しのあとしまつをしているところかも知れないではないか。

　こんなふうに考えていると、私はいても立ってもおれないような気がする。二時間に一つの割合いで行われる人殺しが、いつも私から遠くはなれた、知らぬ他国である場合はよいが、いつかめぐりめぐってそれが私の身近(みぢか)かで、しかもその被害者がかくいう私ということにならぬとも限らぬ。こういううちにも、悪賢い犯人が私を殺そうとして、目下着々とその準備をすゝめているかも知れないのだ。……

　と、こんな事をいうと、諸君はきっと私の精神状態を疑うだろう。おまえ少し気が変になっているのではないか。発狂していないまでも、悪性の神経衰弱かなにかにかゝっているのではないか。――などとおっしゃる方があるかも知れない。まさにそのとおりである。

　私はいま神経衰弱にかゝっている。一種の恐怖症というか脅迫観念というか、とにかくふつうでない精神状態におかれている。だが、諸君、まさか私だって、古い外国雑誌を読んだゝけで、こんなに恐れおのゝいているのではない。これにはわけがあるのだ。恐ろしいわけがあるのだ。そのわけというのを、諸君、ひとつ聴いて下さい。聴いて下さいますか。

二

　だが、そのわけをお話するまえに、一通り私の身の上話からお聴かせしておかなければなりますまい。私の名前は成瀬順吉(なるせじゅんきち)。当年とって二十七歳。さきごろ復員して来たばかりで、目下S市にあるT病院で薬局を手伝っている。

　このS市というのは諸君も御存じであろう。信州のほゞ中央にあって、有名なS湖にむかった町である。戦争前にはスキーやスケートやハイキングの客で、年中賑(にぎ)わったのだが、終戦後はそういう客の代りに、東京からの疎開者で、おそろしく町が膨脹(ぼうちょう)している。

　私はこのS市のうまれで、二十の年に町の中学を出て、それから東京にある上級学校を二三受けたが、いずれも見事に失敗して、ぐず〳〵しているうちに兵隊にとられて海軍へ持っていかれた。そして足かけ七年、海外でさんざん苦労した揚句、終戦でやっとかえって来ると、両親ともなくなっている。そこで仕方なしに病院を経営している伯父のもとへ身を寄せたわけだ。

　思えばはかないのは私の身の上だ。いまとなってはもう学校へ行く気にもなれないし、たとえ行く気になったとしても、現在のような状態では、上京など思いも寄らぬ。しぜん私はゆううつならざるを得ないのだ。幸い伯父の病院はたいそうはやっているので、目下のところ薬局を手伝って、どうにかその日その日を過しているが、いつまでもこんなことをやっているわけにはいくまい。とはいえ中学を出たばかりの私に、将来何が出来ようか。こんな事を考えていると、私は世の中が妙に不安になって来る。将来のことを思うと、あんたんたる気持ちになる。

　と、いうわけで私はとうとう神経衰弱になってしまった。そして気が沈んだり、妙に心細くなったりしているうちはまだよかったが、それがしだいに嵩じて、私はかなりひどい不眠症にかかってしまった。そしてこの事が、これからお話しようとするこの恐ろしい物語に、たいへん大きな関係を持っているのだ。

　さて、私のいまいるT病院というのは、事変のはじまる直前に伯父が建てたもので、敷地は大して広くはないが、鉄筋コンクリートの三階建てになっている。だから、この屋上に立つとS市はいうに及ばず、町の向うにある湖水から、更にその湖水をこえて対岸のO市まで見渡すことが出来る。不眠症にとりつかれた私には、この屋上こそ恰好の憂さ晴らしの場所であった。

　毎夜々々眠られぬまゝに、私はこっそり自分の部屋をぬけ出して、この屋上へのぼっていく。寝しずまった深夜の町、その向うに薄白く光っている湖水、更にその湖水の向うに点々として明滅しているO市の燈火。——まっくらな病院の屋上に立って、そういう世界を眺めていると、私はほんとうにこの世の中にひとりぼっちだという気がして来る。何んともいえない心細い、しかしどこかに甘さのひそんでいそうな物悲しさが胸にみち溢れて来て、私は思わずホロホロと不覚の涙を流すのだ。

諸君よ、私の感傷を笑って下さい。まったくこういう感傷を笑われている間はまだよかったのだ。ところがふっとした事から、私は一時そういう感傷をすっかり忘れてしまった。そしてその代りに今度は、何んともいえぬ恐ろしい経験をしなければならなかった。

それはいまからひと月ほど前のことである。例によって真夜中ごろこの屋上へのぼっていった私は、湖水のほうへ向いた胸壁にもたれて、わけもなく甘い涙にそゝられていたのだが、するとだしぬけに眼の下がぱっと明るくなったので、驚いてそのほうへ眼をやった。

それは病院のすぐ裏側にある写真館のスタジオに灯がともったのであった。

この写真館はアザミといって、距離からいえば病院に一番接近しているが、背中合せに建っているから、そこへ行くためにはぐるりと町をひとまわりしなければならない。したがって隣組もちがっており、伯父の家ともあまりつきあいはないが、私はこの写真館の主人であるところの写真師が女であることに、だいぶ前から好奇心をおぼえていた。

この女写真師は名前を尾形貞子といって、年は三十前後だが、男をも圧倒するような立派な体格をしている。身長なども男よりだいぶ高い。いつも男のズボンをはき、毛糸のジャンパーか何か着ている。髪はもちろん断髪で、ナイトキャップみたいなベレー帽を、いつも横っちょにかぶっている。そして声なども男のように低くてしゃがれている。

しかし顔は酷いほうではない。色は浅黒くそれにいつもお化粧などしていないが、眼、鼻、口、いずれもくっきりと大きくて、聡明そうなかおをしている。しかしそういう顔の雑作（ぞうさく）にも、多分に男性的なところがあるので、町の若い連中は、あいつ中性だよ、などと悪口を云（い）っている。中性かどうかは私も知らぬが、とにかくいまだに独身で、助手とも、女中ともつかぬ小娘と二人きりで住んでいる。そういうところから、いっそう変なことを云われるのかも知れない。

それはさておき、そのアザミ写真館のスタジオにあかあかと灯がついたのだから、私は大いに怪しんだ。時刻は真夜中の一時を過ぎている筈（はず）である。こんな時間に写真をうつしに来る客があろうとは思えない。あの中性という噂（うわさ）のある女写真師が、この時刻にいったい何をしているのだろう。

そう考えると私はもう感傷どころではなく、何んとかしてあのスタジオを覗（のぞ）いてやりたいものだと、はげしい好奇心のとりことなった。それというのがどの写真館でもそうであるように、このアザミのスタジオも殆（ほと）んど全部がガラス張りで、私のいまいる屋上から、少し体を乗り出せば、屋根の天窓から中が覗けそうな気がしたからだ。

そこで私はあちこちと、体の位置をかえてみたが、どうもうまく覗けない。擦（すり）ガラスで張った部分が邪魔をして、屋上に立っていたのでは、どうしても中が覗けないように出来ているのだ。だが、人間というものは、困難が加われば加わるほど、好奇心をあおられるものと見えて、私はとうとう一計を案出した。

この屋上の胸壁には、ところどころ鉄の環（かん）がぶちこんである。これはガーゼや繃帯（ほうたい）の洗濯物を干す場合、綱を張るためにこさえてあるのだが、私はそれに気がつくと、しめていた帯を解いて、その一端をしっかり鉄の環に結びつけた。そうしておいて胸壁を乗り越えると、壁の外側を取りまいている軒蛇腹（のきじゃばら）に足をふんばり、帯の他の端をつかんで、うんと体を斜（ななめ）に乗り出したのである。

まったくそれは千番に一番のかねあいともいうべき芸当で、まかりまちがえば三階の屋上からまっさかさまに転落しなければならないのだが、しかし、その芸当のおかげで、私は首尾よく天窓からスタジオの中を覗きこむことが出来たのである。そして……そして……私はいまでも思うのである。よくもあの時、久米の仙人みたいに下界へころげ落ちなかったものだと。……

三

先ずその時私の眼にうつったのは、スタジオの一隅にある大きな長椅子だが、なんとその長椅子には、裸体にも近い薄物姿の女が一人、仰向けに寝転んでいるではないか。顔はよく見えないが、両手を頭のうしろに組んで、片脚をもう一方の脚のうえに重ねている。薄物がぴったりと肌について美しい曲線の悩ましさ。むっちりとした乳房のふくらみ、腹から腰へかけての心をかき乱すような曲線、肉附きのよい太股から脚。――そういう姿が惜気もなく、白熱光のもとにさらけ出されているのだから、ひとめそれを見たとたん、危く私が久米の仙人の二の舞いを演じそうになったのも無理ではあるまい。私は体中がかあっと燃えるように熱くなるのをおぼえた。心臓がドキドキして、全身からヌラヌラと汗が吹き出した。

それにしてもあの女はいったい何者だろう。何故あんな恰好をしているのだろう。……私は胸をドキドキさせながら、しかし心の一方ではそんなふうに怪しんでいたが、その疑いはすぐ氷解した。その時、ドカドンとマグネシュームを焚く音がしたかと思うと、白い閃光がぱっとスタジオのなかを走ったからである。女は写真をとっていたのである。

やがて女は笑いながら長椅子から起き上ったが、それではじめて私はこの女が、井原喜多子である事に気がついた。

井原喜多子というのは、私が復員するまえから、この町に疎開して来ている女で、もとは浅草のレビュー劇団で、下っぱ女優をしていたという評判だ。それがこっちへ来てからつかまえたのか、それとも以前から交渉があったのか、今度の戦争でしこたま儲けた町の軍需工場の親方をまんまと籠絡して、戦争中からさかんに土地の風俗を乱したという噂がある。

　この女は時々何んでもない病気でこの病院へやって来るので、私もかなりよく知っていたが、レビュー劇団における彼女の地位がどんなものであったにしろ、たしかに美人にちがいないと思っている。そして相手が美人でさえあれば、私のように年若い男にとっては、悪い噂なんてどうでもよいものだ。いやいや、悪い噂があればあるほど、いっそう心を惹(ひ)かれるものなのだ。私はいつもこの女が病院へ現れるたびに心臓をドキドキとさせ、いつの間にか相手が私の名前をおぼえていて、なれなれしく声をかけたりすると、真っ赤になって返事をする声さえふるえるのだ。そしてその様子がおかしいといっては、薬局書生の河野耕平(かわのこうへい)の奴にわらわれるのだ。

　その井原喜多子なのである。その井原喜多子が、裸体にちかいうすもの姿を、惜気もなく、白熱光のもとにさらけ出しているのだから、私がいかに戦慄(せんりつ)したか、それはよろしく諸君の御想像にまかせよう。

　さて、喜多子が笑いながら、手振り身振りで何かいうと、いまゝで見えないところにいた女写真師の尾形貞子がケープのようなものを持ってやって来た。そしてそれですっぽりと喜多子のからだをくるんでやると、二人はそのままスタジオから出ていったらしく、間もなく白熱燈の光も消えて、あたりはまっくらになってしまった。

　これが最初の夜の私の冒険だが、この事が私にどんなに深い印象をあたえたか、今更こゝで申上(もうしあ)げるまでもあるまい。その晩とうとう私は眠れなかった。眠ろうとしても、あの井原喜多子の悩ましい姿態が眼について、どうしても眠ることが出来ないのだ。それにしてもあの女は、何んだってあんななやましい写真をとったのだろう。世の中にはあゝいうふうな海水着美人の写真などがよくあるが、そういう写真のモデルとなるのは、たいてい有名な映画女優かなんかにきまっている。井原喜多子は美人だが、それほど有名な女優とは思えない。

　私は眠れぬまゝに夜中(じゅう)寝返りを打ちながら、考えに考えたが、やがて考えくたびれると、そんな事はどうでもよくなった。井原が何故(なぜ)あんな真似(まね)をしようと、動機なんか問題ではない。私にとっての問題は、井原のあの姿だ。あの姿態(したい)だ。あの肉体なのだ。あゝ……と、そこで私がそれから後はいよいよますます真夜中の屋上に心を惹かれていったことは、事(こと)新しくお話するまでもあるまい。

しかし、柳の下にどじょうのたとえのとおり、そういつも井原喜多子のあの美しい姿を見るというわけにはいかなかった。あの事があってから一週間あまり、私はいたずらにまっくらな屋上で、むだな瞬間を過したのだが、するとある晩、またあのスタジオに明るい白熱燈がついたのである。そして私はふたゝび井原のあの美しい、悩ましい、心をかき乱すような姿を見たのだ。

だが、そのことは結局最初の夜の経験のくりかえしに過ぎないから、こゝではしょらせていたゞくとして、とにかく一月(つき)ほどの間に、私は四度そういう場面を目撃したのだ。

そして一昨日の晩、私はまたも、五度目の経験をしたのだったが、今度はいまゝでといさゝかちがっていた。そしてそれは何んともいえぬ恐ろしい意味を持っていたのである。

一昨日の晩、またもやあのスタジオに白熱燈がついたので、例によって私が久米の仙人的曲芸によって覗いてみると、意外なことにはその晩の井原喜多子はちゃんと着物を着ていた。それのみならず井原のそばには一人の男が腰をおろしているのである。その男は黒っぽい洋服を着ていたが、帽子をまぶかにかぶって向う向きになっているので、顔は全然見えなかった。

二人はしばらく長椅子に腰をおろしたまゝ話をしていたが、やがて井原が向うのほうを見ながら何かいうと、男が立上ってそのほうへ行った。多分そこに写真機がすえてあるのだろうが、それは私のいるところからは見えなかった。さて、男の姿が見えなくなると間もなく、女写真師の尾形貞子が現れると、長椅子に腰をおろしている井原の位置を直したり、着物の裾（すそ）をつくろったりした。

井原喜多子はその度に面白そうに笑っていたが、やがて尾形のすがたがもとの方向へ消えると、入違（いれちが）いに間もなくさっきの男がやって来て喜多子のそばへ腰をおろした。何んだ、それでは今夜は男と二人で写真をうつすのかと思っていると、いきなり男が井原の体を抱いて、顔を寄せていった。井原のほうでも男の背中に両手をかけて、自分のほうへ抱き寄せたが、その時井原は右手になにやら白いものを持っていた。私は多分ハンカチだろうと思ったが、その瞬間、ドカーンとマグネシュームを焚く音がしたのである。あゝ、何んと、今夜の井原は、男と接吻（せっぷん）しているところを写真にとらせたのである。

私は何んともいえぬいまいましさを感じたことだが、やがてマグネシュームの煙がおさまると、男は井原の体を抱いて、私の見えないところへ行ってしまった。と、すぐ女写真師の尾形が現れて、長椅子のへんを直していたが、やがてこれも見えなくなると、すぐスタジオの灯が消えてしまったのである。

私はその時、顔も見えなかったその男に対して、何んともいえぬ嫉（ねた）ましさを感じたものだが、しかし、その時のただそれだけの情景に、あのように恐ろしい意味があろうとは、夢にも私は知らなかったのである。

四

私がその恐ろしい意味に感附いたのは昨日の朝のことである。

私の伯父は町の警察の嘱託（しょくたく）で、警察医をやっているのだが、その伯父のもとへ朝早く電話がかゝって来て、湖水に女の死体があがったからすぐ来てもらいたいということであった。そこで伯父はすぐに出かけていったが、さて帰って来ての伯父の話をきいて、私は天地がひっくり返るほど驚いたのである。女の死体というのは井原喜多子であり、しかも彼女は溺死（できし）したのではなく、心臓を見事にえぐられているというのだ。つまり殺されてから湖水へ投込（なげこ）まれたらしいというのである。

「伯父さん、そして殺されたのは、およそ何時頃のことなんですか」

私の顔色が変っていたのだろう。伯父は怪しむように私の顔を見ながら、

「死後八九時間、というところだから、昨夜の一時から二時までの間ということになるね。だが、順吉、おまえどうかしたのかい、ひどく顔色がよくないぜ」

「い、いゝえ、なんでもないんです。何だか今朝から妙にゾクゾクして……」

「風邪でも引いたんだろう。あまり気分が悪いようなら、休んでもいゝぜ。薬局のほうは河野がいるから大丈夫だ」

「はい、では、……そうさせて頂きます」

私は倉皇として三階にある自分の部屋へ引上げたが、すると、私を追っかけるようにして入って来たのは薬局生の河野耕平だ。

「成瀬さん、大変なことになりましたなあ」

いったい私はこの河野耕平という男が大嫌いであった。年齢は私より二つ下で、これまた終戦と同時に復員して来た男だが、にきびだらけの醜怪な顔付きといい、妙にきょろきょろしている八方睨みの眼付きといい、それから舌たらずみたいなネチネチした口の利方といい、馬鹿か悧巧かえたいの知れぬような男で、私は大いに軽蔑すると同時にどこか又、大いにこの男を恐れてもいたのだ。

「何んだい、河野君、大変なことって……」

そこで私がわざとそっけなくいうと、河野耕平はにやにや笑いながら、

「はゝゝゝは、白ばくれることはありませんぜ。私ゃちゃんと知ってるんでさ。ねえ、成瀬さん、井原喜多子は昨夜あのスタジオで殺されたんじゃありますまいか」

それをきくと私は跳上るほど驚いた。

「な、な、何んだって、それじゃ君もあれを見ていたのか」

「えゝ、見てましたよ。昨夜ばかりじゃありませんや。大分まえからスタジオのあの一件は知っていま

したよ。だってスタジオに灯がつくと、私の部屋の窓も昼みたいに明るくなるんで、とても寝ていられませんや。それであなたの真似をして、天窓覗きをやらかしたんです。あなたも人が悪いなあ。自分一人で楽しもうなんて……へへへ、だから私ゃ聖人面をしている人は嫌いだというんです」

私は思わず赧くなった。

「はゝゝゝは、赧くなりましたね。だが、まあその事は勘弁してあげましょう。しかし、昨夜のことはどうしましょう。みすみす人殺しの現場を見ていながら、黙ってるわけにはいきますすまい」

「それじゃ君は、井原は昨夜、あのスタジオで殺されたというのか」

「おや、それじゃあなたはまだ気がついていないんですか」

河野耕平はあざわらうように鼻を鳴らした。

「気がつかないって何んのことさ」

「昨夜井原は、変な男と接吻しましたね。そしてそこを写真にとらせましたね。ところが接吻がおわった後、井原はどうしました。男に抱かれてスタジオを出ていったじゃありませんか。あの時井原は妙にぐったりとして、顔色なんかも真蒼でしたよ」

それをきくと私は思わずふるえ上った。そういえば河野のいうとおりである。あの時の井原喜多子のぐんにゃりとした肢態は、何んとなく私も気になっていたのだ。

「そ、それじゃ君は、井原はあの接吻の最中に、男にえぐられたというのかい」

「そうですよ。声がきこえなかったなあ、あのドカーンというマグネシュームの音に消されたんですよ」

「しかし、……しかし、それなら写真師の尾形貞子がなんとか言いそうなものじゃないか。それとも、君は、あの尾形も共犯者だというのかい？」

すると河野耕平は、またあざわらうように鼻を鳴らした。

「あなたはあの男の顔を見ましたか」

私が黙って首を横にふると、

「そうでしょう。私も見ませんでしたよ。しかし、あの男にどこか特徴がありゃしませんでしたか。身振りとか、歩き振りとかに……」

「あゝ、そういえばあの男、極くかすかにではあったけれど、跛を引いていた。……」

「そうでしょう。ところがねえ、成瀬さん、裏の写真屋の尾形貞子も、二三日前から跛をひいているんですぜ」

「な、な、なんだって。……そ、そんな馬鹿なことが……」

「何が馬鹿なんです。あなたも私も、男の顔はちっとも見ていないんでしょう。しかも、あの男と尾形貞子は、一度も一緒にわれわれの眼のまえに現れませんでしたぜ。男が井原といっしょに長椅子に腰をおろしているあいだは、尾形の姿は見えなかった。尾形がわれわれに見えるところへやって来たのは、男が一時姿を消してからだった。そしてその尾形がまた姿を消すと同時に男がやって来たじゃありませんか。そして最後に、男が井原の体を抱いて見えなくなると、間もなく尾形のすがたが見えたじゃありませんか」

「それじゃ君は、あれは尾形貞子の一人二役だったというのか」

「そうです。尾形はあのとおり男みたいな体つきをした女です。それに早変りだって、なに、雑作はありませんや。尾形はいつも男のズボンのうえにだぶだぶの仕事着を着ている。そしてベレー帽をかぶっている。だから、男から女にかわる際には、帽子をかえて、洋服のうえに仕事着さえ着ればよかったんです。なに、写真だってマグネシュームだって、自動的にやるのはわけありません」

　そういわれゝばまさにそのとおりだった。私にもやはりあの二人が、同じ人間であったように思われる。……だが、……そこで私はふとある事に気がついたので、思わず笑い出した。

「なるほど、君のいう事は至極もっともらしい。しかし、こゝに一つ大きな弱点があるぜ。それならば何故、井原喜多子が尾形と接吻などしたのだ。しかも男装している尾形を、何故怪しもうとはしなかったのだ」

　すると河野耕平め、また鼻を鳴らしてせゝら笑いやがった。どうも癪にさわる奴だ。

「それじゃ私のほうから訊ねますがね、井原喜多子は何故、このあいだからあんな、妙な写真なんかとっていたんです」

　私は探るように相手の顔を見た。

「君はそのわけを知っているのか」

「知っていますよ。実は井原から直接きいたんですよ。はゝゝは、何も驚くことはありません。一週間ほどまえに喜多子の奴が病院へ来たんで、そうそうあの時あなたは留守でしたね。その時私は喜多子をつかまえて、何故あんな真似をするのかきいてやったんです。喜多子の奴、変なところを見られていたもんだから、はじめのうちは真っ赧になっていましたが、それでもとうとう白状しましたよ。喜多子は旦那の心を取戻すために、あんな写真をとっていたんです」

「旦那の心を取り戻すため……？」

「そうです、近頃旦那は喜多子が鼻について、足が遠くなったんですね。喜多子の奴、それでやっきとなって、あらゆる術策を弄したがききめがない。そこであゝいう写真をとって、旦那に送っていたというんです。つまりおのれの肉体の魅力を、もう一度旦那に思い出させようというわけですな」

　ふうむと、私は思わず唸った。私はこの男の機敏さに敬服するよりも、むしろ薄気味悪くなって来た。

「しかし、その事と昨夜の接吻とどういう関係があるんだい」

「おや、あなたにはまだ想像がつかないのですか。喜多子の奴それほどの術策を弄してもまだきゝめがない。そこで最後の手段として、あゝいう写真をとって旦那に送るつもりだった。……と、これは私の考えですがね。男という者は、自分の捨てた女でも、そいつがほかに男が出来たとなると、また惜しくなるものです。つまり旦那の嫉妬をあおって、それを機会によりを戻そうというわけですね。しかし、旦那が怒鳴って来たとき、接吻の相手がほんとうの男だと工合が悪い。そこで尾形を使ったというわけです。つまり旦那が怒鳴って来たとき、何をおっしゃるのよう。これは女写真師の尾形貞子さんじゃありませんか。嘘だと思うなら尾形さんにきいてごらんなさい。ねえ、ねえ、あなた、わたしがこんな真似をするのも、みんなあなたを愛しているからよ。ねえ、ねえ、あなたってば……ってわけですな。へゝゝゝ」

「だが……だが……それならば尾形は何故井原を殺したんだ」

「それは私にも分りません。しかし、想像出来んことはありませんね。尾形はあのように、女か男かわからんような人物です。この間から喜多子のあゝいうなやましい写真をとっているうちに、いつか相手に魅力を感じて、ほかの男に渡すのが惜しくなった。そこでひと思いに殺してしまった。……と、これは私の空想ですがね」

五

昨日いちにち私は煩悶した。河野耕平は別にこちらからこんな事、うったえて出ることはない。放っておいたらよかろうとうそぶいていたが、私のような小心者は、とてもこんな秘密を抱いていることは出来なかった。そこで、思いあまった揚句の果てに、私はとうとう夜になっていちぶしじゅうの話を伯父に打明けた。伯父がこれをきいて黙っている筈はない。すぐさま河野を呼寄せて、もう一度詳しく話をきいていたが、やがてあわてゝ警察へ駆着けていった。

　さてそれから、どんな事があったのか、詳しいことは私も知らぬが、昨夜、裏のアザミ写真館へ警察の者がやって来て、長いことごたごたしていたのはたしかである。ところが今朝になって警察から、警部さんがにこにこしながらやって来た。そして私と河野を前において、

「やあ、おかげさんで犯人がわかりましたよ」

と、いかにも嬉（うれ）しそうにそう云った。

「それじゃ尾形は自白したのですか」

河野はそれをきくと勢いこんでそう訊ねる。

「いや、ところがあの女、何もかも一切知らぬ。一昨日の晩は十一時頃寝床へ入って、昨日の朝までぐっすり寝たから、井原に会いもしなければ、スタジオへ入ったおぼえなんか全然ないというんです」

「嘘です、嘘です。あゝ、そうだ。警部さん、あなたはあの乾板（かんばん）を探してごらんになりましたか。それには井原がうつっている筈です」

「そうです。そうです。むろん、私は探しましたよ。ところが幸いなことには、昨日は一人も客がなくて、乾板はまだカメラの中に入っていたんです。で、早速現像焼附（やきつ）けさせたんですがね、たしかにそこに、井原が男と抱きあっているところがうつっているんですよ。残念ながら男のほうは背を向けているから、全然誰だかわかりませんがねえ」

「そうれ、ごらんなさい」

河野耕平は勝ちほこったように鼻をうごめかして、

「それだけでも、尾形の奴が嘘をついていることがわかるじゃありませんか」

「警部さん、その写真では男が誰だか、ほんとうにわからないんですか」

「わかりません。しかし成瀬さん、その写真には妙なものがうつっているのですよ。ほら、井原喜多子が男と抱きあったとき、右手に白いものを持っていたとあなたは伯父さんにおっしゃったでしょう。その白いものがありあり写真にうつってるのですがね。こればかりは犯人も知らなかったらしい。ほら、これですよ」

警部が取り出した写真というのは、なるほど、この間の晩、私が見たとすっかり同じポーズの二人の男女であった。しかし、この写真で見ると、井原と相手の人物は接吻しているわけではなく、井原は男に抱かれて、にっこりこっちを向いてわらっている。たゞそれだけのことである。男のほうはまったく誰かわからなかった。ただ、警部も云ったように、男の背中に廻した井原の手には一枚の紙片（かみきれ）を握ってい

て、それをこちらへ向けている。そしてその紙片には何やら字が書いてあるようであった。警部はにこにこ笑いながら、

「私の考えでは、井原喜多子はこの写真を二枚焼附けるつもりだったろうと思うんです。そして、その一枚のほうでは、その紙片の部分を切抜くか削りとるかして、旦那のところへ送るんですな。そして、旦那がかんかんになっておこって来たら、改めてもう一枚の完全な奴を見せる。と、そういう寸法になっていたんだろうと思う。犯人はしかし、そんな事とは知らずに、抱きあったまま井原の心臓をえぐった。そのとたん井原は紙片を落したが、犯人はそんな事とは知らないから、別に気にもとめず、そのまゝ放っておいたんですね。昨日の朝、アザミの女中がスタジオを掃除したときも、そんな事があったとは知らないから、何んの気もなく掃き捨ててしまったらしい。しかし、幸いその紙片は見つかりましたよ。さあ、こゝに虫眼鏡があるから、この写真で、紙片に書いてある文句を読んでごらんなさい。これこれ、河野君、どこへ行くんだね。私が折角面白いものを見せてやろうというのに、逃げちゃ駄目じゃないか」

警部はそういうと、いきなり河野耕平の手頸を握った。私はしかし、何故、河野の奴がそんなに蒼くなっているのか気も附かず、警部のかしてくれた虫眼鏡で、写真にうつっている紙片の文句を読んだが、そのとたん、うしろへひっくりかえるほど驚いたのである。

――私と接吻の真似をしているこの馬鹿は、
T病院の不良青年河野耕平です。

六

諸君よ。

これで、この物語のはじめに、私の言ったことがおわかりでしょう。四十分間に一つの殺人、いや二時間に一つの殺人は、いつ何時、自分たちの身辺で、毒牙をといでいるかも知れんのですぞ。

あの時一人二役を演じたのは、女写真師の尾形貞子ではなくて、薬局生の河野耕平だったのだ。つまり女である尾形が男に化けて、一人二役を演じたのではなくて、男である河野が女に化けて、一人二役を演じたのだ。三階の屋上から、天窓を通してみた私は、尾形の顔を見たわけではなかった。見おぼえのあるベレー帽と仕事着で、尾形とばかり信じていたのだ。

それにしても、後になって河野の告白したところをきくと恐ろしい。私と同じように久米仙的芸当をもって、井原喜多子の例の写真一件をぬすみ視ていた河野の奴は、この間、井原がやって来たとき、何故あんなまねをするのかと訊ねた。もし、正直にその理由を白状しないならば、あの一件を世間へ吹聴するぞと脅かした。これには井原も仕方なく万事を打明けた。旦那の心を取戻すための、苦肉の計略だと白状した。すると河野はさっそく一計を案じて、それを井原に吹きこんだ。つまり、男と接吻しているところを写真にとって、それで、旦那の嫉妬を煽るという計略だ。そして、その接吻男の役を、みずから買って出たわけだ。

だから、この間河野の奴が、尾形にかこつけて私に話した事は、みんな真実だったのだ。たゞ、自分と尾形を入れかえたゞけの話だったのだ。

さて、そういう接吻写真をとるように、井原を説き伏せた河野は、あの晩、井原をスタジオに連れこんだが、腹に一物あるかれは、そのまえに写真館へ忍びこんで、薬局から持出した眠り薬で、尾形と女中を眠らせておいたのだ。

井原はしかしそんな事は知らない。河野にそのような恐ろしい企みがあろうとは、夢にも知らないから、尾形がいないのなら、私が写真をとってあげると、河野が尾形の仕事着を着、ベレー帽子をかぶっておどけて見せると、冗談だと思って笑ったのだ。あの時井原喜多子がたいそう笑ったのはそのためで、あわれな彼女は、河野のすることを冗談だと思ったのだ。

河野はしかし腹に一物、そうしておどけて見せながら、女を胸に抱き寄せると、ぐさっと一突き。

――ところが、そのとき喜多子のほうも腹に一物持っていたのだ。そんな写真をとって、旦那の嫉妬をあおるのはよいが、うっかりそのお芝居を、まに受けられてはたまらない。そこでいざとなったときには、それが芝居であったことを証明出来るように、河野にかくして、あゝいうプラカードをぶら下げたのだ。これは恐らく刑事もいったとおり、最初、そのプラカードの部分だけ削り取って旦那に送る。そして、旦那がおこって来たら、何をいってらっしゃるのよ。あれはお芝居じゃありませんか。ほら、こゝに削りとらない写真があるから、虫眼鏡で、そこのところの文句をよく読んで頂戴。ね、ね。わかって？　誰があんなにきびだらけの河野なんかと接吻するもんですか。ぶるぶるぶる！　思い出してもぞっとするわよ。ね、ね、こんな想いまでしているのに、あなたったら、……ねえ、ねえ。ねえってば……それで旦那が鼻の下を長くしたら、それでO・Kというわけだったのだ。

つまり狸みたいな河野耕平と、狐みたいな井原喜多子の、これは狐と狸のだましあいだったのだ。そしてどっちが勝ったのか。これは諸君の判断におまかせします。

それにしても河野はなぜ井原を殺したのか、その事はあまり多くいう必要はあるまい。不良青年の河野耕平は、以前から井原喜多子のあとをつけまわしていたが、喜多子はむろん、金も地位もない、そんなにきび青年を相手にする筈がない。そこで、下世話にもいうとおり、かなわぬ恋の遺趣晴らしというわけだが、それをあんな手のこんだやりかたで殺したというのは、私というものを勘定に入れていたからだ。つまり、私というものに、あの場のいきさつを見せることによって、女写真師の尾形に罪をきせようというわけだったのだ。

何んと恐ろしいことではないか。しかも、しかもだ。更に更に恐ろしいのは、河野は最後に、こんな事を放言したという。

「うまく尾形の奴に罪をきせたら、こんどは成瀬の奴に、少しずつ毒を盛って、わからぬように殺してやるつもりだった。あいつ、日頃から癪にさわる男だし、いつまたどんな拍子で、おれを怪しいなどと思いはじめるかも知れないからな」

おゝ、神様、どうぞ私をあわれみ給え。

ペルシャ猫を抱く女

一

郷里の岡山県へ疎開している若い画家の五井君が、先日上京した際、疎開先で見つけたからといって私に一冊の本を持って来てくれた。それは明治研究家として名高いK博士の著書で、題は「明治犯罪史」というのである。

この本は相当権威のあるもので、私も以前から欲しいと思っていたのだが、大正初年に初版が出たきり、絶版になってしまったので、すでに稀覯本の部類に入っており、容易に手に入らなかったものである。それを五井君が持って来てくれたので、私はその時かれが持って来てくれた他の土産の何物よりも、手摺れのしたこの一冊の本を珍重した。私が喜ぶのを見ると、五井君も満足したようだったが、その後でかれはこんなことをいった。

「その本がお気に入って仕合わせでした。私はそれがそんなに貴重な本とは知らなかったのですが、実は最近私の郷里で、その本についてひとつの事件が起ったのですよ」

「事件……?」

「えゝ、まあ一種の犯罪事件ですね。これはどうやらあなたの畑らしいから、今日はその話をきいて戴こうと思ってお伺いしたのです」

私はかねてから、いっぷう変った犯罪事件や、殺人事件を蒐集することを道楽にしている者だから、五井君の話をきくと思わず膝を乗出した。

「それは是非お伺いしたいですね。その話にこの本が関係しているとすると、なかなか面白そうな事件じゃありませんか」

「えゝ、ちょっと変っているんですよ。ほら、その中に『ペルシャ猫を抱く女』という一章があるでしょう。それは明治十九年に東京で起った事件なのですが、その事件の主人公がこれから私のお話しようとする出来事に、大きな影を投げかけているんです」

　五井君の説明によると、かれの郷里は岡山県と鳥取県の境にちかい山の中にあるということだが、ひとくちに山の中といっても、なんのとりえもない寒村とはちがって、よく耕された水田が数里にわたって続いており、山を越えてはじめてこの地方へ入って来る人は、誰でも思いがけない肥沃な土地をそこに発見して、驚きの眼をみはるそうである。

「昔そのへんはI侯のかくし田といわれていたくらいで、かくし田というのは、幕府に上申する石高から隠蔽してあるんですね。つまりそれほど人目につかぬ辺鄙なところにありながら、米のよく稔るところなんです。そこに本位田家といって、代々そのへん一帯の名主をつとめた家があります。いまはもうそれほどではありませんが、昔は大した羽振りだったそうで、土蔵も十幾棟かあり、御領主に金子御用達をしたことさえあるということです。話というのはその本位田家にからまる、まあ一種の因縁噺みたいなものですが……」

　と、そう前置きをしておいて、五井君が話してくれたのが、以下掲げる話である。

二

「おや……」

　と、小声で呟くと、五井君は坂の途中で立ちどまった。それは早春の、まだ肌寒をおぼえるような黄昏頃のことであった。

　そこは五井君の郷里S村の背後にある丘の中腹で、いま五井君がくだって来た坂の一方は、足下から二丈ばかりの崖になっており、その崖下の平地に、有名な本位田家の墓地がある。その墓地のなかから女のすゝり泣きがきこえて来たので、五井君が、不思議に思ったのも無理はない。ちかごろ本位田家で不幸があったような話もきかないのに、いったい誰が、いまごろ墓地へ来て泣いているのだろう。……五井君は不思議に思って崖のうえから、木の間がくれに見える墓地のなかを覗きこんだが、すぐはっとして呼吸をのんだ。墓地のすみで泣きくずれているのは、本位田家のお嬢さんで、早苗という可愛い人であった。そうわかると五井君は、もう平静ではいられなかった。心臓が不自然に躍り出した。早苗さんがいま時分、なんだって墓地へ来て泣いているのだろう。……

　五井君はもっとよく、墓地のなかを見ようとして、崖からからだを乗出したが、その時、思いがけなく男の声がきこえたので、ひやっとして思わず首をちゞめた。それは低い、ボソボソとした声で、言葉の意味はよくわからなかったが、声の調子に威嚇するようなところのあるのが気になった。気のせいか、早苗さんはそれで、いっそうはげしく泣き出したようであった。

　五井君はなんとなく捨てゝおけないような気がした。いったい誰がこんなところで、早苗さんを嚇しているのだろう。……そこで五井君はまたからだを乗出したが、すると早苗さんのすぐうしろに立っている男の姿の、膝から下の部分だけが見えた。その男は白い袷のうえに墨染の衣をまとうている。そして片脚が不自然にまがっている。……

　五井君にはすぐにその男が何者であるかわかった。それは竜泉寺という真言宗の若い僧、了仙という男である。こうわかると五井君は、何かしら忌わしいものでも見たような悪寒が、ちりちりと背筋を這うのをおぼえた。

　考えてみるとしかし、それはなんでもないことかも知れなかった。竜泉寺は本位田家の菩提寺だから、早苗さんが墓参をするのに、了仙君が案内に立つというのは、別に不思議なことではないかも知れない。そして了仙君の口から、墓石の下に眠っている故人の話などきかされているうちに、若い娘のことだから、感傷をくすぐられて泣出したのかも知れない。

だが……それにも拘らず五井君は、いやあな気持ちが重苦しくのしかゝって来るのをどうすることも出来なかった。

了仙君のひくいボソボソとした声はまだつゞいている。気がつくと、それは話をしているのではなく、何かを朗読しているらしかった。そしてその朗読につれて、早苗さんの泣声はいよいよはげしくなるのであった。彼女は小さな墓石のまえに額ずいているのである。

五井君はしばらく、呼吸をこらしてこの不思議な情景を見まもっていたが、するとふいに弾かれたように早苗さんが、墓石のまえから立上った。それではじめて彼女の顔が、まともにこちらを向いたが、見るとその頬は洗われたように泪に濡れている。日頃から、なんとなくこわれ易い芸術品を思わせるような、繊細な美しさを持った女性なのだが、きょうはその顔が、苦痛のためにはげしく歪んでいる。

早苗さんはしばらくきっと、了仙君を視詰めていたが、やがて声をふるわせて、

「もういゝのよ。よくわかったわよ。あまりしつこくいわないでよ。あたし……あたし……もう諦めているんですから」

と、それだけいうと、くるりと身をひるがえして、すぐ姿は見えなくなった。と、その後へぬっと現れたのが了仙君だった。了仙君は怪しく眼を光らせながら、早苗さんの後姿を見送っていたが、やがて手に持っていた本をばたんと閉じると、跛の足をひきずりながら、ゆっくり墓地から出ていった。えたいの知れぬ北叟笑みを、唇のはしに刻みながら……。

「その時の私の気持ちを正直にいうと、何んだか悪夢からさめた時のような気持ちでした。何んともいえぬ、いやあな、不快な感じなのです。そこでともかく、了仙君の足音のきこえなくなるのを待って、坂を下り、本位田家の墓地へ入っていったのです」

さすがにこの地方の旧家だけあって、本位田家の墓地は立派なものだった。黒木の柵にかこまれた、五十坪にあまる墓域には、本位田家代々の墓が整然としてならんでいる。いずれも大人の脊よりも高い、

立派な墓ばかりであった。ところがその中にただ一つだけ、少し変った墓があった。

それはずらりと並んだほかの墓から、はるかに離れた墓地の隅、日の差さない崖下の湿地に、唯一つだけ小さな石が、台石もなしに。……もしそのまえに椿の花がそなえてなかったら、それがお墓であることに、気附くものすらなかったかも知れない。それほど哀れなその墓には、戒名もなく、俗名もなく、元治元年生甲子の女とただそれだけ。そして裏には明治二十一年二月十一日死亡、享年二十五歳と彫ってある。

この墓のまえに立ったとき、五井君は何んともいえぬ怪しい胸騒ぎをかんじた。何故といって、さっき早苗さんが泣濡れて額ずいていたのは、たしかにこの墓のまえだったから……。

その晩五井君は眠らなかったという。

三

いったい五井君と早苗さんの関係が、どんなふうなものになっているのか、その点に関しては、五井君もはっきり語らなかったのでよくわからないが、だいたいのことはその口吻から想像されるのである。

戦争中軍需工場に徴用されていた五井君は、そこで二年ほど働いているうちに健康を害し、肺浸潤の診断をうけて徴用解除になった。そしてそれを機会に、ひとあしさきに郷里へ疎開していたお母さんのもとへかえっていったのが昨年の春、即ち終戦より半年ほどまえのことであった。幼いときから東京にそだった五井君は、郷里とはいえ馴染みの浅い土地柄だけに、そこへ落着くことをあまり好まなかったらしい。

その時分、私のところへよこした手紙にも、東京へかえりたいというようなことをしきりにうったえていた。火に逐われ、家を焼かれても東京に住んでいるほうがいゝ。生命の安全感だけが人生のすべてではないというようなことが書いてあった。

ところがそのうちに、だんだん手紙の調子がかわって来て、以前ほど東京を恋しがらなくなった。かえって田舎も案外よいところがあるなどといって来た。戦争がおわっても、一向東京へ出て来るふうは見えなかった。

「五井君、何か田舎によいことがあるらしいぜ」

ある時、五井君から来た手紙を読終った私が、妻をかえりみてそういうと、妻は笑いながら、

「あの方、田舎で結婚でもなさるんじゃありません？」

と、いったが、妻のこの直感は、当らずといえども遠からずであったらしい。いまから思えば五井君を田舎にひきとめていた引力は、早苗さんというお嬢さんにあったらしい。

五井君の説明によると、本位田家も昔ほどではなく、早苗さんの一家も長らく大阪へ出ていたのが、今度の戦争で、お母さんと早苗さんの二人だけが、郷里へかえって来たのだという。そういう境遇が五井君とよく似ているし、どちらも都会育ちの若い男女が、郷里とはいえ馴染みの浅い土地へかえって来て、心細い思いをしていた折柄だけに、しだいにこまやかな愛情で、結ばれていったのはしぜんのなりゆきであったろう。そして五井君の家もそのへんでは、相当の家柄らしいから、双方の親戚や周囲の人たちも、もしまとまれば似合いの縁組みと、二人の仲を黙認していたのだろう。

ところがこゝに唯一人だけ、五井君と早苗さんの交際を、喜ばない人物があった。それがあの了仙君なのである。

五井君の話によると、早苗さんは戦争中、村の役場につとめていたということだが、了仙君もやはりそこにつとめていた。どちらも徴用よけであることはいうまでもなく、了仙君は事変のはじめ応召して、上海で脚を負傷してかえって来たのだが、跛とはいえ大したこともなく、体はいたって頑健なほうだから、いつまたどこへ引っ張られるかもわからないというので、村役場に勤務して、昼は役場の書記、夜はお寺のお坊さんと、一人二役を演じていたのだが、この了仙君というのがどういうものか、早苗さんに大きな勢力をもっていたらしい。

「早苗さんというのは、善良な、気質の優しい人なんですが、性格的に非常に弱いところがあるんです。押しの強い、図太い性格の人間にぐんぐん押されると、どうしても負けてしまうんです。キッパリと跳ねっ返すことの出来ない性質なんです。ところが了仙君というのが、そういう押しの強い、図太い性格の人物で、これがなにかと牽制するものですから、役場に勤めている間は、早苗さんはいつも煮えきらない、中途半端な態度しかとれなかったんです。その事を僕はどんなに不愉快に思ったかわからないんですが……」

　ところが幸いにもそのうちに戦争が終って、早苗さんも了仙君も役場をやめてしまった。了仙君は役場をやめると間もなく、高野山へ修業にいった。了仙君がいなくなると、早苗さんは急に生気を取戻したように溌剌として来て、五井君との仲も急テンポに進捗するかと思われた。ところがそのうちに年が改まって、了仙君が高野山からかえって来ると、また早苗さんの態度がぐらつき出したのである。しかも今度は以前の比ではなかった。早苗さんはもう決して五井君に会おうとはしなかった。道で会っても顔をそむけて、逃げるように行き過ぎた。手をまわして早苗さんの近況を調べてみると、彼女はこのごろしじゅう一室に閉じこもって、なにか物思いにふけっているということであった。

　五井君は今更のように、了仙君の影響の深刻なのに一驚せずにはいられなかったが、それにしてもあの男は、いったいどのような魔法をもって、こうも巧みに早苗さんの心を左右するのだろうと、はげしい憤りをかんじずにはいられなかった。

　その矢先なのである。五井君があの不思議な情景を目撃したのは……。

　五井君はもう一度あの時の情景を回想してみる。俗名も戒名も彫ってない墓石のまえに、泣きぬれて額ずいていた早苗さん、あの魂も潰えるような悲しげな噎び泣き、そしてその背後に立って、奇怪な本を朗読していた了仙君の不敵な面魂。……いったいあれは誰の墓なのだろう。また、了仙君の朗読していたあの本は、いったいどういう本なのであろう。

……

　そこにこそ、了仙君の魔法の秘密がかくされているのだ、その魔法を打挫(うちくじ)くためには、どうしてもその秘密を突止(つきと)めなければならないのだ。五井君はその夜、輾転反側(てんてんはんそく)しながら、ついに眠らなかったのである。

四

　了仙君のいる竜泉寺というのは、S村を抱いている小高い山のてっぺんにある。住職は了然(りょうねん)さんといって、年はもう七十にちかいのだが、布袋腹(ほていばら)をした元気な和尚(おしょう)さんだった。

　了仙君が高野山へいっている留守中に、五井君はこの和尚さんと心易くなった。五井君はその年頃の青年としては碁(ご)が強いのである。了然和尚も碁が好きだった。去年の秋から冬へかけて、五井君はよく竜泉寺へ碁を打ちにいったものだが、了仙君がかえって来てからは、なんとなくいまいましくて、つい足踏みもしなくなっていた。すると昨日、途(みち)であった了然さんが、

「どうかしなすったかな。ちかごろはさっぱりお見限りじゃが。またやって来なさらんか。わしも夜は退屈で困る」

　と、誘ってくれた。それを思い出した五井君は、つぎの晩思いきって山を登っていった。

「やあ、五井さん、よく来られたな」

　久しぶりに五井君を迎えた了然さんは、子供のように喜んでいた。

「どうじゃな。早速じゃが一局囲もうか」

「そうですね。じゃひとつお相手しましょうか。時に、了仙君は？」

「ふむ、あれか、あれは雲祥寺(うんしょうじ)へ手伝いじゃ」

　雲祥寺というのはそこから三里ほど向うにある寺だが、住職が兵隊にとられたまゝ、まだ復員していないので、何か事があると竜泉寺から手伝いに行くのである。

「すると、今夜は向うへお泊りですか」

五井君は石をおきながら訊ねた。

「さあ、晩くなっても帰るとはいうていたが、あれのことじゃからどうなることやら。妙なことを訊くようじゃが、五井さん、あんたあれをどう思いなさる」

「了仙君をどう思うって……?」

「どうもわしは、ちかごろのあれの素振りが気に喰わん。あの眼付きをごらん、魂が宙に浮いている証拠じゃ。まえはあんな男じゃなかった筈じゃが、戦争からかえってからどうもいけない。それで少しはよくなるかと思って、高野へ修業にやったのじゃが、向うから来た手紙によると、了仙め、ろくに高野にいつかずに、しじゅう京大阪と出歩いていたらしい。あれは京都の学校を出ているのでな、向うには大勢友達がいるわけじゃが、どうも困ったものじゃて」

了然さんは碁を打つのに、しじゅうしゃべっていなければ納まらぬ人だが、今夜はその鉾先が了仙君に向いたらしい。問わず語りに話すところをきいていると、了仙君は捨子であったということである。それを了然さんが拾いあげて、あそこまで育てあげたのであるという事だった。

「あれでなかなか頭はえゝし、気性もしっかりしているで、ゆくゆくは立派なものになるじゃろと、学校まで出してやったのじゃが、ちかごろのようでは思いやられてな」

了仙君が捨子であったということは、五井君も初耳だったが、ひょっとするとそういうことが、かえって早苗さんにとって、感傷的な同情をそゝるもとになっているのではないかと考えられた。

「時に和尚さん、私はちょっとあなたにお訊ねしたいことがあるのですがね」

「ふむふむ、何んじゃな」

「昨日私は散歩のついでに、本位田家の墓地へ入ってみたんですが、あそこにひとつ妙な墓がありますね。ほら、墓地の隅っこに、俗名も戒名も彫ってなくて……」

了然さんはそれをきくと、急に顔をあげて真正面から、じっと五井君の顔を見据えていたが、ふいにがらりと石を投出した。

「もう止そう。どうもいつものあんたのようじゃないと思うたら、今夜は碁を打ちに来られたんじゃなかったのじゃな」

　五井君はそれをきくと、どきりとして了然さんの顔を見直した。心中を見すかされた恥かしさで、みるみる真っ赧になった。了然さんはしかし笑いながら、

「はゝゝは、まあえゝ、まあえゝ、わしは何もおこっているわけじゃない。あんたがどうしてあの墓のことを訊くのか知らんが、本位田の娘がちかごろ尼になるといい出したのも、あの墓に関係がありはせんかとわしも思うとるところじゃ」

　早苗さんが尼になる……？　五井君にとってそれはまったく青天の霹靂も同然だった。五井君は自分でも、真蒼になっていくのが、はっきりわかるような気持ちだった。

「どうもちかごろの娘の気持ちはようわからんが、あの早苗という娘は、とくに気をつけんといかんな。なんじゃかこう、危っかしくて見ておれんようなところがあるて」

「しかし、しかし、あの墓がどうして……いったい、あれはどういう人の墓なんです」

「さあ、それじゃて。わしも詳しいことはよう知らんが、なんでも三代か四代まえの本位田家に悪い女があってな、自分の亭主を殺したとか、殺そうとかしたそうじゃ。その揚句に自分も死んでしまったという話があるが、あの墓が、つまりその悪い女の墓じゃないかと思う。わしも気になるで、過去帳など取出して調べてみたことがあるが、なにさま古いことじゃで詳しいことはようわからんがな」

「しかし、しかし、そのことが早苗さんに、いったいどういう影響を持っているのでしょう」

「わしゃ知らん。しかし早苗という娘はどうも脆いところがあるで、自分で自分に催眠術をかけているんじゃなかろうか。悪い女に呪われるとか、魅込まれるとか……しかし、呪いというものは、ほかから来るものじゃありゃせん。みんな自分でつくりあげ

るものじゃが、早苗という娘がちょうどそういう性質じゃな。わしがあの娘を危いというのはそこの事じゃて。そうそう、それで思い出したが、あんたが来たら見てもらおうと思うていたものがある。これなども早苗になにか関係がありゃあせんかと思うのじゃが……」

和尚は巖のような体をゆすって立上ると、押入の中から長い筒のようなものを取出した。

「これはな、ついこの間土蔵の中の長持から、了仙が見付け出したものじゃが、その長持というのが、ずっと昔、本位田家から寄進されたものじゃで、これもいずれあの家にゆかりの品と思うのじゃが、どうじゃな、これは……」

しゃべりながら了然さんが、ぐるぐると畳のうえにひろげたものを見て、五井君は思わずあっと小声で叫んだ。

それは古い、ボロボロになった洋画のカンヴァスだった。そしてそこにはペルシャ猫を抱いた二十前後の、夜会服の女が、カンヴァスいっぱいに画かれていた。その絵の古さや、さてはまた女の髪形、服装などからして、それが明治初年の制作品であることはひとめでわかる。しかし、その時五井君を驚かしたのは絵の古さではなかった。その女、ペルシャ猫を抱いた女の顔というのが、早苗さんにそっくりそのまゝだったのである。五井君はあまりのことに息もつげなかった。

「ふうむ、誰の眼も同じことじゃな。あんたにもこれがあの子に生写しと見えるらしいな。ところでこゝを御覧。わしにはこの蟹文字はとんとわからんが、了仙の説明によると、下に書いてあるのが画工の名前で、上の花のような文字はこの女の名前じゃそうな、これを日本語にすると八木伯爵夫人ということになるというがほんとうかな」

了然さんのいうとおり、その絵の上部にはテープのような飾りがついていて、その中にTHE PORTRAIT OF COUNTESS YAGIという花文字が、模様のように画かれている。画家の名前は佐竹とあった。

五

五井君の話をこゝまで聞いて、私は思わず眼を瞠った。

「あっ、それじゃその絵が……」

「そうです、そうです」

五井君は早口に私をさえぎると、

「しかし、その時には私はまだこの本を知らなかった。したがってそこにかゝれている『ペルシャ猫を抱く女』のことなど、夢にも知らなかったのです。私はたゞ、その絵の女と早苗さんの恐ろしいまでの相似に、なんともいえぬ胸騒ぎをかんじたのでした。了然さんもこの絵の主については何も知っていない。たゞ、それの出所や、また、早苗さんとの相似から、いずれ本位田家にゆかりの者であろうと想像だけしか出来ないのです。私はふと、この絵の女こそ、あの無縁仏のような墓の主ではあるまいかと思ったのですが、そう考えたときには、ぞっと背筋に冷いものを落されたような感じでした。だって、もしそうだとすると、早苗さんは良人殺しの大罪人と生写しだってことになるんですからね」

五井君はそこでぽっつり言葉を切ると、そのまゝ暫くだまりこんでいたが、やがてだしぬけにこんなことをいった。

「その晩のことなんです。私が危く殺されそこなったのは……」

私は驚いて五井君の顔を見直した。五井君は蒼褪めた顔をひきつらせるようにして、凄味のある微笑をうかべたが、やがてまたぽつぽつと語りはじめたのである。

「その晩、寺を辞してかえるときの、私の暗澹たる気持ちを御想像下さい。これで私は何もかもわかったような気持ちがしました。了仙君はあの絵を早苗さんに見せたにちがいない。それのみならずかれは、もっと詳しくあの絵の女の経歴を知っていて、それもついでに早苗さんに話したにちがいない。おそらくそれは私の想像したとおり、あの無縁仏同様の墓の主だったのでしょう。もしそうだとすると、早苗さんにとって、それがどんなに大きな打撃だったか想像されます。自分の先祖の中に、恐ろしい良人殺しの女がいた……若い娘にとっては、それだけでも大きな打撃だったでしょうに、更にその女が自分に生写しとわかっては……早苗さんが尼になるといい出した気持ちも、わかるように思えました。

そういうわけで山を下るときの私の気持ちは、まるで救いのない闇路をたどるようでした。悲歎と絶望で、暗い迷路をさまようているような感じでした。いゝえ、山路そのものは、実際にはそれほど暗くはなかった、ちょうど月が向うの峯のうえにのぼっていたのです。ところがその山路を半分ほど下って来たときです。一方が深い谷になり、片側が高い崖のために、そこだけが月の光をさえぎられ、真っ暗になっているところがある。そこへさしかゝったときです。ふいに背後にあたってかすかな物音……そう、草叢を這う蛇のように、ひそやかな、それでいて素速い物音をきいたのです。私は本能的にはっとして首をすくめました。そのとたん、何やらビューンと風を切って向うへとびました。

しかし、私があの時助かったのは、本能的に首をすくめたせいばかりじゃなかったのです。了仙、何をする！　まるで雷のような声が、だしぬけにすぐ崖のうえから降って来た。その声が、私の襲撃者、いうまでもなくそれは了仙君でしたが、その了仙君を動揺させたのです。私の頭をめがけて投げつけた石ころの覘いが、その一喝のために外れたのです。これは後でわかったのですが、了然さんはその晩妙に胸騒ぎがしたというのです。寺を出ていくときの私の影が、なんとなく薄く感じられてならなかった。そこで途中もしものことがあってはと、麓まで送ってくれるつもりで、近道をしてあの崖のうえまでやって来たのです。

それはさておき、了仙君は和尚さんの一喝にあって、ひとたまりもなく殺気も挫けたかして、後をも見ずに逃出しました。跛をひきながら。……そして今にいたるもその消息はわからないのです。いや、ひょっとすると了然さんは知っているのかも知れませんが、私は追究しないことにしています。いや、追究しないのみならず、その夜の出来事を知っているのは、私たち以外には誰もいないのです。

ところで了仙君はよい置き土産をしてくれましたよ。あの男が逃出したあとに落ちていたのが即ちその本、『明治犯罪史』なのです。

了仙君がいつか墓場で、早苗さんに読んできかせていたのはたしかにその本なんですが、その夜私はそこにある、『ペルシャ猫を抱く女』という章を読んで、はじめて了仙君の悪企みがはっきりわかったのです」

五井君の話の終るのを待って、私は「明治犯罪史」の中のその一節をひらいてみた。いまその章をこゝに簡単に記しておこう。

ペルシャ猫を抱く女——彼女は名前を八木克子といって、伯爵八木晴彦の妻であった。つまり彼女は伯爵夫人なのだが、そういう婦人がどうして「明治犯罪史」の中にとりあげられているかといえば、彼女が恐ろしい毒殺狂であったと信じられているからである。

八木克子が毒殺未遂で良人八木伯爵から告発されたのは、明治十九年の秋のことである。彼女は良人晴彦をはじめ、姑泰子ならびに義妹田鶴子を毒殺しようとして果さず、事露見に及んで、良人から告発されたのである。

この事件はその頃非常に世間を騒がせたもので、足かけ三年にわたって、当時の新聞紙上を賑わしたのであるが、それにも拘らずついに最後の判決を見るにいたらなかったのは、明治二十一年の春にいたって、当時まだ未決にいた克子が死亡したからである。彼女は最後まで犯行を否認しつづけたが、あらゆる証拠は彼女に不利であり、また彼女には良人や良人の肉親を毒殺する動機があったのである。

克子が八木家にとついだのは、明治十四年の秋だったが、その当時から彼女には愛人があった。当時黎明期にあった日本の洋画界で、天才といわれた佐竹恭助という画家である。

克子と佐竹との交情は、克子が八木夫人となってからもつゞいており、この愛人に対する断ちがたい愛着が、彼女をかつて毒殺魔としたのであろうといわれている。そしてあるいは佐竹自身も共犯者だったのではあるまいかと思われるのは、克子が収容されてから間もなく、佐竹が毒をあおいで自殺していることとである。

ところで八木克子だが、彼女がなぜ「ペルシャ猫を抱く女」とよばれているかといえば、それはこうである。明治十五年の秋、佐竹恭助は当時すでに八木夫人となっていた克子をモデルにして一枚の絵をかいた。この絵はその秋、佐竹たちのグループによってひらかれた洋画展覧会に出品されて、非常な反響を呼び、日本の洋画史上、逸することの出来ない傑作といわれた。その絵で克子がペルシャ猫を抱いており、題も「ペルシャ猫を抱く女」とついていたところから、後年あゝいう事件が起った際、新聞はいっせいに彼女のことを、ペルシャ猫を抱く女と呼んだのである。K博士もその著書の中でこの絵に言及し、つぎのように文章を結んでいる。

「それにしてもあの絵はその後どうなったか。筆者は手をつくしてその行方を求めたが、ついに得るところがなかった。伝うるところによると克子の生家本位田家では克子の写真を全部焼捨て(やきす)たということだが、あるいはこの絵も同じ運命にあったのではあるまいか。もしそれならば実に惜しいものである。あの絵こそは日本の洋画黎明期を飾る、もっともかゞやかしい傑作であったといわれるのに」

六

「なるほど。するとこの絵は焼かれずに、本位田家の菩提寺に納めてあったわけですね」

私はひとかどの発見をしたつもりで、思わずそう膝を乗出したのだが、それに対して五井君は直接こたえなかった。そしてつぎのように話をすゝめていったのである。

「私はこの本を読むとはじめて了仙君のからくりがわかったような気がしたのです。そこで翌日、早苗さんのところへ押しかけていくと無理矢理に彼女にあって、こういったんですよ。早苗さん、君は馬鹿だ。あの絵が贋物だということがわからないのかと……」

「ちょっ、一寸待って下さい。その絵の贋物だというのは君の出鱈目ですか。それとも、ほんとうに贋物だという確信があったんですか」

「むろん確信があったんです。そのことはあの絵を見たゞけではわからなかった。しかしこの本を読むとはっきりわかるんです。この本のなかに書かれている事実と、あの絵の一部分には大きな矛盾があるのですから」

私は探るように五井君の顔を見た。五井君はしかし、別に得意そうな色もなく、その矛盾というのを次ぎのように説明したのである。

「あの絵の上部に英語の花文字で、『八木伯爵夫人の肖像』という意味のことが書いてあったことは、さっきもお話しましたね。あの文字は、絵全体の飾りみたいになっているのですから、後から書入れたものでないことはわかります。ところがあの絵の筆者が、本当に佐竹恭助だとしたら、そこにそんな文字を入れる筈はなかったのです。もし、強いて入れるとすればマダム八木とか、ミセス八木とか入れたでしょう。カウンテス八木という文字を佐竹恭助がつかう筈はなかったのです」

「なぜ——？　どうしてですか。克子という婦人は伯爵夫人だったじゃありませんか」

「そうです。あの事件の起った当時はね、しかし、この肖像画は明治十五年にかゝれたものなんですよ。そしてその頃には日本には、まだ公爵も伯爵もなかったんです。日本に公侯伯子男の華族というものが出来たのは、明治十七年のことなんですから」

私は思わず大きく眼を瞠って五井君の顔を見た。してやられたという感じだった。

「なるほど、それじゃ、その絵は……？」

「了仙君が友人の画家にかゝせたものなんですよ。了仙君は悧巧な男だったけれど、明治の歴史に明るくなかった。その本に伯爵夫人とあるのをそのまゝ鵜呑みにして、絵のかゝれた年代も考えずに伯爵夫人とかゝせてしまったのです。多分、ペルシャ猫を抱かせたゞけでは、その絵を佐竹画伯の遺作と、納得させにくいと思ったので、はっきりと肖像の主の名を入れたかったのでしょうが……。ところで、その絵を画いた画家もわかりました。その人は了仙君の旧い友人で、京都に住んでいる人なんですが、了仙君の持って来た早苗さんの写真をモデルとして、了仙君の註文どおり、明治初年の衣裳と技巧でそれをかいたのです。むろんその人は、その絵がそんな悪い目的に使われるなどということは夢にも知らなかったんです。ところでお寺のお坊さんというものは、骨董屋などに多くの識合いを持っているものです。そしてそういう骨董屋の中には、ずいぶんインチキなのがいて、新しい絵を古く見せる。そういうことを職業にしている奴がありますから、そこでまんまと佐竹画伯の偽画が出来たというわけですよ」

　私は思わずうゝむと唸った。

「なるほど、それで万事わかりました。了仙君がなぜそんなことをしたか、それもたいがいわかりますね。了仙君は早苗さんを愛していた。しかし捨子の自分と本位田家のお嬢さんとでは縁談にならないことも知っていた。そこで、どうせ自分のものにならないのならば、誰の手にも渡すまい。と、そういうわけで、そこはお坊さんだけあって、あなたは毒殺魔八木克子のうまれかわりである。なんてことを早苗さんの頭に植えつけようとしたんですね。ところで、どうです。こうしてすべてが了仙君のからくりであることがわかってみれば、早苗さんのかゝっていた魔法の金縛りも解けたでしょうね」

　だが、それに対する五井君のこたえは淋しそうであった。かれは暗い顔をしてこんなことをいった。

「ところが、はっきりそういいきるわけにはいかないのです。克子という婦人のうまれかわりであったというような迷夢はさめたらしいのですが、やはり自分の一族に、そういう恐ろしい女がいたということは、大きなショックだったんですね。僕の期待していたほど、元気を取戻してくれないのです」五井君は悲しそうに面を伏せたが、それをきいて私は元気づけるようにこういったのである。

「五井さん。あなたは今日私に珍らしい本を持って来て下すったばかりか、大変面白い話をきかせて下すった。そのお礼に私も一冊の本をあなたにお贈りしたいと思う。本というのは、ほら、これ……これは昭和十一年に発行された『犯罪学研究』という雑誌ですが、この中で、やはりK博士がこの事件についてもう一度新しい角度から詳しく考証していられる。題は『ペルシャ猫を抱く女の冤を雪ぐ』というのですが、これをお読みになれば、どんなに疑い深い人だって、克子という婦人が毒殺魔だったのじゃなくて、反対に、彼女は伯爵母堂や令妹の陰謀の犠牲になったのだという事を疑うわけにはいかないでしょうよ。毒殺魔は克子夫人ではなくて、妹の田鶴子だったんです。田鶴子は嫂の昔の愛人佐竹画伯に恋をしていたが、撥ねつけられた腹癒せに、嫂をおとしいれようとした。母堂は母堂で克子さんを嫁に迎えることによって、本位田家から経済的援助を受けようと思っていたのが、期待したほど金が引出せなかったので、以前から克子さん追出しを目論んでいた。その他、さまざまな伯爵家内部の事情がからんで来て、ついにあゝいう大芝居が打たれたのであるということが、この一文をお読みになればよくわかる。さあ、これを進呈いたしますから、一日も早く郷里へおかえりになって、早苗さんにお見せになるんですね」

　さて、K博士のこの新しい考証がどういう効果をもたらしたか、それを説明するためには、その後一週間ほどして、郷里のS村から来た五井君の電報を紹介しておけばこと足りると思う。

　電文はこうであった。

「マホウハトケタ　カンシャス　ゴイ」

消すな蠟燭

一

雨はもうだいぶ小降りになっていた。雷は遠く去って、おりおりゴロゴロという音は聴えるけれど、ひところから見ると、夢のようなかすかさだった。

「もうそろそろつきそうなものですね」

私は消えた電気を仰ぎながらいった。

「ほんとにねえ」

裸蠟燭の灯のむこうで、お志摩さんの顔が、妙な陰翳をつくって歪んでいる。

「ほんとにおあいにくさまですわねえ。せっかく来ていたゞいたのに、電気が消えちまっちゃお話にもなにもなりゃしませんわ。召上るものだって、おいしかあないでしょう。と、いって何も御馳走はないんですけれど……」

「いゝえ、有難く頂戴していますよ。田舎だからこそ、いまどきこれだけのものが戴ける。町じゃとてもとても……おっと、有難う」

お志摩さんの注いでくれる酒を吸いながら、私はまた電気のほうへ眼をやった。

「それにしても珍しいですねえ。いま時分こんな大雷があるなんて。せっかくのお祭もこれで台なしですね」

「そうですね。でも、この辺じゃよくあるんですよ。今年のお正月には餅搗きの最中に夕立があって、そのあと虹が出ましたよ」

裸蠟燭の灯のかげんで、妙にでこぼこして見えるお志摩さんの顔が、薄暗がりのなかでほのじろく笑った。笑うと歯並みの綺麗な人なのである。

その日私はお志摩さんのところへ、祭の客として招ばれたのだった。

「田舎のお祭で何んのへんもありませんが、ちょうど裏の山に松茸が出ています。茸引きかたがた泊りがけでいらっしゃい」

祭の秋になっても、疎開者のあわれさには、招く客もなければ、招かれていくさきもない私をあわれんで、お志摩さんがそう使いの便にことづけてくれたのは昨日のこと。ちょうど私は仕事に疲れて、二三日ペンと原稿紙からはなれて暮したいと思っていたやさきだったので、渡りに舟とこの招待に応じた。

そこは私の疎開して来ているところから、二里ばかり北へ寄った山間の小部落で、お志摩さんの家というのも低い丘の中腹に立っている。昔は作男の十人もいたというその家は、母屋に離家に部屋納屋土蔵と、十幾棟にもわかれていて、遠くから見ると、小さな城廓みたいな構えだが、いまではその広い家に、お志摩さんが唯一人、甥の復員を待ちわびて淋しく暮しているのだった。お志摩さんはこの家の出ではあるが、いったん他家へとついでいたのが、若いころ後家になって、もう十数年この家に住んでいる。そして幼い頃両親をうしなった、甥や姪の面倒を見て来たのである。年齢は私より二つ三つうえだから、もう五十ちかいのだけれど、どこか垢抜けのしたところがあって、きちんと身仕舞いをしたところを見ると、いかさま御大家の女あるじという風格があった。私の家とは三代ほどまえに縁がつゞいているということである。

その日私はお志摩さんの案内で、裏の山でうまれてはじめて茸引きに興じた揚句、ひと風呂浴びて、祭の御馳走のならんだちゃぶ台に、ゆっくりくつろいだところで、大夕立の、大雷の、そして停電の憂目にあったのである。

「しかし、これもいゝもんですな。こうして蠟燭の灯のしたで、差向いでちびりちびりやっている。何んだかこう、妙にひっそりとして、秘密めいて、悪事でもたくらんでいるようじゃありませんか」

「ほゝゝゝほ、あんなことをおっしゃる。ほんにわたしももう少し若ければ、悪事をたくらんでもいゝのだけれど、この年齢になっちゃあねえ。……そのかわり今夜はひとつ話をしましょうか」

「悪事のですか」

「えゝ、そう、ひとの悪事を肴にして……ほゝゝゝほ、あなたは怖い話がお好きなんですってねえ。人殺しやなんかの」

「えゝ、大好物、と、いうよりそれが商売ですからねえ。なにか、そういう話があったら聴かせて下さい」

「えゝ」

と、お志摩さんは顎をひいて、ちょっと考え深い眼付きをしたが、そのとたん、ボヤッと電気がついたのである。

「おや、電気がついた」

私はなんだか、せっかくの幻を打挫かれたようなはかなさを感じたが、こういう場合の本能的動作として、あわてゝ蠟燭を吹き消そうとした。すると、ふいにお志摩さんが腰を浮かして、裸蠟燭を袖でかばいながら、

「あっ、ちょっと……」

「え？」

「蠟燭を消しちゃいけませんの、この家では蠟燭を消さないことになっておりますの」

　お志摩さんはすらりと立って、せっかくついた電気を消すと、

「ごめんなさい。でも、あなたはさっき、蠟燭の灯で酒を飲むのもいゝもんだとおっしゃった。それにこのほうがこれからお話する話に、似つかわしいような気がしますから。……ほら、さっきいった怖い話、人殺しの話、そしてそのことはこの家にとって、とても悲しいわけがあって、それ以来こゝでは決して蠟燭を消さないことになっておりますの」

　私は蠟燭の灯のむこうにある、お志摩さんの顔をさぐるように見た。それは古びた木彫りの面のように、おだやかに、美しく沈んでいる。広い座敷に唯二人。くすんだ金襖のうえに、二つの影がひっそり

とおのゝいている。

　お志摩さんはしばらく凝っと、またゝく蠟燭の焔を視詰めていたが、やがて遠いまぼろしを追うように、

「それでは、そのお話をいたしましょうねえ。たぶんそれまで、この蠟燭がもってくれるでしょう」

　と、ぼつりぼつりと語りはじめたのが、以下掲げる物語なのである。

二

　あれからもう十二年になります。その晩も今夜のような大夕立で、村中電気が消えて、この座敷にも蠟燭がついておりました。雪江はその蠟燭の灯のしたで、ひとりしょんぼり坐っていたのでございます。

　御存じでもございましょうが、雪江というのは、いま兵隊にいっている伍一の姉で、その時分十八でした。姪のことを褒めるのは何んですが、それはそれは綺麗な娘でございましたよ。そりゃ、その時分のことですし、躾が躾ですから、いまどきのお嬢さんがたのように、ぱっと華やかなところはありません。どちらかといえば、古風な、沈んだ美しさでしたが、それでも芯にはしっかりとした、十八の娘とは思えない、考えぶかいところを持っている娘でした。

　その雪江がふと立上って、縁側から坂の下を見たのです。さっき御覧になりましたでしょうが、この座敷は崖の途中にせり出すように建っております。そしてその崖の下を細い道がはしっていて、それが向うの村落に流れこんでおりますが、そこの三岐になったところに、いまでもございましょう、杉垣の、ちょっと古風なつくりの家が……いまから十二年まえ、あの家には尼さんが住んでおりました。いゝえ、尼さんといっていゝのかどうか、わたしにもわかりかねますが、とにかく、頭を丸めた、六十ぐらいの婆さんが、あそこへ祈禱所のようなものを持っていたのです。名前はなんといったか忘れましたが、ふつう聖天さんでとおっていましたよ。聖天さん、聖天尼、なかには聖天婆あなどとよぶ人もありました。

つまり聖天さんをお祀りして、加持祈禱占いなどをするのでございますね。町ではもうこんな商売、見ようたってめったに見られるものではございませんが、田舎ではいまでもときどきありまして、なかなか勢力を持っているものですが、わけてもこの聖天尼というのは、よく験くというのか当るというのか、三里も五里も向うから、わざわざ祈禱に来る人がありました。

いったい、この聖天尼というのはどこの人間なのか、いゝえ、私どもの娘の時分にはいませんでしたよ。わたしがお嫁にいっているあいだに、どこから流れて来たのか、あそこに住みついたのですが、いったい尼さんというものは、若い、器量のよい人でも、あまり気持ちのよいものではございません。それが年寄りの、しかもこの聖天尼というのが、何んともいえぬみっともない器量のうえに、兎口と来ているものですから、わたしなど顔を見てさえぞっとするようでございました。道で会ってさえ、顔をそむけて逃出すくらいだのに、薄っ暗い祈禱所の——

えゝ、わたしも一度そのことがありましてから、この祈禱所へ入ったことがございますが、それがなんともいえぬほど気味悪いのでございますよ。座敷の一方に広い壇がつくってございまして、そのうえに何んでございますか、変梃な恰好をした木彫りの仏様を、むやみやたらと並べてあって、そのあいだに花立てや、線香立てや、それから叩き鉦や、金碗や、鈴などが、これまたごたごたおいてあるのですが、どれもこれも、いやらしい、ぞっとするような模様が彫ってございます。そしてまた、壇のまえの鴨居からは、幡と申すのですか、金襴や紅や黄や白の、細い吹流しのようなものが、いっぱいぶら下っておりますから、昼でも暗いようなところが、いっそう暗くなるのでございます。——そういう薄っ気味悪い祈禱所で、しかも線香の煙のもやもやと渦巻くなかで、あんな尼さんと差し向いでいたら、どんなに怖いことだろうと思うくらいだのに、わたしの兄などはこの聖天さんが大の信仰でございました。

えゝ、その時分、兄はまだ生きておりました。もっとも中風で寝たっきりでしたので、自分のほうから祈禱所へは参れないので、おりおり聖天さんを枕下に呼んでは、いろいろ話をきくのを楽しみにしておりましたが、そういうわけで雪江なども、わたしほど聖天さんを恐れもいやがりもせず、珍しいものでもあったときには、持っていってあげるというようなことをしておりました。そうそう、云い忘れましたが、聖天さんはひとりっきりで住んでいたのでございます。

さて、話がたいへんわきみちへそれましたが、その晩この縁側から、何気なく坂の下を見た雪江の眼に、ふとうつったのが、聖天さんのうちでございます。まえにもいいましたとおり、その晩は大夕立で、村中停電になって、どこもかしこも墨を流したように真っ暗でございました。その中にたゞひとゝころ、聖天さんの家の障子が、ぼうっと明るんでいるのを見ると、雪江は何んともいえぬ胸騒ぎをかんじたのでございます。むろん停電ですから、電気のついている筈はございません。聖天さんの明りのもとも、蠟燭の灯であることは、ときどき障子がほやほやと、明るくなったり、暗くなったりするのでもわかります。雪江はその障子を視詰めているうちに、腹の底が固くなるほど心配になって来たのでございます。

雨はいま車軸を流すように降っております。おりおり横なぐりの風が、山から谷へとどっと吹いて渡ります。それだのに……それだのに……聖天さんは何故雨戸を閉めないのだろう。あそこの家は、わけて廂が短いから、こういう吹降りでは縁も障子もズブ濡れの筈だのに……雪江は不安のために、みぞおちのあたりがきりきりもむように痛くなります。手摺りにもたれて立っている膝頭が、立っておれないほどがたがたとふるえ出します。

……と、そのときでした。

凄じい稲光が、山から谷から部落から、さあーッと紫色に掃いてとおり過ぎたのでございますが、そのとたん、

「あっ、京吉さん……」

と、叫んで雪江は思わず縁側の手摺にしがみつい

てしまいました。いまの稲妻の一瞬の明りに、雪江ははっきり見たのでございます。聖天さんの杉垣のまえに、ひとりの男が立っているのを。……いえいえ、その男はたゞぼんやり立っていたのではございません。杉垣のなかへ忍びこもうとするところを、ふいの稲妻に胆を潰してふりかえった……と、そういう恰好でございました。しかもまた、怯えたような眼付き顔付き……あたりが、もとの闇になっても、瞼のうらにはっきり残るいまの姿に、雪江は思わずがたがたとふるえ出しました。

　すると、暫くしてから、がらがらと物凄まじい雷の音とともに、またピカッと稲妻が、そのへん一帯紫色に染め出しましたが、そこにはもうさっきの姿は見えませんでした。雨はまた、思い出したように強くなります。雪江は急に心をきめると、降りしきる雨のなかへとび出していったのでございます。蓑と笠にからだを包んで。……

三

雪江がなぜそのように驚いたか、いえいえそれよりもその晩、なぜ雪江がしょんぼりしていたか、まずそれからお話しておかねばなりませんわねえ。わたしども、ちっとも知らなかったのですが、その頃雪江には言交わした若者があったのでございます。その若者というのは、川向うの村の者で、名前は京吉と申します。

　家柄からいいますと、京吉さんの家もこの家に劣らぬくらい立派なものなんですが、その頃はすっかり微禄しておりまして、とてもこちらと縁組み出来るようなくらしではございません。それが、いつどういうはずみでか、雪江と言交わしたのでございます。これは後にわかったことですが、その時分こゝにいました、女中のお梅というのが手引きして、毎夜のように京吉さんは、こゝへ忍んでいたそうで、奉公人などはうすうす承知していたそうですが、町内で知らぬはなんとかばかりとやらで、肝腎の兄やわたしは、夢にもそんなことを知らなかったのでした。この事があってから、わたしどもは驚いて、だんだん京吉さんのことを調べてみたのでございますが、さすがに筋目のものだけあって、貧乏こそしておりますが、気位（きぐらい）の高い立派な若者のようで、川向うの村でも、若者頭（わかものがしら）として立てられていたようでございました。たゞ、玉に瑕（きず）ともいうべきは、少しからだの弱いことで、それがためとうとうあんなことになって、――ほんとうに惜しいことでした。

　おや、また、話がわきみちへそれましたが、さて、その晩も京吉さんは嵐をおかして、こゝへ雪江に会いに来たのでございました。ところがそれが、いつものようにしっくりいかず、ほとんど喧嘩（けんか）別れ同様に、京吉さんが飛出（とびだ）していったというのは、聖天さんのことがあったからでした。この聖天さんというのは、生涯独身で暮して来た女だけあって、お局（つぼね）様（さま）みたいに意地の悪いところがあります。そしてあちこちで陰口をきいてまわっては、よく喧嘩の種をまいたものですが、それがいつか雪江と京吉さんの仲を知っていた。そしてその日の夕方やって来て、雪江にさんざん京吉さんの讒訴（ざんそ）をしていったのでございます。利口なようでもまだ十八、意地の悪い年寄の尼にかゝってはかないません。京吉さんには同じ村に、言交わした娘があるの、財産めあての、色仕掛けのと、毒蛇のような口から吹きこまれてはたまりません。

　雪江ははじめて男を疑うことを知りました。そんなことゝは知らぬ京吉さん、いつになく遠廻しに皮肉をいわれたり、ネチネチと厭味（いやみ）をならべられたり、身におぼえのないことだけに面白くない。しだいに口説（くぜつ）が昂（こう）じて来た、とゞのつまりに聖天さんが、自分の讒訴をしていったことがわかりましたから、さあ、そのまゝでは納（おさ）りません。

「あの、尼め、ただではおかぬ」

　もう疑いもあらかたとけて、泣いてあやまる雪江を突放（つきはな）し、血相かえて飛出していったのがついさきほど――さあ、そのことがございますから、雪江はすっかりしょげかえっていたのでございます。そしてまた、いつまでも雨戸のしまらぬ聖天さんのうちを見て、妙に胸騒ぎをかんじていたのでございますが、そこへいまの稲妻で、ありあり見たのが京吉さんの姿。——雪江として、これは捨てゝおけなかったのも無理はございますまい。

雨はいよいよはげしく降りしきります。雷は峯から峯へと鳴り渡ります。しかし愛する男をおもう娘には、もう世の中に怖いものとてあろう筈がございません。雨の中をころげるように、雪江は坂下まで駆着けました。

見ると聖天さんの門は明けっぱなしになっている。それを見ると雪江はまた、みぞおちのあたりをきりきりと、錐で揉まれるような不安をかんじましたが、それでも勇をふるって、

「京吉さん、京吉さん」

と、小声で呼んでみました。それからまた、少し声を張りあげて、

「京吉さん、どこにいるの。後生だからこっちへ出て来て……」

しかし返事はございません。聞えるものとては、たゞ凄まじい風の音、雷のはためき。雪江はふと、さっき稲妻の光の中で、京吉さんの姿を見たことを思い出しました。すると、自分もまたこの凄まじい稲妻に、ひとに見とがめられるかも知れないと思ったので、急いで門のなかに駆込んだのでございます。門を入ると四五間奥に、格子のついた玄関があって、その玄関の左手に、ぼうっと明るんだ障子があります。さっき雪江が坂の上から眺めたのは、この障子でございました。

雪江はそっと障子のそばへ寄ると、

「聖天さん、聖天さん、もうおやすみ？」

と、ふるえ声で呼んでみました。併し、これまた返事はございません。女の鋭い本能から、雪江は早くもプーンと変事の匂いを嗅いだような気持ちなのです。がたがたと膝頭をふるわせながら、

「聖天さん、聖天さん、急に話したいことが出来ましたから、こゝをあけても構いませんか」

細目に障子をひらいたとたん、蠟燭の灯がいまに

も消えそうにまたゝいたので、雪江はあわてゝ障子をしめる。だが、その瞬間眼にうつった座敷の中は……？　雪江はしばらく石のようにそこに立ちすくんでいました。心臓が胸のなかで、早鐘をつくように躍っております。雪江はもう、立っていられないくらい、けだるいものを感じましたが、しかしすぐまたはっと、京吉さんはこれでどうなる……そう考えると、急にまた勇気がもりかえして来たのでございます。

　雪江は蓑と笠をそこに脱ぎすてると、足跡の残らないように足袋をぬいで、縁側へあがると、素速く障子をひらいて座敷のなかへ滑りこみました。聖天さんの家は玄関と台所をのぞけば一間きりしかありません。しかもその一間の半分ほどはあの気味悪い壇になっているのですから、寝るところとてはごく狭いのです。その狭い座敷の隅に聖天さんは蚊帳を吊って寝ているのですが、その首に巻きついた手拭いといい、そしてまた、虚空をつかみ、ふんばった手脚といい、障子の外からひとめ見て、雪江はもう、縊り殺されていることを知っていたのです。それだのに、雪江はなぜ、座敷のなかへ踏込んだのでしょうか。そのことについて雪江はのちに、こんなことをわたしに申しましたよ。

「京吉さんという人は、かっとすると前後の考えもなく、無分別なことをする人なのです。しかし、無分別をしたあとで、それを取りつくろおうの、誤魔化そうのと、そんな悪智恵のまわる人ではございません。だからひょっとすると京吉さんが、大事な証拠をわすれていってはいないかしら……あたし、それをたしかめに入っていったんです」

　雪江はすばやく座敷のなかを見廻しました。それからそっと蚊帳の裾をめくると、手をのばして、聖天さんの首にまきついている手拭いに手をかけました。あゝ、その恐ろしかったこと。だって、だって、聖天さんは、かっと二つの眼を瞠って、そして、そしてあの兎口が、……雪江はこの話をしてくれるとき、怯えて、ふるえて、そしてその後毎晩あの恐ろしい顔を夢に見ると申しましたよ。でも、雪江はやっとその手拭を取り戻しました。それはたしかに見憶えある、京吉さんの日本手拭、御叮嚀に名前まで入っていました。

「まあ、こんなものを忘れていくなんて、あの人、正気の沙汰じゃないわ」

雪江はそれからなおも注意ぶかい眼で、座敷の隅から隅まで調べてまわりました。いつ誰にきいたのか、あの子は指紋のことを知っていましたので、およそ指紋の残りそうなところは、片っ端から注意ぶかく拭いをかけました。むろん、自分の指紋の残らぬよう、注意したことはいうまでもありません。

これでもう安心……雪江はやっと、いくらか胸のつかえがおりた気持ちで、もう一度座敷のなかを見廻わすと、急いで出ていこうとしましたが、そのときふっと気がついたのは蠟燭です。それは大きな百目蠟燭でしたが半分以上燃えつきています。ところが、これは後になって思い出したのでございますが、その蠟燭のおいてあるところというのが、まことに妙でございまして、壇の端から細長い板がのぞいていまして、そののぞいた板のうえに、鈴がおいてございます。そして、もう一方の端、つまり壇にかゝっている板のうえに、蠟燭立てがおいてあるのでございました。いまはまだ蠟燭立てのほうが重うございますから、その板は平衡を保っておりますが、蠟燭が燃えていくにしたがって、だんだん軽くなるのにきまっております。そうすると、鈴のほうが重くなって、細長い板はころりとひっくりかえり、蠟燭立ても跳ねとばされるにちがいございません。しかも、壇の下には蚊帳のすそがひろがっており、おまけに誰がこぼしたのか、蚊帳の裾には種油がじっとりしんでいるのでございました。

「まあ、危いこと。もう少しで火事になるところ……」

雪江は蠟燭立ての位置をなおすと、ふっと蠟燭を吹き消して、それからあとをも見ずに家へ逃げてかえったのでございました。そのことが、愛するものゝ首をしめることになろうなどとは、夢にも知らずに。……

四

お志摩さんはそこでふっと言葉を切ると、

「おやまあ、話にかまけて、お酒がすっかり冷えてしまいました」

「いえ、いゝんですよ。お酒より話のほうが面白いから。……」

「そうですか、それでは話がすんでから、ゆっくり飲んでいたゞきましょうねえ」

　お志摩さんは首をかしげて、話の継穂を考えている。雨はもう歇んだと見えて、雨垂れの音がしずかに聴える。お志摩さんはやがてまた、言葉をついで語りはじめた。

　さて、いま申上げたようなことは、だいぶ後になってから、雪江にきいてはじめて知ったのでございまして、その晩はわたし、夢にもそんなこととは知らず、ちょうど台所へ水車番の銀造が来ていましたので、作男たちといっしょに、その話にお腹をかゝえて笑いころげていたのでございました。

　この銀造というのはうちの抱えの水車番でしたが、話の上手なおどけた男で、銀造が来たというと、いつも家中のものが集まって、たあいもなく腹をかゝえて笑いころげるのでした。その時分、さあ、四十ぐらいでしたろうか、渡り者で、行き倒れ同様になっていたのを、兄が拾いあげてうちの水車小屋に住わせていたものでございます。むろんまだ独身者でした。

　そういうわけでわたしはその晩、そんな恐ろしいことがあったとは夢にも知らなかったのですが、朝になるとさあ大騒ぎでございます。たしか祈禱を頼みに来た隣村のものが、死体を見附けたのだと憶えていますが、それからだんだん詮議がむつかしくなり、とうとう京吉さんがつかまったのでございます。えゝ、折角の雪江の苦心も水の泡になってしまったのでございました。

　京吉さんがつかまったのは、つぎのようなわけからで……あの晩、京吉さんが聖天さんの家のまわりをうろついているのを、雪江のほかにも見た人があったのです。そこへもって来て雪江と京吉さんの仲を手引きしていた、うちの女中のお梅がついうっかりとあの晩のことをひとに洩らしたものでございますね。さあ、こうなるともう京吉さんの疑いは動きません。もっとも警察でもはじめは、物盗りではないかと考えていたらしいのでございます。と申しますのは、その時分、聖天さんはかなり沢山金をためている、しかもそれを銀行へも郵便局へもあずけないで、うちの中にかくしているという評判があったものですから、それを覘っての人殺しではないかと考えたのでございますね。ところが、うちの中をくまなく調べたところが、その金というのが出て参りまして……それは聖天さん、あれは一名歓喜天ともいうのだそうでございますね。その歓喜天の像がうつろになっていて、その中から三百円のお札が出て来たのだそうでございます。

なかには三百円では少なすぎる。あの婆さん、少くとも千円はためている筈だなんていう人もありましたが、これはひとのふところの事でございますから、当てにはなりません。あるようでないのは金、まあ三百円というのがよいところだろうということになって、そうなると、物盗りという考えは改めなければなりません。そこでいよいよ京吉さんの疑いが濃くなって来たわけでございます。

雪江は京吉さんがつかまったという事をきいて以来、どっと枕についてしまいました。わたしどもは今度の事件で、お梅の口からはじめて二人の仲を知ったものですから、驚いたり心をいためたり、そこで出来るだけ手をまわして、警察のしらべをきいて貰いましたが、それが、きけばきくほど京吉さんにとってぶが悪いのでございます。

何んでも京吉さんははじめのうち、ひどく態度や言葉が曖昧で、誰の眼にも、何か包みかくししているとしか思えなかったそうでございます。それからまた、自分はなるほどあの晩、聖天さんに一言怨みをいうつもりで、家のまわりをうろついていたが、結局思い直してなかへは入らなかった。いや、あの晩のみならず、いまゝで一度もあの家へは、入ったことはないと言い張るのだそうです。ところが、警察のほうでは、たしかに京吉さんがあの家へ、入ったにちがいないという、れっきとした証拠をおさえているのだという事でした。

「まあ、叔母（おば）さん、その証拠というのは、どういうものなの」

　寝ている雪江はその話をきくと、胸も潰れる思いだったのでしょう。そうしてしきりにわたしにききながら、そこではじめてあの晩のこと、つまり雪江自身が祈禱所へ忍んでいったことを打明けたのでございます。それをきいた時のわたしの驚き？　大それた雪江の所業も所業ですが、それよりも死体の首にまきついていた京吉さんの手拭い。——わたしはもうこれはいけないと思いました。こんなたしかな証拠がある以上、聖天さんを殺したのは、京吉さんにちがいない。そしてもう京吉さんは助からぬ。

——

　ところが雪江はまたわたしとは反対なのでございました。

「いゝえ、叔母さん、そうじゃないのよ。えゝ、あたしもいまゝであの人を疑っていた。しかし、いまの叔母さんの話をきいてその疑いが晴れたのよ。京吉さんという人は、そりゃ憤（おこ）ると人を殺しかねない人かも知れないけれど、つかまってしまったら、潔（いさぎよ）くなにもかも白状してしまう人なのよ。そういつまでも言葉を左右にして、罪をのがれようなんて、そんな女々（めめ）しい人じゃないのよ」

「でも、でも、その手拭いは……？」

「だって叔母さん、京吉さんは馬鹿じゃないのよ。あの人が聖天さんを殺したのなら、そんな手拭いのこしていくでしょうか。その手拭いはきっと誰かゞ盗むか拾うかして、京吉さんに罪をきせるために使ったのよ」

　なるほど、そういえばそうでした。

「叔母さん、だから、ねえ、何んとかして頂戴。何んとかしてあげて頂戴」

　わたしもなんとかしてやりたいのはやまやまですが、女の身でなにが出来ましょう。たゞ警察のほうへ手をまわして、京吉さんの模様をきゝ出すぐらいが関の山ですが、それがまたいよいよいけないのでございました。なにぶんにも、その頃の田舎の警察のことですから、ずいぶんひどいことをしたらしいんでございます。京吉さんが血を喀いた……と、そういう噂をきいたとき、雪江はもう気狂いのように身を揉んで、歎きに歎いたのでございました。

五

　ところがちょうどその時分、このうえの寒松寺というお寺へ、法然さんというお坊さんがお見えになりました。この方はもと当村の出身で、たいそう徳の高い智慧のふかい、それはそれはえらいお坊さんでございましたが、御自分では寺をお持ちにならないで、始終諸国の寺々を行脚していられる方でした。つまり無欲なのですね。寒松寺へも毎年いちどはお見えになり、お見えになるとひとつきかふたつき足をとめていかれます。村のひとびとも法然さん、法然さんとお慕い申上げておりました。その時分、六十いくつのお歳でしたが、昔の拳骨和尚のように筋骨たくましい、それでいて笑えば嬰児もなつくというような、柔和なお人柄でございました。

　雪江は昔からこの法然さんにたいそう可愛がっていたゞきまして、幼いころはよくお膝に、粗相などしたものでございます。その法然さんがお見えになったということをきいて、雪江はにわかに臥床より起直りました。法然さんにお縋り申そう、法然さんは警察の署長さんよりおえらい方だから、きっとお救い下さるにちがいないと、そう考えたのでございますね。わたしも心配でしたから、雪江といっしょにまいりました。

　法然さんは雪江の話を、だまって、にこにこしながら聴いていらっしゃいました。雪江がせきこんで泪にむせんで、夢中になって話すはなしを、法然さんは睫毛いっぽん動かさないで、静かにきいていらっしゃいました。ところが、雪江の話が、あの蠟燭のことに及ぶと、法然さんははじめてふっと、長い、雪のような眉毛をおひそめになったのでございます。

それでもまだ黙って、雪江にぞんぶん話させておいでになりましたが、ようやく雪江の話がおわると、やおら、巌のようなお膝を乗出されたのでございます。

「ほゝう、するとなんじゃな、つまりこういうふうに細長い板が壇のはしからのぞけてあって……」

　と御自分の扇子を経机のはしにおおきになると、

「この突出したほうに鈴がおいてあり、壇にかゝっているほうに、蠟燭立てがおいてあった。ふむふむ、それで蠟燭が燃えていくと鈴のほうが重くなり、板がひっくりかえって、蠟燭が蚊帳のうえに落ちる。しかもその蚊帳のすそには種油がこぼれていた……と、こういうのじゃな、ふむふむ」法然さんは眼を瞑じて、じっと考えていらっしゃいましたが、

「ときにその京吉という若者じゃが、人殺しのあった晩、聖天尼の住居のへんをうろついていた。それを見たものがあるというが、それから後に、誰か京吉を見たものがあるかな」

「いゝえ、誰も京吉さんに会った人はございません。京吉さんはそれからすぐに、川向うの家へかえって、朝まで誰とも顔をあわさなんだのでございます」

　法然さんは急にかっと眼をおひらきになりました。

「ふむふむ、それで、聖天尼の祈禱所じゃが、そこはその後どうなっている。誰かその後に手をつけたものがあるじゃろか」

「いゝえ、あそこは警察の方が厳重に戸締りをして、誰も入れないように、封をして了いました」

「あゝ、そうかそうか、それじゃひとつ、これから祈禱所へいってみよう。まあ、これも念晴らしじゃ。なにかまた、面白いものが見つかるかも知れんでな」

　わたしは心中驚きましたが、雪江はもう天にものぼるように喜びました。法然さんが乗気になって下すった。たゞ、それだけのことで、京吉さんが助かったように喜んでいるのでございます。そこでわたしどもはすぐ寒松寺を出ますと、途中駐在所へよってそのことを話し、そこに詰めておりますおまわりさんも一緒につれ立って、聖天さんの祈禱所へ参ったのでございます。

祈禱所の模様は、まえにも申上げましたから、こゝでは改めて繰返しませぬ。法然さんは珍しそうに、壇の上を眺めながら、

「ふむふむ、あの聖天婆あ、怪しげな祈禱で人を瞞着、金をためることばかり考えおったから、いずれはよい往生はしまいと思うていたが、やっぱりこういう最期を遂げおったか。因果というものは恐ろしいものじゃな。あゝ、そうかそうか、ここに蠟燭立てがおいてあって、それからその下に蚊帳のすそがひろがっていた、ふむふむ、いや、これだけ聴いても京吉という若者が、下手人でないことがはっきりわかるな」

「なんでございますって」

わたしは思わずなじるようにきゝ直しました。いゝえ、わたしはどうもさきほどから、法然さんの御様子が、あまり軽はずみなように思えてならなかったのでございます。軽はずみはよいとしましても、雪江がなまなか頼みにして、それが糠喜びになったときの落胆を考えると、あまり滅多なことはいって戴きたくないような気持ちでございました。法然さんはしかしにこにこしながら、

「お志摩さんや、あんたのような利口なひとでも、それぐらいのことがわからんかな。蠟燭立てがそんな妙なところにおいてあったのは、偶然とは思われんな。聖天尼を殺した奴が、そういう仕掛けをしていったのじゃ。とすれば、なぜそんな事をしていったんじゃろ」

「それは……きっと、あとで蠟燭がひっくり返って、蚊帳へ火が燃えうつるようにと……」

「そうじゃそうじゃ。しかし何故、蚊帳へ火が燃えうつるようにしたのじゃろ」

「それは……そうして火事をおこして、人殺しのことをわからないようにするためでは……？」

「そうそう、それもある。しかしなあ、お志摩さんや、たゞそれだけのためならば、そんな廻りくどい仕掛けをせんでも、すぐ火を放けていったらよさそうなものじゃあるまいか」

「まあ、そういえばそうでございますね」

「そこじゃて、お志摩さんや、下手人がなぜそのような廻りくどい仕掛けをしていったか、それはな、そいつ時間がほしかったのじゃ。茲でひとつ蚊帳に火の燃えうつった場合を考えてみるのじゃな。その晩、お志摩さん、おまえの家の台所には作男やなんかゞ大勢集まって世間話をしていたという。わしもあの台所はよう知っとるが、あそこからじゃ、じかにこの祈禱所は見えはせん。しかし、こゝがパッと燃えあがってごろうじろ。火の色が窓にうつるからすぐ火事じゃということがわかる。そこでみんなで駆着けて、どうにか火事を消しとめて、さて死体を見附けたとき、みんなはどのように思うじゃろか。下手人が聖天婆あを殺したすぐあとで火を放けていったのじゃと、こう考えるに違いない。じゃからこゝが燃えあがるまえに、他の場所にいた奴は、まんまと疑いからのがれることが出来るわけじゃ。警察のほうではこういうことをアリバイというそうな。下手人はつまりアリバイを作るつもりじゃったのじゃな」

「まあ！」

「と、すればじゃ、その下手人はここが燃えあがる時分には、私はここにおりますぞよ、と、別のところでちゃんと人に見せておく筈じゃ。そうせんことには折角つくったアリバイも無駄じゃからな。ところが京吉という若者は、その晩誰にも会っていない、誰も、その晩京吉を、ほかの場所でみたものがない。つまりアリバイがないのじゃ。なあ、それだけでも京吉という若者が、下手人でないことがわかるじゃないか」

「まあ、和尚さま、和尚さま」

「はははは、お雪さん、嬉しかろ。それで京吉に罪のないことはわかったが、さて、その下手人じゃが……おや、向うに立っているのは水車番の銀造じゃないか。おまわりさんや、ちょっとあの銀造をここへ呼んで下され。手伝うてもらうことがあるじゃでな」

　法然さんがおまわりさんといっしょに、祈禱所へ入っていったということが、パッと村中に知れわたったものですから、門前にはいっぱい人が立っていましたが、その中に水車番の銀造もまじっていたのでございます。銀造はおまわりさんにつれられて、妙にきょときょとしながら入ってまいりましたが、すると法然さんはにこにこしながら肩を叩いて、

「これ、銀造や、よくお聴き、いや、銀造ばかりじゃない、みんなよう聴いて下され。あの晩、聖天尼はこの壇に向って坐っておりましたのじゃ。そこを悪者がうしろから、いきなりぐいと手拭で咽喉をしめおった。そこで聖天尼はどうしたか。苦しまぎれに壇のまえにぶら下っている、幡の二本をひっ攫んだ。ほら、御覧、この二本の幡のちょうど眼の高さのところが、くちゃくちゃになっておろうがな。さて聖天尼は首をしめられ、うしろにひっくりかえったが、そのときも幡を離さなんだものじゃで二本の幡は鴨居のところでプッツリ切れた。下手人はそれをあとで継ぎあわせたのじゃ。ほら、粗い縫い方であろうがの。ところでお志摩さんや、おまえ、継ぎあわされた二本の幡に、こりゃ妙じゃと思うようなことに気がつかぬかな」

わたしは鴨居のへんで継がれた幡を見上ましたが、思わず顔をしかめました。

「まあ、これはどうしたのでございましょう。切れた幡は紅と緑の二本でございます。ところが……ところが、紅の切端に緑をつぎ、緑のきれはしに紅がついでございます」

「うわはっはっはは！　そのとおり、そのとおり、つまり聖天尼を殺した下手人は、紅と緑の見分けのつかぬ色盲なのじゃて。ところで銀造や、去年寒松寺で大法要があったとき、おまえも手伝いに来てくれたが、そのとき寒松寺の和尚に、かんかんになって叱られたのを忘れはせんじゃろ。和尚はこういいおった。銀造の馬鹿、こけ、どめくら、緑のころもを持って来いといえば緋のころもを持って来る、緋のころもを持って来いといえば、緑のころもを持って来る。あいつはまるで明盲じゃ……」

そのとたんでございました。骨を抜かれたように銀造が、くたくたその場所にへたばったのは……

六

さようでございます。聖天尼を殺したのは銀造でございました。他国者同志のこととて、聖天尼と銀造は、以前からかなり親しくいききしておりましたが、そのうちに聖天尼が、あの歓喜天の像のなかに、お札をかくしていることを、銀造に知られたのが運のつきでございました。えゝ、聖天尼は千何百円もあの像の中にためていたそうでございます。それをすっかり盗んでいくと、物盗りと思われますので、わざと三百円だけ残していったのでございますが、なんと賢い奴ではございませんか。あの手拭いはやっぱり雪江の言ったとおり、あの晩道で拾ったものじゃそうにございます。

法然さんに睨まれると、銀造はすぐベラベラとしゃべってしまいましたので、京吉さんの疑いはすっかり晴れたわけでございます。ですから本来ならばこのお話、目出度し目出度しでおわるべき筈のところ、それがそうはいかなかったのは……

いまはもうそんなことございますまいけれど、その時分の警察というものは、ずいぶんひどいことをしたものらしく、疑い晴れて出て来た京吉さんは、骨と皮とに痩せ細り、赤いものを吐きつゞけ、秋の終りにとうとうはかなくなってしまって。……

その時の雪江の歎き、どうぞお察し下さいませ。京吉さんが牢屋から出て来ると、雪江はつきっきりで介抱しておりましたが、あるときふと、こんなことを訊ねたそうでございます。

「京吉さん京吉さん、ひとに聞くと警察では、あなたに対して何やらのっぴきならぬ証拠を見つけたということでしたが、それはいったいなんでしたの。あの晩あたしは気をつけて、なにも遺っていないよう、くまなく調べて来た筈でございますのに」

それに対する京吉さんの返事をきいたとき、雪江はそれこそ、天地がひっくりかえるほど仰天したのでございました。警察がおさえたのっぴきならぬ証拠というのは、雪江が吹消した蠟燭に、はっきりついていた指紋、それがまぎれもなく京吉さんのものでした。

では、京吉さんの指紋が、なぜそんなところについていたのか、それはかようでございます。

人殺しのあった夕方、聖天尼が雪江のところへやって来たということは、さきほども申上げましたわね。その時尼が来たのは、蠟燭を借りに来たのでございました。そしてまたそのとき何気なく雪江が貸しあたえた蠟燭というのは。……それより二三日まえに、やはり停電がございまして、そのとき蠟燭を蠟燭立てに立てようと致しました。しかしどの蠟燭も穴が小さくてうまく入りません。ちょうどそこへ京吉さんがやって来たので、男の力で無理矢理に、蠟燭立てに立てゝもらったのでございます。ところがそのときは、そんなことをしているうちに、電気がパッとついたので、蠟燭はつかわずじまいでとっておいたのでございます。それをその晩聖天尼に燭台ごと、なんにも知らずに貸してやって。……

さあ、それがわかったのちの雪江の歎き、じゅうじゅう察してやって下さいまし。


「叔母さん、叔母さん、あの晩、蠟燭を貸したこと、これはもう不仕合せなまわりあわせとあたしも諦めます。しかし、諦めきれないのは、あの晩あたしが蠟燭を吹き消したこと。あれを消しさえしなかったら、蠟燭は燃えつきて、京吉さんの指紋も消えていた筈、それを……それをあたしが吹き消したばっかりに、京吉さんはあらぬ濡衣きせられて……京吉さんを殺したのは、とりもなおさずこのあたしじゃ。女のさかしらからいらぬところへ顔を出し、蠟燭を消したばっかりに、いとしい人を死なしてしもうた。叔母さん、叔母さん、これから先、未来永劫この家では、蠟燭を消してはならぬぞえ」

消すな蠟燭、蠟燭消すな。蠟燭消したばっかりに、いとしいお方を死なしてしもた……雪江はそういっては歎き、歎いては繰り返し、やがて気もそゞろに、糸のように痩せ細って、そして、そして春をも待たず、京吉さんのあとを慕うて……

詰将棋

一

「あなたは将棋をおさしになりますか」

　ある晩、遊びに来たわかい物理学者の江田君が、だしぬけにこんなことをいった。ちょうど話の継穂(つぎほ)がなくなっていたところなので、将棋でも差そうという意味であろうと思ったので、

「いや、僕は勝負事は駄目なんですよ。しかし駒の動かしかたくらいは心得ていますから、なんならお相手をしましょうか」

　客に対する礼儀として、私がそう切出(きりだ)すと、江田君はあわてゝそれをさえぎった。

「いや、私がお訊(たず)ねしたのはそういう意味ではなかったのですよ。勝負事はあまりおやりにならないほうがいいです。ときどきとんでもない間違いが起りますからね」

　江田君はそれからこんなことをいった。

「もっともこれはほんとうの将棋じゃなく詰(つめ)将棋なんですが、二人の男が詰将棋に熱中したあげく、とうとう殺人にまで発展したという事件があるんです。どうです、今夜はその話をしましょうか」

　私は職業柄こういう話をきくのが大好きだから、よろこんでうなずくと、江田君はやがてつぎのような話をはじめたのである。

「この事件の関係者はまだ生きていますから、場所も人物も仮名(かめい)ということにしておきましょう。時代は太平洋戦争の戦局がしだいに切迫しつゝあった頃、と、それくらいで我慢して下さい。その頃私はすこ

し健康を害して、信州の山の中の温泉地、かりにSとしておきます。そのSへ単身出かけて静養していたんですが事件はそこで起ったことなんです」

江田君の説明によると、このSというのはずいぶん乗物の便利の悪いところらしい。汽車がすでにかなり便利の悪い線であるうえに、汽車からおりてまた二時間、山の中を歩かねばならない。昔はそこに乗合自動車があったのだが、太平洋戦争の起るだいぶまえから、それも廃止になっていた。そういう不便なところだから、さぞ浮世ばなれがしているだろうと、江田君はわざわざそこを覘ってやって来たのだが、来てみると思いのほか人数の多いのに驚いた。それは主として都会からの疎開者だった。

いったいこの温泉は、信玄公のかくし湯という名前があるくらいだから、古くからあったものにちがいないが、それが急に世に知られたのは、いまからざっと二十年ほどまえ、ある有名な呼吸器病専門の博士が、軽井沢以上の保健地と折紙をつけたからである。それ以来京浜地方の金持ちで、別荘をたてる人がしだいに多くなり、事変まえまでは毎年夏になると、山奥のこの高原地に、色鮮かな都会の流行がぱっと花ひらくのが例になっていた。

それが事変につぐ戦争で、一時すっかりさびれていたのが、ちかごろまた俄かに騒々しくなって来たのは、まえにもいったように疎開者のためであった。都会に空襲の懸念が濃厚になっていくにしたがって、長らく閉されていた別荘が、つぎからつぎへとひらかれて、京浜地方からの疎開者が続々といりこんで来た。そしてそこに一種刹那主義的な、頽廃の小天地を形造ったのであった。

二

「おや。……」

俗に八丁曲りといわれているつゞら折りの急坂をのぼって、やっと目的の台地にたどりついた江田君は、そこで思わずそう呟いて立止まった。誰もいないと思って来たその台地に、男がひとりうずくまって、地面にむかって何か考えこんでいるのが見えたからである。

　そこはSでもいちばん奥の、高い崖の中腹で、見晴らしのいゝ台地がある。江田君はこちらへ来てから間もなく、この台地を発見してから、ひどくそこが気にいって、読書や思索につかれると、いつもステッキ片手に散歩にやって来たものである。そこは温泉部落よりだいぶ奥になっているから、滅多に人の来ることもなく、疲れた頭を休めるのには恰好の場所であった。

　きょうもそのつもりでやって来たゞけにそこに人の姿を発見すると、江田君はふいと眉をひそめたが、さりとて文句をいうべき筋合いのものでもない。そこで江田君は仕方なしに、台地の出っ鼻に腰をおろすと、袂から煙草をとり出して火をつけた。

　それは霧の深い日であった。

　脚下の谿谷からわきあがる乳色の霧が渦を巻いて、向う岸さえ見えなかった。その霧の底から、ごうごうと水の音がきこえて来たが、水の流れも見えなかった。

　江田君は煙草をくゆらせながら、ぼんやりと霧につゝまれたこの谿谷をながめていたが、ふいにおやと眼をそばだてた。山から谷へ吹きわたる一陣の風に、乳色の霧のとばりが一瞬裂けて、にわかに眼前の眺望がひらけたかと思うと、江田君はそこにふと妙なものを見たのである。いや、見たような気がしたのである。

　いま江田君の座っている台地の対岸に一軒の洋風の別荘がたっている。対岸はこちらの崖よりよほど低くなっているから、別荘は江田君の眼下に見下ろされた。その別荘の崖すれすれに立っている洋館の窓ガラスの中に、その時何やら白いものが、ちらと動くのが江田君の眼をとらえたのである。

　江田君ははっとした。もっとよくその正体を見極めようとして、体をまえに乗出した。だが、谿谷より湧上って来る霧が、そのときふたゝび眼界をさえぎって、対岸の別荘も、別荘の窓も、窓の中の白いものも、見るみるうちに濃い乳色の霧のなかに沈んでしまったのである。

江田君は茫然とした。気がつくと心臓がドキドキと躍って、額に汗さえにじんでいる。江田君は霧にぬれて消えた煙草を、まだそれとも気がつかず、やたらに吸いながら、いま見たものについて考えてみようとした。

江田君の眼にはそれが白い女の裸体のように見えたのである。西洋の油絵にある人魚のように、長い髪をうしろに垂らして、暗い部屋の絨緞のうえをのたうちまわっている裸体の女、――ぴくぴく動く微妙な女の曲線が、魚の腹のように白く光っていた。

……

江田君は一応それを、自分の錯覚として打消した。しかし打消す下からありありと、白い女の裸像が網膜のなかにうかびあがって来る。

江田君は改めて、その別荘の住人について考えてみた。かれの識っているところによると、その別荘の主人というのは有名な法学者山内南洞先生である。南洞先生は東京の某大学の教授であったが、進歩的な学説のゆえに軍部に忌まれて、数年まえに学校から追放された。そのことは当時新聞にも出たので、江田君もよく知っているが、その南洞先生がSにかくれていようとは、江田君もこゝへ来るまで知らなかったのである。

南洞先生は太平洋戦争が起ると間もなく、奥さんと二人でこのSへかくれたのであった。文字どおりそれは二人きりだった。先生には子供がなかったし、またその家には召使いもいなかった。もっとも三月ほどまえから、そこに一人若い同居人がふえているのだが、そのことについてはもう少し後でいおう。

先生が奥さんと二人きりで住んでいるころ、ちかごろ俄かにふえた疎開者雀はよくこんなことをいったものである。奥さん、よくあれで辛抱が出来る――と。疎開者雀がそんなふうに噂るにはわけがあった。南洞先生と夫人の妙子さんとは親子ほども年齢がちがっているのである。

先生はもう六十を越していた。それにちかごろ中風のために片脚が利かないので、歩行も一人では出来なかった。それに反して夫人の妙子さんは、三十にまだ二三年間のある年頃で、しかも眩いほどの美しさだった。肉体もはちきれそうな健康にかゞやいていた。

　だからうるさい疎開者雀は、なにかと妙な眼で見るのだったが、それにも拘らず夫婦仲の好いことは、人の眼を欹せるものがあった。先生は滅多に外出されないが、ときおり庭を散歩することがある。そんな時には、いつも奥さんが息杖になる。先生は六十を越していても、六尺豊かな体軀は堂々たるものだし、ことに近頃は運動をしないからよく肥っている。奥さんも女としては小さいほうではないが、そういう先生のつっかい捧となっているところを見ると、逆に奥さんのほうがぶら下っているように見えた。太い松の幹にからみついている、可憐な蔓草のような風情であった。

　こういう夫婦の円満ぶりにも拘らず、しかし意地の悪い疎開者雀はまだそれを額面どおりに受取ろうとはしなかった。そしてそこにいろんな妙な囀りがつたえられていた。江田君はいまふと、それらの囀りの一つを思い出し、それからさっき窓の中にみた、あの白い姿を思いうかべたが、すると急に頰がかあっと熱くなるのをおぼえて、思わずぴょこんと崖の出っ鼻から立上った。

　と、その物音にはじめて気がついたように、さっきから一心に地面を視詰めていた男が、ひょいと頭をもたげたが、ふりかえって、その顔を見たとたん、江田君は思わずどきりとした。

三

「やあ。……」

江田君は強張ったような微笑をうかべながら、それでも愛想よくその男に挨拶した。しかし相手は真正面から江田君の顔を見ているにも拘らず、一向、気がついたふうも見えない。変に血走ってギラギラ光っている眼が、何となく気味悪かった。

「どうかなすったのですか。川上さん」

江田君はともすれば強張りそうな微笑をうかべながら、相手のそばへ近寄っていったが、地面をみるとすぐに相手がいまゝでそこで何をしていたかわかった。それと同時に相手の妙に血走った眼付きの意味も了解された。うずくまった男のまえの地面には、碁盤縞の線が引かれてあって、その枠の中に木の葉だの、笹っ葉だの、石ころだの、小枝だのがいちめんに並べてある。その男はそこで詰将棋をかんがえているのだった。

「あゝ、詰将棋ですか」

江田君はあわれむように、無精髯ののびた相手の顔を見下ろした。川上という男はぼんやりと下から見上げていたが、ふっとその眼を地面に落すと、両手の指で気狂いのように髪の毛をかきまわした。細かいふけが霧のように白く散った。

江田君は思わず顔をそむけながら、

（これもまた因果なものである）

と、心の中で呟かずにはいられなかった。

その男は川上新太郎といって南洞先生の弟子なのである。さっき南洞先生の家に三月ほどまえから、同居人がひとりふえたといったのは、この川上新太郎のことである。

川上は呼吸器を害して、療養のために、三月ほどまえから南洞先生の家に厄介になっているのである。南洞先生はこの弟子を、眼の中へ入れても痛くないほど愛しているという事だったし、川上のほうでもまた先生を、慈父の如く慕っているという奥さんの話であった。それにも拘らず川上がやって来てから、南洞先生の家には、何かしら異様な空気が漂いはじめたのだ。しかもそれが詰将棋のせいであるというのだから、勝負事の人間の心理に及ぼす影響には、一種測り知れない恐ろしさがあるように思われる。

南洞先生は昔から将棋が好きだったが、Ｓへ引籠ってからというものは、相手がないまゝに詰将棋に熱中していられた。先生は他人の出した詰将棋を解くばかりではなく、みずから詰将棋の新題を考案されるのである。はじめはむろん五手か六手の単純なものであったろう。しかし緻密な頭を持った先生は、またたく間に長足の進歩を遂げて、五十手百手という素人ばなれのした難しい詰将棋を案出されるのであった。

　ところがそこへやって来たのが川上新太郎だが、因果なことにはこの男が詰将棋を解く名人だった。昔のどんな名人の作った詰将棋でもこの男にかゝると雑作なく詰んだ。伊藤看寿の作った六百十一手という神作「煙り詰め」でさえ、大して苦労もせずに詰めたという。南洞先生の詰将棋熱も、もとはといえばこの弟子から吹込まれたもので、だから詰将棋に関する限り、川上のほうが先生であった。江田君がいうのに、川上がSへやって来たのは偶然ではない。これはきっと南洞先生が自分の手並みを示すために、わざわざ呼び寄せたのだろう——と。

　どちらにしても川上がやって来てから、南洞先生の家には一種異様な妖気が漂いはじめたのである。その事について奥さんの妙子さんが、あるとき識合いの婦人にむかってこんな事をいったという。

「あたし心配でたまりません。詰将棋のことになると、主人も川上さんもまるで人間がかわってしまいますの、あんなに仲のよい師弟が、詰将棋のことになるとまるで敵同志のようにいがみあうんです。主人は詰将棋の新題を作るのが道楽で、川上さんはそれを詰める名人なんです。そこで主人が苦心に苦心を重ねた新題を川上さんに出すでしょう。川上さんがそれで少しでも困ったり、悩んだりしていらっしゃると、主人は子供のように得意になって、それはもうきいてはおれないような言葉で、川上さんを愚弄し、罵倒し、やっつけるんです。すると川上さんは額に青筋を立て、歯をぎりぎりいわせながら、主人を睨むんです。そのうちに川上さんが首尾よく詰めるでしょう。すると今度は川上さんの番ですの。弟子としてよくもあんな言葉が使えると思うほどひどいことをいって主人を嘲弄するんです。するとまた主人が口惜しがって……えゝ、呼吸もつけないほど口惜しがるんです。主人はまえに一度倒れたことがあるでしょう？　だからまた変なことがあってはと、止して下さい、止して下さいと二人に頼むんですけれど、主人も川上さんも、どうしても相手が参った、恐入りましたというまでは止さないらしいんですの。この間も自慢の詰将棋が、見事に川上さんに詰められたものですから、主人はそれはそれは口惜しがって、ちかごろはもう夜も寝ないんです。寝ずに詰将棋の新題を考えているんです。今度こそ川上の奴にお辞儀をさせてやるといって……あたし怖くてたまりません。こんなことが昂じていけば、末はいったいどうなるのでしょう」

そして南洞先生は、ついに川上新太郎を屈服させるに足るほどの、素晴らしい詰将棋を案出したのであった。少くともいまのところそう見える。その詰将棋の新題を出されてからきょうで五日、川上は風呂へも入らず髯も剃らず、飯さえろくに咽喉をとおらぬありさまで、昼は日ねもす夜は夜もすがら、将棋盤を睨んでいるという噂であった。

「畜生ッ、南洞の奴、畜生ッ、南洞の奴……」

と、夢遊病者のように呟きながら。……

四

江田君はいまその川上を眼のまえに見ながら、人の噂もまんざら根のないことではないと思った。江田君がこちらへ来た当時は、身だしなみのいゝ美青年だった川上が、いまでは形容枯瘦して、見るかげもない姿になっている。それでいてその全身からは、眼に見えぬ陰火のようなほむらが燃えあがっているのだ。

江田君はふと、さっき窓の中に見た、あの人魚のように白いからだを思い出した。それからまた、精根を擦りきっているようなこの青年の姿に眼を落すと、ひょっとすると南洞先生は、愛する者を責め苛むことに無上の快楽をおぼえる、嗜虐的な趣味を持っているのではあるまいかと思わずにはいられなかった。

そう考えると江田君は急におそろしくなって来たので、挨拶もそこそこにその場をはなれて八丁曲りを下りはじめた。むろん川上には江田君の挨拶がわかったかどうかわからない。相変らずかれは血走った眼を地面にすえて、何やらしきりに呟いていた。

さて、川上をそこにおきざりにした江田君が、八丁曲りを八合目あたりまで下って来たときである。霧のなかをすたすたと、こちらへのぼって来るすがたが見えた。それは一見土工のような風態をした男であった。

　うつむき加減に坂をのぼって来たその男は、すぐそばへ来るまで江田君に気がつかなかったらしい。江田君は下る、その男はのぼる、そして二人の距離が三間ほどになったとき、はじめて相手は頭をあげて江田君を見た。――と、かれはぎょっとしたようにそこに立止ったが、すぐ顔をそむけると、逃げるように坂をのぼっていった。その姿はまたゝく間につゞら折れの向うにかくれてしまった。

　江田君もどきっとした気持ちだった。立止ったときの相手の兇暴な眼付きにはぞっとするような恐ろしさがあった。

　あの男はいったい何者だろう。いったいこれからどこへ行くのだろう。この八丁曲りをのぼると例の台地へ出る。台地からさらにのぼると、山越しにKという村へ出る。しかしその道は五里もあるうえに、迷うと奥が深いから、地理に明るい土地のものでも、日中でないとそこを通らない。江田君は腕時計を見た。時刻はすでに四時を過ぎている。

　江田君はなんとなく胸騒ぎをかんじたが、しかしいつまでもその事ばかり考えていたわけではない。一時霽れるとみえた霧がまた深くなって来たので、急がなければならなかった。あの台地から見ると、Sはすぐ眼の下に見えるのだけれど、八丁曲りを下るとなると、どんなに急いでも十五分はたっぷりかゝる。

　江田君はやっと坂を下りきった。坂を下るとそこに街道が走っていて、右へ行くと二里の山越しで汽車の停車場へ出る。左へ行くとSへ入る。Sの入口にかゝっている橋まで、そこから十丁ほどの距離だった。

　江田君は坂を下りきった安心で、ゆっくりSのほうへ歩いていったが、川を渡ったところで出しぬけに、霧の中から呼止められた。

「あゝ、江田さん、江田さんじゃありませんか？」

霧の中から小走りに出て来たのは南洞夫人の妙子さんだった。江田君はそのとたん、さっき窓の中にみた、あの白いすがたを思い出して、思わず赧くなったが、相手はむろんそんなことには気がつかない。

「江田さん、あなたどこかで川上さんにお会いじゃ、ございません？」

「川上君ですか、川上君なら向うの台地にいましたよ。ほら、お宅のすぐ裏側の……」

江田君はステッキをあげて谿流の上手を指さしたが、そこから台地は見えなかった。

「先生、詰将棋に夢中になっているようでしたよ。奥さん、こんどのはだいぶ難かしいらしいですね。川上君、眼の色がかわっていた」

「まあ、あんなところにいましたか」

妙子さんは驚いたように江田君を見たが、すぐ眼をそらして上手を見た。

「朝御飯を食べると間もなく家をとび出してお昼にもかえらないものですから……まだなか〳〵帰りそうにございませんでしたかしら」

「そうですね。ずいぶん考えこんでいたようですよ。誘って来ればよかったんですが。あの眼付きを見ると、その勇気が出なくって……」

「じゃ、あなたがおりていらっしゃるときには、川上さん、まだそこにいたのね」

妙子さんはほっと深い溜息をもらした。

その時なのである。江田君があの恐ろしいものを発見したのは。……

その時二人は橋の袂で立話をしていたのだが、話をしながら何気なく、江田君がひょいと谿流の上手を見ると、橋から十間ほど向うにある大きな岩のかげに、人がひとり倒れている。上手から流れて来て、そこで引っかゝったものらしく、上体だけが岩のうえにあって、下身はまだ水のなかに躍っていた。

江田君は思わず大きく眼を瞠ったが、その眼付きで妙子さんも気がついたのだろう。川の中に眼をやったが、そのとたん、

「あっ、川上さんが……」

ひとこえ叫んだかと思うと、朽木を倒すように江

田君のほうへ倒れて来た。……

五

「それはやっぱり川上君でしたよ、川上君はそこまで流れて来るあいだに、あちこちの岩にぶつかったと見えて、眼もあてられないほど無残なありさまになっていました。その時、私はこういうふうに考えたのでした。川上君は私が立去ったあとで、あの台地からすべり落ちたのだろう。過失か、それとも覚悟のうえでの投身だったか、そこまでは私にも判断はつかなかったが、あの場合、どちらとも解釈ができました。私が出逢ったとき、川上君の精神はすでに常態ではなかったのですから。

「例の詰将棋の一件は、S中知らないものはなかったし、こゝ二三日、とりわけ川上君が常規（じょうき）を逸していたことは、みんなよく承知していましたから、誰もみな私の説に賛成しました。事実あの台地のはしには、足を踏みすべらした痕があり、その下の断崖のあちこちにも、何かすべり落ちたような痕がついていました。いやそれのみならず、川上君の洋服には、ひとところ大きな鉤裂（かぎざ）きができて、布地の一片がなくなっていたのですが、その生地が崖の途中に生えている灌木（かんぼく）の枝にひっかゝっているのも発見されたのです。

「そういうわけで、故意にしろ過失にしろ、あの崖から落ちたのは、川上君自身の責任であったろうということになり、事件はそれで片附きそうに見えました。ところが、それが急に一変したのは、当時Sへ疎開して来ていた、さる有名なお医者さんが、念のためというので川上君の屍体（したい）をあらためたからなのです。その検屍によって意外なことが判明しました。川上君は崖から落ちて死んだのではなかった。絞殺されていたのです。つまり絞殺されてから、谿流の中へ投込（なげこ）まれたのです。

「さあ、これでまた大騒ぎになりましたが、こうなると私の立場は微妙なものになって来ます。川上君といちばん最後にあったのは私ですから、いきおいひと〴〵からは妙な眼でみられる。事実、町から馳（はせ）

つけて来た警察官からも、だいぶきびしい訊問を受けましたが、その時、ふと私が思い出したのは、八丁曲の八合目で出逢った、あの土工のような風態をした男のことでした。そこで私がその男のことを話し、人相風態など語ってきかせると、急に警察官が色めき立って来たのです。

「あとからわかったのですが、その男は警察のお訊ねものだったのです。なんでもSから十里ほど離れたところにあるK町で、男女三人を殺害して逃亡した、兇暴な犯人で、名前はたしか葉山とかいいました。警察でもその男がこの方面へ逃げたという聞きこみは持っていたのですが、さてその後の足取りが不明なために捜査に一頓挫を来していたところでしたから、私の話で勇躍し山狩りということになりました。その男は間もなくつかまりましたがつかまったとき川上君のレーンコートを着ていたので、一も二もなく犯人ということになったのです。

このレーンコートについてはいい忘れていましたが、私があの台地で川上君に出会ったとき、川上君はそれを杉の枝にひっかけていました。その後レーンコートがなくなっていることを、その男がつかまるまで気がつかずにいたのですから、人間の記憶力や注意力なんて当てにならないものですね。

さてその葉山という男ですが、川上君を殺害した事については、かれは最後まで否認しつゞけたそうです。かれのいうところによると、自分が台地へ辿りついたときには、そこには誰もいなかった。たゞ、レーンコートが杉の枝にぶら下っていただけだ。自分はそれを失敬しただけである。と、こういっているんです。

しかし、その男がどのように抗弁しようとも、川上君のレーンコートを着ているのですし、それにそういう兇悪な男ですから、結局、川上君を絞殺して、あの台地から突落したのは、その男であるということにきまってしまったようでした」

江田君はそこでぽっつり言葉を切った。その語尾の結びかたたから、私はまだつゞきがあるのだろうと待っていたが、江田君は容易に口をひらこうとはしなかった。そこで私のほうからこう切出したのである。

「で……？　まさかそれでおしまいじゃないのでしょう？」

すると江田君は白い歯を出して笑いながら、

「はゝゝゝは、さすがはあなたですね。そうですよ。まだつゞきがあるのです。しかもそれはかなり意外な結末でした」

江田君はまた話しつゞけるのである。

六

秋になってから高原には霧のかゝる日が多かった。きょうもまた、山から谷から高原から、いちめんに乳色の霧にとざされていたが、その霧にしとゞに髪を濡らしながら、八丁曲りをのぼって来たのは、南洞夫人の妙子さんだった。

やがて急坂をのぼりつめて、台地までやって来た妙子さんは、そこに佇んでいる人影を見ると、ちょっと呼吸をつめて立止まったが、すぐつかつかとそばへ駆寄ると、

「お待たせいたしました」

「あゝ、いや、霧でたいへんでしたろう」

妙子さんを待っていたのは江田君だった。

「いゝえ、あの……それよりどういう御用ですの。是非ともお話しておかねばならぬことがあるというお手紙でしたのでともかく出て来たのですけれど、主人をひとりおいて来てあるものですから……」

「あゝ、そう、それじゃさっそく用件にとりかゝりましょう。先ずそのまえに、これを見ていたゞきたいのですがね」

江田君がとり出したのは、二三日前の新聞だった。

「奥さん、こゝに先生のお写真がのっておりますね。この記事を見ると、これはあの日、つまり川上君が災難にあった日に、新聞社から記者がやって来て撮影したように書いてありますが、それに間違いはありませんか」

それは「疎開地における名士」という題で、当時連載していたものだが、その日の話題はS温泉の南

洞先生で、そこにはあの洋間で南洞先生が、ベッドの端に腰をおろし、テーブルの上にある将棋盤に向っているところが写真に撮ってあった。

「はあ、あの、そういえばあの日のお昼過ぎ、新聞社の人がお見えになって、この写真をとっていかれたのです。しかしそれが何か……」

「あの日のお昼過ぎ？　奥さん、それに間違いないでしょうね」

「はあ……あの……」

夫人は不安そうな眼をして、江田君の顔を視詰めている、何かしら、ひどい胸騒ぎをおさえているような風情だった。

「奥さん、そうするとこゝに妙なことがあるんですよ。川上君の屍体を引上げるとき、僕もお手伝いしたことは奥さんも憶えていらっしゃるでしょう。あの時ですがね、川上君のポケットから、こんなものが転がり出たんです」

江田君が自分のポケットから取出したのは、将棋の駒の角だった。

「この駒は非常に特徴のある彫方がしてあります。いつか僕は先生から伺ったのですが、これは先生の特別の好みで彫らしたもので、世間に二つとはないものだというお話でした。ところが御覧なさい。この写真の将棋盤のうえには、ちゃんと角が二つ写っているじゃありませんか」

妙子さんの顔はふいに真蒼になった。霧に濡れた睫毛がはげしくまたゝき、何かいおうとしたらしかったが、言葉は唇から出なかった。

「奥さん、あの日の夕方、橋の袂でお会いしたとき、奥さんはこうおっしゃいましたね。川上さんは朝御飯を食べるとすぐに飛出したきり、一度もかえっていらっしゃらないと。その川上君のポケットに、どうしてこの駒が入っていたのでしょう。つまり、川上君は死ぬまえに、一度お宅へかえったのではないのですか」

妙子さんはだまっていた。聡明な彼女のことだから、もう何をいっても無駄だということを知っていたのだろう。唯黙然とうなだれていた。

「それにしても、川上君は僕があの台地を立去るときには、まだそこにいたのです。それがどうしていつかえったか。いや、かえれたか、……この問題を解くのは雑作はなかった。あの崖は下から登るのは容易ではないが、上からおりるだんになると、絶対に不可能というわけではない。むろんそれは非常に危険な仕事です。しかし、現に川上君がお宅へかえったという証拠がある以上、川上君はそのみちをとったとしか思えない。さて、そうするとつぎの問題は、なぜそんな危険を冒してまで、川上君はあの崖をおりなければならなかったか――そこまで考えたとき、僕ははたと思い当ったことがあるのです。奥さん、僕もあの日台地にいたのですよ。そして一瞬霧がうすれたとき、お宅の洋間で、女の人が全裸にちかい姿で、縛られているのを見たのです」

ふいにはっと妙子さんが顔をあげた。蒼褪めていた顔が、一瞬火のように燃えあがったが、やがてそれが退潮のように色褪せると、以前にもまして真蒼になった。

「僕があの台地から下りて来るとき、またしばらく霧がうすくなったことがあります。川上君もその時、僕が見たと同じものをあの洋間に見たのでしょう。しかも川上君はその情景を誤解した。それが先生と奥さんの、風変りな愛の表現であろうとは気がつかなかった。若い、生一本なあの青年は先生があなたを虐待していると感違いしたのです。そこであの崖を滑りおり、谿流の岩を渡って、洋間へとびこんでいったのです。それはおそらく私がまだあの八丁曲りを半分も下りない時分の事でしょう」

妙子さんはうつむいて、ハンケチを眼に当てゝいた。髪も肩もぐっしょり濡れて、霧の中に小刻みにふるえているその姿が、りんどうの花のように哀れだった。江田君はだまってそれを視詰めていたが、すると、だしぬけに妙子さんが、涙に濡れた眼をあげて、うったえるように唇をふるわせた。

「川上さんは、あの時とても兇暴でした。だしぬけに部屋の中へおどりこんでいらっしゃると、いきなり、太い棍棒で主人に打ってかゝったのです。主人もあたしも驚いてしまいました。主人は本能的に身をかわしたので、危く難をまぬがれましたけれど、もし、あの一撃をくらっていたら、即座に死んでいたにちがいありません。主人は身をかわすと、夢中で、そこにあった将棋の駒を投げつけたのです」

「なるほど、わかりました、それでこの駒が、川上君のポケットの中に入っていたわけですね」

「そうかも知れません。その駒のひとつが、川上さんの眉間にあたって、川上さんは怪我をしたんです。すると、あの方、いよいよいきり立って、遮二無二、太い棍棒で打ってかかります。あたしたちが説明しようと思っても、あの方の権幕があまりひどいものですから、言葉をかけようもございません。川上さん、冗談よ、これは冗談なのよと、あたし一生懸命に叫んだのですが、興奮しきったあの方の耳には入りません。それにとめようにも、あたし縛られていたものですから……」

妙子さんは頰をあからめながら、

「どうすることもできないのです。主人は主人で、川上、馬鹿なことをするな。誤解をしちゃいかんと怒鳴っていましたが、一途に主人が、あたしを虐待していると思いこんでいらっしゃる、あの方の耳には入りようもございません。ちきしょう、ちきしょう……と、歯ぎしりをして、打ってかかるあの方の形相の恐ろしさ、ええ、そのときには川上さん、あたしのためを思っていて下さるのだとは知っていても、やっぱり憎らしくなりました。主人もいくらかかっとしたらしく、そのうち、川上さんの棍棒をおさえると、ぐっと引き寄せ、馬鹿！　なにをする……と、川上さんをあお向けにおさえつけていましたが……」

「つい、力が入りすぎて、殺してしまわれたのですね」

妙子さんは光のない目で、江田君の顔を見ながら、力なくうなずいた。

「あたし、よして下さい、二人ともよして下さいと側から叫んだのですけれど、自由がきかないものですから……そのうちに、川上さんがぐったりとして、気がついたときには呼吸がたえて……」

妙子さんは急にハンケチを取り出して目をおさえた。霧の中に妙子さんの、絞るような泣き声が断続している。江田君はいたましそうに、ぬれそぼれた女の姿を見つめていた。どこかでほととぎすの声がきこえている。

「なるほど、それでよくわかりました。御主人はそうして、心にもなく川上君を殺してしまわれたので、やむなく死体を裏の谷へ投げ込んだのですね」

「ええ、――主人は警官を呼んできて、ほんとのことをいってしまうと申しました。しかし、そうなると、あたしどもの……あのことも、打ち明けなければならないことになりますので……あたしが主人に頼んで、黙っていてもらうことにしたのです。そして、主人の車椅子に川上さんの死体をのっけて、あたしがうらの崖ぶちまで……霧が深かったので、誰も見ている人はありませんでしたが、川上さんを車椅子からおろして、谷底へ突き落としたときの恐ろしさ。……」

妙子さんは唇をふるわせて、いよいよはげしく泣きだした。江田君はしばらく、優しい目でじっとそれを見詰めていたが、やがて、いくらか言葉を強めて、

「奥さん、それにしても、そのとき川上君が、なぜそのように兇暴だったか、また先生が、なぜ必要以上の腕力を発揮して、過失とはいえ、川上君を死にいたらしめたか……あなたにはその原因がおわかりになっていますか」

妙子さんは涙にぬれた目をあげて、不思議そうに江田君の顔を見た。

「それはね、奥さん、詰将棋のためだったのですよ。あなたはそうお思いになりませんか」

妙子さんははっとしたように、瞳（ひとみ）を大きくみひらいた。

「そうです。あの詰将棋がお二人を気違いにしていたのです。お二人のあいだには、識（し）らず知らずのうちに敵意が燃えていたのです。むろん二人とも意識してはいなかったが、不幸にもそれが、――狂気め

いた敵意と憎悪が、あの機会に爆発したのです。そこで僕は奥さんにお願いがあるんですよ。先生は大事な人です。いまのような日本の状態は、そういつまでも続くものではない。早晩大きな転換がやって来る。そういう時代が来たとき、われ〳〵の必要とする人は、先生のような方なんです。奥さん、先生に将棋の駒を捨てさせるも捨てさせないも、あなたの梶（かじ）の取りよう一つだということを、よく知っていて下さい。おわかりになりましたか」

妙子さんはハンケチを眼にあてたまゝ、はげしくうなずいた。

「そう、それではここに将棋の駒があります。これはあなたにお返ししておきましょう。僕はこれから東京へかえらねばなりませんから、では、これで……」

江田君は泣きくずれている妙子さんに将棋の駒を握らせると、あとをも見ずに霧の八丁曲がりを下っていった。

双生児(ふたご)は踊る

キャバレー・ランターン

港町の山の手通り。

その二階建ての洋館は、もと、南方向け輸出雑貨の商品陳列所だったのである。戦争中、それが、軍に接収されて、防衛司令部の一翼になっていた。ところが、戦争がおわって、軍なんてしろものが雲霧(うんむ)消散(しょうさん)してしまうとあとしばらくは、空襲に焼けたゞれた醜(みにく)い外壁を、風雨のなかにさらしものにして、人間どもの虚脱状態を、遺憾なく具象化しているみたいだったが、去年の秋のおわりごろから、俄(にわ)かにそれに手が入った。

まず焼けたゞれた外壁が塗りかえられて、明るい装飾がほどこされた。こわれた窓ガラスもはめかえられて、館内の壁にはジラルミンの板が張りつめられた。もと商品陳列所だったゞけに、階下はひろくて仕切りも少い。それでもまだ邪魔になる柱などは取りはらわれて、一隅にステージのようなものができた。床もすっかり張りかえられて、ダンス・ホールみたいになった。そして、椅子だのテーブルだのが続々とはこびこまれた。

去年の暮、まえを通りかゝった人々は、いったい何が出来るのだろうといぶかったが、年が明けるとともに正体が判明したのである。

正面入口のうえに、大きな提灯(ちょうちん)のかたちをしたネオンがついて、その中に、キャバレー・ランターン。

——その電気文字はついたり消えたりするのである。何(な)んということだ。戦災者や引揚者は住むに家もないというのに。——と、いまさら政治の貧困をかこったところで仕方がない。資本家の投資は、回収のおそい生産面へはむかないで、ザクザクと新円の流れこむ、消費面へ逃げたがるのである。

それにしても、これはちかごろ雨後の筍の如く出来た、ちゃちな、お寒いダンス・ホールやキャバレーとちがって、だいぶ資本がかゝっている。五百円生活のきょうこのごろ、果して経営がなりたつか、などと心配する人があったら、その人はよほど好人物である。国民は五百円の枠のなかにぎゅうぎゅう詰めにされていても、一方ちゃんと大きな漏れ孔のあることは、誰でも知っている。

その証拠がこのキャバレー・ランターンだ。毎晩満員なのである。一杯何十円という酒が、とめどもなくホールを流れる。

もっとも客種はあまりよろしくない。そりゃそうだろう。よい客種となるべき人種は、いまどき、キャバレーで消費するような、新円を持っている筈がない、五百円の枠のなかで、青々痩せているのである。いきおい闇屋の親分みたいな連中ばかりが、御常連ということになる。どこで仕入れて来るのか、男も女も、みんなりゅうとしたなりをしているが、アルコールがまわるとお里が知れる。

だが、それでよいのかも知れない。闇で稼いで闇ではたく、そこで灯という洒落か、酔うて、くだを巻いて、喧嘩をして、揚句の果てに怪我でもすれば、それだけがまあ差引損というところである。事実、このランターンでは、喧嘩は珍しいことではない。

さて、

陽気もようやく春めいて来た三月十五日の晩のこと。少し早いが、ランターンでは花祭りである。造りものゝ桜の枝を、館内いっぱいごてごてと飾ったところは、趣味が悪くて、月並みだが、その代り賑やかなことは賑やかだ。団子つなぎの紅提灯も、調和していないところが調和しているのである。

何しろ騒々しい。誰が怒鳴るというわけではないが、男も女も、体内でアルコールが昇華している。

なんでもない会話のひとつひとつが、煙草（タバコ）の煙とともに渦をまいて、ホールの中で爆発する。

　そういう騒々しいランターンの舞台では、いま、双生児がタップを踏んでいる。ひとりは色白で、ひとりは浅黒い。しかし、何から何までよく似ている。年齢は二十四五だろうが、体が華奢（きゃしゃ）なので少年のようだ。シルク・ハットをかぶって、燕尾服（えんびふく）を着て、いきな短杖（ケーン）を持って。――少女歌劇の男役みたいである。

　星野夏彦と星野冬彦の踊る双生児（ダンシング・トゥイン）。

　ジャズシンガーの江口緋紗子（ひさこ）とともに、このところキャバレー・ランターンが呼物（よびもの）にしているアトラクションだった。

　夏彦は色が白くて、冬彦は色が黒い。しかし、何から何までそっくりである。体つきから顔かたちにいたるまで、ひとめで双生児と知れるほどよく似ている。だが、早合点（はやがてん）をしてはいけない。似ているといったからとて、そこにはおのずから限度がある。探偵小説に出て来る双生児のように、どっちがどっちとも、識別がつきかねるというほどではない。第一、皮膚の色が全然ちがう。

　夏彦は色が白くて、冬彦は色が黒い。

　双生児は踊る。タップの靴音（くつおと）、ランターン・ジャズバンドの気ちがいめいた騒々しさ。

　午後十時。

　キャバレー・ランターンはブースもテーブルもすっかりふさがっていた。煙草の煙と、アルコールの匂いの発酵するなかに、安っぽい女の衣装が、金魚のように游泳（ゆうえい）して、けたゝましい笑声が爆発する。

　三月なかばというのに、妙にむし〳〵するような晩だった。

　マダムの雪枝（ゆきえ）はこの暑さに、汗で化粧のくずれるのを気にしながら、いちばん奥のブースに坐っていた。年増（としま）女の健康が、ぼってりとした、厚ぼったい肉体のなかゝら、はけくちを求めて、呻声（うめきごえ）をあげている。

「チョッ、いやんなっちゃうわね。しつこいったって、いつまであんな事つゞけるつもりなんだろう」

小さくたゝんだハンケチで、そっと額の生えぎわをおさえながら、眉をしかめて雪枝は舌打ちをする。三十五という年齢に似合わぬ水々しさが自慢で、いつも、腕も胸もむき出しの服装をしているが、ほんとうのことをいうと、肌のすさみはかくし切れない。

「なに、向うはつとめだから。……」

「いくら勤めだってさ」

「別にこゝって、はっきり目串をさしているわけじゃないんでしょうから、そう気にすることはありませんよ」

「目串をさゝれちゃ耐まらない。目串をさゝれるようなことはないんだもの。だけど、気にしないじゃいられないわよ。あゝ毎晩、私服に張込みをつゞけられちゃ、商売にだって差支えちゃう」

「ま、その心配はないでしょう」

「ないことはないわよ。こゝいらへ来る客、どうせ、まともな連中じゃないんだから」

雪枝はひろいホールを見渡しながら、

「私服が毎晩、張込んでるなんてことが分ってごらん、だんだん寄りつかなくなっちまうわよ。亀さん、あんたの腕でなんとか出来ないものかしら」

「いくらわたしが用心棒だって。……」

用心棒の亀田は、がっちりとした、広い肩をゆすぶりながら、

「相手が警察じゃあねえ。こいつ、あんまりじたばたしないほうがいゝんじゃないですか」

「意気地がないのね」

雪枝は鼻のうえに皺を寄せてあざ嗤うと、

「しかし、亀さん、それ、ほんとうの事でしょうねえ」

「それって……?」

「いえさ、私服の張りこんでるわけよ。銀行破りの一件だなんて、態のいゝことといってるけれど、ほんとのことをいうと、敵は本能寺で、何かほかに目当てがあるんじゃない?」

「まさか。……しかし、マダムに何か心当りがあるんですか。警察に目をつけられるような。……」

「嘘よ! そんなこと嘘よ!」

「と、はっきり云いきれますか」

「そりゃ……そりゃまあ、こんな商売をしていれば、叩けばどこからか埃は出るわ。だけど、あゝしつこく、私服に毎晩張込みをつゞけられるような……」

「いゝえ、わたしのいってるのはそのことじゃない」

亀田はテーブル越しに、大きな体を乗出すと、肉の厚い手で雪枝の手をおさえた。

「いったい、寺田さんという人はどういう人なんです。何んで、金を儲けた人なんです」

亀田の瞳が急にギラギラ熱っぽくなった。肉の厚い、牡牛のような体をした男で、キャバレーの用心棒などしているから、ちょっと見た印象は悪いが、よくよく見ると、これでなかなかよい男振りである。色が浅黒くて眼も鼻も口も、かっきりと大きいのが男らしい。酔っ払いをつまみ出すときの表情など、獰猛なものがあるが、こうして、女の手をとって、熱っぽくなったときの瞳の色など、おや、と見直させるほど純なものがある。

「それ、何んのことなの」

雪枝はそっと男の掌から、自分の手を抜きとると、あわてゝあたりを見廻わした。それから、しゃんと体をまっすぐにすると、まともから亀田の顔を見据えながら、

「つまらないこと、いわないでよ」

だが、その声にはかすかな危懼がただようている。照れかくしに、胸から取り出した懐中鏡をのぞき出した。亀田もからだをまっすぐに起すと、両手をポケットに突込んで、そういう女の様子をまじまじと眺めている。かすかな溜息が唇からもれた。

雪枝と亀田、ずいぶん古い仲なのである。

雪枝が銀座裏のダンス・ホールで、ダンサーをしていた頃、亀田はそこの常連だった。その時分、亀田はまだ私立大学の学生で、学校では拳闘の選手をしていた。間もなくふたりは恋仲になって同棲した。

亀田が学校を出た年に事変が起って、かれはすぐに兵隊にとられた。一年ほどして亀田がかえって来ると、雪枝は銀座裏でおでん屋をひらいていた。むろん、旦那がついていたが、亀田とのあいだには撚

りがもどった。しばらくすると亀田はまた兵隊にとられた。

　こうして、二度も三度も、兵隊にとられたりかえって来たり、そんなことをしているあいだに、ふたりともしだいに年をとっていった。亀田が帰っているあいだは、夫婦気取りで暮しているが、亀田が兵隊にとられていくと、雪枝はすぐ新しい旦那をつかまえた。旦那のほかに恋人をこさえたりした。こんな関係が五六年つゞいているうちに、あの不幸な太平洋戦争がはじまった。亀田はまた兵隊にとられた。

　今度はなかなか帰って来れなかった。さんざん南方の海をひきずり廻されているうちに、やっと戦争が終ってかえって来ると、雪枝はこの港町のキャバレーのマダムにおさまっていた。むろん、パトロンがついていたが、そのパトロンの眼をぬすんで、ふたりの仲はいつか撚りがもどっていた。

　ところで、そのパトロン——と、いうより、このキャバレーのかくれた経営者であるところの、寺田という人物だが、これがいったいどういう人物なのか、いったいなんで金を儲けた男なのか、亀田はもちろん、雪枝でさえも、詳しく知ってはいなかったのである。

　それにしても——と、亀田はブースの背にもたれかゝって、しみじみとした気持ちで雪枝の顔を見守りながら考えるのである。——お互いにつまらなく年齢（とし）をとったものだ。——と。

暗闇の中にひそむ猫

　ところで。——

　このキャバレーの正面入口のかたわらには、近頃、毎晩変な男がふたり張っている。

　もっとも、一人のほうは別に張っているわけではないかも知れない。しかし、その男とこのキャバレーとの取りあわせが、いかにも時代錯誤に出来ているので、通りかゝった人々は、誰でもちょっと眼を瞠（みは）らずにはいられない。その男というのは易者であった。

　派手な、けばけばしいキャバレーの入口のすぐかたわらに、すゝけた提灯をぶら下げた易者が店を出しているのだから、その対照がなんとなく妙であった。こういうところにも、混乱した、日本現代の縮図が見られるようであった。すゝけた提灯には、横にならべた算木が書いてあって、その下に天運堂と書いてある。

この天運堂という人物は、年齢は四十五六だろう、天神髭と頬を埋めるような長い山羊髯を生やし、度の強そうな厚い眼鏡をかけている。頭には黒い揉烏帽子をかぶって、いつも色の褪せたようかん色の羽織を着、よれよれの袴をはいて、白足袋に朴歯の下駄をつっかけている。そして、客のないときには、いつもほの暗い提灯のかげで、所在なさそうに刻みたばこを吸っている。

天運堂がこのキャバレーのかたわきを、稼ぎ場所にえらんだのは、一見、時代錯誤に見えるのだが、しかし、実際は成功だったらしい。このキャバレーへ出入りをする連中は、いずれも荒い稼ぎの闇屋だが、そういう連中には、案外迷信家が多いと見えて、酔っ払ってのかえる時など、よく見台のまえに立ち寄って、明日の運命など観てもらうのである。天運堂はそんな連中から、遠慮なしに、高い見料をふんだくった。だから、かれの懐中はいつもかなりの新円でふくらんでいる。

しかし、その夜のその時刻には、天運堂のまえには誰も立っていなかった。天運堂は所在なさそうに、刻み煙草をつまんでは、やにに薄よごれた煙管の雁首に詰めていた。キャバレーの中からは、騒々しいジャズの音が相変らずきこえて来る。

さて、もう一人の男。――これが、さっき雪枝と亀田のあいだで問題になっていた、私服刑事なのである。刑事はキャバレーの壁に背をもたせたまゝ、これまた所在なさそうに、しきりに煙草を吹かせている。しかし、このキャバレーへ出入りする人物があるたびに、刑事の眼が鋭く輝く。闇のなかで、キラリと光るのである。

では、刑事がなぜこのキャバレーを張っているのか、それにはこういうわけがある。

昨年の十一月、即ち、このキャバレーがまだ改装中だった時分のことである。そこから数丁はなれた焼跡に、これまた一軒ポツンと焼けのこった銀行に、二人組の強盗が押入って、七十万円という大金を強奪していった事件がある。銀行にはむろん、宿直の若い行員と、住込みの老小使いがいたが、ふたりともピストルで射殺された。

二人組みの強盗は、七十万円という紙幣の入った行嚢をかゝえて、銀行を逃出したが、銃声をきいて駆着けて来た警官の追跡をうけて、当時まだ改装中だったこのキャバレーへ逃込んだ。そのとき、警官がまだふたりのあとを追うて、建物の中へ入っていけなかったのは、相手が飛び道具を持っていたからである。警官は躊躇した。呼笛を吹いて同僚を召集した。その呼笛をきいて、やっと二人の警官が駆けつけて来たとき、キャバレーの中からまた銃声がきこえた。銃声は二発だった。

警官たちは色を失った。何しろ殺伐なこの時代なのである。警官といえども、いつなんどき襲撃をうけないとも限らなかった。しかし、いつまでも躊躇しているわけにはいかなかった。間もなく三人は勇をふるって、改装中のキャバレーの中へ踏込んだ。

キャバレーの中はむろん、まっくらであった。セメントや材木が、いたるところにごろごろしていた。警官のひとりが懐中電燈を持っていたので、手探りで三人は暗闇のなかを進んでいった。そして、そこに二人の男がピストルで射たれて倒れているのを発見したのである。

一人は完全に死んでいたが、もう一人は頭部にピストルの命中弾を受けながら、まだ死に切ってはいなかった。このふたりの身元はすぐに分った。死んでいるほうは高柳信吉、瀕死の重傷をうけているほうは佐伯徹也。ともに襲撃をうけた銀行の行員だったが、高柳のほうは何か不正な所業があって、三ケ月まえに銀行をくびになった男である。

そこでこういうことになる。銀行をくびになった高柳信吉は、爾来ますます身を持ちくずし、ヤミ屋かなんかやっていたが、そのうちに、もと勤めていた銀行に眼をつけた。そして友人の佐伯徹也を仲間にひきずりこんだ。佐伯という男は、元来まじめな人物だったが、終戦後の混乱した世相は、この謹直な青年をも動揺させずにはおかなかったと見えて、その頃、妙に金使いがあらくなっていた。女があるらしいという噂もあった。そこをもとの同僚、高柳信吉に乗じられたのであろう。

その夜、七十万円という大金が、銀行の金庫に一晩眠ることを、佐伯の口からきいた高柳は、相手をそゝのかして、銀行へしのびこみ、宿直員と小使を射殺して、金を奪い去った。そして警官に追跡されて、改装中のキャバレーへ逃げこんだ。

――と、こゝまではわかる。だが、その後が分らないのである。はじめのうち警察では、キャバレーへ逃込んだふたりは、そこで仲間割れを生じて、互いに射ちあって死んだのだろうと思っていた。だが、それならば、その場に行嚢がなければならぬ筈だった。それが見附からなかったのである。

そこで、警察では、つぎのように考え直さねばならぬことになった。強盗は二人組みではなく、実際は三人いたにちがいない。そして、そのうちの一人は、このキャバレーにかくれて待っていたのだろう。そこへ二人が金を持って逃込んで来た。それを三人目の男が射殺して、行嚢を自転車につみ、裏から逃出していったにちがいない。――と、こう断定されるのは、裏の出口にまだ新しい自転車のタイヤの跡がついていたからである。

ところで、その時盗まれた七十万円だが、ひょっとすると、その金は、まだ一文も消費されていないのではないか、――と、警察ではちかごろになって、そう考えはじめたのである。と、いうのは、そのとき盗まれた紙幣というのは、全部百円紙幣で七千枚あった。ところがその中の一部分、即ち、一割にあたる七百枚、金額にして七万円に相当する紙幣だけは、銀行の支店長が紙幣番号をひかえていた。事件以来、すでに五ケ月になんなんとするのに、まだ一枚もその紙幣が現れないのである。

支店長がひかえた紙幣番号、――いや、支店長がそのうちの一割の紙幣番号をひかえたということすら、誰も知っているものはない筈なのである。だから、犯人が故意に、その紙幣だけを除外するということは考えられない。また、偶然、その一割だけを使い残して、ほかの紙幣をつかっているということも、可能性が薄そうに思われる。一割といえば相当の率だし、七百枚といえば相当の数である。それがまだ一枚も発見されないというのは犯人が全然その金に手をつけていないとしか思えない。

では、犯人はなぜその金に手をつけないのか。まえにもいったとおり、支店長がそのうちの若干部分の番号をひかえておいたということは、誰一人知っている者はない筈なのだから、犯人の躊躇している原因が、そこにあろうとは思えない。と、するとその金は、犯人の手のとゞかないどこかに、まだ隠されているのではなかろうか。

——と、こう考えて来た警察の眼は、俄かにまた、あのキャバレーへ向けられはじめたのである。ひょっとするとあの行嚢は、まだキャバレー・ランターンのなかにかくされているのではあるまいか。

そこで、キャバレーの中は改めて、隈（くま）なく捜索された。しかし、行嚢はどこからも発見されなかった。これは当然のことで、このキャバレーが営業をはじめてからもうかなりの日数がたっているのだから、そんなものが建物の中にあるとすれば、いまゝでに、誰かの眼によって発見されている筈である。だからもし、七十万円という大金が、このキャバレーの中にかくされているとしたら、それはよほど巧妙なところに隠してあるにちがいないし、また、犯人は絶えずその隠し場所を見張っているにちがいない。そこで、ちかごろ急に、私服刑事が、キャバレーに張りこむことになったのだった。

さて、共犯者のひとりと目されている佐伯徹也だが、この男が頭部に命中弾を受けながら、まだ死にきっていなかったことはまえにもいった。もちろんかれはすぐに病院へかつぎこまれた。警察としては、この男は重大な証人だから、手当てにも最善をつくすことを忘れなかった。その結果、かれは危く生命をとりとめたのである。生命をとりとめたのみならず、健康も常態に復した。だからかれが、あの夜の経過を告白することが出来たら、第三の人物の正体もわかり、金の行方もわかったのだろうが、残念なことには佐伯にはそれが出来なかった。

何故出来なかったか。

佐伯は頭部に受けた銃創のために、あの夜より以前の記憶を、まったく喪失していたのである。記憶を喪失したかれは、警察官の質問に対しても、たゞ、当惑したように、首をかしげて、まばたきをするだけだった。しかし、記憶を喪失しているなかにも、なにかしら、おぼろげなものが印象にのこっていると見えて、ときどきかれはこんなことを口走った。

「あゝ、——暗闇のなかに何かいる、——猫だ！猫だ！——猫がこちらを狙っている。あっ！」

そしてかれは激しく身顫いすると、がっくりとうつ伏せになるのだった。どうやらそれが射たれた瞬間の印象らしかった。

タップの靴音

キャバレー・ランターンの壁にもたれていた私服は、ぎっくりとしたように眼を瞠ると、あわてゝ帽子の縁をおろし、煙草に火をつけるような恰好をして、うつむいた。うつむいたまゝ、ギロリとキャバレーの入口を横眼で見る。

向うから来た男が、キャバレーのまえで立止まり、ちょっと躊躇した後、なかへ入っていった。五十恰好の、痩せぎすな、洋服を着た男である。この男を見て、刑事がなぜ驚いたかといえば、かれは相手を知っていたからである。

その男というは、襲撃された銀行の支店長。——例の紙幣の番号をひかえていた人物である。名前は日置重介。刑事の胸は俄かに躍り出した。あの支店長が、なんだってこんな怪しげなキャバレーへやって来るのだろう。こゝは銀行家のごとき謹直な人物の来るべき場所ではない。殊に日置重介は、まじめな、物堅い人柄として知られている。ヤミ屋の根拠地のようなこのキャバレーへ、足を踏入れるような人物では絶対にない。

刑事は煙草を吸いながら、いそがしく胸のうちで思案をしていたが、やがてポイと、つけたばかりの煙草を捨てると、ゆっくりとした足どりで、キャバレーの中へ入っていった。あとにはいま捨てたばかりの煙草が薄白い煙をあげている。

と、例の天運堂が、見台の向うから立って来て、ていねいにその吸殻を踏みにじった。それからガラス戸越しにキャバレーのなかを見ていたが、ふと人の気配を感じて背後をふりかえった。

見台のまえに男がひとり立っている。天運堂はあわてゝ自分の席へかえった。

「手相ですか、人相ですか」

鹿爪らしく、筮竹を鳴らしながら、天運堂は相手の顔をふりあおいだ。男はしかし、それに対して、何んの返事もしなかった。ぼんやりと眼を瞠って、暗い焼跡を眺め、それから明るいキャバレーの入口に眼をやった。妙に空虚なかんじのする眼付きだった。

天運堂は筮竹をおくと、下からまじまじと男の顔を眺めた。年頃は二十七八、悪い人相ではないが、無精髯のもじゃもじゃ生えた顔が、なんとなくうさん臭い。帽子はかぶらずに、髪の毛がくしゃくしゃに乱れている。洋服の着こなしにも、どこか尋常でないところがあった。

ふいに、天運堂は大きく呼吸を一いき吸った。小鼻をふくらませ、ふくらんだ鼻翼がぶるぶるふるえた。度の強い眼鏡のおくで、眼がはげしくまたゝいた。天運堂は立上ると、見台の向うへまわって、男の肩を叩いた。

「おい、大将、どうしたんだえ。すっかり毒気を抜かれたってかたちじゃないか」

男は天運堂の顔を振返ったが、その表情には少しも感情の動きは見られなかった。天運堂はまた男の肩を叩いた。

「兄い、しっかりしなよ。どうしたんだ。いゝ若い者が……」

だが、その時、天運堂は、五六間向うの暗闇に、二人の男が立っているのを見て、あわてゝ、男の背中から手を離した。暗闇の中の男が手をふって、相手を勝手にさせておくようにと、合図をしたからである。

天運堂は急いで自分の席にかえった。なんとなくおのゝく指で、煙管に刻みを詰めかえた。不思議な男は、ふらふらと天運堂のまえを離れると、しばらく明るいキャバレーの入口を、まじまじと眺めていたが、やがてよろめくようになかへ入っていった。

暗闇のなかに立っていた二人の男が、すぐつかつかと近附いて来た。天運堂に、

「いまの男、何かいったか」

口の利きかたから、警察のものであることがすぐわかる。二人とも、むろん私服だった。天運堂は無言のまゝ首を左右にふった。二人の私服は眼を見交わせながら、これまたキャバレーの中へ入っていった。天運堂ははげしく煙草を吸いながら、何やら心の中で思案をしている。……

「おや。……？」

例の一番奥のブース。そこはマダム雪枝専用のブースになっているのだが、いまそのブースのなかゝら、かすかな叫び声をあげたのは、支店長の日置重介だった。驚いて、からだを乗り出すその支店長の腕に、よりかゝるように手をかけたのはマダムの雪枝だった。

「どうかなすって？」

甘い声で、からみつくように囁きながら、雪枝も支店長の視線を追うて入口を見た。そこに立っているのは、あの不思議な、妙に空虚なかんじのする男だった。どう見ても、このキャバレーの客ではない。

雪枝は眉をひそめて支店長の顔を仰いだ。

「日置さん、あなたあの男を御存じですの？」

日置重介は返事をしなかった。眼動ぎもしないで、あの不思議な男を凝視していたが、男の背後から入って来た二人の姿を見ると、かれの眼はいよいよ大きく瞠かれた。

「まあ。……あれ……警察の人ね」

長いこと、いろんな商売をして来た雪枝は、本能で警察官を嗅ぎわけるのである。押し殺したような声で囁いた。

「そう、背の高い、色の浅黒い男。――あれは等々力という警部です。もうひとりのほうはきっと刑事でしょう」

「そしてあの二人、もう一人の男のあとをつけて来たのね。だけど、あの人どういう人なの。気でもちがっているんでしょうか。妙にぼんやりしたかおをしているじゃない?」

「あれ――? あれは佐伯徹也というんです。気がちがっているわけじゃないが、記憶をうしなっているんです。だけど、あの男がどうしてこゝへ……?」

だが、その理由もあらまし諒解することが出来た。

記憶をうしなった佐伯徹也を、かれの射たれた現場へつれて来て、反応をためそうというのにちがいなかった。あの劇的な事件の起った場所へふたゝび進出したらブランクになったかれの記憶に、何かの刺戟をあたえ、そこから、重大な意味を掘出すことが出来るのではないか。――それが、今夜の等々力警部の試みにちがいない。

日置支店長は――それからマダムの雪枝も――俄かに緊張で頰をこわ張らせた。

佐伯徹也は、しかし、そんな事には一向気がついていない。ポケットに両手を突込んだまゝ、ふらふらとホールの中を歩いている。気の抜けたような、妙に空虚な表情は、かれを見る人々に、いちように一種、薄ら寒いような刺戟をあたえたにちがいない。

誰もかれもが、かれに気がつくとともに、ふいと押し黙って、そのうしろ姿を見送った。

ステージでは双生児の夏彦と冬彦とが、タップを踏んでいる。かれらも佐伯に気がついたにちがいない。踊りながら、まじまじと、うえから佐伯を見守っている。

ホールの少し右寄りに、かなり大きな池が掘ってある。池の中央にはコンクリートで塗り固めた岩があって岩のうえには裸身の女の像が、踊るような恰好で、片手を高くさしあげている。天をさしたその指先から、ちょろちょろと水が吹出している。

佐伯徹也は不思議そうなかおをして、女の像を眺めていたが、やがてまた、軽く首をふりながら、ふらりふらりと池のまわりを歩き出した。

暑い。むしむしする。

佐伯は上衣をとった。それを片手にかゝえたまゝ、ふらりふらりと歩いている。

双生児のタップダンスは、漸く終りにちかづいて来た。そこで、奥から出て来たのは、つぎの出番の江口緋紗子。ジャズシンガーである。緋紗子はマダムのブースのそばまで来て、ふと立止まって、不思議そうにホールを見渡した。いつも喧躁をきわめているホール全体が、その瞬間、水を打ったようにぴたりとしずまりかえっているのを、妙に思ったからである。

江口緋紗子はまだ若い。二十二三であろう。頬骨のやゝ高いのを難として、まずは美人といえるだろう。だが緋紗子の魅力は、美人であるといなとにはかゝっていなかった。こういうキャバレーへ出演する芸人として、彼女は不似合いなほど純潔な感じのする女であった。いや感じがするのみならず、実際彼女は純潔だったらしい。酔っ払いの野鄙な半畳にあうと、彼女はたちまち、顔を紅くして、お得意の唄もとちることがあった。声はよかった。唄もうまかった。しかし、ジャズシンガーとして彼女はまだ修練が足りないようである。

用心棒の亀田が遠くのほうから緋紗子の姿を見て、こっそりと、励ますように手をふった。緋紗子はそれに気がつかないで、かえってマダムの雪枝がそれに眼をとめた。雪枝はふっと、眉間に稲妻を走らせると、唇をかんだ。用心棒の亀田はそれに気がつくと、あわてゝ合図の手をやめて、つかつかと佐伯のほうへ近附いた。

緋紗子はそれではじめて、佐伯の存在に気がついた。と、突然、

「あっ！」

と、いうかすかな叫びが彼女の唇をもれた。本能的に二三歩まえへ踏出したが、つぎの瞬間、はっと

したように立止まり、またうしろへ引返した。

その瞬間、ホールの電気という電気が、いっせいにパッと消えたのである。

あっ！――というような叫びが、つなみのようにホールの一隅から一隅へと湧きかえった。電気をつけろと叫ぶもの、床を踏み鳴らすもの。だが、その喧騒がおさまると急にホールの中はシーンとしずまりかえった。ジャズもやんでいる。そして、暗闇の底から、双生児の踏むタップの靴音だけが、相変らずつゞいているのが、妙に人々の神経をいら立たせる。……

その時である。あの妙な、ものに怯えたような呻声がきこえて来たのは。

「――あっ、暗闇のなかに何かいる。おゝ、猫だ！　猫だ！　猫がこっちを狙っている」

ズドン！

ピストルが鳴った。うゝむという叫び、誰かゞホールを駆抜ける。

「誰も動くな。警察の者だ。電気――電気をつけろ！」

等々力警部の声なのである。

一瞬――二瞬――三瞬――

パアーッと人を小馬鹿にしたように電気がついた。

佐伯徹也が噴水のそばに倒れている。等々力警部がそれを抱き起していた。佐伯徹也、今度は見事に心臓を射抜かれて死んでいた。

等々力警部は眼をあげて、そこから対角線を引いた位置にきっと瞳をすえた。

ジャズシンガーの江口緋紗子が、着ている純白のイブニングよりも、もっと白い顔をして立っている。その手にはピストルを握っている。ピストルからはまだほのかな薄煙が……

その緋紗子の肩をしっかと抱いているのは、用心棒の亀田である。ブースから跳出したマダムと支店長の日置が、おびえたような眼を見交わしている。

舞台のうえからは、双生児の夏彦と冬彦がタップを踏みかけたまゝの姿勢で、まじまじとホールを見下ろしている。

夏彦は白くて、冬彦は色は黒い。……
突然ホールがわっと痙攣（けいれん）した。

双生児の仮説

ちかごろではあまり見ないが、その昔、場末（ばすえ）の映画館などでは、機械の故障で、ときおりフィルムの廻転がとまることがあった。いまゝで動いていた人物が、そのまゝの姿勢で、ぴったりとスクリーンのうえで釘着（くぎづ）けになる。見ていて、まことに変挺（へんてこ）な気のするものである。

電気がついた瞬間の、キャバレー・ランターンのホールがそのとおりだった。廻転をとめたフィルムの中の人物のように、誰もかれもが一瞬、化石してしまったのである。椅子からはんぶん、腰をうかしかけたまゝの姿勢でいるものがある。ビールのコップを口に持っていこうとして、そのまゝ釘着けにされたものがある。ピストルの音で逃出そうとして、電気がついたのでふりかえった——と、そういう姿勢でいるものもあった。キャバレー・ランターンのホールのなかは、いま大きな活人画である。舞台のうえでは双生児の夏彦と冬彦が、これまたタップを踏みかけたまゝの姿勢で化石している。夏彦は白くて、冬彦は黒い……。

だが、この大きな活人画も、突如、女の金切声によってやぶられた。

「いゝえ、いゝえ、いゝえ、あたしじゃない、あたしじゃない、あたしじゃないわ。わたし、なんにも知らないのよ。誰かが暗闇のなかで、ピストルを投（な）げ出（だ）したのよ。それがあたしの爪先にあたったのよ。あたし、何んにも知らずに拾いあげたのよ。あたしじゃない、あたしじゃない、あたしじゃないのよ」

ジャズ・シンガーの緋紗子なのである。ピストルを投出して、金切声をあげて、泣いて、叫んで、せきあげて——それからすうっと血の気がひいていった。全身が針金のように硬直して来た。

「危い！」

抱きとめる亀田のたくましい腕のなかへ、緋紗子は朽木を倒すように倒れかゝった。ヒステリーの発作を起したのである。マダムの雪枝がまた下唇をかむ。

「触っちゃいかん」

突如、等々力警部が怒鳴った。双生児の夏彦が舞台からとびおりて、ピストルに手をかけようとしたからである。夏彦は驚いて首をすくめると、振返って、舞台の冬彦と顔見合せた。そしてくすんと笑うと、肩をすくめて、舞台のはしに、ふたり並んで腰をおろした。ズボンのポケットに両手を入れて、口笛でも吹出しそうな顔色である。

「おれは警察のものだ」

等々力警部がまた怒鳴った。

「誰も、許可なしに、こゝを出ちゃならんぞ」

それから警部は部下を呼んだ。刑事はふたりいる。宵から張りこんでいた刑事と、警部のお供として来た刑事と――警部が何か耳打ちすると、すぐにふたりは別れて走り去った。宵から張込んでいた刑事は表へ跳出した。そこには易者の天運堂が、山羊髯をふるわせながら、おどおどと中を覗いている。

「おい、誰もこゝから跳出したものはないか」

「いや、誰も出て来やあせんが、刑事さん、何事が起ったのじゃな。さっきのあれは、ピストルの音かな」

「きっとか。ほんとに誰も出て来やあせんか」

「嘘をついたとて何になる。それより刑事さん、いったい何事が起ったのじゃな」

「人殺しよ。ちきしょう、大変なことになりやがったぞ」

刑事は階段に腰をおろした。誰もこゝから出ないように、見張りつゞけるつもりらしい。

「ひ、人殺しじゃてえ?」

天運堂はたまげたように、刑事から二三歩あとずさりした。度の強そうな眼鏡の奥で、大きく見開いた眼が、ガラス玉のように光っている。

「ひ、人殺しじゃてえ? いまのはやっぱりピストルの音か。そして殺されたのは誰じゃな。男か女か」

刑事はしかし、もうそれ以上答えなかった。ポケットから煙草を出してくわえると、

「爺さん、マッチを持っちゃいないか」

「マッチ？」

天運堂は袂をさぐっていたが、思い直したように、自分の席から手焙りをかゝえて来た。

「刑事さん、これ、あんたに預けておくでな。わしゃもう帰る。ぐずぐずしてると、どんなとばっちりをくらうかしれたもんじゃない」

ぶつぶついいながら、天運堂が見台を片附けているのを、刑事はぼんやり眺めていたが、急に気がついたように、

「いや、おまえ、もう暫くこゝにいて貰おう」

「えゝ？」

天運堂は探るように刑事の顔を見る。度の強い眼鏡の奥で、ガラス玉のような眼がまた怪しく光った。

「なに、おまえを疑ってるわけじゃないが、あとで、警部さんが訊くことがあるかも知れない。もう暫くここにいてくれ」

天運堂はもう一度、さぐるように刑事の顔を見たが、やがて、やれやれというように溜息つくと、刑事のそばに腰をおろして、手焙りにしがみついた。

もう一人の刑事は奥へ走った。カウンターにある電話を借りて、警察へ電話をかけると、そのあとで料理場にいた連中を招集した。

「電気を消したのは誰だ」

コックは三人いたが、顔を見合せるばかりで返事はなかった。

「スイッチはどこにあるんだ」

コック頭が黙って廊下を指さした。そのスイッチは、ホールと料理場をつなぐ廊下にあり、その廊下はすぐ裏口へ通じている。つまり、裏口から入って来ると、ホールも料理場も通らずに、スイッチに近附くことが出来るのだ。それと同時に、廊下の一端には便所があるから、ホールにいる客でも、便所へいったふりをして、スイッチに近附くことが出来るわけである。

「誰か、このスイッチをひねった奴があるんだ。誰だ、電気を消したのは！」

コックたちは依然として、無表情なかおを見合せ

ている。刑事はしだいに、いらいらしたものが、胸にこみあげて来るのを覚えた。

「ちきしょう！　おまえたちは唖になりやがったのか。電気を消した奴は――」

　刑事はそこで急に思いついて、質問の方向をかえた。

「いや、電気をつけたのは誰だ」

「それはあっしですがね」

　ビール樽のように太ったコック頭が、のっそりとした調子でこたえた。

「おまえが……？」

「えゝ、そうですよ。あっしははじめ停電かと思っていたんです。ちかごろじゃ、電気の消えるのは、しょっちゅうのことですからね。だから、大して気にもとめずに、煙草を吸っていたんでさあ。そのうちに、ホールのほうでピストルの音がした。おやと思って窓から外を見ると、よそはあかあかと電気がついている。そこでおかしいと思って、廊下へ踏出してスイッチをいじると――」

　パッと電気がついたというのである。

「じゃ、誰がスイッチを切ったか知らぬというんだな」

「知りません。料理場のドアはぴったりしまっていましたからな。誰がスイッチを切ったにしろ、あっしらにゃ見えやしませんや」

　料理をホールに運ぶのは、カウンターの奥の、仕切り窓から行われるのだから、ドアをひらく必要はないのである。

「するとこういうことになるな」

　刑事から以上の報告をきいて、等々力警部は苦り切っていた。

「誰かが裏口から入って来たか、それとも誰かゞ便所へいったふりをして、廊下へ出たか――そいつが電気のスイッチを切ってくらやみにした。それからホールの入口までやって来て、ピストルをぶっ放した――須藤君、あのピストルは、たしかホールの入口のへんで射たれたようだったね」

「ええ、私もそう思いました、しかし、警部さん、ひょっとすると共犯者があったんじゃありませんか。つまり、スイッチを切った奴と、ピストルをぶっ放した奴とは、別人だったんじゃありませんか。むろん、あらかじめ、しめしあわせてあったんでしょうがね」

「しかし、どっちにしても、犯人という奴、猫のように、暗闇の中でも眼の見える奴にちがいないな」

「なに！」

等々力警部と須藤刑事は、弾かれたように振返った。

「なんだい、君は――」

「私は双生児のタップ・ダンサー――こっちにいるのが冬彦で、私は夏彦というんです」

色の白い夏彦は、器用な手附きで紙巻煙草を巻きながら、ペッコリ頭をさげるとにやりとわらった。人を喰った、図々しいわらい方だが、それでいて、なかなか愛嬌がある。

「双生児のタップ・ダンサー――ふむ、それはわかってるが、君はいったい、こゝで何をしているのだ」

「なに、警部さんにちょっと御注意しようと思ったんでさあ」

夏彦の肩に手をかけながら、冬彦もペコリと頭をさげると、にやりと笑った。人を喰った、図々しいわらい方だが、それでいてなかなか愛嬌がある。なるほど、白と黒とちがっているが、ふたり並んだところなど、やっぱりよく似たものである。栗毛色の髪の毛を、ふさふさ額にたらしたところ、笑うとえくぼの可愛いところ、きらりと光る八重歯の愛嬌にいたるまで、やっぱり争えぬ双生児である。ふたりとも、いたずらっぽい眼をして、にやにや笑っているのである。警部はちょっと、眼がくらむような錯覚におちいった。

「ふむ、いや、それぐらいのこと、君たちに注意をうけるまでもない。よくわかっとる。よけいな事をいわないで、向うへいっていたまえ」

「はあ――お分りになってれば結構ですがね。夏ちゃん、向うへ行こうよ」

「いや、冬ちゃん、ちょっと待ってくれ、おれ、もうひとこと、警部さんに申上げることがあるんだ。警部さん」

「ふむ？」

「犯人は裏口から入って来たのかも知れない。また、客の中にいるのかも知れない、あるいはこのキャバレーの従業員のなかにいるのかも知れません。しかし、どっちにしても、そいつはまだ、このキャバレーの中にいるんですぜ」

　警部は思わず眼をまるくした。

「どうして、君にはそれがわかるんだ」

「ピストルですよ」

「ピストル？」

「そう、犯人は何故、ピストルを投出していったんです。暗闇に乗じて、外へ逃出したのなら、ピストルを投出していく必要はない。同じ捨てるにしても、外にはいくらでも、ピストルを捨てる場所がある。それをこゝへ投出したというのは、犯人がまだその辺にいる証拠です。後で身体検査をされる事を考慮に入れたから、一刻も早く、ピストルを手離しておく必要があったんですな」

「ヒャヒャ、夏ちゃん、それ、なかなか論理的だよ。但し、ひとつ弱点がある」

「なんだい、冬ちゃん」

「夏ちゃんの説を立証するためには、先ず第一に、緋紗子が犯人でないことを、立証しなければならんだろ」

「そう、それ、ぼくも考えてる。だけど――冬ちゃん、いけねえ、あんまりおしゃべりをしていると、警部さんに叱られる、向うへいこう」

　肩を組んで、タップを踏むようなあしどりで、ホールを横切っていく双生児の後姿を見送って、警部はまた、ふいと眼のくらむような錯覚をかんじた。

「ちきしょう！」

　いまいましそうに呟いた。だが、それと同時にいまの双生児の仮説のなかに、強い真実のあることを、警部も認めずにはいられなかった。

真実を語る写真

須藤刑事のかけた電話で、間もなく警察から、係官が駆け着けて来た。医者もやって来たが、実際のところ、医者のする仕事というのはほとんどなかったのである。

記憶喪失者の佐伯徹也は、見事に心臓を貫かれて死んでいた。たゞ、それだけの事である。ピストルが少くとも、一米(メートル)以上離れたところから発射されたこと。即死であること。――そんなことは医者の検診をまつまでもない。警部もはじめから識(し)っている。死体のなかゝら取出されたピストルの弾丸も、厳重に調べられたが、疑いもなくそれは、緋紗子の握っていたピストルから発射されたものであることがわかった。ピストルには、緋紗子の指紋以外、誰の指紋もついていなかった。駆着けて来た応援巡査の手伝いで、キャバレーのなかにいた連中は申すに及ばず、天運堂までが、厳重な身体検査をうけた。警部はそのことを、双生児の暗示によったものでないと、自分でかたく信じている。そんなことはこういう事件の起った場合、誰でもやることではないか――糞(くそ)ッ、だが、その結果は無駄だった。だいぶ、いかゞわしい所持品を見付かった連中もあったが、それは余興で、今度の事件に関係のありそうな証拠は、何一つ発見されなかった。

「態(ざま)ア見ろ」

と警部は心中呟いている。

「結局、犯人は裏口から跳込んで来て、暗闇に乗じて、裏口から逃出したのでないか――」

その裏口の外は一面の焼野原で、滅多(めった)に人に出遭(であ)う気づかいはなかったから、犯人が逃出したとしても不合理ではなかった。だが――それにも拘(かかわ)らず、警部はやはり、夏彦の仮説の合理性に執着せずにはいられなかった。

犯人はこの中にいる。自分の眼のとゞくところにいる――警部はしだいにじりじりして来た。

「すると、何んだな。ピストルの音は、君のすぐ背後できこえたというんだね」

「えゝ、そう、あたし、ホールへ入って来て、マダムのボックスのまえを通ったんです。そして、舞台を見ながら立っていると、突然電気が消えてうしろのほうでピストルの音がしたんです」

キャバレー・ランターンの二階は、事務所だの、マダムの部屋だの、アトラクションに出演する芸人の控室などになっている。その控室のソファのうえで、緋紗子はやっと正気にかえっていた。

「で、その時、君の背後にいたのは、どういう連中だね」

「さあ、あたしよく存じませんが、マダムと、マダムのお客さんが、マダムのボックスにいたことだけは憶えています」

「マダムのお客さんというのは、あの銀行の支店長、日置重介氏のことだね」

「はあ――」

「君は、あの男が銀行の支店長だってこと知っていたのかね」

「はあ、あの、存じておりました。誰が教えてくれたのか、忘れましたけど」

「すると、あの男、ときどきこゝへ来るんだね」

「えゝ、ちょこちょこ――マダムが大変歓迎なさいますから」

緋紗子はそっと、意味ありげな微笑をもらしたが、すぐ気がついたように、あわてゝそれを揉消した。

この女、何か知っているな――で、警部はまた訊ねた。

「君は、その銀行というのが、去年襲撃されたってことも知っているかね」

「えゝ、存じております。でも、あの頃大変な評判でしたもの――それにちかごろ、刑事さんの張込んでいらっしゃるのも、そのせいだってこと、この間聞きましたわ」

「誰がそんなことといったんだね」

「亀田さんが！――」

「亀田？　あゝ、あの用心棒だね。ときに、江口君」

そこで急に警部の言葉が改まった。きっと緋紗子の顔を見据えると、

「君は、殺された男――さっきピストルで射たれた男を、知ってるというがほんとうかね」

そうでなくとも、蒼褪(あおざ)めた緋紗子の顔が、その刹那(せつな)、蠟(ろう)のように真っ白になった。

「まあ！――どうしてですの。誰が、そんなことをいうんですの」

「マダムだよ」

「まあ、マダムが――？」

「そう、君はホールへ入って来て、あの男の姿を見ると、ひどく驚いたそうだね。その驚きかたが尋常でなかった。君はきっとあの男を知っているにちがいない――と、こうマダムはいっているのだ」

緋紗子はきっと唇をかんだ。それから、蒼褪めた顔をあげ、

「そんなこと、嘘ですわ。マダム、何か感違いしていらっしゃるんですわ。あたし、あの人の様子があまり妙だったもんですから、それで、いくらか驚いたかも知れませんが、ひどく驚いたなんて、そんなこと、そんなこと――」

「間違いだというんだね」

「えゝ」

「きっとだね」

警部の言葉に、妙に力がこもっていたので、緋紗子は急に不安がこみあげて来たらしい。探るように警部の顔を凝視(みつ)めていたが、急にはっとしたように化粧箪笥(だんす)をふりかえった。そこには緋紗子のハンドバッグが投出してある。そのハンドバッグは口がひらいて、中味が全部、鏡のまえに投出してあった。それを見ると緋紗子の頬から、退潮(ひきしお)のように血の気が去って行った。唇がかさかさにかわいて、はげしくわなないた。

「はゝゝゝは、江口君、君が心配しているのは、この名刺入れのことじゃないかね」

あかね色の可愛い名刺入れ、緋紗子にはそれが、悪魔の経文(きょうもん)とでも見えたらしい。彼女の顔色には、絶望的な恐怖が現れた。

「今夜殺されたあの男、君はあいつを知らぬという。ところが君の名刺入れには、佐伯徹也という名刺が

入っている。佐伯徹也――今夜殺されたあの男の名前だね。そればかりじゃない。この名刺入れには写真が一枚入っている。江口君、この写真の主は誰と誰だね」

刑事が取出したのは、ローライ・コードでとったらしい写真だったが、そこには若い女と男とが、木立の下に立っているところがうつっていた。女はたしかに緋紗子である。そして男は――

「――佐伯徹也だね。江口君、名刺だけなら他人が入れたと逃げることも出来るだろう。だが、この写真――君と佐伯とならんでうつったこの写真――江口君、これじゃまさか、佐伯を知らぬとはいえんだろうな」

ちょうどその頃、二階の廊下にマダムの雪枝が立っていた。このキャバレー・ランターンは、ホールのうえだけが吹きぬけになっていて、二階の廊下に立つと、ひとめでホールが見下ろせる。雪枝は手摺りに寄りかゝって、ぼんやり、下を見下ろしていた。

雪枝は今夜のこの事件が、自分の商売に、どんな影響をもたらすか、それを考えているのである。こんな事があった以上、警察の干渉は、今後いよいよきびしくなるだろう。そうなったら、そうでなくとも、後暗いところのある連中ばかりなのだ。だんだん寄りつかなくなるにきまっている。折角、うまいパトロンをつかまえて、商売も順調にいってたのに――雪枝は終戦直後の、みじめだった自分の姿を思いうかべた。それまで一緒だった軍需成金に別れて、にっちもさっちも行かなくなったあのころ――いやだ、いやだ、またあんな境涯にかえるなんて、考えたってぞっとする。亀田がなんといおうとも、いまのパトロン、寺田という男と別れられない理由もそこにある。雪枝は貧乏に耐えていけない女なのである。

それにしても、ちかごろあの人はどうしたのかしら――？　と、雪枝はふっと寺田という男のことを考えてみた。商売用で旅行をするといって、別れに来て、ひと晩とまっていったのが、一週間ほどまえのことだった。それきりどこからも便りはない。雪枝はむろん、寺田の本宅を知っているが、そこへはいまゝで、一度も出入りをしたことがない。来てはならぬという命令なのだ。第一、行ったところで、寺田が留守なら、家には耳の遠い婆やがいるきりなのだから、消息のわかる気遣いもない。

「いったい、あの寺田という人はどういう人なんです。なにであのように金を儲けた人物なんです」

亀田はさっきそれを強く詰問していた。雪枝だって、いまゝで全然それを考えなかったわけではない。しかし、終戦後のこの時代には、収入の途がどこにあるのか、誰にもはっきりわからないで、それでいて豪勢なくらしをしている連中がいくらでもあるではないか――

雪枝は急にはっと大きく息をうちへ吸いこんだ。あわてて手摺りから身を乗出した。下のホールには、数十人の男女が、おもっくるしく押し黙っている。支店長の日置重介は、マダムのボックスに坐ったまま、落着かない恰好で、しきりに煙草を吹かしている。用心棒の亀田はカウンターにもたれたまま、ぼんやり考えこんでいたが、ときおり、気になるような視線を二階へ投げては、いらいらしていた。その二階では、緋紗子が警部にきびしく追究されている筈なのである。双生児の夏彦と冬彦は、舞台のはしに腰をおろして、このふたりだけは、はたの空気と不調和に、何やら面白そうに語りあっている。ホールの少し向うには、池があって、池の中央には裸身の女の像が立っている。さしあげた女の右手のさきからは、ちょろちょろと噴水が吹き出している。死体はすみに片附けてあったが、池のほとりには、まだ赤黒いしみがべっとりとついている。身体検査をおわった連中は、あちこちにひとかたまりになって、不安そうに押し黙っている。その中には、天神髷の天運堂が、妙に時代錯誤の恰好で、しきりにホールのなかを歩きまわっていた。

マダムの雪枝はそういう群集を、ひとつひとつ眼で追うていたが急に手摺からはなれると、急いで階段をおりはじめた。なにかしら、息詰まるような恐怖で、大きく胸を波立たせながら……。

「つまりだね、夏ちゃん、問題は暗闇のなかで、どうしてあゝも正確に、ピストルのねらいをつけることが出来たか——と、いうことにあるんだよ」

「うん、ぼくもその事を考えている。犯人がもし間違って、ちがった人間を射ったのでないとすればだね」

「ちがった人間？　うゝん、夏ちゃん、そんなことないよ。警部のあの権幕を見たまえ。殺された男——ありゃ、よっぽど重大な人物にちがいないぜ。あいつを殺されたことは、警部にとって重大失策だったにちがいないんだ。警部があんなにいきまいているのも、きっとそのためにちがいない。とすればだね。これ、人違いやなんかの殺人とは思えないぜ。第一、人違いにしても、あゝも正確に、心臓を狙えたというのはおかしいじゃないか」

「とすれば、やっぱり犯人は猫のように眼が見えるということになるかな」

「うん、そういえば、殺された男、射たれるまえに、妙なことをいったじゃないか、猫がどうしたとか、こうしたとか」

「変だね。猫が狙ってるとか何んとかいったね、だけど、あんな暗闇のなかで、どうして猫がいるなんてことが分ったんだろ、殺された奴も、そうすると、暗闇のなかで、眼が見えるということになるのかね」

「まったく変だねえ。白子という奴は、くらやみでも眼が見えるそうだが……」

「つまりだねえ、冬ちゃん、問題はこういうことになる。犯人が何故、電気を消したか——むろん、犯人が偶然のくらやみを利用したなんて考えられんだろ。自分で消したか、共犯者が消したか、とにかく、犯行直前に犯人の意志で電気を消したんだ。と、いうことは、犯人はくらやみの中でも、十分目的物を正確に、狙撃しうるという自信を持っていたにちがいない……」

　夏彦は爪をかみながら、考えぶかい眼つきをした。冬彦は両手で膝をかゝえ、天井のシャンデリヤを睨みながら、これまた考えぶかい眼付きをしている。

この双生児のタップダンサーは、探偵小説の探偵が論理の糸をたぐっていって、犯罪の謎をとくように、この事件からある可能性を掘り出そうとしているのである。甚だ妙な双生児であった。

「どっちにしても夏ちゃん、この事件が去年の銀行盗賊に、関連しているらしいことは疑いの余地がなさそうだね」

「うん、それはもういう迄もない。さっき殺された男ね。ありゃたしか佐伯徹也という男だぜ。新聞に写真が載っていたじゃないか。記憶をうしなっているというような事が書いてあったぜ」

「そうそう、その病気はまだ治っていないんだね。ところで、あの男がなぜ今夜、こゝへ舞い戻って来たんだろ」

「それはいうまでもない。警部がこゝまで連れて来たんだ。こゝを見せれば、あるいは当時の記憶がよみがえって来やあせんかと思ったんだろ」

「しかし、それ、少し無理だね。こゝはあの当時にくらべればすっかり様子が変っている」

「ふむ、だから佐伯も、だいぶとまどいしていたじゃないか」

「ところで、犯人が佐伯と知って殺したとすれば、そいつ、銀行盗賊の事件にも関係があるということになるね」

「そうなんだよ。そいつがきっと主魁なんだ。思いがけなく今夜佐伯がこゝへやって来た。いつ何時、佐伯の記憶が戻って来て、自分を認めないものでもない。そこでズドンとやったのだ」

「すると、銀行盗賊で、恐ろしい殺人者が、まだわれわれの周囲にいるということになるね」

「そうなんだよ。恐ろしいのはそこなんだ。そいつはまだまだ、どんな事をやり出すかわからないんだからね」

　夏彦と冬彦は、そこで顔を見合せると、ぶるっと体をふるわせた。夏彦は白くて冬彦は黒い。しかし、その瞬間、ふたりとも唇がかさかさになるほど蒼褪めていた。

「ときにねえ、冬ちゃん、マダムはどうしたんだろ」

「マダム？」

「うん、さっき二階からおりて来たとき、マダムの顔色、まっさおだったじゃないか」

「そうそう、そして、いまにも倒れそうな恰好だったね」

「二階で警部にしぼられたんじゃないかしら」

「それとも、マダム、何か知ってるか——だけど、マダム、どこへいったのかな」

夏彦はホールの中を見廻したが、マダムのすがたはどこにも見えなかった。いや、マダムのみならず、不思議なことにはそのとき支店長の日置重介も、用心棒の亀田も姿を見せなかった。天神髯の天運堂も見えなかった。

夏彦と冬彦は、ふいと妙な胸騒ぎをおぼえて、きょろきょろあたりを見廻していた。

そのときだった。

正面入口からひとりの男が入って来た。ぴったりと身についた、タキシードを着て、外套(がいとう)を左手に持っている。年齢は五十恰好で、煤色(すすいろ)眼鏡をかけている。胡麻(ごま)塩の髪の毛をきちんとわけて、綺麗に剃(そ)った頬から顎(あご)へかけての線がきびしいほどの鋭角をつくっている。痩せぎすな、しかし、どこか針金みたいに、強靱(きょうじん)な感じのする男だった。

男は刑事を突きのけるようにして、ホールのなかへ入って来た。きびしい、しかし、いくらか疑いのこもった眼で、あたりを見廻しながら、

「どうしたのだ。なぜ、音楽をやらないんだ。なぜ、アトラクションをやめてしまったのだ。なぜ、みんなお通夜にいったように、不景気な面をしているんだ」

刑事がなにかいおうとした。だが、その瞬間、舞台から滑りおりた冬彦と夏彦が、素速く二人のそばへ走りよった。

「刑事さん、御紹介しましょう。こちら、このキャバレーの経営者、即ちマスターの寺田さん」

寺田はじろりと夏彦と冬彦の顔を見た。それから、渋い微笑をうかべると、横柄(おうへい)にうなずいた。寺田の

声をきゝつけたと見えて、奥から用心棒の亀田が出て来た。

「亀田君、これはいったいどうしたというんだ。マダムはどうした。雪枝はどこへいったんだ」

亀田は煙草を横っちょにくわえたまゝ、牡牛のように、のっそりホールを横切って来た。

「マスター、人殺しがあったんです」

「人殺し？」

寺田は額に皺を寄せて、

「ふむ、いま、刑事もそんなことをいってたが、それ、ほんとうなのかい。喧嘩でもあったのかい」

「いゝや、喧嘩じゃありませんよ、マスター」

双生児の夏彦が口をはさんだ。

「これは明かに計画的犯罪ですな」

双生児の冬彦も言葉をそえた。

寺田はじろりとふたりの顔を見ると、また渋い微笑をうかべてうなずいた。

「うん、よし、その話はあとできこう。だが、それより――」

「マダム、マダム――」

二階から女の声が呼んだので、そこにいた一同は思わずうえを振り仰いだ。

二階の手摺りから、緋紗子がからだを乗出していた。それを見ると亀田はすぐ階段のほうへ走っていった。だが、緋紗子はそれを拒むような身振りをしながら、

「いいえ、あの警部さんがマダムを呼んでいらっしゃるのです。そのへんにマダム、いらっしゃいません？」

「うん、そのマダムなら、われわれも探しているのだが」

そのときだった。

突如ホールを貫いて、けたたましい悲鳴がきこえて来たのは――。あまりかん高いキイキイ声だったので、はじめのうちは、女とも男とも判断がつきかねた。その悲鳴はちょうどホールの下を吹きぬけるように、斜に地下を走っていたが、それがしだいにホールの奥へ進むにしたがって、だんだん声が明瞭

になって来た。どうやらそれは、男の声であるらしかった。何かわけのわからぬことを叫んでいる——。

　この声がきこえはじめた瞬間、ホールの中はまた、廻転をとめたフィルムだった。みんな思い思いの姿勢で、そのまゝそこに化石してしまった。

「どうしたのだ。あの声は何んだ」

　二階から怒鳴ったのは等々力警部である。声をききつけて、部屋のなかゝら跳出して来たのだ。

　人々が、それに対して、何んと答えようかととまどいしているとき、ホールの奥から、支店長の日置重介が、いまにも倒れそうな恰好で跳出して来た。

「人殺しだあ。マダムが殺されている」

　支店長のそのときの恰好は、まことに滑稽なものであった。顔も手足も洋服も、埃だらけになって、まるで洞穴からでも這い出して来たような恰好だった。

「地下室だ！」

　夏彦と冬彦とが叫んだ。叫ぶと同時に走り出していた。

　地下室への入口は、ホールの裏の、例のスイッチのすぐかたわらにある。夏彦と冬彦のあとにつゞいて、亀田と寺田が走っていた。等々力警部も飛ぶように二階からおりて来た。

　地下室には、酒類などを保管しておく倉庫がある。いまは使っていないけれど、暖房装置のモーター室もある。また、宿直なども出来るように小さい畳敷の部屋もある。その畳敷の部屋に、マダムの雪枝が倒れていた。まるで崩れ落ちた花のように——。但し、それは美しいというより不潔なかんじだった。

　寺田は、その体を抱き起したが、すぐ嚙みつきそうな顔で一同を振返った。

「縊り殺されたのだ。ほら、見ろ、咽喉のところのこの指跡を——」

　夏彦と冬彦とはすぐに眼を反らしてしまった。くわっと眼の坐った雪枝の顔を、ひとめ見ただけで十分だった。恐ろしさが背筋を貫いて、心臓が石のように固くなった。ところが惨劇はただそれだけにとどまらなかったのである。

「もうひとり――もうひとり殺されている奴があるんです」

等々力警部にひったてられて、一番あとからついて来た支店長の日置は、ガチガチと歯を鳴らしている。咽喉をしめられたような声を立てた。

「もうひとりだって？」

ほかの連中も心臓で咽喉をふさがれたような声を立てた。

「えゝ――もうひとり――向うのモーター部屋で――天神髯の男が――」

夏彦と冬彦は、すぐまたモーター部屋へ駆着けた。モーターのあいだにはさまって死んでいるのは、まぎれもなく易者の天運堂だった。山羊髯がひん曲って、黒い舌がはみ出していた。天運堂も絞殺されているのである。

恐ろしい地下室の二重殺人！

夏彦と冬彦は顔見合せて、いかにも嬉しそうににやりとわらったが、すぐ気がついて、あわてゝその微笑を揉消した。

蠟マッチ

天運堂の死体は、ボイラーの間にはさまって、のしいかみたいに伸びていた。山羊髯がひんまがって、やにゝ黄色く染まった歯のあいだから、だらりとはみ出した舌のさきが、薄っ気味悪いほど黒いのである。くわっと見開かれた眼が、ガラス玉のように生気をうしなって濁っているのも気味悪い。眼鏡はとんで、床のうえに、こなごなになって踏みくだかれている。

「畜生ッ、畜生ッ、畜生ッ、何んてえことだ。一晩に三人……しかも警官の眼のまえで……畜生ッこいつァ大きな責任問題だ。須藤君、とにかく死体をこっちへ引きずり出したまえ」

警部が度をうしなっているのも無理はない。どう考えても、一晩に三人の人殺しは、ちと薬が利きすぎるようだ。警部にとっても、こんな経験ははじめてだったろう。

刑事が死体を引きずり出したところへ、あたふたと医者が駆着けて来た。しかし、医者が駆着けて来たところで、いまさらどうなるものでもない。雪枝も天運堂も、すでに万事は終っているのである。

「ところで……」

と、警部はあたりを見廻わして、

「あ、君たち、そこで何をしているんだ」

「警部さん、証拠を探しているんですよ」

薄暗いボイラーの蔭(かげ)から、ひょっこり立上ったのは双生児の夏彦である。冬彦も少しおくれて、にやにやしながら起直(おきなお)った。

「証拠？　止したまえ。無闇に現場をあらしちゃ困るじゃないか。こゝは素人(しろうと)の入る場所じゃない。出ていきたまえ、出ていきたまえ」

双生児の夏彦と冬彦は、にやりと顔を見合せたが、肩をすくめてボイラーの蔭から出て来た。そのまゝ、出ていこうとするのを、

「あ、ちょっと待て」

と、警部は呼び止めて、

「須藤君、ちょっと二人のポケットを調べてみたまえ。どうもこいつら変な奴らだ。さっきから妙にうそうそしやアがって……何か、かくしてやしないか、ちょっと調べてみろ」

夏彦と冬彦は、またにやりと顔を見合せたが、別にさからうふうもなく、刑事のなすがまゝにまかせている。刑事は素速く、ふたりのポケットをあらためたが、

「警部さん、別に怪しいものも持っていないようです。蟇口(がまぐち)に、ハンカチに、シガレット・ケースに鍵束……おい、この鍵束は君たちのものだろうな。よし……おや、これはなんだ」

夏彦のポケットから、刑事が最後に探り出したのは折れた一本の蠟(ろう)マッチ。

「なんだ、蠟マッチか。珍しいものを持っているな。こんなもの、要らんだろ」

刑事が投出した蠟マッチを、後生大事(ごしょうだいじ)にひろいあげた夏彦は、ていねいにそれをポケットにおさめながら、また、にやっと冬彦と顔見合せて笑った。それからふたり肩をならべて出ていきかけたが、ドア

のところでふと立ち止まった冬彦が、肩越しにこんな事をいった。

「警部さん、天運堂の口を嗅いで御覧なさい。強いアルコールの匂いがしますよ」

「なに？」

「天運堂はいつ酒を呷ったのでしょうねえ。さっき上のホールで身体検査を受けたときには、たしかに素面のようでしたねえ」

「それが……どうしたんだ」

「それがどうした？　いゝえ、それがどうしたか僕にもよくわかりませんがねえ。これから考えてみようと思うんです」

冬彦はちょっと肩をすくめると、夏彦と顔を見合せ、そのまゝドアから出ていった。ふたりとも妙に意味ありげな、にやにや笑いをうかべながら。……

「ちっ、いまいましい奴らだ。警部さん、あの双生児め、何か知っていやがるにちがいありませんぜ」

「まあ、いゝよ。何かかくしていることがあるなら、いまに泥を吐かしてやる」

双生児がボイラー室から出て来ると、ドアの外には マスターの寺田と、用心棒の亀田がぎこちない顔をして押し黙っている。少しはなれたところには、支店長の日置重介がくろずんだ顔をして、しきりに爪を噛んでいた。

「あゝ、今度の事件を発見したのはあなたでしたね。あなた、いつか七十万円という大金を盗まれた、銀行の支店長さんでしたね。名前はたしか日置さん……そうでしたね」

日置重介は不思議そうに、ジロリと夏彦の顔を見たが、そのまゝ何んとも答えないでそっぽを向いた。しかし、こんなことで辟易するような双生児ではない。今度は色の浅黒い冬彦が、

「ねえ日置さん、あなた、なんだって地下室などへ降りていったんです。こゝはふつうの客の来るべき場所じゃありませんよ。いやこのキャバレーの使用人だって、滅多におりて来るところじゃない」

「そうですよ、そうですよ。冬ちゃんがいうとおりですよ。それだのに、あなたはこっそり、こんなと

ころへおりていらした。そこんところがうまく弁解出来ないと、あなた、どんな迷惑をおうけになるかも知れませんよ。警察の連中って疑いぶかいですからねえ。ひとを疑うのを商売にしてるみたいですからねえ」

「あなた、銀行の支店長さんでしょう。しかも、あの大金を盗まれた……しかも、あの金はまだ発見されていないのでしょう。いや、金ばかりじゃない、犯人もまだわかっていませんね。ところで、警察ではこのキャバレーへ眼をつけているんですよ。警部さんが、記憶をうしなった佐伯という男を今夜こゝへつれて来たのでも、その事はわかりますねえ。ところがその佐伯が殺された。あの事件における唯一の証人であるところの佐伯がですよ。しかも、その場にあなたがいあわせたということになると、これは、ちと、どうも?……」

「おまけに第二、第三の事件の際にも、あなたがのこのこ、こんな用もない地下室へおりて来ていらしたということになると……警部さんがどう考えるか思いやられますねえ。あなたにはお気の毒ですが」

双生児の夏彦と冬彦は、奇妙な舌を持っている。無邪気といえば無邪気といえよう、図々しいといえば図々しいといえるかも知れない。それでいて、妙にひとから憎まれない。どことなく、人懐っこいところがあるからだろう。はじめのうち、双生児の話を、うるさそうに聞いていた支店長の日置は、しだいに顔をくもらせた。

「私も……実は……いま、そのことを考えている。自分の立場が微妙なものであることは、私もよく知っている。しかし、私が人殺し……? いったい、なんだって私が人を殺すんだ。私は……私は……」

「日置さん、あなたなんだって、今夜こゝへやって来たんですか。いや、今夜ばかりじゃありませんね。このごろ、ちょこちょこ、こゝへお見えになるようですが、このキャバレーに、いったいどういう……」

「私にもわからない。私も何故こゝへ来るのか分らないんだ。しかし、なんだかこのキャバレーに心ひかれるものがあって……君たちは知っているかどうか、銀行の金を盗んだ奴は、いったんこゝへ逃げこんだのだからね」

「なるほど、それでひょっとすると、例の金がまだこゝに、かくしてありはしないか……と、そうお考えになるんですね。それで何か心当りがありましたか」

「いや、別に心当りといっては……」

と、日置は少し眉をくもらせ、

「しかし、ちょっと妙なことに気がついていたんだ。それでいっそうこゝに心がひかれたんだが……」

「妙なことゝいうと……」

「こゝのマダムだがね」

「えゝ、マダムがどうかしたんですか」

「いや、これまた別にどうということはないんだが……私がこゝへ来はじめてから、マダムが妙に歓待するんだ。いや、笑っちゃいけない。お互い、そんな年齢じゃないからね。それに、マダムが歓待しはじめたのが、私の名前がわかってからのように思われる。いずれにしても、マダムの態度が妙に狎々しいので、こっちはその手に乗ったようなかおをして通っていた。すると……」

「すると……？」

「今夜マダムが妙なことを切出したんだ」

「妙なこと？　妙なことゝいうのは？」

「盗まれた札束だがね。その中の一割だけは、私が紙幣番号をとっておいたんだ。その紙幣番号をマダムがしきりにきゝたがるんだ」

双生児の夏彦と冬彦は、思わず顔を見合せた。

「マダムが紙幣番号を……」

「そうなんだ。あの金はね、全部が全部、番号をとってあるわけじゃない。しかし、その一割の紙幣番号がわからぬ限り、うかつにあの金には手をつけられない、うっかり番号のひかえてある番号紙幣に手をつけたら、忽ち御用と来るからね。だから、犯人にとっちゃ、その番号を知ることが、何より大事なことになって来る。マダムがそれを知りたがっていたのは……」

「つまり、マダムがその金を持っているんじゃないかというんですね」

「マダムが持っているか、それともマダムが共犯者か……」

双生児の冬彦と夏彦は、また、こっそりと顔を見合せた。

「しかし、マダムはそのことについて、何か弁解していましたか。そんなことを尋ねるからには、何かもっともらしい口実があった筈だが……」

「ふむ、何かいってたようだが、そんなことどうせ出鱈目にきまっている。だから、そこんところを突込んで、もっときこうとしているところへ、佐伯のあの事件が起って……」

「なるほど、それでマダムから、聞出すチャンスを失ったというわけですね。ところで、この地下室へおりて来た理由というのは？」

「それはこうだ。マダムは二階で、警部の取調べを受けていたろう。それが、取調べを受けてから二階の手摺りのところへ現れた。私は階下から、ぼんやりマダムの様子を見ていたんだが、マダムはふいに何を見附けたのか、とてもびっくりした様子だった。それから急いで階段をおりて来るとまっすぐに地下室へおりていったんだ」

「なるほど、それであなたもあとを追われたわけですか」

「そう、しかし、すぐにじゃない。しばらく私はどうしようかと思案していた。すると、あの泥鰌髭の易者が、何気ないふうで、地下室へおりていった。しかも、ふたりともなかなかあがって来ないものだから、私もなんだか気になって、こっそり後をつけて来たんだ」

「どうして？　どうして気になったんですか。するとあなたはマダムや易者が、こゝで殺されるだろうってことを、あらかじめ知ってたわけですか」

「いや、そうじゃない。しかし、ちょっと不安な気がしたんだ」

「何故……何故、不安な気がしたんです」

「それはね、マダムが二階の手摺から、何か見付けて非常に驚いた様子をしたということは、いまもいったとおりだが、その時マダムの見ていたのが、どうもあの易者のように思われてならなかったのでね」

「何んですって？　それじゃマダムはあの易者に、何か……つまり変ったことを発見したというんですか」

だが、その時だった。ボイラー室のドアがひらいて、等々力警部が顔を出した。

「誰だ、そこでごちゃごちゃ喋舌(しゃべ)っているのは？　須藤君、関係者は別々に監視してなきゃいかんじゃないか」

双生児の夏彦と冬彦は、首をすくめてにやりと笑うと、そのままぶらぶら上のホールへあがって来た。用事はすんだのである。聞きたいだけの事は、あらかた聞いてしまっていた。……

的

新しく駆着けて来た警察官で、ホールの中はものものしい光景を呈している。

双生児の夏彦と冬彦とは、ふらりふらりとホール中を歩きまわりながら、何かしきりに談合していたが、やがて相談一決したのか、ぶらぶらと二階へあがっていった。二階にはマダムの事務室や芸人の控え室がある。事務室のほうに佐伯の死体がおいてあった。双生児は臆面もなく、その事務室へ入っていった。

「何んだ、君たちは……」

死体の張番(はりばん)をしていた刑事が、驚いたようにふたりを振返った。

「やあ、今晩は……」

夏彦がなれなれしく声をかけた。

「御機嫌いかがですか、刑事さん」

冬彦が人を食ったような笑いをうかべた。

刑事は疑わしそうに瞳をすぼめて、

「何んだ、何んだ、君は……無闇にこんなとこへ入って来ちゃいかん」

「まあ、いいじゃありませんか。一本いかがです。これ、ちかごろの闇煙草みたいに、お寒いやつじゃありませんよ。戦争前からストックしていた、上等の外国煙草……」

「要らん、そんなもの要らんから、さっさとここを出ていってくれ。警部さんに見つかると、とんでもない事になるぞ」

「まあ、そんなに固苦しいことを仰有るもんじゃありませんよ。ああ、刑事さん、それがさっき殺された、佐伯という男の死体ですね」

　ソファのうえに、佐伯の死体が長くのびている。佐伯はこのキャバレーへ入って来たとき、暑そうに上衣をぬいだが、その上衣はいま、死体の胸のうえにかけてある。射たれたとき、佐伯はその上衣をひろげて持っていたと見えて、背中のまんなかへんに、弾丸の貫いた跡がついていた。

「つまりこうだよ、夏ちゃん」

　冬彦は完全に刑事を無視していた。

「この男はキャバレーへ入って来たとき上衣をぬいだね。それを小脇にかかえて、ふらりふらりと噴水のまわりを歩きまわっていたろう。その時、電気が消えたんだね。すると、この男、何んとかいったね」

「猫だ……猫だ……暗闇の中から猫がねらっている……冬ちゃん、なんでもこういう意味の言葉だったよ」

「そう、しかもその声、とてもおびえたような声だったね。ところで、ひとがおびえた時、何者かの襲撃から逃げようとするとき、いったい、どんな素振りをするだろう、そのとき上衣を小脇にかかえているとして……」

「そりゃ、こうだよ、多分、こんな恰好をするだろうよ」

　夏彦はつかつかとソファのそばによると、無遠慮に死体のうえから上衣をとって、それを眼のまえにひろげながら、

「猫だ……猫だ……闇の中から猫がねらっている……」

　おびえたように、上衣の影に身をすくめた。

「うまい、うまい、そのとおりだ。ところで、そのときホールの電気は消えて、まっくらだったんだね、では、ひとつ、電気を消してやってみようじゃない

か」

「こら、何をする！」

あっけにとられて、双生児の芝居を眺めていた刑事が、やっと気がついたように立ち上った。立ち上って冬彦をとめようとした。だが、そのときすでに冬彦は、カチッと電気のスイッチをひねっていた。

「こら、なにをするんだ。変な真似をすると承知せんぞ。電気をつけろ。早く電気をつけないか」

「まあ、いいですよ、刑事さん、夏ちゃん、もう一度やってごらん」

「猫だ……猫だ……暗闇のなかから猫がこっちを狙っている……」

闇の中で夏彦が、上衣を両手にひろげたらしい。と、そのとたん、冬彦が、勝ちほこったような声をあげたのである。

「ほうら、御覧なさい。刑事さん、ほら、ほら、あの上衣」

「おい、どうしたんだ、何故、電気を消しているんだ」

ドアがひらいて、警部の声がした。あらあらしい二三人の靴音が、ドアのところでぴったりとまった。と、また、暗闇の中で、夏彦が、佐伯の声色を使ってみせた。

「猫だ……猫だ……暗闇の中で、猫がこっちをねらっている……」

「あっ！」

と警部が棒をのんだように、ドアのところで立ちすくむのが感じられた。冬彦がいかにも嬉しそうに叫ぶのが、闇の中からきこえて来た。

「警部さん、警部さん、おわかりになったでしょう。犯人が暗闇のなかで、どうしてああも正確に、佐伯を狙撃することが出来たか……犯人はあの的をねらって撃ったのですよ」

暗闇の中に丸い輪が、ボーッと淡い光をはなって浮きあがっているのである。それはちょうど、人の心臓の高さに浮いている。

「なんだ。あの光は……」

カチッとスイッチの鳴る音がした。と、同時に丸い光の輪は消えて、そこには夏彦がひろげた上衣があった。夏彦と冬彦は顔を見合せると、にやっと嬉しそうに微笑した。夏彦は白くて、冬彦は黒い。しかし、わらうとどっちもえくぼが可愛いのである。

警部は物凄い眼をして、夏彦と冬彦の顔を見較べていたが、急に夏彦のそばへ寄ると、上衣をひったくるように取りあげた。そしてしげしげと上衣の背中を眺めていたが、

「おい、もう一度電気を消してみてくれ」

冬彦が電気を消すと、またしても上衣の背中にボーッと丸い光の輪がうき出した。冬彦はすぐまた、電気をつけた。

「警部さん、おわかりになりましたか」

「しかし……しかし……誰が、どうして……」

「警部さん、これ」

夏彦がポケットから出してみせたのは蠟マッチ。

「ああ、これで……？」

「天運堂の死体のそばに落ちていたんですよ、ひとつ、実験してみましょう」

夏彦は蠟マッチのさきで、自分の上衣の袖に丸い輪をかくと、

「冬ちゃん、もう一度電気を消しておくれ」

冬彦がまた電気を消した。と、夏彦の袖のうえに、ボーッと浮きあがったのは、佐伯の上衣の丸い輪と、寸分ちがわぬ、同じ性質の光であった。警部がううむと唸った。冬彦はすぐまた電気をつけると、

「いかがです。これで謎の半分がとけましたね。問題はいつ、誰がこんな印をつけたかということだが……」

「しかし、それだって、警部さんに思い出していただけば、すぐわかると思うよ、冬ちゃん。だって、警部さんはずうっと佐伯のあとをつけて来たんだろ。その途中には、まっくらな場所だってあった筈だ。いや、ちかごろは夜になると、どこだって表はまっくらだからね。だから、もし、佐伯の上衣にはじめから、こんな印がついていたら、ここへ来るまでに警部さんだって気がついていた筈だ。くらやみへ来ると、ボーッと光を放つんだからね。だから、誰が

こんな印をつけたにしろ、それはここへ来る途中だったにちがいない。警部さん、誰か途中で、佐伯という男のそばにちかづいた奴は――」

　突然、警部が床から跳びあがった。

「易者だ！」

「え？」

「あの人相見の天運堂だ。そうだ、あいつキャバレーの入口で、佐伯の背中をかかえるように叩いていた。あのとき……」

　夏彦と冬彦とは、思わず顔を見合せた。警部の指摘する唯一人の容疑者は、すでに殺されているのである。

「警部さん、そのほかに佐伯にちかよったものはありませんか」

「ない。よしんばあったとしたところで、このキャバレーのまえもまっくらなのだ、このような印がついていたとしたら、われわれに気附かぬという筈はない。だから、この印はキャバレーへ入る直前につけられたものにちがいない」

「なるほど、それで大いに範囲がせまくなりましたね」

「じゃ、この印をつけたのは、天運堂よりほかにないという事にしておきましょう。なに、天運堂が殺されてるということは、この可能性を抹殺することにゃアなりませんよ。ところで警部さん、お医者さんはもう、天運堂の死体を調べたんでしょうねえ」

「うん、調べたよ。しかし……」

「お医者さん、天運堂の眼について、何か変ったことをいやアーしませんでしたか」

「天運堂の眼？」

　警部は不思議そうに双生児の顔を見くらべたが、

「いいや、何もいやアしなかったよ」

「でもお医者さん、天運堂の眼をしらべたでしょうね」

「そりゃア、夏ちゃん、調べたにまちがいないよ。死体を見るときにゃア、誰だって、まず一番に眼を見るからね」

「そうだ。冬ちゃん、僕もそのことを考えていたんだよ。それにも拘らず、お医者さんが何もいわなかったとしたら、天運堂の眼には、別に異状がないということになるね」

警部はなんともいえぬほど不思議そうな顔をして、まじまじと、双生児の顔を見くらべていたが、急に一歩まえへ出ると、

「おい、君たちはいったい、何を考えているんだ。天運堂の眼がいったいどうしたんだ」

「いや、私たちはいま、佐伯の最後の言葉の意味をかんがえているんですよ。猫が……猫がこっちを狙っている……あゝ、皆さん、どうぞこっちへお入り下さい」

ドアのところにマスターの寺田と、支店長の日置が立っていた。そのうしろには用心棒の亀田が江口緋紗子をかかえるようにして、部屋の中をのぞいていた。

札束旋風

「さあさあ、どうぞ、何も御遠慮なさることはありませんよ。ねえ、冬ちゃん、皆さんにもこっちへ入ってもらったほうがいいねえ」

「ああ、いいとも、そのほうが却って好都合だよ。みんなで可能性を突きつめていこうじゃないか。ねえ、警部さん。構わないでしょう」

双生児の夏彦と冬彦は、不思議な人格を持っている。妙に人懐っこくて、無邪気で、図々しくて押しが太くて、ちょっと抵抗しがたい力をもっている。

警部は苦笑しながら頷いた。警部がうなずいたので四人の男女が、不安そうな面持ちで入って来た。刑事が二三人、警戒するように、ドアのところに立っている。

「ところで、皆さん」

おもむろに口を切ったのは夏彦である。いささか得意そうな様子である。

「われわれはいまやっと、犯人についてある結論を得たところなんです。犯人――つまり佐伯徹也を殺した犯人ですね」

四人の男女が不安そうに顔を見合せた。

「ところが、困ったことには、われわれがあらゆる可能性を綜合して、推定し得たところの犯人はそいつ自身、殺されちまったんです。こういえば、だいたいおわかりのことと思いますが、われわれが佐伯殺しの犯人として考えているのは、易者の天運堂なんですがね」

　四人の男女がまた顔を見合せた。夏彦に代って、今度は冬彦が口をきった。かれもなかなか得意そうである。

「では、天運堂がどういうふうにして、佐伯を殺したか、まずそれについて、われわれの考えを申述べ(もうしの)ましょう。天運堂はこのキャバレーのまえで佐伯にあった。そして佐伯の上衣の背中に、蠟マッチで丸い印をつけておいたんです。そうしておいてすぐ裏口へまわって、キャバレーの中へ入って来た。そして、あの廊下にあるスイッチを切って電気を消すと、明るいところでは見えない蠟マッチの跡が、ありありと闇のなかに浮きあがる。天運堂はそれを狙ってピストルをぶっ放し、すぐまた外へとび出して、何食わぬ顔で、キャバレーの表に頑張っていたんです。これで、天運堂がなぜ、ピストルを投出していったか、おわかりになるでしょう。あいつは当然、身体検査を受けるだろうと、覚悟をしていたんですからね」

　一同は無言のまま、しばらく顔を見合せていたが、やがて支店長の日置が、咽喉の痰(たん)を切るように空咳(からせき)しながら口をひらいた。

「なるほど。しかし、その推定は間違っていたんですね」

「間違っていた？　どうしてですか」

　夏彦がにこにこ笑いながら訊返(ききかえ)した。

「だって、その天運堂も殺されちまったじゃありませんか。まさか、佐伯を殺したのは天運堂で、天運堂はまた別の男に殺されたなんていうんじゃありますまいね」

「むろん、犯人はひとりですよ。そうそう沢山、殺人的性向を持つ人間が、ひとつところに集まるとは考えられませんからね」

冬彦がにたにたしながらいった。

「それじゃ、やっぱり、佐伯を殺したのは天運堂じゃないということに……」

「さよう」

もったいぶって答えたのは夏彦である。

「もし、今夜、宵からキャバレーのまえに店を張っていた天運堂と、いま地下室で殺されている天運堂が、同じ人間だとしたらね」

「な、な、なんだって」

警部が弾かれたように、二三歩まえに飛び出した。

「君たちはいったい、何を考えているんだ。それじゃ、天運堂がふたりいたというのかい」

「警部さん、あなたがもっと注意ぶかく物事を観察なされば、やっぱり僕と同じような疑問を持たれる筈なんですがねえ。地下室で殺された天運堂は、おそろしくアルコールの匂いがしていましたよ。もし、お医者さんが解剖してみれば、多量の酒が胃の中に入っていることを発見するでしょう。ところで、今夜店を張っていた天運堂は、全然素面でしたよ。また、多量のアルコールを呷るチャンスなんて、全然ありませんでしたよ」

「じゃ、じゃ……犯人が天運堂に変装していたというのかい」

「そうですよ。どうしてそれが不可能なんです。天運堂はあのとおり、特徴のある外貌をしているでしょう。度の強い眼鏡に、泥鰌髭と山羊髭……それに誰だって、そうしげしげと、あゝいう人物の顔を観察しようとは思いませんからね、あの、髭をみただけで、あゝ天運堂かと思いこんでしまうんです」

「それにもうひとつ、天運堂が二人いたと思われる節があるのです」

双生児の夏彦と冬彦は、かわるがわる語るのである。

「日置さんの話によると、マダムは二階から天運堂の姿を見てひどく驚いた。そして急いでおりて来ると、そのまゝまっすぐに、地下室へおりていったということでしたね。何故マダムが驚いたか。何故またそれからまっすぐに、地下室へおりていったか。

——マダムはそこにいるべき筈のない天運堂を発見した。それで、急いで地下室へ、もう一人の天運堂の在否をたしかめに行った——とそう考えるのは不合理じゃないと思うんです」

「そこを贋の天運堂が追っかけていって、マダムと本物の天運堂を殺した——と、いうんだね」

「そうです、そうです。その事は日置さんの話によってもわかるんです。マダムのあとから天運堂が、地下室へおりていったという事でしたからね、ねえ、日置さん、そうでしたね」

日置重介は不安そうに無言のまゝ頷いた。

「しかし、しかし……その贋物の天運堂というのはいったい何者なんだ」

警部が云った。

「そいつはね。このキャバレーを見張っていたかったんですよ。ところが、ちょうどうまいぐあいに、天運堂という易者が、キャバレーのまえに店を出している。しかもその天運堂と自分とが、姿かたちが大変似ている。もし自分が、度の強い眼鏡をかけ、泥鰌髭と山羊髯をつければ、天運堂の身代りになれるということに気がついた。何しろ大道易者の店ですからね。薄暗いし、それに誰だって特別注意してみようとは思いませんからね。この身代りは別に難しいことはちっともなかった。そこで贋の天運堂が身代りをつとめているあいだ、本物の天運堂はどうしていたかというと、キャバレーの地下室で、振舞酒にあずかっていたというわけです。つまり、酒の御馳走になって、そのうえいくらか日当が貰えたんだから、こんないゝ職業はありませんや。さて、こう考えて来ると、贋の天運堂が何者か、推理の範囲はだいぶ狭くなって来ますね。このキャバレーの地下室へ、ひと知れず本物の天運堂のかくれ家をこさえてやって、そいつに酒を振舞うことの出来る奴——と、いえば当然、そいつはこのキャバレーの関係者ということになって来る」

「そうそう、夏ちゃん、そのとおり、そしてそいつは猫のように、暗闇の中で光る眼——おそらくそれは偽眼だろうと思うんだが、そういう怪しい眼をもった男、そしてそういう怪しい眼だから、いつも黒眼鏡か何かでかくしている男――」

　突然、その時、はげしい物音が起った。マスターの寺田が、用心棒の亀田をつきとばすと、緋紗子の手をとり、さっと廊下へ跳出した。

「しまった！」

　警部がかけつけたが、そのとたん、ドアがばたんと外からしまって、ピンと鍵がおりてしまった。

「あれえ！」

　いまになって、緋紗子がはじめて事の重大さに気がついたのか、けたゝましい悲鳴をあげた。廊下には刑事が二三人いた筈なのだが、それがなんの物音も立てないところを見ると、おそらく寺田はピストルを持っていたのだろう。廊下を走っていく寺田の足音と、引摺られていたらしい緋紗子の悲鳴が遠ざかっていく。

「畜生ッ」

　亀田の体内に、突然、憤りが盛りあがって来た。

「畜生ッ、畜生ッ、畜生、あいつ、緋紗子さんをどうしようというのだ」

　牛のような亀田の体が、二三度ドアに向って弾んだかと思うと、たちまち蝶番が外れて、ドアはがっくり横にかたむいた。それを見ると、亀田と警部は、もみあうようにして廊下の外へとび出した。支店長の日置も、真っ蒼になってあとにつづいた。

　ただここに、悠然として、口笛吹いているのは、双生児の夏彦と冬彦とである。

「まあ、われわれの出る幕はこゝまでだね」

「そうだよ、夏ちゃん、あとは警察の連中にまかせておけばいゝ」

「冬ちゃん、お目出度う」

「夏ちゃん、お目出度う」

「われわれの推理遊戯に祝福を送ろう」

「うん階下へおりて乾盃しよう」

　そこで双生児の夏彦と冬彦とは、腕をくんでゆうゆうとドアを出ていった。

　夏彦は白くて、冬彦は黒い。

　ところでその翌日の新聞は、この事件のために惜気もなく、狭い紙面をさいていた。新聞の伝うるところによると、その夜、キャバレー・ランターンには、七十万円という札びらが、旋風となって渦をまいたそうである。

それはこうだ。

あの七十万円入りの行嚢は、ホールの噴水に立っている、裸身の像のなかに塗りこめてあったそうである。寺田はその像を叩きこわして、中から行嚢を引きずり出した。ところが、行嚢が破れていたゝめに、引きずり出したとたん、無茶苦茶につっこんであった札びらが、さっと風に舞って、ホール一面に吹雪となって散ったそうである。

むろん、その時分には、刑事や警官も大勢いたし、また、足止めをくった客たちも、みんなホールに集まっていた。だから、この思いがけない豪華な札吹雪がとんだときには、ランターンのホールは、わっとばかりにけいれんし、たちまち、おさまりのつかぬ大混乱におちいったそうである。

寺田はこれで、札束にあきらめをつけると泣き叫ぶ緋紗子をひきずりひきずりキャバレーからとび出した。そして、まるで活動写真のおっかけみたいな、自動車の追跡があったのち、結局、捕えられたそうである。かれが何故、緋紗子をつれて逃げようとしたのかわからない。人身御供につれていったのか、それとも緋紗子に特別のおぼしめしでもあったのか、おそらく、両方だろうといわれている。

寺田がつかまったので何もかも分った。銀行襲撃の主魁は寺田であった。寺田とくびになった高柳信吉の二人で、銀行を襲い、行員を殺して、七十万円を奪い去ったのである。ところが、表へとび出したところへ、佐伯徹也が来合せた。かれは高柳の挙動に不安をおぼえて、それとなく銀行の様子を見に来たのだが、ふたりの姿を見ると、当時まだ普請中だったキャバレーまで二人をつけて来た。ところが、そのとき、キャバレーの中で銃声がきこえて来たので、驚いて跳びこんでみると、高柳が殺されていた。ところでそれからあとの事は、佐伯が殺されたので、想像していくよりほかに手はないが、おそらくその時かれの眼に、当時まだ、骨組だけだった裸身像の下に、行嚢がかくされているのがうつったのだろう。この行嚢を見つけた刹那、佐伯はしかし、猫のように暗闇のなかで光る眼——それは双生児が想像したとおり偽眼であった。——を持った寺田のために狙撃されたのだろう。そして、最後に見た行嚢の印象が、記憶をうしなった後も、強い印象となって残っており、それが佐伯を導いて、あのキャバレーへ足を運ばせたのであろう。

江口緋紗子は佐伯のかつての愛人だったらしい。緋紗子は愛人の無罪を信じ、あのキャバレーに何かしら、それを証明出来るものがあるような気がして、アトラクションに口を求めて働いていたのだそうだ。その緋紗子は後に、用心棒の亀田と結婚したとかしないとかいう話だが、これはこの物語に関係はない。

キャバレー・ランターンの経営者はかわった。しかし、いまでもその舞台では、双生児がタップを踏んでいるそうだ。

夏彦は白くて冬彦は黒い……。

薔薇（ばら）より薊（あざみ）へ

一

「人間の心ほど怖いものはないね。いま、君と僕とこうして話をしているだろ。ほかからこれを見ると、いかにも気のあった同志の友達が、和気あいあいとして歓談しているが如（ごと）く見えるにちがいない。ところがだ。一皮むいて心の中をのぞいてみれば、お互（たがい）にどんな不逞（ふてい）なことを考えているかわからないんだからね。口先では態（てい）のよいことをいっているが、いずくんぞ知らん、肚（はら）の中ではこん畜生（ちくしょう）――くらいならまだいゝが、ひとつ相手に、うんと手厳しい打撃をあたえてやらにゃ、――なんて陰謀をたくましゅうしていないとも限らない……」

「おいおい、妙なことをいうなよ」

「いや、ほんとの話だよ。僕はね、銀座など歩いていて、ときどき怖くてたまらなくなることがあるんだよ。だってさ。なんでもない顔をして歩いている紳士淑女諸君、そいつらがだよ、どんなことを考えているか、向うへ行く中年の男、見たところ会社の課長級といったところだが、ひょっとするとあいつはいま、いかにして会社の金を誤魔化（ごまか）すべきか――なんて考えているんじゃあるまいか、またこっちへやって来る若い細君、いかにもしおらしげな顔をしているがあれでひょっとすると、今夜亭主を毒殺しよう……」

「おいおい、どうしたんだい。いやに気味の悪い話をするじゃないか」

「まったく気味が悪いよ。こゝに照魔鏡（しょうまきょう）のようなものがあってね、そいつを持って銀座の舗道をいく連中の、心の中をうつしてみるんだ。いったいどんな姿がうつると思う。おそらく百鬼夜行だろうぜ」

「江馬君」

そこで私は急に坐りなおした。そしてつくづく相手の顔を見ながら、

「君、ちかごろどうかしてやしないか。少し過労気味じゃないかね。そんなふうにいちいち気をまわしていちゃ、社会生活というものが成立たなくなるよ。いや、社会生活どころか、夫婦生活からして成立しないね。女房の奴、いやに甘ったるい声を出して甘ったれているが、ひょっとするとあれで心の中では、おれを毒殺しようなどと考えているんじゃあるまいか。――そんなふうに考えていちゃ一日だって女房と一緒におれない」

「だから僕は考えないことにしている」

「えゝ？」

「いや、だから僕はいまいったような事は、一切考えないようにしているというのさ」

「なあんだ。じゃ、話かい」

「話――？　そう、話といえば話さ。しかし、いま君のいった例ね。ほら、夫婦でいながら互いに信用出来ないって話さ。ありゃ、しかし、真理なんだぜ。たとえば賀川と賀川の細君の場合さ……」

そこで私はドキリとして、江馬君の顔を見直した。

「そうそう、賀川君の事件……？　ありゃいったいどういうんだね。この間、ほかゝらもきいたが、どうもよくわからない……」

「だからさ、それを話してやろうと思ってやって来たんじゃないか。こりゃきっと、君の材料になるだろうと思ってね。いままで僕のいったところは、つまりその話のまくらだが、ありゃ、実に怖い事件だったよ」

そう前置きをしておいて、江馬君の話してくれたのが、以下掲げる物語なのである。

ここでついでにいっておくが、江馬君というのも、そしてまた、いま二人のあいだで問題になった賀川――賀川竜夫というのも、ともに同じ映画会社に働

いている監督なのである。

二

金曜日の夕方。――「映画芸術史」という部厚な本のあいだから、バサッと落ちた三通の手紙――何気なくそれを拾いあげて、

「あら！」

梅子は思わず頰のあかくなるのをおぼえた。

それは女学生などのよく使う、模様入りの小さな封筒で、表には「薊の君へ」裏には「あなたの小さい薔薇より」むろん、紫のインキも匂やかな女文字なのである。

「まあ、あの人たら、まだ、こんな手紙を持ってゝくれたのかしら」

良人と連添ってもう七年、せいぜい若さを失わないつもりでいても、いつか指なども糠味噌桶にあれはてて、考えもおのずから、世帯じみて来ている梅子だが、さすがにその昔、自分が送ったラブレターを、いまでもこうして、良人が大事に持ってくれたかと思うと、決していやな気はしなかった。

「ほんとに、あの頃は、あたしも子供だったのねえ。あなたの小さい薔薇よりだってふゝゝふ」

書斎のソファにべったり腰をおろすと、梅子は三通の手紙を胸に抱いて、ふうっと夢みるような眼付きになった。

薔薇より薊へ。――

いうまでもなく、それは、七年まえの梅子がいまの良人、賀川竜夫に送ったラヴレターだった。――と、その時梅子は考えたのである。

そのころ梅子は女学校を出て、やっと、憧れの日東キネマへ入社したばかりの、いわばまだワンサガールだった。むろん見る人の眼には、彼女の特徴のある美貌は、はやくから問題にされていて役どころによっては、きっと売出せるだろうと云われていた。ところが、そういうはまり役もまだつかないうちに、即ちまだまだパッと華やかな人気も出ないうちに、彼女は同じ撮影所にはたらいている、監督の賀川竜夫と恋におちたのである。

賀川はそのころから、すでに一家をなした大監督だった。きめの細かい、抒情的な映画をつくる凝り性な監督として、一流にかぞえられていた。

この賀川とどういうきっかけで恋におちたのか、梅子もいまではおぼえていない。しかし、その頃のわくわくするような嬉しさと、しかし、その嬉しさをともすれば相殺しそうな、危惧とためらいはいまでもはっきり憶えている。

嬉しさは誰にでもうなずける。しかし、なぜ彼女が、いまもなお印象にのこるほども、危惧し、ためらったか、――それにはわけのあることなのである。

監督としての賀川は、いまもいったとおり、一流中の一流だった。仕事にかゝると何もかも忘れてしまうほどの凝り性だった。猛烈な勉強家だった。ところが、私生活における賀川は、とかく評判がよろしくなかった。だらしがないのである。わけても女にだらしがないのである。撮影所へ入ると間もなく、大部屋古参の女優が、こんなことをいってくれたのを憶えている。

「賀川先生に気をつけなさいよ、あの人は有名な女たらしなんだから、うっかり乗ると、とんだ物笑いになりますよ」

しかし、当時まだ若くて、自信満々だった梅子は、そういう風評にはあえて恐れなかった。

ほかにどういう競争相手があろうとも、ひとたび恋に落ちた以上、きっと自分のほうに魅きつけてみせるという自信をもっていた。しかし、それにも拘らず、彼女がいつもその冒険に危懼し、ためらいがちだったのは、賀川に当時、れっきとした細君があったからである。

細君の名は豊子といって、やはり日東キネマのワンサガールの出身だった。いわば梅子の先輩にあたるのだった。豊子はいつも月給日になると、賀川の月給をとりに来るので、梅子もよく知っていたが、こんな女のどこがよくて賀川先生、結婚などなすったのだろうと思われるような、ぎすいヒステリックな、無愛想な女だった。年齢はその時分二十七八だった。

梅子が積極的に、賀川の手に乗っていったのは、半分以上はこの豊子のためだった。豊子に対する反感、あれでは賀川先生可哀そうだわというような義憤（？）そんな感情が梅子に口実をあたえて、とうとう彼女は賀川の手に乗ってしまったのである。

その頃、取りかわしたのが、薔薇と薊のラヴレター。二人の仲がぬきさしならぬものになってから間もなく、賀川があるときこんなことをいった。

「君、スタヂオはうるさいからね、人前では出来るだけお互いに、知らぬ顔をしていようね。用事があったら手紙を書いてくれたまえ。この間僕はふと見つけたんだが、スタヂオの東南の隅に、大きな欅の木があるだろう。あの欅の根元がうつろになっているんだ。用事があったら……いや、用事なんかなくてもいいよ、毎日あそこへ手紙を入れておいてくれたまえ。僕もせっせと書いて入れておくよ」

それからまた賀川はこんなことを附加えた。

「しかし、本名を書いておいちゃ、ひとに見附かった場合まずいからね、二人とも何か名前をつけようじゃないか。君は薔薇、いいかね、君は薔薇のように香しく美しい。僕は何にしようかな。薊とでもするか。薔薇より薊へ、薊より薔薇へ――はっはっは、ロマンチックでいいじゃないか」

いささか少女小説じみて安っぽいのだったが、そういう安っぽい趣味こそ、若い女を惑溺させるもっとも手っ取りばやいみちであることを、さすがは映画監督だけあって、賀川はよく知っているのであった。

こうして薔薇より薊へ、薊より薔薇へ、甘ったるいラヴレターが交換されているうちに、二人の仲はいよいよ抜きさしならぬものになり、いつかスタヂオ中の噂にのぼっていた。

「ああ、とうとうあの女も賀川の餌食になったか、あれでもうあいつも駄目だね」

そんな噂が梅子の耳に入るころには、もちろん賀川の細君の耳にも入っていた。しかし、それをきいても豊子は眉毛ひとつ動かさなかった。ふふんといった顔で、相変らず月給日には、スタヂオの事務所へやって来て、さっさと賀川の月給をひっさらっていった。

「まるでウィッチだね、あの細君は、いよいよますます凄くなっていくじゃないか」

「そりゃそうさ、どうせ先生は長くないと見極めをつけているのだから、いつ別れてもよいようにせっせと臍繰りをつくっているのさ」

　スタヂオの連中はあざ笑ったが、ところが突然その豊子が死んだのである。しかもげんに賀川と梅子の眼のまえで。……それはこういうわけであった。

　その時分、賀川はだんだんずうずうしくなって、梅子を平気で自分のうちに引っ張りこんだ。梅子もはんぶん捨鉢になって、誘われるとこれまた平気でついていった。いや、ほんとうは、そのころの梅子はまだそれほどずうずうしい女ではなかったのだけれど、豊子のあの、ふふんといったような白い眼を思うと、なんともいえないほど腹立たしいような、泣きたいような、笑いたいような心持ちになって、ええい、どうにでもなれとばかりについていったのである。そして豊子の見ているまえだと、いよいよ賀川に甘ったれ、戯れかかったものだが、それは一種自虐的な快楽だった。

　こういう三角関係がしばらくつづいた後、それはちょうど夏のことだったが、三人で鎌倉の賀川の友人のところへ遊びにいったのである。

　友人は三人をヨットに誘うた。そこで四人でヨットを出したのだが、そのヨットがひっくりかえったのである。梅子は友人に救われた。賀川もあまり泳ぎは達者なほうではなかったが、ひっくりかえったヨットにつかまってやっと助かった。唯一人豊子だけが溺れて死んだのである。

　それはまったく災難だった。友人もそう証言したし、また、ヨットの近くにいたボートの連中も口をそろえて証言してくれた。梅子もむろん、そう信じてうたがわなかったが、それにも拘らず彼女自身、かなり長いあいだ、いやな後味が去らなかったくらいだから、スタヂオ雀の口がうるさかったのも無理はない。

二人はそういう人の噂の七十五日もたたぬうちに結婚したのである。それはもう愛情などではなく、面当てだった。だが、誰に対する面当てだったか、世間に対する面当てか、豊子に対する面当てか。

——その時分、梅子はそう考えていたかも知れないけれど、実際は、自分たち、自分と賀川に対する面当てであったことを、梅子は間もなく知らねばならなかったのである……。

梅子の追想はそこでふと途切れた。正式に賀川の妻となってから、間もなく起った、ある小さなエピソードを、そのときはっと思い出したからである。

梅子は急に大きな眼をみはって、膝のうえにある、三通のラヴレターに眼を落した。それからひとつひとつ手にとって、仔細に裏表をあらためた。急に彼女は、指に火傷でもしたように、その三通を膝から落した。

「ああ、ちがう、やっぱりこれは、あたしの書いたラヴレターじゃないわ！」

正式に賀川の妻となってから、三月ほどのちの事だった。やはり今日のように梅子は、良人の本のあいだから、一通の桃色の封筒を発見したのである。表には「薊の君へ」裏には「あなたの薔薇より」と、紫インキの色も艶かしかった。だが、そのとき梅子はすぐ気がついたのである。その筆蹟がまったく自分とちがっていることを。梅子はあわてて中味を読んだ。ラヴレターだからどうせ似たりよったりのものだったが、しかし、それは梅子のまったく憶えのない手紙だった。

その晩、梅子は賀川をとっちめて詰問した。（ああ、その頃の梅子には、まだまだそれだけの心のはりがあったのである）すると賀川は大声あげて笑いころげながら、こんなことをいったのだった。

「梅子、安心しな。それは新しい薔薇じゃない、古い薔薇、凋んだ薔薇、枯れてしまった薔薇だ。それは豊子のラブレターだぜ」

梅子はがんと頭をなぐられたような気持ちだった。

「それじゃ……それじゃあなたは、いつでも女に恋をしかけるときには、薔薇と薊のお伽噺をおつくりになるのね」

「はゝゝは、そうかも知れぬ。とにかく豊子が初代の薔薇で、おまえが二代目の薔薇だ。三代目はまだ現れておらんから安心しな」

賀川はまた大声あげて笑いながら、呼吸がつまるほど梅子を抱きしめた。……

梅子はいま膝から落した三通のラヴレターを、おそるおそる拾いあげる。それはむろん、七年まえに死んだ豊子のラヴレターである筈がなかった。筆蹟もちがっている。そしてまた、自分の字にはかなり似ているけれど、よくよく見るとたしかにちがっているのである。とうとう三代目の薔薇が現れたのだ。

梅子は泣き笑いをするような顔になって呟いた。

「三代目――三代目――三代目の薔薇が現れるのに七年かかったのね」

梅子はしかし、なぜ七年かかったか知っている。それは自分が七年間、賀川の愛情をひきとめていたせいではない。戦争が賀川の心に新しい薔薇を咲かせなかったのだ。抒情派で芸術至上主義の賀川は、戦争中圧殺されてしまっていたのだ。最後の三年間、かれは一本も映画をつくらなかった。荒んで自暴自棄になっていた賀川は、女を喰いあらすことにかけては、以前よりひどいくらいだったけれど、その中から一輪の薔薇をつちかうほどのうるおいも失っていたのだ。

ところが、戦争のおわったいま、賀川は昔日の名声を取戻している。数年間のブランクを取返そうと、昔以上の情熱をもって、精力的に仕事をはじめている。そこに忽然として三代目の薔薇がひらいたのも無理はない。

梅子は三通のラヴレターを手にとると、沸り立つ心をおさえて、わざと冷淡にふふんと笑った。ふふん――ああ、その笑い方こそ、かつての豊子が自分に示した唯一の武器ではなかったのか。梅子はいまこそ豊子の気持がはっきりわかる。あの冷淡な、眉毛ひとすじ動かさなかった豊子の心のなかには、いまの自分と同じように、沸り立つ怒りと苦痛がひめられていたにちがいない。……

梅子は出来るだけ平静をよそおいながら、一通ずつ、封筒のなかから引出した。どうせ甘ったるいラヴレター、こんなものに驚くもんか、そういう心構えでいたのだが……

それにもかかわらず、その三通を読んでいくうちに、梅子の顔色はしだいに土色になっていった。三通の手紙とはつぎの如きものである。

第一通。

あたしもう覚悟をきめたわ。誰が何(な)んといおうとも、心にかけないことにきめたわ、あたしにはあなたさえあればいいの。あたしあなたが戯愛にかけちゃ、前科数犯のしたたかものだってことちゃんと知っているわ。でも、そんなことどうでもいいの。ただ、ただ……あたしが気になるのは、あなたの奥さんの梅子さんよ。いいえ、あたし、何も怖かあないのよ、ただ、あの人のふふんといったような顔を見ると、何んだか胸がかきむしられるようで……でも、もうこんな事、考えないことにしましょうねえ。ではおやすみなさい。

あなたの小さい薔薇より

あたしの可愛い薊の君へ。

第二通

今日あなたのおっしゃったあれ、どういう意味なの。先の女房も邪魔になって来たと思ったらうまいぐあいに死んでしまった。今度だって、そういうまわりあわせが起らないとも限らない。——ねえ、あなたは今そうおっしゃったわね、あれはいったいどういう意味なの。どういう意味なのようあれは……あたし、あたし、何んだか気が狂いそうだわ。

あなたの悩める薔薇より

あたしの恐ろしい薊の君へ

第三通

恐ろしい方。怖い人。あたしこうして手紙を書いていても手がふるえるわ。あなたはきっと青髯(あおひげ)ね。何人も何人も妻をめとって殺していったという、あなたはバルブ・ブルーの生まれかわりね。でも、でも、仕方がないわ。あなたが怖ければ怖いほど、あたし惹きつけられるんですもの。あたしもいまに……いゝえ、もうこんな愚痴は止しましょう。わかったわ。あなたこのつぎの日曜よ、梅子さんを誘い出して鎌倉へ遊びにいらっしゃるのね。そして、そこであたしが偶然出合ったような顔をして……ああ、恐ろしい。でも、でも仕方がないわ。あたしだって梅子さんの、あのふゝんというような顔を思いますと、いても立ってもいられないような気がするんですもの。では、その節……お互いにしっかりやりましょう。

　　　　おのゝける薔薇より

あたしの青髯こと薊の君へ

読み終ってふと鏡のなかを覗いたとき、梅子ははっきり、そこに死んだ豊子の顔をみたのである。あのヨットがひっくりかえった刹那の、恐怖と冷笑と皮肉と絶望の交錯した豊子の表情、――梅子はいま、それをはっきり自分の顔に見たのである。

三

「ふうん」

江馬君の話をそこまできいて、私は思わず呻き声をもらした。

「それじゃ賀川の細君は、亭主にそういう計画があることを知っていて、鎌倉へついていったのかい」

「そうなんだよ。梅子は今日を最後と盛装して、鎌倉へ出かけていったんだよ」

「しかしだね」

私は眉をひそめてまた訊ねた。

「いま、君が話してくれたことね、それはどうして分ったんだね。賀川の細君はなにか遺言みたいなものでも書いたのかね」

「そうなんだよ。そのことについて、これから僕は話そうと思っていたんだがね」

江馬君はそこでゆっくり煙草をくゆらせると、また言葉をついで話しはじめたのである。

四

その日曜の朝のことだった、思いがけなく僕は賀川の細君から厚い封書を受取ったのだ。その封書は二重になっていて、中にはまた厳重に封をした封筒が入っているのだ。しかもその封筒にはつぎのような文句が書いてあった。

「しばらくこの封筒をおあずかり下さいませ。何事もなかったら、私自身が頂戴に参上いたします。しかし、もし、私の身に何か間違いが起ったら、そのときは封をひらいて、中味をおあらためのうえ、適当に御処理下さいますよう。——賀川梅子」

　これを受取ったときには僕も驚いたね。いったい、何事が起ったのかと大いに怪しみ訝かった。君も知っての通り、賀川と僕は同じスタヂオに働いている同僚という以上に親しい仲だ。昔は肝胆相照らした間柄で、始終行動をともにして来たのだ。ところが戦争以来どうも二人の仲はしっくりいっていない。こういう時代になってみれば、それもまあ、僕が悪いというより仕方がないが、つまり僕は賀川のように節を守りきれなかったのだ。必ずしも時代の権力に阿諛迎合するつもりではなかったが、二三戦争映画もつくっている。それはそれで僕としては、決して映画製作者としての良心に恥じないつもりだが、まあ、そういう弁解はこの際止そう。戦犯なら戦犯でよろしい。暫く僕はじっくり反省してみようと思っているのだ。そういうわけで戦争以来僕と賀川は、車井戸にかゝった二つの釣瓶みたいなものなのだ。一方が上がれば一方が下がる。いまは賀川がのしあがった、僕は暗い井戸のそこを低迷している。江馬の奴、さぞ賀川を羨みねたんでいるだろうといわれても仕方がない立場なんだ。

　そういう僕のところへ、賀川の細君から変なものを送って来たのだから、僕が大いに驚き、怪しんだのも無理はないだろう。賀川の細君、梅子というのは、僕もよく知っているんだが、昔はたいへん無邪気な、感じのいゝ女だった。ところが賀川と結婚して以来どうもいけない。嫉妬深いのだと。それもほどによるが、少し薬が強過ぎるんだ。もっともそれも無理のない話で、監督になるまでの賀川は俳優だった。しかも二枚目としてずいぶん鳴らしたものだから、いまでもいゝ男振りだ。それに、誰に対しても調子のいゝ男だから、細君がハラハラするのも無理はないが、そこへもって来て、先の細君の思出(おもいで)がしじゅうつきまとうものだから、ヒステリーたらざらんと欲しても、たらざるを得ないんだね。

だから、僕はまた何か、夫婦のあいだで悶着(もんちゃく)を起こしたんだなと思った。しかし、その悶着があゝいう重大なこととは、そのとき、夢にも知らなかった。それがはっきりわかったのは、その日の夕方のことだった。賀川が鎌倉から電話をかけて来て、大変なことが、起ったから、すぐ来てくれというんだ。それを聞いたとたん、僕はすぐはっと思ったね。そこで急いで、大変なことゝいうのは、細君のことじゃないのかと聞いた。すると賀川も驚いたらしく、どうしてそれを知っているかと訊(き)き返す。そんなこと、どうでもいゝから、いったい細君が、どうしたんだと訊くと、稲村ケ崎の崖(がけ)から、足踏みすべらして落ちて死んだ……。

それをきいたとき、僕はこれはもういけないと思ったね。なぜ、そう思ったのかしらないけれど。先の細君のこともあるからね、なぜか、ぞうっとするような気持ちだったんだ。

そこでとにかく、すぐ行くからと電話をきって、それから、さっきいった賀川の細君からの封筒をひらいてみたんだ。すると中から出て来たのが、「薔薇から薊へ」のあの恐ろしい三通の封筒、それから、それを発見したときの梅子の気持ち……それがこまごまと原稿十枚ぐらいにぎっちり書いてあって、その終りにこんな事が書きそえてあるのだ。

――昨日の夕方これを発見したときの、あたしの驚き、怖れ、絶望、――どうぞお察し下さいませ。あたしはむろん、何か間違いであってくれゝばいゝ。あたしの間違いか、思い過しであってくれゝばよい、そう祈らずにはいられませんでした。

――ところが、今朝、土曜日の朝のことでございます。賀川はあたしに、明日一緒に鎌倉へ、遊びにいかないかと誘ったのでございます。あゝ、そのとき、あたしがどんな気持ちに突き落されたか。じぶんの立っている足の下が、大音響を立てゝくずれていったような気持ち、まっくらな奈落のなかへ顚落していくような気持ち……

――あたしはもう諦めております。なるようになれといった捨鉢な気持ちでおります。しかし、考えてみれば口惜しくもなるのでございます。みすみすおとしあなのあることを、知っていながらそれへみずから突きすゝんでいく、――たとえ死んでも、殺されてもかまわないが、みすみす指をくわえて術中におちいるのも、あまり能がないような気がするのでございます。

――そこであたしはこの遺書をしたゝめました。これが遺書にならずに、笑って返えしていただけるようだと、これに越した仕合せはございません。しかし、十中八九、その可能性はなさそうに思われます。そうした場合、そういう恐ろしい事態が起った場合、江馬さま、どうぞ、どうぞ、この遺書をもって、賀川と、賀川の新しい女を、なんとかしてとっちめてやって下さい。あたしが死んだあとでその二人が、のうのうとして、天下晴れていっしょになるのかと思うと、あたしは死んでも死にきれませぬ。あの人たちが考えていたほど、自分は馬鹿でなかったことを、はっきり二人に知らしてやりたいのでございます。――

梅子の手記はだいたい以上の如きものだったよ。これを読んだとき、僕はつめたい戦慄が、背筋をつらぬいて走るのを覚えた。賀川ももうこれでいよいよいけないと観念したね。と同時に僕は、自分の責任の重大さに、圧倒されずにはいられなかった。

僕はいま、賀川と妙な仲になっている。いや、お互いの気持ちのうえでは、なんのわだかまりもない筈なんだが、世間では、スタヂオ仲間では、めいめいのひいき心理から、ふたりの仲を変なものにしてしまったんだ。だからいま、賀川の味方になっても、敵になっても、僕は変な目でみられなければならないのだ。僕はヂレンマに立たされた。

しかしいまはそんな事に躊躇している場合ではない。少くとも賀川は僕に対してなんの隔心も持っていない、その証拠には、危急存亡の立場に立たされた現在、やはり昔の素直な気持ちで、僕の救援を乞うているではないか、その昔、女にしくじっては、よく僕に尻拭いをさせたように。

僕は急に胸の熱くなるのを覚えた。賀川がそういう素直な気持ちでいるのに、僕のほうが躊躇するとすれば、それは自分が落目に対して、卑怯なひけめをかんじている証拠ではないか。そこで僕は敢然として鎌倉へむかった、とにかく賀川にあって話をきこう。そして、かれがどのような不利な立場にあろうとも、かれの味方に立ってたたかってやらねばならぬ。――実際、そのときの僕のかんじは、一種悲憤なものをともなっていたよ、いまから考えると、いささかお恥かしい話だが。

ところが、鎌倉で賀川にあって話をきくと、これがいよいよいけないのだ。

先ず第一に、賀川は最初、その出来事に動顚したためか、警察にむかって嘘をついたのだ。かれははじめこういったそうだ。自分と妻と二人で稲村ケ崎を散歩していた。そのとき妻は崖ぶちに咲いている花をつもうとして、あやまって足を踏みすべらせた。自分は救けようとして手をのばしたが、ついに力及ばず崖から顚落してしまった。――と、こういっているのだが、さて、崖下から発見された梅子の死体は、右手にしっかり、ひきちぎられた女のスリーブを握っているのだね。しかも賀川と梅子が崖のうえにいたところを見た証人があるのだが、その男の言葉によると、その時、賀川と細君はふたりきりではなかった。もう一人、若い洋装の女がいたというのだ。

そこで賀川は警官から詰問されると、あわてゝ前言をひるがえし、改めてこんなことをいったのだ。実は自分と妻はきょう鎌倉へ遊びに来たが、そこでばったり久米蘭子に出会った。――君も知ってのとおり久米蘭子というのは、目下日東キネマで大宣伝をしている女優だ。――そこで三人はぶらっと稲村ケ崎のとっぱなを散歩したが、そのとき突然梅子が、蘭子の袖をひっつかんで、崖の下へひきずりこもうとした。それは実に一瞬の出来事で賀川も茫然として、なすところなく、二人の女の揉みあっているのを見詰めていたが、やっと気がついてそばへ駈け寄った刹那、梅子はついに崖下へ顚落していった。ひきちぎられた蘭子のスリーブをひっつかんだまゝ。

――

　賀川と蘭子は茫然とした。あまり突嗟の出来事で、ふたりには事態の恐ろしさが、はっきり理解出来なかったのだ。そのうちに蘭子がヒステリーを起して泣き出す。賀川もこれは大変だと気がついた。うかうかすると、二人が梅子を突き落したと思われるかも知れない。いや、そういう事態が起らないまでも、こんな事件に関係しては売出し盛りの蘭子の人気に傷がつく。――と、そこはフェミニストの賀川のことだから、ひとまず蘭子を落してやって、さて、そのあとから警察へとゞけて出たと、改めてこういう告白をしたのだ。

　君は探偵作家だから知っているだろうが、こういう場合、陳述をあいまいにしたり、前言をひるがえしたりすることが、いかに損だかわかるだろ。賀川もはじめからそのことをいっておけばよかったのだが、たまたま、その場をとりつくろおうとしたから非常に不利になって来た。警察ではてっきり二人、賀川と蘭子が梅子を突落したものと判断したのだ。それにはいまゝでの賀川の私生活ことにまえの細君があゝいう最期をとげていることなども手伝って、いっそう嫌疑はのっぴきならぬものになってしまったのだ。

　ところがだ。ところが僕はその反対なのだ。僕は賀川の話をきいて、だんだんかれを信用する気になった。といって、僕がなにも警察の諸公よりも利口だったというわけじゃない。僕は誰よりも賀川を知り、梅子を識り、また二人の夫婦生活を知っている。そこで僕は賀川と蘭子に訊いてみたんだが、いったい三人が鎌倉で落合ったのは偶然なのか、それとも打合せがしてあったのかと。するとそれに対して、蘭子はこうこたえた。土曜日の夕方、賀川の代理と称するもの、それは女の声だったが、それから電話がかゝって、明日の午後四時頃、稲村ケ崎へ来てくれ。こんどの作品のロケーションの下見をそこでやりたいから——と、こういって来たというんだ。ところが、賀川はそんなことは一切知らぬという。そしてまた、賀川夫婦が鎌倉へあそびにいったのは、賀川のほうから切出したのではなくて、梅子のほうからせがんだのだというんだ。

　警察でもむろんこういう二人の陳述はきいているんだが、てんで信用していない。ところが僕はそれを信用したんだ。ことに、賀川夫妻の鎌倉行きが、梅子の発案であったこと、それをきいたとたん、僕ははっと思い当ったことがあるんだ。梅子の遺書とそこのところに喰違いがある。梅子の遺書では賀川のほうから誘ったことになっている。ところが、僕はどちらかといえば賀川の言葉のほうが信用出来るんだ。なぜなら、僕は賀川と梅子をよく識っていたから。

　少くともその一事だけでも梅子は嘘を書いている。と、すればほかの部分にも嘘があるのではないだろうか。いやいや、あの遺書全体が——薔薇から薊へのあの三通の手紙もひっくるめて、——全部が全部嘘ではあるまいか。僕がそう考えたのは梅子をよく識っていたばかりではない。僕が最初の細君、豊子の死をよく知っていたからなのだ。豊子が死んだとき、ヨットにもう一人賀川の友人が乗っていたということはさっきもいったろ。その友人とは即ち僕なのだ。だから僕はあのときの模様は誰よりもよく識っている。当時あのヨットは賀川と梅子がひっくり返したものではないかと評判された。

　それに対して、僕は断乎としてそうじゃない、あれは不慮の災難だったと主張しとおした。しかし、実際はあれは災難ではなかったのだよ。実は豊子自身がひっくり返したのだ。

五

僕は思わずぎょっとして江馬君の顔を見直した、江馬君はひきつったような笑い方をして、

「ねえ、僕が最初にいった、人間の心の怖ろしさというのはそこにある。さりげない顔でヨットに打興じながら、豊子の心中には恐ろしい計画が発芽していたんだ。豊子はヨットをひっくり返して梅子を海の底へひきずりこます。梅子を自殺の道連れにしようとしたんだよ」

「ふうむ」

私は思わず大きく眼をみはって、太い吐息をもらした。

「この事は、梅子も賀川もよく識っている。だから、二人の結婚生活は一日だって幸福な日はなかったんだ。ことに梅子は、当時の恐ろしい幻影に悩まされつづけ、その結果、いつかしら自分自身が二代目の豊子、陰険な、疑い深い、ヒステリックな女になってしまったんだ。そして、賀川と蘭子のなかを識ると、豊子がかつて自分たちにしたと、同じようなことをしようとしたのだ。しかしさすがに二度目だけあって、今度はまえよりいっそう手がこんでいる。あわよくば蘭子ももろとも崖の下へ飛込む。しかし、それが成功しても失敗しても、二人が自分を巌から突落したと思わせよう、つまり二人に殺人の嫌疑をおわせようと試みたのだ」

私はそこでまた唸らずにはいられなかった。

「すると、薔薇から薊へのあの三通も、梅子自身が書いたのかい」

「そうなんだ。非常にうまく蘭子の筆蹟を真似てあったが、厳重な鑑定の結果、梅子の偽造と、断定されたんだ。だが、そこへ行くまでがむずかしかったよ。なぜって、あの梅子の遺書はうっかり出せない、出したが最後、賀川と蘭子の嫌疑はいよいよのっぴきならなくなるからね。だからあの遺書全体が嘘だと証明出来るまでは提出できない。その代り、いったんあの遺書が嘘だと証明出来れば、あとはかえって好都合なのだ。そういう嘘によって賀川に殺人者

の濡衣をきせようとする、梅子の計画が暴露するわけだからね」

「で、嘘だという証明は出来たんだね」

「出来たんだ」

江馬君は暗い眼付をして、しかしきっぱりいった。

「梅子は非常に利口な女だったが、利口すぎてあの遺書をあくまで真実らしく見せるために、あまり詳しく書き過ぎた。薔薇から薊へのあの三通を、彼女は金曜日の夕方「映画芸術史」のあいだから発見したと書いたろう――、ところがあの本は賀川が助監督の土屋という男に、もう一年以上も貸してあった本で、あの金曜日の午過ぎ土屋がかえしたばかりだったんだ。しかも、土屋がかえしにいったとき、賀川はまだ撮影所にいたし、また、梅子は外出して留守だったので、土屋はそれを自分で書斎へ持って入って、デスクの上において来たという。賀川は徹夜の撮影で、土曜日の朝までかえらなかったので、その本のあいだに手紙にしろなにゝしろ、はさむということは時間的に不可能だったわけだよ。はっはっはっ！」

江馬君はそういって高らかに笑ったが、しかし私はこゝにはっきり書いておく。その笑い声は決して快いものではなかったのである。

人間の心の怖しさ――ことに女心の怖しさを、私たちはしばらく黙然として、心の中で追いつゞけていた。……

百面相芸人

一

百面相芸人――というのは、昔から寄席(よせ)にあった。簡単な小道具や羽織扇子(はおりせんす)などを利用して、花咲爺(はなさかじじい)になったり、欲張り婆(ばあ)さんになったり、軍国主義はなやかなりし頃は、日の丸の旗をふって、兵隊さんになってみせたりしたものである。いたって簡粗な、原始的な芸――というほどのものでもない――で、寄席芸人としても、あまり高級なものではなかった。

　しかし、こゝにいう百面相芸人とは、それとはちがっているのである。第一、これを売物にしている灰屋銅堂からして、自分の芸を百面相などとはいわない。

　顔面模写　灰屋銅堂

寄席の看板にもそう書いてある。

　ある雑誌に紹介された灰屋銅堂の話によると、

　世に声帯模写というものがある以上、顔面模写があってもいゝじゃないか、――と、そう考えたのがはじまりで、面白半分、鏡と首っ引きで研究しているうちに、ある人が感心して、一つそれを売物に、寄席へ上って見たらとすゝめてくれたので、とうとう芸人になっちまったのです。顔面模写ですか、えゝ、それは子供のときから興味をもっていました。

　いや、興味をもっていたというより、うまれつき人真似(まね)が得意なんですね。学生時代よく友達にいわれたもんですが、おまえと向いあっていると、だんだんおまえの顔付きが、自分に似てくるので、気味が悪くてならない。――いゝえ、自分は意識して相手の表情を真似ようとするわけではないのですが、カメレオンが環境によって色をかえるように、私はいつか話相手に同化されて、表情なり身振りなりが似て来るんですね。

　この談話でもわかるとおり、灰屋銅堂の顔面模写というのは、ふつうの百面相のように、漫然と花咲爺になったり慾張り婆さんになったりするのではなく、高座のうえで実在の人物に化けて見せるのである。

　それにはふくみ綿やつけ眉毛、それからかれが考案した、特種の蠟などが利用されるらしいが、それは実に鮮かなもので、模写される当人とふたり一緒にならべてみせても、どっちが本物か贋物か、識別がつかないくらいであった。彼の得意としていた演出目録は、エノケン、ロッパ、アノネのおっさん、東海林太郎に金語楼、それから外人ではジェームス・キャグニー等であったが、エノケンの如きは得意中の得意で、ある日評判をきいて見物に来たエノケン自身が、いったいどっちがほんとのおれなんだいと、感歎これを久しゅうしたというくらいである。

　灰屋銅堂の話によると、出羽ケ嶽のようなズバ抜けた大男だとか、長谷川一夫さんのような三十二相そろった美男はちょっとむつかしいが、ふつうの人間ならたいてい化けて見せる。しかし、そンじょそこらの八さん熊さんに化けてみたところで、どなたも御存じないし、さりとて、顔が売れてるからって、やんごとなき方に扮装して、お叱りを蒙っても詰まらないから、さしさわりのないところで、同じ仲間の芸人諸君を槍玉にあげているのだそうである。

　さらにかれの曰くに、顔面模写もいつまでも顔面模写のいきにとゞまっていては、早晩あかれるにきまっている。だから自分の野心としては、このうえに更に声帯模写をそえたい。即ちエノケンさんの顔と身振りのうえに、更にエノケンさんの声で唄いたい。しかし、天二物をあたえずで、このほうは顔面模写のように簡単にいかないのは残念である。だが、いまに感じだけでも出してみようと思っている。

えゝ――

何しろ大変な芸人があらわれたものだが、ある晩、この灰屋銅堂を、当時かれの出ていた浅草の小屋へ訪ねて来た男がある。——と、いうところから、この変梃(へんてこ)な物語ははじまるのである。

二

「灰屋銅堂というのはあんたですか」

楽屋で二人きりになると、その男はまずそういって、不思議そうに灰屋銅堂の顔を眺めた。これはこの男に限ったことはないので、誰でもはじめて銅堂の素顔に接すると、必ず一度はそういって念を押すのである。つまりそれほど灰屋銅堂の素顔というのは、一般の想像からかけ離れているのである。いま、楽屋の鏡台のまえに坐っている男。——どう見たってこれが、あの不思議な芸を売物にしている男とは見えない。町を歩けばこんな顔、一山いくらでどこにだって売っていそうな気がする。つまりふつうの銀行員か会社員といったふうな、いたって平々凡々たる顔付きなのである。唯(ただ)、眼付きがちょっと鋭いのと、年齢(とし)の見当のつかないのとが、変っているといえば変っている。年齢はまったく見当がつかない。二十五六かと思えば、そうのようでもあるし、どうかすると、四十すぎではないかと思えるようなところもある。

「えゝそうですよ。僕が灰屋銅堂です。どうぞよろしく」

銅堂は客のほうに向きなおると、書生流儀にペコリと頭をさげた。芸人らしく、いやに派手な、ガウンを引っかけているのが、この男にはかえって不似合いなくらいだった。

客は驚いたように眼をシワシワさせながら、

「いや、驚きましたなあ。わたしはあんたを、もっと、つまり、その何(な)んです。特異な人柄のように想像していましたよ」

「いや、どなたでもそうおっしゃるんですよ、しかし、僕自身が特異な顔をしていたら、あゝいう芸当は出来ないわけです。つまりこの面(つら)は粘土みたいなもんですからな、特徴がないほどいゝんです。そういう意味で僕は自分の、平々凡々たる面構えに、大いに感謝しているわけですよ」

「なるほど、そんなもんですかねえ」

客はそういいながら、ポケットから香りの高い煙草(タバコ)を出して火をつけた。それは日本では見たことのないような、横文字の入った煙草で、昔ならばともかく、終戦後の日本ではこういう煙草はちょっと手に入らない。

「どうです。一本……」

「はあ、有難(ありがと)う……あゝ、これはうまい。こいつは上等ですな」

「はゝゝゝは、これはわたし自身ちょっと自慢の品なんです。あるところへ行けばあるもんですな。戦争まえからこういう煙草を、うんとストックしていた奴がある。そこへ行って捲上(まきあ)げて来たんです。もっともこっちも相当新円を捲上げられましたがな」

灰屋銅堂は香りのたかい煙を、肺いっぱいに吸いこみながら、例の鋭い眼で、それとなく相手を観察する。その男、年輩は四十前後、小肥(こぶと)りに肥った男で、金縁の眼鏡をかけ、鼻下には美しい髭(ひげ)をたくわえている。ゆっくりとしたものごしといい、胸間にきらめく金鎖といい、少壮実業家といったタイプである。

「ところで……」

と、その男は眼鏡の奥から、まじまじと灰屋銅堂の顔を見ながら、

「妙なことをきくようだが、あんたが売物にしている顔面模写、あれはエノケンだとかロッパだとか、あんたが売物にしている顔のみならず、ふつう一般の誰でも……つまり、わたしならわたしの真似でも出来るというが、ほんとうですか」

「えゝ、そりゃ……やってやれないことはありませんねえ」

「舞台のうえだけではなく、こう差向(さしむか)いになってもわからないように……それはちょっと無理でしょうねえ」

「そうですねえ。ちょっと失礼します。顔のつくりにかゝらなければなりませんから」

灰屋銅堂は鏡台のほうに向き直ると、

「いま、おっしゃったことですがねえ、つまり舞台のうえだけではなく、差向いになっても識別がつかないように出来るかどうか、それについちゃこういう話があるんですよ。やはり僕が売物にしているある芸人ですが、かりにA君としておきましょう、そのA君の扮装のまゝ、ある晩、僕がそいつの家へ押しかけていったと思って下さい。いまかえったよ、とかなんとかいってね。細君、それでちっとも気がつかない。このA君というのは有名な酒飲みですが、家にウイスキーの上等な奴を沢山確保している。こっちはそこが狙いですから、そのウイスキーを出させてね、すっかりいゝ気持ちにトラになっているところへ、本物のA君がかえって来たというわけです。細君、驚きましてねえ、もう少しで悶絶——悶絶はちと大袈裟ですが、とにかく大騒動になりましたよ。そりゃそうでしょう、亭主が二人現れたんだから。……ところで、その後A君夫妻、戦々兢々としているそうです。いつなんどきまた、贋物のA君が現れて、どういう悪戯をするかも知れんというわけですね。A君、その後僕にあうたびに、泣くようにして頼みますよ。ウイスキーぐらいは諦めるが、それ以上の悪戯を……つまり細君に向ってゞすな……しないようにしてくれって。はっはっは、こっちはウイスキーにこそ未練はあるが、あんな細君のどこがよくって——と、いう肚ですが、御亭主としてはやっぱり心配なんですねえ。はっはっは」

客はその話をきくと、信じられないというふうに眼を瞠って、

「まさか……どんなに似てるたって、細君が亭主を取りちがえるなんて……」

「信じられませんか。そうですか。じゃ、ひとつこれを見て下さい」

鏡台のまえで、くるりとこっちへ向き直った灰屋銅堂の顔を見たとたん、客はそれこそ、天地がひっくりかえったほど仰天した。無理もない。そこに坐っている男、小肥りに肥って、金縁眼鏡をかけ、鼻下に美しい髭をたくわえている男、それはそのまゝ

自分ではないか。

「どうですか。これでも信じられませんか。ちょっと一本、頂戴しますよ。いや、なにしろあるところにはあるもんですな。こういう煙草を戦争まえから、うんとストックしていた奴がある。そこへいって捲上げて来たんです。もっともこっちも相当新円を捲上げられましたがね」

「止して下さい。止して下さい」

客はポケットからハンカチを取出すと、あわてゝ首筋の汗をぬぐった。顔のみならず、口の利方、身振りまで、すっかり自分と同じ男をそこに見て、薄気味悪くなったのである。

「あはっはっは！　あなたがあまり疑いぶかいから、……」

灰屋銅堂は両手でゴシゴシ顔をこすったが、するとあの無気味な生写しのまぼろしは消えて、そこにはまた、一山いくらの平々凡々たる顔が笑っていた。

「あゝ、驚いた。いや、恐入りましたよ。それであんたのお手並みはよくわかったが、それについて、実は頼みがあるんですがねえ」

客はそこで俄かに膝をすゝめたのである。

三

終戦後、住宅のほうはいっこう建たないが、飲食店や、酒場のような、資金回収の早い商売は、もの凄い勢いで復興している。銀座裏にも焼残ったビルの中に、ちかごろにょきにょきとバアがふえて、昔にまさる繁昌ぶりを示している。そういうバアからバアへと、気前よく新円をまきちらしながら、泳ぎまわっている男があった。

灰屋銅堂の楽屋へ、あの妙な客が訪ねて来てから、三日目の晩のことである。

さて、その夜、銀座裏の相場をくるわした——と、いうほどでもないが——景気のいゝ男というのは、年輩四十前後の、小肥りに肥った男で、金縁眼鏡をかけ、鼻下に美しい髭をたくわえている——と、こういえば読者諸君は、すぐにそれが三日前に、灰屋銅堂を訪ねて来た客であることに気がつかれるだろう。そしてまた、更にかんのよい読者諸君は、ひょっとするとそれは、その客に扮装した灰屋銅堂ではあるまいかと、推理を働かせる筈である。

　そうなのである。その男というのは、いかにもあの客に扮装した、灰屋銅堂自身だった。

　では、その灰屋銅堂が、なんだってあの客に扮装して、銀座裏のバアからバアへと飲みあるいているのか、そしてまた、気前よく撒きちらすあの新円は、いったいどこから出たのか、――不思議なことには灰屋銅堂自身も、そのことについてはちっとも知っていないのである。

「頼みというのはほかでもありませんがね」

　と、あの時、客はこういったのである。

「実は、私の女房というのがとても、その、やきもち焼きなんでしてね。四六時中わたしに尾行をつけていやあがるんですよ。君は知ってるかどうか、江川秘密探偵局というのがあるでしょう。あそこのおやじの江川蘭堂という奴に頼みゃあがってね。それでわたしはどこへ行くにも、尾行つきというわけなんです。いや、こまったもんじゃありませんか。わたしだって、その、なんだ、たまにゃ浮気もしたいじゃありませんか。はっはっは」

　と、客は腹をゆすってゆっくり笑うと、

「それで実はあんたにお願いがあるんだが、三時間――ほんの三時間でいゝんだが、わたしの身替りになって、尾行の奴をひきずり廻して貰いたいんですがね。そうすると、そのあいだにわたしは息抜きが出来るというわけで、はっはっは、三時間あれば、相当命の洗濯が出来るわけですからな。どうでしょう。承諾してもらえれば恩にきますがね」

　そしていのちの洗濯代として、五千円払うというのである。

「むろん、その三時間に要する費用は、別に勘定しますがね。わたしの考えじゃ、そのあいだ、銀座裏のバアからバアへと飲んでまわってもらえばいゝと思うんです。女のほうは一切御法度だが、その代り酒は、まあ、女房も大目に見てくれるんでしてねえ」

「そりゃ、勘定そちら持ちで飲んでまわって、そのうえに五千円の日当といやあ、牡丹餅で頬っぺたをなぐられたようなうまい話ですが……」

「あゝ、それじゃ承知してもらえますね。有難い、有難い。――と、ところでこゝに一つだけ条件があるんですがね」

「はっはっは、そんなことだろうと思いましたよ。どうも話がうま過ぎる。条件というのは、まさか生胆をくれなどというんじゃ……」

「ば、馬鹿な、そんなんじゃありませんよ。実はね、その尾行の探偵というのが、いちいち詳細な報告、つまりわたしの行動に関してですな、それを女房によこしゃあがるんです。で、わたしが家へかえって女房にはなす話、それと報告とのあいだに、少しでも喰いちがいがあると、女房の奴、たちまち角でしてね、だから条件というのは、あんたが飲んでまわるあいだの言動についての詳細な記録――といえば大袈裟だが、つまりメモですな。そういうものを作っておいてもらいたいんですがね」

「あゝ、わかりました。つまり何時から何時までどこのバアにいて、何と何を飲んで、どういう女給とどういう会話をした――と、そういうことがわかればいゝんでしょう」

「そうそう、あんたはなかなか察しがいゝ。やってくれますか」

「えゝ、やりましょう。それくらいならお安い御用です」

――と、そういうわけで、今夜、銀座裏のバアからバアへと、新円をまきちらして歩いている灰屋銅堂なのである。

ところがその三軒目にやって来たバアの名前はたしかチンナモミという、変梃な名前だったが、そこでぽつんとひとりで飲んでいるうちに、灰屋銅堂は向うのほうから、ひとりの女が、しきりに自分のほうに眼配せしているのに気がついた。二十前後の、口紅のいやにどぎつい、ねっとりしたような眼付きをした女であった。その女はほかに二三人つれの男があって、灰屋銅堂がはいって来るまえから、そこできゃっきゃっとふざけていたのだが、銅堂のすが

たを見ると、びっくりしたように大きく眼を瞠ったみは
――のを銅堂はおぼえている。その女が、ほかの男とふざけながら、おりおりそっと銅堂に眼配せするのである。それは早くこゝを出ていけ、というらしかった。そして外へ出て自分のいくのを待っていろ、という意味らしかった。

（あの女はおれを知っているのかな）

しかし、銅堂のほうでは全然知らない女であった。だからあの女が自分を知っているとすれば、生地のきじ自分ではなくて、自分がいま身代りをつとめている、あの怪しげな紳士を知っているのにちがいない。

銅堂は急に悪戯ごころがこみあげて来た。かれはまだあの男の正体を少しも知っていない。名前も住所も一切きいてくれるな――と、そういう約束だったからである。

（よし、ひとつあの女から、この奇妙な仕事の依頼人の正体をひき出してやるかな）

銅堂は肚のなかでクスクス笑いながら、チンナモはらミを出ると、角の焼跡のところで待っていた。すると果して、女はすぐにやって来た。

「あんた、どうしたのよう。あたしほんとうにびっくりしたわよ」

「どうしてさ」

銅堂は出来るだけ当りさわりのない返事をするとにきめる。うっかりこちらから積極的に出て、馬脚をあらわしては詰まらない。

「どうしてもこうしてもないわよ。あんたもうずいぶん飲んでるのね。こんなことが奥さんにわかったらまたひと騒動よ」

「なんだ、嬶あのことかい、あんな奴！」かか

「まあ。……あんた、今夜はよっぽどどうかしてんのね。いつもはあんなにびくびくして、奥さんの鼻息ばかりうかゞっているくせに」

「いけないかい？」

「いけない？　あら、いけなかあないわ。はっはは、あんた今夜、奥さんと喧嘩して来たのね。いゝわ、いゝわ。たまにはいゝわ。なんぼ養子だって、けんかあんなに奥さんに偉張らしとく手ないわ。だけど、いば

あんた、これからどうするつもり。どこか当てがあるの？」

「さあ」

「あたしんち、寄ってかない？」

「だけど、おれ、十一時には人に会う約束があるんだ」

「十一時？　十一時ならまだ一時間はあるわ。ねえ、この近所にあたしの知ってるひとが、店を持ってんのよ。話をすれば部屋を貸してくれるわ。ちょっと小綺麗な部屋よ。ドアに鍵だってかゝるし……あんた、せっかくこゝであってるのよ、このまゝ別れるって手はないでしょう」

　女の腕がからみつくように、かれの首にまきついて来た。焼跡だらけの、薄暗い銀座裏の夜更け。――誰も見ているものはない。灰屋銅堂は、急におかしさがこみあげて来た。咽喉（のど）の奥でかすかにくすくす笑いながら、女の腰をぐっと抱きよせた。頭のすみで、まんざら捨てた女でもないと考えながら。

……


　かっきり十一時。

　灰屋銅堂は約束どおり、数寄屋橋のうえへやって来た。いま別れて来た女の肌の感触が、まだ体のすみずみに、甘い後味をのこしていて、銅堂はしきりににやにや笑っていた。

　橋のうえまでやって来ると、果してあの男が待っていた。帽子をまぶかにかぶり、外套（がいとう）の襟（えり）をふかぶかと立て、人眼をはばかる恰好（かっこう）である。男は銅堂のすがたを見ると、すぐつかつかとそばへ寄って来た。

「歩きながら、話そう」

　ふたりはそこで、暗い壕端（ほりばた）を、新橋のほうへ歩き出した。

「御苦労さま。もう変装をとって下さい。同じ人間がふたり並んで歩いていちゃ、人がびっくりして胆をつぶしますよ」

「おっと、忘れていました」

　銅堂が両手でゴシゴシ顔をこすると、急にあの模写された顔面は消えうせて、そこにはまた、一山い

くらの平々凡々な顔があらわれた。男はそれを見ると安心したように、

「で……？　うまくやってくれましたか」

「うまくやったつもりです。しかし、尾行らしい人間は見えませんでしたよ」

「むろん、見える筈がない。相手はそんな素人じゃないからね。見えなくても、ちゃんと尾行しているんです。ところで、メモは？」

「あゝ、そうそうこゝに詳しく書いてあります。それからこれが使い残りの金」

「いや、それはそっちへ取っておいて貰って結構。それから、これ約束の五千円」

男は紙包を出して渡すと、ポケットから例の香りの高い煙草を取出した。

「どうです。一本」

「あゝ、有難う」

男がカチッと鳴らしたライタアで、銅堂は煙草を吸いつけると、

「ところで、あなたの方はどうでした。首尾よくいったのちの洗濯が出来ましたか」

「はっはっは、おかげさんで。久しぶりでゆっくり楽しむことが出来ましたよ。何しろ尾行つきだと思うと、遊んでても、気が落着かないからね。今日は久しぶりに開放されて、思うぞんぶん……おや、どうかした？」

いまゝで並んで歩いていた灰屋銅堂が、ふいにくらくらと、二三歩よろめいた。くわえていた煙草をポロリと口から落すと、泳ぐような恰好で、またふらふらと宙に足を踏んだ。

「危い！」

例の男が駆けよった刹那、灰屋銅堂のからだは朽木を倒すようにもんどり打って濠のなかへころげ落ちていった。

「しまった！」

男は叫んで崖のうえから、まっくらな濠のなかをのぞき込む。そのへんは水が浅くて、崖際には、臭い泥が露出している。銅堂のからだはその泥のうえに、長くのびているのである。

「あいつ、ほんとうに死んだろうか」

男は自分もおりていこうとしたが、そのとき、向うからちかづいて来る二三人の足音がきこえた。それを耳にすると、男はチェッと舌を鳴らし、おりていくのを諦めると、その代り、さっき銅堂が口から落した、煙草の吸殻を拾いあげ、それを大事そうに外套のポケットに突っ込むと、そのまゝ足早に立去っていったのである。

いまにも雨の落ちて来そうな、暗い、寒い晩のこと。――

四

それから二週間ほど後のことである。

警視庁の捜査課へ、ふらふらと臆面もなく入って来た男がある。

平たい、蟹のような、下品な顔をした男で、長い古ぼけた外套を無精たらしく着流して、頭には時代ものゝ、ケバの立った山高帽子をかぶっている。年齢はいくつぐらいか見当もつかない。五十を越した老人のようでもあるし、そうかと思うと、妙に脂ぎって、精力的なところが、三十五六から四十までの壮者のようにも見える。

「やあ、江川君、何しに来た。そう無闇にふらふら入って来ちゃ困るじゃないか」

眉をひそめて、とがめるようにそういったのは、有名な捜査課の等々力警部である。

「はっはっは、まあ、そういうなよ。久しぶりに会いに来てやったんだ。おい、何かまた面白い事件はないか」

無遠慮にデスクのはしに腰をおろして、にやにや笑っているその男というのは、江川蘭堂という人物である。渋谷に秘密探偵局を持っている、ところで、その秘密探偵局なるしろものだが、これがおよそインチキであることを、等々力警部は誰よりもよく知っている。弱いものいじめをするふうはあまりないが、闇ぶとりの新円成金などで、うっかりこの秘密探偵局にひっかゝったがために、とんでもない眼にあった連中の少くないのを、等々力警部もよく知っている。第一、この江川蘭堂という人物からして、はなはだ不思議千万な存在なのである。渋谷のほうの探偵事務所は、いつも書生にまかせきりで、自分はいったいどこで何をしているのか、居所さえはっきりさせない男である。

こういう怪しげな存在であるにも拘らず、等々力警部が妙に頭があがらないというのは、この男がときどき、難事件や怪事件で、素晴らしい助言をしてくれることがあるからである。危く迷宮入りをしそうな事件が、この男の助言のおかげで、見事に解決したような例は、いまゝでに二度や三度ではなかった。警部はだから、いつもこの男の人を喰った皮肉な態度や言葉を、いまいましいとは思いながらも、一目おかずにはいられないのである。

「ふむ、ちかごろ面白い事件ってないが、変わっているといえば、まあ、あの少壮実業家の細君殺しぐらいのものだろうな」

「少壮実業家の細君殺し？　どんな事件だいそれは——おれはこゝ暫く旅をしていたので、ろくすっぽ新聞も読んでいないんだ。話してみないかい、それを……」

「新聞を読まない？　君が……？」

警部は疑わしそうに江川蘭堂の顔を見ていたが、軽く肩をゆすると、

「話したっていゝよ。どうせもう解決しているんだからな。いまから二週間まえのことだが、荻窪の友田信行という少壮実業家のうちで、人殺しがあったんだ。殺されたのは信行の細君で、奈美江というんだが、絞殺されていたんだよ。はじめのうちわれわれは、近頃はやる強盗のせいかと思っていたんだが、調べているうちに、だんだん変なところが現れて来た。というのは、その晩にかぎって、友田家の女中も婆やもみんな留守になっている。主人の友田信行もむろん外出中だったというんだね。そこで、ひょっとすると、これは単純な強盗殺人事件ではなくて、原因はほかにあり、それを強盗のせいらしく見せかけようとしたんじゃあるまいか、——と、そこで友田家の内情をよくよく調べてみると、つぎのような

事がわかったんだ。元来この信行というのは養子でね、細君の奈美江の親爺というのが、ほら、君も知ってるだろ、Mの番頭格の友田権兵衛なんだ。信行は、その友田家の書生をしながら学校を出て、権兵衛の関係会社へ入った。ところが細君の奈美江という女だが、これが若いころから身持ちの悪い女でね。役者かなにかの種をはらんだらしい。権兵衛そこで泡を喰って、信行に因果をふくめ娘の養子として、まあ表面は糊塗したのだ。うまれた子供も信行の子として入籍されたが、これは生後六ケ月ぐらいで死んだらしい。と、そういう夫婦だから、信行と奈美江のあいだがうまく行かないのは、はじめからわかりきっている。しじゅうごたごたがあったらしいが、それでも権兵衛の生きているあいだは、信行も煮湯をのんだような気持ちを我慢していた。

ところが、去年の終戦のショックで、この権兵衛がポックリ死んだ。しかも信行自身がすでに少壮実業家として相当地歩をしめて来ている。こうなると、もうそうそう、傷物の細君の機嫌なんか取っておれんじゃないか。というわけで急に羽根をのばしはじめた信行は、ほかに女をこさえたんだね」

「ちょっと待って、信行の新しい女というのは、どういう女なんだい」

「なんでも昔、友田家の厄介になっていた娘だというが、それがちかごろ銀座あたりで、闇の女――というほどではないが、それに類したことをやっていたんだね。名前は繁子というんだ。どういうきっかけからか、信行がこの女にひっかゝったんだね。まあ、ちょっと綺麗な女だからね。ほら、こゝに写真がある」

警部の出した写真を見ると、江川蘭堂はふうんと鼻を鳴らした。それはたしかに過ぐる夜、灰屋銅堂をもう一人の男と間違えて、変なところへ引っ張りこんだ女であった。

「そういうわけで、犯人は信行じゃあるまいかというので、きびしく取調べたんだがすると、妙なことには、信行、待ってましたといわんばかりにアリバイを申立てるんだ。言い忘れたが奈美江が殺されたのは夜の十時頃のことなんだが、その時分には、自分は銀座裏のバアからバアへと飲んでまわっていたこと、いちいちバアの名前もあげるし、そこで何を何杯飲んだの、どういう女がいて、どういう話をしたのと、それは実に詳しいんだ。もしそれが事実とすれば、むろん信行は無罪だが……」

「それが事実じゃなかったのかい？」

「ふむ、そこがおかしいんだよ、信行め、とても確信をもって申立てるにも拘らず、信行の申立てた銀座裏のバアを取り調べてみたところが、どこでも、こんな人、いまゝで一度も見たことはありません。……」

「はっはっは！　それで信行どうしたい」

「気がちがってしまったよ。気がちがってね、ベラベラと細君殺しを白状したよ。それはいゝんだが、妙な事を口走るんだ。信行という男、昔、競馬にでもこっていたことがあるんだね。独房のなかを、気抜けしたように歩きまわりながら、ハイヤ、ドードー、ハイヤ、ドードー、あん畜生、ハイヤ、ドードーの馬鹿野郎なんて言ってるんだよ」

「うわっはっはっは」

何がおかしいのか江川蘭堂、そこまで聞くと腹をかゝえて笑いこけたものである。

それから間もなく警視庁を出た江川蘭堂は、猫背の背中をまるくして、ふらりふらりと歩きながら、こんなことを口の中で呟いていた。

「友田信行さん、これも身から出た錆じゃよ。おまえさんがあの時、公明正大にやってくれさえしたら、わしもほんとうのメモを渡すつもりだったんだ。ところがおまえさんと来たら、妙に油断のならない眼付きをしている。そこでわしは用心して、出鱈目のメモをまず渡した。すると果しておまえさんは、新聞を切った贋の紙幣包みをわしに渡しおった。そんな事で騙せるようなわしじゃない。手触りですぐそれと知ったから、いよいよ用心していると、おまえさんは怪しげな煙草をわしにくれた。おまえさんも利口な男じゃが、胆っ玉はあまり太いほうじゃないな。ライタアをつけてくれたとき、おまえさんの手がたいそうふるえているのに気がついたから、わしは一口、吸った真似をしてみせて……はゝゝは、あとはお茶番じゃ。信行さん、これも身から出た錆じゃよ。おまえさんが公明正大にやってくれたら、わしはほんとのメモを渡したしおまえさんもちゃんとアリバイを立証出来たのに。うふふ！ それにしても繁子という女、あいつはちょっと儲けものだったな。ふふふ！」

江川蘭堂はにやにや思い出し笑いをしながら、それから間もなく銀座のデパートへ入っていった。しかしいつまで経っても彼の姿はそこから出て来なかった。

その代り、あの平凡な灰屋銅堂が、間もなくそこから出て来たかと思うと、口笛吹きながら浅草の小屋へ出かけていったのである。

泣虫小僧

一

泣虫小僧の太一にとっては、泣くことほど世の中に楽しいことはないらしい。メソメソベソベソとせぐりあげていると、腹の底から甘酸っぱい涙がこみあげ、じいんと胸をしめつけられるような郷愁をおぼえ、鼻の奥がきゅんと痛くなって来る。泣虫小僧の太一には、それほど快(こころよ)いことはないらしい。

泣虫小僧はひもじいといっては泣く。誰もかまいつけてくれないといっては泣く。みんなが自分をいじめると考えては泣く。殊(こと)に最後の考えは、太一にとって一番のお気に入りだ。何もすることがなくて泣きたくなると、かれはそれをかんがえる、いじめられた記憶は無数にあるから、かれの涙腺を刺戟(しげき)するに足る材料もまた無数である。かれは過去の出来事のいろんな場合を思いうかべて、メソメソベソベソ心ゆくまで泣くことが出来るのである。

泣虫小僧は戦災孤児である。どこのうまれだか誰も知らない。としは十二か十三であろう。いつどこから流れて来たのか、もう一年以上もこの町の靴磨(くつみが)きをやっている。靴磨きのほかに、むろん小さな盗みをおりおりはやる。この町というのは中国地方の、人口十万ばかりの中都市である。以前は二十万の人口を擁していた都市だが、御多分にもれぬ戦災で、一時は五六万まで人口が減った。それがやっとこゝまで盛りかえしたのである。泣虫小僧はこの町の滓(かす)をくって生きている。全(まった)くそれは滓をくって生きているというよりほかにいいようがない。誰もこのような少年が、その日その日をどうして食うて、どうして眠って、どうして着ていくのか知る者はない。しかしとにかくかれは生きている。生きているからには何か食うているのだろう。どこかで眠るにちがいない。たといボロにしろ、身にまとうているからには、着ていると申しても差支えないであろう。但し履物らしい履物は履いていた事がない。いつもはだしだ。

泣虫小僧もむろんおりおりは浮浪者狩りにひっかかる。この町の第一回の浮浪者狩りは去年の暮に行われた。町のあちこちにたむろしていた浮浪者はいっせいに検挙されて、六里ほどさきにある厚生館へ収容された。老若男女、しめて三百五十人ほどであった。ところが一週間もたたぬうちに、その中の百人あまりが町へ舞いもどっていた。脱走したのである。やがて第二回目の清掃が行われ、かれらはまた厚生館へ送られた。すると今度は五十人ほどが脱走して、また町へ舞いもどった。第三回、第四回の浮浪者狩りが行われた。脱走したものはそのつどトラックにつめられて、厚生館へ送りかえされた。だが、そうしているうちに厚生館の生活も板について来たのか、脱走する者もしだいに少くなった。

泣虫小僧の太一は、その少い脱走者の一人なのである。いったい脱走常習者の告白をきくと、かれらが厚生館の生活になじめないのは、施設や待遇に不平があるというよりも、主としてグループの問題であるらしい。たいていの浮浪者は町を放浪していたころから、数人乃至十数人のグループをなしているが、こういう連中はそう執念ぶかく脱走しない。仲間があるからどこにいても心丈夫なのか、案外早く厚生館の生活になじんで来る。それに反して仲間のない、孤立していた連中は、ひとつ施設に入れられると、どうしてもグループを持った連中に威圧をかんずることになる。それに孤立していたということそれ自体が、団体生活に不向きな性格を示している。そこでかれらは厚生館の、ともかくも雨露をしのぐ施設や、三度の食事を犠牲にして、何度でも脱走せずにいられないのである。

泣虫小僧の太一はそれの尤なる者であった。かれは自分のほうから仲間に投じようとしないのみならず、仲間のほうからも排斥された。メソメソベソベソ泣くよりほかに能のない太一の存在は、仲間の者をこのうえもなく不愉快にする。いったん泣き出すとつゆどきの雨のように、とめどなくつづく太一の泣声には、相当辛抱強い者でもイライラせずにはいられない。だから誰もかれもがかれを憎んだ。癇癪を起してビンタがとぶ。あやうく袋叩きにされそうなこともあった。そこで太一は脱走するのである。

　何度目かの脱走をした太一は、ちかごろまた町へ舞いもどっている。ボロをさげてはだしのまま、メソメソベソベソ泣きながら、炎天下の町をほっつきまわっている姿を見てももう誰もあまり驚かない。おや、また泣虫小僧が脱走して来たよと見送っている。そういう種類の少年としては、泣虫小僧は無害な方であったから、ひとびともあまり気にかけていないのである。

　泣虫小僧は今夜もメソメソ泣いている。いつもかれが塒にしている、公園の奥のベンチに犬のように寝ころんだまま、メソメソベソベソととめどなく泣いている。蒸せかえるように暑い夏の晩で、公園のうえに月が出ている。月の光が溢れてつきぬ太一の涙を照らしている。今夜太一が泣いているのは、腹がへっているからである。今日は朝から食物らしい食物もろくに食べていない。靴磨きもちかごろはとんと不景気になったし、それにお巡りさんにつかまることをおそれて、落着いて商売に身を入れることも出来ないのである。太一は空腹のために体がよじれるようであった。チクチクと胃の腑がいたんで、その痛みが波のようにしだいに大きくなって来る。波状的に襲うその痛みをかぞえているといつかかれは泣きじゃくる事さえ忘れていた。

　とうとう太一は起きなおった。何とかして胃の腑を満足させないと、このまま死んでしまいそうな気がした。こういう少年にも死はやはり恐怖である。太一はふと公園下の料理屋の裏に、南瓜のなっていたことを思い出した。あの南瓜はまだ少しわかいが、そんなことは問題ではない。南瓜のほかにトマトも胡瓜もなっていた。太一は起きあがると犬のように走り出していた。

　太一の目指す料理屋というのはかしくといって、公園裏の崖の下にある。そのへんもむろん焼けたのだが、戦後いちはやく復興して、本建築としては安っぽいが、バラックとしては上等な家がたちならんでいる。かしくはなかでも上等なほうで、ひところはかなり客を呼んだものだが、飲料店の閉鎖で、ちかごろでは喫茶店とかんばんを改めている。しかし昔ほど盛んではないようである。

　太一はかしくの裏の崖のうえまで来た。崖といってもせいぜい五米くらいのものである。崖のうえには空襲で焼けただれた松が五、六本立っていて、あたりは雑草で埋まっている。太一は草のなかに腹這いになって崖下を偵察する。時刻はもう真夜中過ぎだからあたりはむろんまっくらである。五坪ほどある崖下の庭には、南瓜の葉が夜露にぬれて光っている。

　太一は雑草の根をつかんで、スルスルと庭へしのびおりた。四つん這いになったまゝ、しばらくあたりの様子をうかゞっていたが、やがてトマトをちぎって口へ入れた。真夏の暑気をふくんだトマトはまだ青臭かったが、そんなことは問題ではない。鵜呑みにそれを呑下してしまうと、すぐつぎの奴に手をかけた。二つ、三つ、四つ——こうして立てつゞけにトマトを食うて、胃の腑のいたみはいくらかおさまったけれど、その代り、空腹感はまえよりいっそう激しくなった。もうトマトではおさまらない。そこでかれは土のうえにころがっている南瓜のひとつに手をかけたが、そのときである。家の中からがたっと何かゞ倒れるような音がきこえた。太一はぎょっとして南瓜の葉のしげみの中に身を伏せる。血管がドキドキ鳴って、心臓がいまにも胸壁をやぶって躍り出しそうであった。太一は犬のように眼を光らせながら、すぐ向うにある雨戸のほうを視詰めている。——と、間もなくかれは、ぎょっとしたように大きく眼を瞠ったのである。

暗いのでいままで気がつかなかったが、雨戸は全部しまっているのではなくて、丁度まんなかへんが一枚あいていた。雨戸のみならず障子もあいていると見えて、そこから座敷のなかゞうかゞえる。むろん電気は消してあって、座敷の中は洞穴のようにまっくらである。太一はいまにもそこから誰かゞ躍り出して来るのではないかと息をころし、体をちゞめて待ちかまえていたのだが、そのうちに、ふと妙なことに気がついたのである。まっくらなその洞穴を右から左へ、左から右へと、と小さい光がふわふわと、宙に浮いて動いているのである。ぽッつりと、煙草の火ほどの光であったが、その妙にかすかな色といい、ふわふわとした、根なし草のように音のない動きといい、人魂のように無気味であった。戦後の二年間を野天でくらした泣虫小僧は、人魂を何度か見たことがある。

　太一はさっと腋の下から冷汗がほとばしり出るのを覚えた。いまにも泣き出しそうになるのを、やっと歯をくいしばって噛殺していた。その代り平たい鼻翼がはげしくふるえた。

　無気味な光りものは、相変らずふわふわと右から左へ左から右へと、くらい虚空をとんでいる。しかし、そのほかには別に変ったことも起らない。あたりがしいんとして、人の気配もないだけに、音もなくとびつづけるその光りものがいっそう気味悪い。

……

　しばらく太一は、石のように体をかたくしたまま、その光りものを眼で追うていたが、そのうちにほっとしたように大きな溜息をつくと、いっぺんに緊張がゆるんだ。やっとその光りものの正体がわかったのである。

　それは蛍であった。座敷のなかは蚊帳がつってあってその蚊帳のなかを、蛍が一匹とんでいるのである。

　太一はほっとすると同時に、なあんだと思った。騙されたようないまいましさを感じた。にやっとくらがりの中で歯をむき出してわらった。だが、それとともに太一は妙な好奇心をそそられたのである。

蚊帳のなかに蛍をはなって寝ている人物を、太一は想像することが出来る。それはかしくのマダムのお照という女である。しかも今夜はお照がひとりであることも太一はよく知っていた。かれがなぜそんなことを知っていたかといえば、亭主の古屋甚蔵という男が、旅ごしらえで出ていくところを、宵に見かけたからである。

「それじゃ帰りは明後日になるわね」

「ふむ、なるべく早くかえって来るつもりだが、まあ、明後日の朝になるだろうよ」

かしくのまえで、送って出たお照と甚蔵とのあいだに、そんな問答の取りかわされているのを、そのへんをほっつき歩いていた太一が、ふと小耳にはさんだのである。甚蔵はそれからすたすた立去った。多分駅へいくのだろうが、その駅は公園の反対がわにある。飲料店追放以来、商売がとかく思わしくないところから、甚蔵がちかごろヤミブローカーみたいなことをはじめたのを、太一はなんとなく知っている。こういう浮浪児などというものは、一種の自己保存の本能から、かなりいろんなことを知っているものである。だから今日も、何かヤミ物資の仕入れにいったのであろうと太一はそのときかんがえた。

そういうわけで太一は今夜、そこに寝ているのが、お照ひとりきりであることを知っていたのだが、そのことがかれに、一種の復讐的な好奇心をそゝったのである。お照というのは年頃二十七、八の、かくべつ美人というわけではないが、色の白い、ボチャボチャとした、上方式に肉感的な女である。この女については、公園にたむろしている浮浪者のあいだでも、よく噂にのぼることがあった。

「かしくのお照か、あいつはどうも、うふふ……」

誰でもこの女の噂をするときには、鼻の頭に皺を寄せて妙な笑いかたをする。幼い太一にはそれがどういう意味であるかよくわからなかったが、太一は太一なりにこの女にある種の感情をもっていた。ずっとまえのことである。太一はかしくの店先で、小さな盗みをはたらこうとするところをお照につかまって、肉附きのいゝその平手で、無茶苦茶に横っ面を張られたことがある。泣虫小僧は執念ぶかい。そのことをいつまでも忘れないのである。

だから太一がそのとき、お照の寝姿をのぞいてやろうと決心したのは、決して色情的な意味ではなく、それによって、せめて腹癒せしてやろうというのであったろうと思われる。出来れば女の寝姿に、唾でもひっかけてやろうと思ったのかも知れない。

太一は南瓜のしげみを出ると、そっと縁側のそばへ寄った。縁側といっても、バラックに毛の生えたような建物のことだから、むろん本物の縁ではなく、せまい濡縁である。しかも中は六畳一間で、そこに六畳蚊帳がつってあるのだから、蚊帳は座敷いっぱいにひろがり、手をのばせば庭からでもその裾にさわることが出来る。太一はその裾に額をくっつけるようにして中を覗きこんだ。

部屋の中は電気が消えていたが、外には月があるし、それに飛びから蛍がかすかながらも明りをまきちらしているので、蚊帳のなかにはほのかな光が揺曳している。それにこういう浮浪児はヤミに対して一種特別な視力を持っている。太一は間もなく朦朧と浮きあがって来る女の寝姿を認めた。

お照は暑いのか、掛蒲団を裾のほうに蹴って、仰向けに寝ていた。帯が少し解けて、はだけた処から、むっちりとした乳房がひとつのぞいている。裾が少しまくれあがって、白いふくらはぎが見える。ぴったりと肌にくっついた浴衣の、臀から太股への放縦な線が、太一のような少年にも、生唾をのませるほど悩ましい。太一はいよいよ体を乗出して、蚊帳の裾に額をこすりつけながら、お照の寝顔に眼をやったが、そのとたん、彼の視線はある一点に釘づけになってしまった。

お照は少し枕をはずして顔をこちらへ捩じむけるようにして寝ている。髪が解けて白いシーツのうえをからす蛇のように這うている。万歳をするように両手を頭のうえにのばしているが、片袖は半分ちぎれて、二の腕までまる出しである。だが、太一の視線が釘づけにされたのはそういうことではない。長くのばしたお照の頸筋に、どっぷりついた黒い汚点と、その汚点から乳房へつたって流れている一筋の流れ。――それにくわっと見開いたまま動かぬお照の瞳（ひとみ）である。

太一は突然、ぎゃっというような悲鳴をあげた。あわてて縁側からはなれようとしたが、骨を抜かれたように体の自由が利かなかった。

「おら知らん、おら知らん、おら知らん」

太一はべったりそこへへたると、手ばなしで泣き出した。いや、泣くというより、動物の唸（うな）りごえのようであった。グーグーと奇妙な声をあげて泣きながら、むやみやたらと頭を左右にふっていた。だが、そうしているうちに、誰も別に自分をとがめているわけでないことに気附くと、きょとんとしたように泣くのをやめた。それからもう一度のびあがって蚊帳の中をのぞいた。

お照はやっぱり死んでいるのである。いや、殺されているのである。あの血――それにあの物凄（ものすご）い形相（ぎょうそう）。――太一は犬のようにブルブルと体をふるわせると、ふとまたあの蛍のほうへ眼をやった。蛍は相変らず蚊帳のなかをふわふわ飛んでいる。まるで死人の魂でもあるかのように。太一はしばらくきょとんとして、その淡い光を視詰めていたが、急に心をきめて濡縁へあがると、蚊帳の裾をめくってなかへ入っていった。その事について太一は後にこんな事をいっている。

おら、なんだかそんなとこへ蛍をおいとくのが、悪いような気がしたんだ。死んだおかみさんのためにも悪いし、蛍も可哀（かわい）そうなような気がしたんだ。それで、蚊帳から出してやろうと思ったんだ。

蚊帳のなかには、むっとするような匂いが立てこめていた。むんむんするような夏の夜の空気の匂いと、女の匂いと血の匂いと。――

太一は出来るだけお照の顔を見ないようにつとめながら、死体をまたいで蛍のほうへ近寄った。蛍はしかしなかなかつかまらない。おまけに意地悪く、お照の顔のうえをふわりふわりと飛んでいるから、いやでも、あの恐ろしい形相を見なければならない。太一は歯をくいしばって、眼をつむったり開いたりしたが、そのうちに、ふとかれの眼をとらえたものがあった。それはお照の枕下に落ちている紙入れであった。それを見ると太一の手は反射的に動いた。紙入れは一瞬にして太一のボロボロのズボンのポケットにおさまっていた。

その時である。あっ——と、いうような、叫び声とも溜息ともつかぬ声がきこえたのは。——太一は弾かれたように死体のそばから飛びのいた。わなわなとふるえながら、声のしたほうへじっと瞳をすえた。そこはかしくの店の方角である。境の障子はあいていたが、店のほうはまっくらである。だが、そのくらやみの中から、たしかに人の気配がきこえる。さやさやと鳴る衣摺れの音がする。

太一は弾きとばされたように雨戸のほうへとんだ。あまりあわてたので、蚊帳をめくるのに骨が折れた。やっとかれが蚊帳をめくりあげたときには、さっきあれほどつかまらなかった蛍が、ひとあしさきにすういと飛び出していった。太一はそのあとから夢中になって外へとび出し、崖をよじのぼり、ほのぐらい公園のなかへまっしぐらに走っていった。

「おら知らん、おら知らん、おらなんにも知らん。……」

と、メソメソベソベソ野獣のように唸り、呟き、泣きじゃくりながら。——

二

そのつぎの日いちにち、泣虫小僧は公園の奥で小さくなっていた。人の足音がきこえると、あわてゝ雑草のなかにかくれたりした。そして、ときどき、思い出したようにメソメソベソベソと声をのんで泣いた。しかし今日泣虫小僧が泣いているのは空腹のためではない。空腹のほうは、昨夜ひろった紙入が解決してくれた。紙入の中には百円札が一枚と、十円札が四、五枚入っていた。太一は今朝早くそれでヤミ市からパンをしこたま買って来たのである。そのみちすがら、かれはそっとかしくの表を通ってみたが、店はぴったりしまったまゝで、別に異状は認められなかった。彼はほっと胸撫でおろすと、公園の奥の雑草のなかへ帰って来て、パンをかじって空腹を満たした。それからとろとろ眠ったのである。

太一のかくれているところは、公園の奥のめったに人の近寄らないところであった。それにこの公園も、もとは天下に名を知られた名園だったが、戦災をうけて以来復興もはかばかしくなく、雑草がいたるところに丈長くのびている。それに戦時中に掘った防空壕があちこちにのこっていたりするので、太一のような少年がかくれているのには恰好の場所であった。

その日もかんかん照りの炎天であった。蟬の声がいりつくようであった。しかし、太一のかくれているところは、高い木立にとりかこまれているので、一日中暑い日差しをよけることが出来た。風があると空気もひんやりとしていた。太一はそこでメソメソ泣いたり、トロトロ眠ったり、野獣のようにたあいない時間を消していたが昼過ぎかれはふと、人の足音をきいてむっくりと頭をもたげた。

お巡りさんか——と、いっとき胸をドキドキさせたが幸いにもお巡りさんではなく、女学生らしいわかい娘だったので、彼はほっと胸を撫でおろした。しかし、うっかり見附かっては大変と、雑草のなかにいよいよ身をちゞめながら、じっと女学生の挙動を見守っていた。

女学生は誰かを待っているふうであった。昨夜太一が空腹にたえかねて泣いていた、あのベンチのそばに立って、しきりにきょときょとあたりを見廻わしていた。ベンチに腰をおろしてみたり、そうかと思うと、すぐ立上って向うを見たりした。太一はしばらくその様子を見守っていたが、やがてまたごろりと草のうえに仰向けになった。そしてまたトロトロ眠った。それからどのくらい眠ったのか、こんど眼をさますと、日差しがだいぶ西へ傾いていた。太一は眼をこすって大欠伸をすると、何気なく雑草のなかに起きあがろうとしたが、ふと見ると、さっきの女学生がまだベンチのそばにいるので、かれはまた、あわてゝ草の中にもぐりこんだ。

幸い相手は気がつかなかったらしい。相変らずベンチに腰をおろしたり、そうかと思うと立上って、いらいらそのへんを歩きまわったりしていたが、とうとう諦(あきら)めたのか、それから間もなく、すごすごとその場を立去った。そのうしろ姿が見えなくなるのを待って、太一は雑草のなかから這い出すと、さっきから催(もよお)していた生理的要求を果し、それから水を飲みにいった。

　そのつぎの日も太一は、ヤミ市へパンを買いにいく途中、かしくの表を通ったが、相変らず店はぴったりしまっていて、別に異状は認められなかった。その事が太一をおいおい大胆にした。そこでかくれ家へかえってパンを食うてひと眠りすると、今日はひとつ商売に出てみようと、草の中にかくしてあった靴磨きの道具を取出して、駅前の広場へ出かけた。そして、そこで店を開くと、今日は幸先(さいさ)きがよくて、いきなり客がひとりついた。

　太一はそれをすましてしまうと、あとしばらく客がなかったので、思い出したようにポケットからパンを取出してかじり出した。するとそこへ列車がついて、どやどやと客が吐出(はきだ)されて来た。午前十一時着の下り列車が着いたのである。太一は急いでパンをポケットに突込(つっこ)むと、その中から客を物色するように、一人々々の顔を眺めていたが、そのうちに、どきりとしたように眼を瞠った。

　太一が見附けたのは、かしくの亭主の古屋甚蔵である。古屋は簡単な防暑服にパナマをかぶって、黒い折鞄(おりかばん)をかかえていた。太一はその様子に目をとめると、急にポカンと口をひらいた。そして、呆気(あっけ)にとられたようにまじまじと相手の顔を見詰めていた。古屋は改札口のほうから足早に、こっちのほうへ近附いて来たが、太一の視線に気がつくと、

「ううん、いらんよ」

　と、吐出すようにいってそのままえを通り過ぎた。しかしなんとなく太一の視線が気になったものか、五、六歩いきすぎてからふとうしろをふりかえった。そして、太一がまだじろじろと自分のほうを見ているのに気がつくと、

「ううん、いらんといえばいらんのだ。しつこい奴

だ」

ぺっと土の上に唾を吐くと、そのまま足早に立去った。太一はそのうしろ姿が見えなくなるまで、ポカンと口をあけて見送っていたが、

「ちょっと、やらないの」

そういう声にふと気がつくと、台のうえに女の靴がのっている。太一はあわてゝ仕事にとりかゝった。仕事にとりかゝりながらも、しきりに何やらもじもじと口のうちで呟いている。客は靴を磨かせながら、うえからじっと太一の様子を眺めている。

客というのは十七、八の女学生であった。このへんの女の子には珍しく、色の浅黒い、ひきしまった体をした少女だった。まだ、器量をうんぬんするほどの年頃でもなく、本人もそういう事を一向気にかけていないらしく、制服のセーラーを着た姿は、いたって地味でもっさりしているが、よく見るとこれでなかなか美人である。頬骨が少し出ているのと、口が大きすぎるのと、顎のやゝ張っているのが難といえばいえるが、それも見ようによっては理知的で、意志の強さを示しているようであった。しかし、気になるのはその眼付きである。靴を磨かせながら、少女はときどきソワソワとあたりを見廻す。その眼付きには何かしらギラギラとした熱気のようなものが浮いていた。

靴を磨きおわると少女はハンドバッグを持ちかえた。それから太一のほうへ身をかがめたが、そのとたん、少女の熱い息使いが太一の頬を打った。

「声を立てちゃ駄目よ、あたしのハンドバッグの下をごらん」

太一はびっくりして少女の顔を見直した。そしてはじめて相手が、昨日公園で誰かを待っていた女学生であることに気がついた。それと同時に、少女のかかえているハンドバッグの下から、ちらりとのぞいた氷のように光るものを見た。それは短刀の刃のようであった。太一の顔にうかんだ表情の変化に気がつくと、少女はまたすばやく囁いた。

「泣いちゃ駄目。声を立てたらこれでぐさっといくわよ。あたし冗談でこんな事をいってるんじゃない

のよ。あたしやけくそになってるんだから、何をするか知れなくてよ。よくって、わかって？」

　少女の舌は笞（むち）のように鋭かった。一句ごとに吐く熱い息が、太一の歪（ゆが）んだ頬を打った。ところが少女の言葉の意味の恐ろしさにも拘（かかわ）らず、太一はそのとき、逆になんともいえない甘酸っぱい感情にそそられた。はっはっと頬っぺたを打つ相手の熱い息も、くすぐるように快かった。それは相手の顔色を見て、太一が早くもたかをくくったせいかも知れない。太一のような少年は、ひとの顔色を見るのに妙をえている。少女がどんなに強い言葉を使おうと、相手もやっぱり怯（おび）えていることを、太一はすばやく見抜いてしまったのである。しかしやっぱり、兇暴なその眼つきには、一応警戒しなければなるまい。……

「姉ちゃん、どうするの？」

　そこで太一は甘えるように訊（たず）ねた。

「道具をおしまい。そしてあたしについて来るのよ」

　太一が素直に靴磨きの道具をしまいかけたのを見ると、少女の頬にはほっとしたような色がうかんだ。はじめて体を起すと、すばやくあたりを見廻し、ハンケチで額の汗をぬぐった。太一は道具をしまうと靴をさげてのっそりと立上った。

「姉ちゃん、どこへいくの」

「黙ってあたしについておいで。声を立てたり逃げ出したりするとこれよ」

　太一の体を肩で押すようにして、少女は駅の中へ入っていった。少しはなれたところに立っていたアイスキャンデーを売る男が、不思議そうに二人のうしろ姿を見送っていたが、そのほかには誰ひとり、この小さな一幕劇に気がついたものはなかった。

　ところがそれから半時間ほど後のことである。駅のまえへ駈けつけて来た一人の男があった。その男はきょろきょろと、駅前の広場を見廻わしていたが、やがてつかつかとアイスキャンデーを売る男のほうへちかづいた。

「君、君」

　と、横柄（おうへい）な声で呼びかけると、

「この辺に靴磨きの子供はきていなかったかね」

言葉つきや風采から、アイスキャンデーを売る男は、すぐに相手を刑事とにらんだ。

「へえ、いましたよ、泣虫小僧でしょう。ところが……」

と、かれも妙に思ったさっきの一幕を、要領よく刑事に語ってきかせた。刑事は眉をひそめて、

「女学生といっしょに……？　そして二人とも駅の中へ入っていったんだね。汽車に乗ったのかな」

「多分そうでしょうよ。それっきり出て来ませんでしたから。とにかく変でしたねえ。ふたりともひどく昂奮して、泣虫小僧のほうはふるえているようでしたぜ」

「ふうむ、そしてそれ、三十分ほどまえのことだというんだね」

刑事は駅へ入って改札係に訊ねて見た。改札係も泣虫小僧が女学生と二人で、三十分ほどまえにそこを通ったことを憶えていたが、行先までは知らなかった。この駅は山陽本線が通過しているほかに、支線が五つも出ている。しかもちょうどその三十分のあいだに、そのうちの三つが発車しているのだから、ちょっと二人の行方も見当がつかなかった。

「女学生——？　女学生って何者だろう」

刑事はなんとなく不安な気持で、小首をかしげながら駅長室へ入っていった。

ちょうどそのころ。

泣虫小僧と女学生の二人は、一つの支線の小さな駅へおり立っていた。そこは支線のなかでも取りわけ小さな駅だったので、乗降りする客もほんの僅かしかなかった。相変らず肩をくっつけるようにして出ていく二人を、改札係は不思議そうな顔をして見送っていた。

駅を出るとすぐ田圃である。夏の日盛りには百姓も田圃へ出ないから、あたりには人影もない。よくぶんけつした稲田が烈日のもとにかっと炎えあがって、どこまでもどこまでもつゞいている。泣虫小僧の太一はちょっと眼がくらむような気がした。

「姉ちゃん、これからどこへ行くの」

「どこでもいゝの。もうすぐだから黙ってついてお

いで」

　さっきからみると、少女の声はだいぶおだやかになっている。泣虫小僧はそれが嬉しかった。少女はいくらかいたわるような眼で太一を見ながら、

「でも、感心におとなしくついて来たわね。あたし途中で泣き出しやしないかと思って、ずいぶん心配したわ」

「うゝん、おれ、もう泣かない。姉ちゃんとなら、どこへでもいく」

「あら、あんなことといってる」

　少女はうすく頬を染めながら、泣虫小僧の顔をふりかえってみて、案外この子はきれいな子なのだと気がついた。髪は伸び放題に伸びているし、垢まみれだし、着ているものはボロだけれど、これで散髪をして、風呂へ入って、ふつうの着物を着せてやったら、思いのほか、きれいな子供が出来上るかも知れない。表情もふつう一般の浮浪児ほど野性化してはいなかった。

「あんたはどうして、あんなにいつもメソメソ泣いているの」

　少女の顔からはしだいに険悪さが消えていった。言葉つきもすっかりふつうになっている。

「おれ？　うん、だっておれ、ほかに何もすることがないんだもの」

「ほかになにもすることがない？　まあ、それじゃあんたは仕事の代りに泣いてるの」

　少女はたからかに声をあげてわらった。さっきとはうって変ったように、陽気で朗かな声である。泣虫小僧は大いに自尊心をきずつけられたが、それと同時に相手の機嫌のなおったのが嬉しかった。

「そして、あんた、泣こうと思えばいつでも泣けるの？」

「うん」

「だって、どうしてそんなにうまく泣けるの」

「おれ、いろんな事かんがえるんだ。ひとにいじめられたことや、邪慳にされたことを思い出すんだ。するとしぜんと泣けてくるんだ。泣いてると、おれ苦しいことも、悲しいことも、いやなことも、何も

かも忘れてしまうんだ」

　まあ。——と、声にならない呟きをもらして、少女は相手の顔をふりかえる。憐憫の色が、ふいと淡い影を眉のあいだにおとした。

　それっきり二人とも口を利かなかった。黙々として炎天下の道を歩いていった。めいめいちがったことをかんがえながら。そしてポクポクと白い埃を足下にあげながら。

　駅から十五分ほど歩くと、道はひくい丘にさしかゝった。この丘の麓に点々として農家が散在している。藁の匂いや、下肥の匂いが急に強くなった。道にはあちこち牛の糞が落ちて、薄白く乾いていた。

「さあ、こゝよ」

　少女は急に立止まると、赤茶けた、土塀に取りかこまれた農家のほうへ顎をしゃくった。それから泣虫小僧の手をとって、ずんずん中へ入っていった。

「あれまあ、お嬢さんじゃねえか」

　足音をきいて、ひょっこり縁側から顔を出した老婆が、たまげたような声をあげた。

「お嬢さん、この暑いのに、まあまあ、どうしたんだね。お父さんやお母さんは……」

「婆や、ちょっと納屋を借りてよ。おまえはそこにいて。ついて来ちゃ駄目よ。話はあとでするから」

「だってお嬢さん、どうしたんだね」

　下駄を突っかけておりて来ようとするのを、「駄目ってば、婆や。おまえはそこにいて、あたしこの子に用事があるの。ちょっとききたいことがあるの。さあ、あんた、行こう」

　母屋の横に牛小屋がある。牛小屋の隣りが納屋であった。婆やが心配しておろおろしているのを尻眼にかけて少女は太一の手をとるとその納屋の中へ入っていった。納屋の一方には藁がいっぱい積んであり、土間には馬鈴薯がうず高く盛りあがっている。

　少女は用心ぶかく納屋の戸をしめた。

「あたし、あんたに訊ねたいことがあるの」

　薄暗い納屋のなかで、太一のほうへ向き直った少女の顔には、またもとの固い表情がもどっている。

「うう?」

　太一は臆病そうな眼であたりを見廻し、それから少女の顔を見た。一時うちとけた感情が、またきっと緊迫したのが悲しかった。

「あんた、一昨日の晩ひろったものをどこへやった？」

　太一ははっとしたように少女の顔を見直したが、すぐおどおどと眼を伏せて、

「おれ、何も拾やあしねえ」

「嘘——、嘘を吐いても駄目よ。あたしちゃんと知ってるのよ。あんた、あそこで——公園裏の家で、紙入を拾ったでしょう？」

　太一は怯えたようにごくりと唾をのんだ。

「それじゃ、あのとき、あの家にいたの、姉ちゃん、おまえだったのかい」

「そんなことはどうでもいい。そんなこと……」

「姉ちゃん、姉ちゃん、それじゃおまえがやったのかい。あいつを殺したの、おまえだったのかい」

「あたしじゃない。あたしは何も知らないわ。だけど、さあ、あの紙入のことよ。あの紙入、あんた、どうしたの」

「あの金、おれ、もうつかっちゃった。少し残ってるから、それ、返すよ。姉ちゃん、堪忍して……」

　太一はとうとうメソメソと泣き出した。

「泣いちゃ駄目。泣いてる場合じゃないわ。金なんかどうでもいいの。お金、みんなあんたにあげるわ。だけどあの紙入をどうしたの」

「それじゃ、あれ、姉ちゃんのだったのかい。おれ、あの紙入捨てちゃった」

「捨てた？」

「うん、捨てちゃった。だって、あんなもの持ってると足がつくもの。それにあの紙入、血がついてたよ。べっとり血がついていたよ」

「血が——？」

　少女の頰からさっと血の気がひいていった。

「そして、あんた、それをどこへ捨てたの」

「公園の防空壕の中だよ。ほら、昨日姉ちゃんがうろついてたろ。あのベンチの奥にある防空壕の中へ、おれ、紙入捨てたんだよ」

「まあ、それじゃ昨日、あたしがあんたを探していたの知ってたのね。なぜ、そのとき声をかけてくれなかったの」

少女の声は急に険しくなったが、すぐ思い直したように、

「でも、そんなこといってても仕方がないわね。あんた、それ、ほんとだろうね」

「うん、ほんとうだよ。おれ、姉ちゃんに嘘なんか吐かない」

少女は急に太一のそばをはなれた。

「そう、じゃ、あたし探しにいって来るわ。あんた、ここに待っておいで。あたしがかえって来るまで、ここを出ちゃ駄目よ」

「だって、おれ……」

太一は心細そうにあたりを見廻わした。

「いいの。あたしのいうとおりにするの。婆やによくいっとくから、何も心配することはないのよ。あたしがかえって来たら出してあげる。もし、あたしのいうことをきかなかったら、承知しないよ」

この少女は非常に意志の強い性質なのだ。おさえつけるようにそういうと、つうっと太一のそばをはなれ、納屋から出ていくと、外からしっかり突っかい棒をかった。ひとりぼっちで納屋のなかへ取りのこされた太一は、藁のうえに身を投出すと、やがてメソメソ泣き出した。しかし、いま泣いているのは、辛いのでも、悲しいのでもない。何かしら、甘い、くすぐるような感情がせぐりあげて来て、それが太一を泣かすのである。軒をつたう雨垂れのように、太一は綿々として泣いている。

それから一時間後。

昨日太一が寝ていた公園の奥へとってかえした少女は、雑草の中をここかしこと、防空壕のありかを探していたが、すると、ふいにむっくりと草のなかから起上った男がある。

「お嬢さん」

だしぬけに声をかけられて、少女は文字どおり跳上った。逃出そうとしたが体がしびれて動かなかった。男は雑草をかきわけて近附いて来ると、

「おまえの探しているの、この紙入じゃないのかい」

男の差出した女持の紙入を見ると、少女の顔からはみるみる血の気がひいていって、まるで蠟人形みたいに固い表情となった。両眼が光を失ってガラスのようになった。男はかるくあざ笑うと、

「ふん、やっぱりおまえのものだね。矢吹千恵子。――それがおまえの名前だな。おい、泣虫小僧をかどわかしていったのもおまえだろう」

少女はふらふらと倒れそうになった。男はがっきりとその手頸をつかまえると、

「さあ、おれと一緒に来るんだ。どこってきまってるじゃないか。警察だよ」

三

署長会議があって、しばらく留守にしていた、この町の所轄警察の署長は、しばらくぶりで署へ出ると、すぐに幹部連中を自分の部屋へ招集した。

「どうも大変な騒ぎじゃないか。なにって、ほら、この事件さ」

署長のひろげて見せた新聞には、特別大きな活字を使って、「女学生の強盗殺人――犯人は元県会議員の令嬢」と、いうような見出しがベタベタと並んでいる。一同は暗い顔をして頷きあった。

まったく、近来これほど騒がれた事件はなかった。それは事件そのものが怪奇であるとか、被害者の身分がどうとかいうのではなく、問題は犯人にあった。もっとも有力な容疑者としてあげられたのは、女学校の四年生であり、しかも彼女は県下でも有名な素封家の令嬢であった。彼女の家はこの町から一里ほど離れたところにある大きな醬油の醸造元で、父の矢吹省吉は度々県会議員にもなったほどの人物である。

「矢吹氏なら、ぼくも識らない仲じゃないが、間違いないのかね、この娘が犯人だということは。――」

「どうもいまのところ、そうとしか思えないので、われわれも困っているんです。むろん、十分慎重は期していますがね」

司法主任は暗いかおをしていた。

「で、本人は?」

「本人はむろん否定しています。しかし、その晩かしくへ忍んでいったことは認めています。しかも、その時、短刀を持っていったことも肯定しているんです」

「短刀を持って――?　いったい、なんのために忍んでいったんだ」

「盗みに入ったんだ――と、本人はいうんです。金が欲しかったから、それで盗みに入った。そして万一のときの用心に、短刀を持っていった、とこういうんです。短刀を買った家もわかっています。その日の昼過ぎに買っているんです」

「ふうむ」

と、署長は唸って、

「いったい、どういう娘かね。その千恵子というのは?」

「学校で訊合せたところが、以前はたいへん出来のいい子だったそうです。一年生のときからずっと級長をつづけているんです。ところが四年になったこの春から、しだいに学校を怠け出して、休暇に入るまえには、てんで学校へも出ていない。それで家のほうはちゃんと学校へいくと称して出ているんですね。では、学校へいかずにどこで何をしていたかというと、ふらふら町を歩きまわったり、映画を見たり、公園で時間を消したりしているんですね。別に男があるようでもなく、不良の仲間があるというわけでもないらしい。つまり一種の時代病ですね。真面目に働いたり、勉強したりするのが馬鹿らしいという。……小さいときから、非常に頭がよくて、勝気な子だったといいますが、そういう娘ほど、敏感に時代の影響を受けるんですね」

「それで、被害者は?」

「お照ですか。こいつはもう評判のしたたか者でしてね。亭主のほかに若い情夫があるんです」

「ふむ、そしてその亭主や情夫は大丈夫なんだろうね」

「えゝ、それもよく調査してみました。ところが二人ともちゃんとアリバイがあるんです。まず亭主のほうですが、そいつ古屋甚蔵というんですがね。甚蔵はその晩八時の汽車で大阪へ行っているんです。その甚蔵を送り出してお照が表へ出たところを、近所の者も見ています。だからそのときお照が生きていたことはたしかなんです。もっとも、その時刻が曖昧（あいまい）だから、亭主が駅から引返さなかったとはいえないんですが、それを証明出来るような証拠はなにもないんです」

「それで情夫のほうは？」

「このほうにはもっと確実なアリバイがあります。その男は川上欣一（きんいち）といって会社員なんですが、この春ごろからお照と変な関係になっていて、亭主の留守にはしのんでいったものらしい。で、その晩も出かけるつもりのところが、八時ごろ使いのものがお照からだといって、今夜は都合が悪いことがあるから来るなという手紙を持って来た。それで思い直して出かけるのを見合せたというんです。川上は独身者で同僚の家に同居しているんですが、出かけるのを見合せると、近所の友達を呼んで来て主人夫婦と四人で徹宵麻雀（てつしょうマージャン）をやっている。だから、これはもう間違いないんですが、こゝにおかしいのはお照からの手紙で、これが贋（にせ）手紙なんです。しかもそれを持っていったのが矢吹千恵子なんです」

「ほゝう！」

署長は思わず眼を瞠（みは）った。

「すると矢吹の娘はお照の情夫を知っているのだね」

「そうなんです。ところが川上のほうでは全然彼女を知っていない。だから千恵子という娘は、よほど以前から、お照の行動を監視していたと見えるんですね。あの晩も亭主が旅行したことを知っていたにちがいない。しかし情夫が来ては困るので、贋手紙で来るのを妨げた。そうしておいてかしくへ忍びこんでいるんですが、そこにどうも、単純な強盗殺人事件と思えない節（ふし）もあるんですね」

署長はくらいかおをして頷いた。そしてしばらく無言のままかんがえこんでいたが、

「ところで、泣虫小僧はこの事件にどういう関係が

あるんだね」

「それはこうなんです。あいつあの晩、かしくの裏へ南瓜を盗みに入った。ところが雨戸があいていて、蚊帳の中に蛍のとんでいるのが見えた。そこでその蛍をとりに入ると……」

「ちょっと待ってくれたまえ。蚊帳の中にどうして蛍がまぎれこんだろう」

司法主任はにっと白い歯を出してわらうと、

「それが面白いんですよ。これは川上の告白でわかったのですが、かしくの裏は崖になっている。その崖に腹這いになると、かしくの座敷が見えるんです。で、お照は川上を呼びこむ晩は、蚊帳のなかへ蛍を放っておくんです。蚊帳の中に蛍がとんでいれば、万事O・Kという、つまり青信号なんですね」

そもそもこの事件の中へ泣虫小僧を引込んだ、蚊帳の中のあの蛍には、こういう意味があったのである。署長は感心したように、

「なるほど、それで蚊帳の中へ入っていくと……」

「お照が殺されていた……いや、お照が殺されている事を知ったから、蛍をとりに入ったのですね。すると、お照の枕下に紙入がある。そこでそいつを盗んで逃げたところがその紙入というのがつまり千恵子のものだったのです。ここで簡単にわれわれの活動を報告いたしますがわれわれがこの事件を知ったのは殺人が行われてから中一日おいた三日目の朝なんですがね。二日も表があかないものだから、近所の者が怪しんで裏から入ってみたところが、あの事件で……そこで、報告があったので、すぐにわれわれは駈けつけたんですが、お照の寝ていた蒲団のシーツに、べたべたと子供の足跡がついている。それに庭にはトマトをちぎって食いちらしたらしい跡がある。そこで泣虫小僧に目星をつけたんですが、千恵子という娘も大胆なやつで、泣虫小僧をかどわかして、昔、自分の乳母をしていた女のうちへ押しこめてしまった。そして、泣虫小僧が捨てた紙入を探しに戻って来たところを、百瀬君におさえられたんです。百瀬君は泣虫小僧がこの事件に関係があるとわかると、あいつがいつも塒にしている公園の奥を

探していたんですが、防空壕の中に血に染まった紙入が落ちている。その紙入に、矢吹千恵子という名前が書いてあるから、何かの証拠にと拾っておいたところへ、千恵子が舞いもどって来たというわけです」

以上がこの事件における警察の活動の簡単な経過報告であった。署長はいちいちそれにうなずきながら、

「しかし、矢吹の娘はどうして泣虫小僧が自分の財布を拾っていったことを知っていたんだね」

「それは、泣虫小僧が忍びこんだとき、まだあの家にいたからですよ。千恵子は財布を落したことに気がつかなかった。泣虫小僧が拾って逃げるのを見て、はじめてはっと気がついて、あわてゝとび出したが間にあわなかったというわけです」

署長は、またしばらく無言でかんがえこんでいたが、やがて司法主任を振返ると、

「ときに、その泣虫小僧は……?」

「千恵子の自供でいどころがわかったので、いま本署へ引取って保護を加えてあります」

「あゝ、そう、それじゃちょっとこゝへ呼出してくれないかね。君たちに抜かりはあるまいと思うが、ぼくもじきじきに訊きたいと思うから。……」

「ええ、結構ですとも」

そのとき署長は、別に深い考えがあって、太一を直接、訊問してみようと思ったわけではなかった。それにも拘らず、この訊取りが一挙にして事件解決の端緒になったのである。

刑事につれられて、泣虫小僧が入って来ると、署長はまずこんなふうに切出した。

「坊や、おまえが蚊帳の中へ入っていったとき、かしくの小母さんは殺されていたんだね。そのとき、小母さんの傷口から流れ出した血は、まだ濡れていたかね。それとも乾いていたかね」

太一はおどおどと首をかしげていたが、

「うん、乾いていたよ。すっかりじゃないけど、半分もっと乾いていたよ」

署長はちらと一同の方に眼をやって、それからま

た泣虫小僧の方へ乗出した。

「坊やはどうしてかしくの南瓜を盗みにいったんだい。南瓜なら、もっとほかに、いくらでもなってるところがあるじゃないか」

「うん、でも、おれ、かしくのお照が嫌いなんだ。癪に触るんだ。だから、あそこの南瓜なら盗んでやってもいいと思ったんだ」

「どうして、かしくのお照が嫌いなんだね」

「だって、あいつ、とてもおれをいじめるんだもの。あの晩だって……」

「あの晩だって……どうしたの、坊や、なぜ黙ってしまったんだい。黙ってちゃ駄目じゃないか。さあ、いってごらん。あの晩、お照がどうしたんだい」

「うん、あの……あの晩、お照がおやじを送って出たんだ。おやじは停車場のほうへいったから、おれ、何か食うものはないかと、かしくのまえをうろうろしてたんだ。そしたら中からまたお照がとび出して来て……おれにぶつかりやがった。お照はおやじの忘れた鞄を持って追っかけて来たんだ。おれ、もう少しでひっくりかえりそうになったから、いまいましくなって、お照の鞄をかっぱらってやろうとしたんだ。そしたらお照め、おれの首っ玉をつかまえて、ひどいことしやがった。おれ、お照の腕に噛みついてやろうと思ったら、間違って鞄にかみついちゃった」

　泣虫小僧ははずかしそうにわらったが、そこで急に仔細らしく小首をかしげると、

「でも、あの鞄、妙だよ」

「妙って、何がだね」

「鞄だよ。お照はおれとの喧嘩で手間どったのでおやじのことは諦めて、鞄を持ったまま中へ入っていったんだ。それだのに、それから三日目の朝、おれが駅前の広場で靴磨きをしているとき、汽車からおりて来たかしくのおやじは、ちゃんとその鞄持ってたよ」

　室内の空気がいっぺんに、ぴいんと一本の針金のように緊張した。署長はすうっと椅子から立上るとデスクをまわって太一のそばへやって来た。そして

太一のまえにしゃがむと、垢まみれの太一の手をとって、

「坊やは利口だね。なかなかえらいね。しかし、その鞄はちがう奴かも知れないじゃないか。かしくのおやじは二つ鞄を持っているか……」

「嘘だい！」

太一は突然大きな声で叫んだ。

「かしくのおやじは、おれの靴磨きの店のすぐまえを通ったんだい。だから、おれ、よくよくその鞄みたんだい。そしたら、その鞄にはおれの歯型がついていたんだぜ」

その時末席から声をかけたのは百瀬刑事であった。刑事の声は昂奮にふるえていた。

「署長、その子のいうことはほんとうです。われわれが現場を検証しているところへ、かしくのおやじはかえって来たんです。いま、大阪からついたばかりだといっていました。そのとき、かしくのおやじは、たしか黒い折鞄を持っていました。そして、その折鞄に歯型のついていたのを私ははっきり憶えております」

四

古屋甚蔵はわざとその鞄を忘れていったのであった。それはもう一度引返して来る口実をつくるためであった。かれは駅のそばまでいき、それから公園を斜（ななめ）につっきって、裏の庭から戻って来た。お照も驚いたことは驚いたが、汽車の時間がないから急いだのだという亭主の弁解に、深く怪しみもしなかった。古屋は柔道を知っていたのでいったん女房を落しておき、それから寝床を敷き、寝間着に着更（きが）えさせ、蚊帳をつり、さて改めて鋭利な刃物で、お照の頸動脈（けいどうみゃく）を抉（えぐ）ったのである。

蚊帳のなかへ蛍を放ったのは、むろん情夫の川上を呼込むためで、かれはお照と川上との仲を、だいぶまえから知っていたのである。だから、動機は嫉妬（しっと）ということになりそうであったが、どういうものか古屋はそうみられることをひどく嫌った。

「あっしがやきもちを焼く？　あんな若僧のため

に？　御冗談でしょう。あっしがお照を殺したなあ、あいつがいやになったからでさ。鼻について来たからでさあ。あいつが何人情夫をこさえたからって、やきもちなんぞ焼くもんですか」

　古屋甚蔵はせせらわらったという。こんな男にも妙な虚栄があるのだった。

五

　署長室で千恵子は署長と向いあって座っていた。そこには署長と千恵子の二人きりで、ほかのものは誰もいなかった。署長はおだやかに、

「千恵子さん、あんたは私を知ってるね」

　千恵子はかすかにうなずいた。

「そう、それじゃあんたに打明けるがね、今度のことで、あんたはお父さんやお母さんを悪く思ってはいけませんよ、お二人があのことを黙っていたのは、それを発表すると、いよいよあんたの嫌疑が確定的になると思ったからですよ」

「あの事？」

　千恵子は探るように署長の顔を見た。

「あの事、つまり、あんたがひた隠しにかくしていたこと、即ちあんたのお父さんが、お照という女にひっかかって、そのためにあんたの家庭が滅茶々々に破壊されたこと。……」

　千恵子は大きく溜息をついた。唇がいまにも泣き出しそうにふるえた。しかし彼女は強い意志でしっかりと歯をくいしばると、泣き出すのを危くこらえた。

「それを発表すれば、あんたが強盗に入ったのでないことはわかる。しかし、その代りにあんたの疑いはいよいよのっぴきならなくなる。……お父さんはそれでさんざん悩まれたのだ。そして私のところへこっそり相談に来られたのです。ところで千恵子さん、あんたはあの晩、お照にせまって、お父さんとの仲を清算させるつもりだったんでしょう？　それはわかるが、短刀はなんのために持っていったんだね」

「あたし……」

　千恵子はちょっとためらったが、すぐ昂然と頭をあげると、

「もしもあの人が、あたしのいうことをきいてくれなければ、殺してしまうつもりでした。殺して自分も自殺するつもりでした。そうでもしなければ、お父さんもお母さんも救われないと思ったのです」

　署長はほっと溜息をついた。そしていたましげに千恵子の顔を見つめていたが、やがておだやかに、さとすようにこういった。

「あんたは若い。これからさきもいろんな事が起るだろう。しかし、何もかも自分一人で解決しようと思ってはいけません。人生は複雑だから、そんな事は出来るものじゃない。わかりましたか」

　千恵子はすなおにうなずいた。

「そう、それじゃおかえりなさい。お父さんはこの間泣いていられた。泣いて後悔していられた。お母さんも反省していられるそうです。だからあんたもお二人を許してあげなさい。そして、また昔のようによい子になって、学校へもいくんですよ」

　千恵子は立上ってていねいにお辞儀をした。そしてドアのところまでいったが、そこで立止まると、ふと署長のほうをふりかえった。

「署長さん、泣虫小僧はどうなるのでしょうか」

「泣虫小僧？　うん、あの子はやっぱり厚生館へ送りかえさずばなるまいよ」

　千恵子はドアに手をかけたまま、黙って暫くかんがえていたが、やがて静かにこういった。

「いいえ、あの子は厚生館へはかえりません。あたしが引きとってやります。お父さまやお母さまも、あたしのためにそれくらいのこと、して下すってもよいと思います」

　ドアをひらいて千恵子は出ていった。

　泣虫小僧はもう泣かない。たまには泣いてみようと苦労するのだそうだが、不思議なことにはちかごろでは昔の辛かったことや悲しかったことを、どんなに想い出してみても、ちっとも辛くも悲しくもないのだそうである。

建築家の死

「見たまえ、あの丘のうえを」

と、M君はふとステッキをあげると、僅か半町ばかり向うにある、こんもりと小高い丘のうえを指さした。

秋晴れの、真綿をふきちぎったような夥しい蜻蛉の群れの向うに、その丘のうえの奇妙な建物は、紗のように白くいぶされて見えた。

「妙な建物だね、何かいわくがあるのかい」

と、私はふと、秋の空のような淡い好奇心にとらえられてそう訊ねた。

「ふむ、昨夜君は、奇妙なすゝりなきのような声をきいたといっていたね。そして、その時、僕はわざと何んでもないように打消していたろう。じつは、昨夜は僕も語ることを好まなかったのだが、あのすゝり泣きのような声は、あの建物から聞えてくるのだよ」

「ほゝう」

と、私は思わずその建物とM君の顔を見較べながらそういった。

「一体、それはどういうわけだね。何かロマンスでもあるというのかね」

「ウン、一寸ね。だが、もう少しあの建物の側に近附いてみよう」

——成程、それはいかにも不思議な伝説でもありそうな建築物だった。

そうだ、私はかつてあの映画都市ホリウッドに遊んだとき、これに似た建物をみたことがある。それは、そこにある映画会社が撮影に便宜なために、一つの建物にわざといろんな建築様式をほどこしてあるのである。例えば表からみると、それがスペイン風な建物でありながら、そいつを裏からみると、全く支那様式の建物になっているという風に、今、私たちの眼前にある、不思議な建物は、それをもっと複雑多岐にしたようなものだった。何かしら、玩具箱をひっくり返して、めちゃ〳〵にいろんな積木を重ねたような家——私にはそんな風に受取れたのだった。

「なるほど、近くからみればみるほど、妙な家だね。一体、こんな家を建てた男というのは正気だったのかい?」

「さあ、僕にもよく分らない。今、その男の話をするから、君自身でよく判断してみたまえ」

私たちはつりがね草の咲いている土堤のうえに腰を下ろした。M君はしずかにパイプをくゆらしながら、こんな話をしたのである。

O・Y——その男は一種の天才だった。

大学では美学を専門に研究したのだったが、卒業後建築にひどく興味を覚えて、すぐ独逸へわたってしまった。

さあ、あれで、独逸には七八年もいたろうか。帰朝したときには、最も新しい建築技術を習得してきたといっていた。

成程、それから彼は二三、相当の建物の設計を委嘱されたことがあったが、いつの場合でも彼の設計はあまり奇抜すぎるというので採用にはならなかったようだ。

最初のうちこそ彼は、自ら慰めるところがあったらしいが、そのうちに、だんだんと憂鬱になってきたようだ。無理もない、建築美術というような専門は、詩や小説や絵とは違って、紙に書いたものでは、自ら満足することができないのだろう。実地に、己れの空想にあるものを建築してみて、はじめて世に問うことができるのだ。

しかも、O・Yは、満々たる野心をいだきながら帰朝以来、一度としてそのチャンスを与えられないのである。

間もなく彼は、あまり常識的な世間からの註文を待っているのは愚であると覚りはじめた。そして自ら産をなげうって、己れの空想にあるものを建てゝみようと思いたったのだ。

見給え。それがあの建物だよ。

もっと側へ近づけば一層はっきり分るのだが、あの建物は一つの迷路――といおうか、ほら、箱根土産などにある寄木細工の玩具――、家全体が、一つの大きなその寄木細工の玩具になっているのだ。

誰だって、一度あの家へ這入ったら、満足に外へ出てくることの出来る者はないのだ。いやいや、中へ這入るたって、どこが入口だかそれを探るにだって、常人には却々骨だ。

そういううちをO・Yは設計した。

そして、その極く簡単な部分だけは大工たちにやらせたが、最も肝腎なところは、殆んど全部自分で手をおろして作ったのだ。

あの家の外観が出来あがるまでには、たっぷり一年はかゝったろう。その時分には、内部の方も一通り出来あがったとみえて、一年目には大工の手を離れた。そして、そのあとの、つまり家の秘密に関する部分は、O・Yが毎日、自分一人の手でこつこつと作りあげていったのだ。

僕はよくこの土堤のうえで、あの男に会ったものだ。O・Yは市内にある自分の邸宅から、弁当持ちで毎日通っていたのだよ。

こうして半年あまりも、こつこつと通っていただろうか、ある冬の夜のこと、突如そこに事件が起ったのだ。

夜の九時頃この村の人たちは、昨夜君がきいたと同じすゝり泣きの声を聞いて、一斉に戸外へ飛出したのだよ。僕も無論その一人だった。

すゝり泣きはたしかに、丘のうえのO・Yの建物からだった。しかも、その声は確かにO・Yのそれに違いなかった。

何事が起ったのか、むろん僕たちにはさっぱりわけが分らなかった。しかし、それでも無論僕たちは建物の側まで駈けつけて行ったのだよ。ところが、前にも言った通り、どこから這入っていゝのか、まるで見当のつかない建物だろう？　結局僕たちは、建物の外でまごまごしているよりほかにしようがなかったのだ。

O・Yの声は、その晩一晩と、あくる日一日聞えつづけていた。そしてそれきりぷっつりと聞えなくなったのだよ。

しかも、その時分までかゝって、結局僕たちはあの建物の入口を見附けることが出来なかったのだ。

東京から有名な建築家と、数学の大家がやって来て、いろんな方程式を解いた揚句、漸くその入口を発見することが出来たのはそれから六日後のことだった。しかも、それは唯外部から内部へ這入る謎を解いたというだけで、中がまた大変なのだ。間互々に、あらゆる秘密な仕掛け、筒抜けだの、がんどう返し、滑戸に、おとしあな、と実に複雑極まる仕掛けがしてあったのだ。

だから、それ等の謎を一々解いて、最後にO・Yの側へ近附くことが出来たのは、最初僕たちが叫び声を聞いた夜から、六十二日目に当っていたのだよ。

ところで、発見されたO・Yはどうなっていたかといえば、これは無論死んでいたさ。それは奇妙な、特別に頑丈な鉄の壁で四方を囲まれて四畳半じきほどの部屋だったが、O・Yはそこでそろそろ骨になりかけていたのだよ。多分彼はそこで窒息したものだろうという話だった。

それにしても、O・Yは何故そこを抜出すことが出来なかったのだろう――？

しばらくこの事が世間の問題になっていたが、最後に与えられた解決というのはこうだった。

この素晴らしい天才は、間互々に秘密の仕掛けをこしらえた揚句、遂に一番最後に自分の寝室を作ろうとしていた。彼はその室の中へ這入って、内部から、頑丈な鉄の板をうちつけていったのだ。そしてその部屋が出来あがって、さて外へ出ようとした時、この頭のいゝ男ははじめて発見したのである。

この部屋には入口を作っておかなかったことを。

生ける人形

映画女優、原口トキが、あの奇妙なサーカスの一寸法師を刺し殺して、返えす刀で、自分も心臓をつらぬいて死んだ事件ほど、わけのわからぬ事件はなかった。

なぜ、彼女はあの奇怪な一寸法師を殺さねばならなかったのか、彼女はいったい、あの一寸法師にどのような怨みがあったのか、いやいや、それよりまえに、彼女はいつ、どこで、あの一寸法師を知ったのか(まさか、見も知らぬ人間を殺すわけもあるまい)——それらのことについて知っている者は誰ひとりいなかった。

どう考えてもそれは、狂気の沙汰としか思えなかった。発作的に逆上して、演じた凶行としか考えられなかった。

原口トキがあの悲劇的な瞬間よりまえに、一寸法師を知っていただろうという、あらゆる可能性は、彼女を識った人たちによって、ことごとく打消されている。彼女の親兄弟友人たちは口をそろえて断言するのだ。いままで彼女が、あの薄気味悪い一寸法師と、いっしょにいるのを見たことはいちどもないし、また、彼女がそのような不具者の噂をするのを聞いたこともないと。……

そして、そのことはまた、一寸法師のがわにおいても同様だった。

その一寸法師は、アダ名を蜘蛛安といって、極東サーカスの人気者だったが、サーカスの同僚をはじめ、蜘蛛安の友人たちも、かれが原口トキを個人的に知っていたゞろうというような疑いは、ことごとく否定している。

これを要するに原口トキは、あの瞬間まで、いちども蜘蛛安に会ったことはなかったらしい。それにも拘らず事実はこうなのだ。

その晩、原口トキは「猟人」というキャバレーで、友人たちと踊っていた。その時、彼女がいくらか酔うていたことは友人たちも認めているが、それとても、正気をうしなうほどではなかったと、周囲にいたひとびとのことごとくが証言している。

ところがそこへ、あの蜘蛛安が、タキシードかなんかで、珍しくおめかしをして、アダ名の蜘蛛のように、よちよちと入って来たのである。蜘蛛安にとっては、むろん、そんな場所ははじめてだった。その晩、かれは物好きなお客さんにつれられて、さんざん銀座の酒場を引っぱりまわされた揚句、最後にこの猟人へやって来たのである。

その時、かれはかなり酔うていた。しかし、それかといってかれは誰にも無礼なふるまいをしたというわけではない。逆にいくらか照れ気味で、ニヤニヤしながら御ヒイキの紳士の影で小さくなっていた。

この奇怪なふたりづれが入って来たとき、キャバレーのなかが、一瞬シーンと、鳴りをしずめたことはたしかである。何しろ、こういう場所としては、あまり不釣合いな客だったから、みんな呆気にとられて、一寸法師を見つめていた。

その時だった。ひとおどり踊って、テーブルで軽い食事をとっていた原口トキが、いきなり洋食ナイフをとりあげると、ホールを小走りに横ぎっていき蜘蛛安のそばへちかよると、ぐさっとひとつき。……まったくそれは一瞬の出来事だった。あまり思いがけない出来事なので、すぐそばにいたヒイキの紳士ですら、とめる才覚が出なかった。

蜘蛛安は最初の一撃でくなくなと、骨を抜かれたようにその場にくずれたが、そこをまた、一刺し、二刺し……満場呆然として、なすすべもなく眼をみはっているあいだに、原口トキは、血にそまったナイフを自分の心臓にあて、これまた蜘蛛安のうえに折重なって死んだのである。

まったく、あっという間もなかった。周囲にいた人のことごとくが、『まるで、夢のような出来事』と語っているのを見ても、いかにそれが、思いがけない、とっさの出来事であったかわかるだろう。

突発的発狂による兇行。――これが原口トキの行為について下された、最後の断案だった。そして事実また、それよりほかに考えようがなかったのである。

しかし、原口トキはほんとうに気が狂っていたのだろうか。いやいや、一見奇異に見えるこの事件の裏にも、何かしら、人の知らぬ秘密があるのではなかろうか。

そうなのだ。そして、世の常ならぬ、この不可思議な秘密をお話しようというのが、私のこのさゝやかな物語の目的なのである。

「先生」

あるとき、原口トキが私のところへやって来て、こんなふうに切り出した。断わっておくが、それは彼女があの兇行を演じるより、一ケ月ほどまえのことだった。

「私はちかいうちに、死ぬのじゃないかと思いますの。世間でよくいうじゃありませんか。自分の死ぬところを夢に見たものは、遠からず生命を落すって。――そうなんです、私は自分の死ぬところを、まざまざと見たんです。いゝえ、夢ではありません。もっとはっきりとあからさまに。――それでいて、夢よりも怪しいまぼろしとして。……」

原口トキはなにかに憑かれたような眼を、ギラギラと妖しくかゞやかせながら、つぎのような、世にも奇怪な話をはじめたのである。

――それがどこだったか、私にもはっきり思い出すことが出来ません。

――いえいえ、たとい思い出すことが出来るとしてもとうていその場所を、お話する勇気はありませんわ。なぜって、もし、先生がもちまえの好奇心からその場所を探検してみようなどと思い立たれては、私困ってしまいます。私が見たものを、もし先生に見られたら、どんなに恥かしいことでしょう。恥かしくて、とても生きてはいられません。

――だから、先生、その場所だけはお訊きにならないで、……そして、たゞ、私のいうことを信じて下さい。信じて下さいますわね、先生。

――それは雨催いの、へんに陰気な、くらい晩でした。私、久しぶりにからだがすいたものだから、二三人の友人と銀座でお茶を飲んだのです。えゝ、そのとき飲んだのはお茶だけでした。決してアルコールには手をつけなかったのですよ。だからその晩、いくらか疲れていたとはいうものゝ、決して、酔ってなどいなかったことを憶えていて下さい。

えゝ、それがこれからお話する、私の奇妙な冒険に、たいへん大きな関係があるんですもの。

――友人に別れてから、私、通りかゝったリンタクに乗りましたの。ふだんなら、リンタクなど、とても恥かしくて乗れる私じゃないのですが、そのときはとても疲れていて、何んだかからだがフラフラするような頼りない気持ちだったし、それに、リンタクの運ちゃんの、すゝめ上手にほだされて……つい、乗る気になってしまったんです。

――ところが、どうでしょう。リンタクが走り出すと、すぐ私はうとうとしはじめて、とうとう眠ってしまったんです。リンタクのなかでうたゝねするなんて、あまりだらしがなくて恥かしいんですが、きっと疲れていたのね。なにしろその時分、とても無理な撮影がつゞいていたので、心身ともに綿のように疲れていて……それで、つい眠ってしまったんですが、さて、今度眼がさめてみたら、何んだか様子が変なんです。薄暗い、がらんとしたかなり広い部屋、部屋のなかには椅子だの、腰掛けなどが、たくさんならんでいるんですが、私はその椅子のひとつに腰をおろして、まるでズリ落ちそうな恰好で寝ているじゃありませんか。

――私、思わずハッとしました。しまった！ 悪いリンタクにかゝって、変なところへつれこまれたのだ！ とっさにそう考えると、私は胸がドキドキとして、体がつめたくなってしまいました。さいわい、あたりには誰もいません。そうだ、このまに逃げてしまおうと、椅子からよろよろ立上(たちあ)がると、私ははじめて部屋の中を見廻しましたが、すると、ふっと試写室を思い出したんです。

　そうなんです。四方を灰色の壁にかこまれた、窓ひとつない長い部屋、それが試写室とそっくりなんです。そして、それはやっぱり試写室だったんですの。

――私はしかし、そこが試写室であろうがなかろうが、そんなことに構っているわけにはまいりません。一刻も早くこゝから逃出(にげだ)さなきゃ……私はよろよろしながら、薄暗がりのなかを二三歩いきましたが、すると、その時しっと暗闇のなかゝらおさえつけるような声がするんです。

――静かにしていらっしゃい。いまに、面白い映画がはじまりますから。と、その声がいうんです。

――私は声の主を見極めようと、暗闇の中で眼を瞠(みは)りましたが、どこにも人の姿は見えません。なんだか私、急に怖くなって、立上がろうとすると、

――動いてはいけません、原口さん、と相手はちゃんと、私の名前まで知っていて、ほら、はじまりましたよ。見ていてごらんなさい。この映画、きっと、あなたのお気に召すと思うんですがね。

――そういう声に、私、なんだか聞きおぼえがあるような気がしました。むろん、男の声なんです。しかし、どうしても思い出せません。なんだか、非常に身近いような声でありながら遠い昔の霞(かすみ)にへだてられているような声なんですわ。私、じりじりしました。知っていて、思い出せないということは、ずいぶん歯痒(はがゆ)いものですわね。

――あなたはいったいどなたです。なんのために私をこんなところへつれて来たんです。

――相手はそれに答えないで、ほら、御覧なさい。面白い映画がはじまってるじゃありませんか。あなたはこれに興味がないんですか。私、その声につりこまれて、つい、向うの壁を見たんです。するとどうでしょう。そこにはこんなタイトルがうつっているじゃありませんか。

――原口トキ主演、怪奇幻想映画「生ける人形」

……

……いゝえ、私、そんな映画に主演したおぼえはございません。私は思わず自分の眼を疑いました。同時に、つい、その映画にひきこまれてしまったんです。先生、私がいまお話したいというのは、その映画のことなんです。あゝ、思い出してもゾッとする。私、あんなもの見なければよかったと後悔してます。しかし、そのときはやっぱり、見ずにはいられなかったんです。

――タイトルが終ると、まず最初は嵐のシーンでした。海のうえに黒い旋風が舞っていて、白く泡立つ海のなかに、外国船らしい大きな汽船がマストも折れ、舷側(げんそく)ももぎとられ、いまにも沈没しそうになっているんです。ところで、先生、あなたはちかごろ無声映画を御覧になったことがございますか。私子供の時分、二三度見たことがありますが、いま見ると変なものですわね。画面はドンドン動いていくのに、声も音もちっとも立てないで……なんだか間(ま)が抜けているようで、しかし、それがかえって、変に薄気味悪い効果を持っているんです。そうなのです。それは無声映画でした。

――さて、そのつぎのシーンになると、たぶん、その翌朝なんでしょうね。からっと晴れた、美しい海岸なんです。なんでもそこは、日本のずっと南方にある離れ小島の海岸らしく嶮(けわ)しい岩がいたるところにそびえていて、昨夜の名残りの、大きなうねりを持つ波が、岩のふもとに白い波頭を見せて、寄せては返しています。そういう海岸の波打際(なみうちぎわ)で、奇妙な風態(ふうてい)をした、でも、たしかに日本人とわかる漁師たちが、打ち寄せられた難破船の破片を、争うようにして拾っています。ところが、その漁師たちの中に、ひとりの一寸法師がまじっていました。

――あゝ、思い出してもゾッとするわ。なんという、いやらしい顔をした一寸法師なのでしょう。頭の鉢(はち)のひらいた、目玉のギョロリとした蜘蛛みたいな顔、胴がいやに短かくて、そして手足と来たらよくあんなに大きな頭を支えていられると思われるほど、短くて細くて、しかも曲っているんです。私はその後毎晩のようにこのいやらしい、蜘蛛のような一寸法師の夢を見ます。そして、ひと晩だって、うなされないことはございません。

――一寸法師はたゞひとり、漁師の群をはなれて、嶮しい岩をのぼっていきます。そして、やがて岩頭まで来ると、腕組みをして、じっと海のうえを見つめているんです。長い、おどろの髪がばさ〱と風に乱れ腰にまとうた蓑のようなものが、ひらひらとひるがえるところは、とんと怪鳥かなにかのよう。

――一寸法師はふと、岩の麓に渦巻いている、深い淵を見おろしました。みるとその淵のなかに、なにやら白い、奇妙なものが、ゆらゆらと、海藻にもつれて浮かんでいます。碧い、深い色をたゝえた淵のなかに、白々とした肌を陽にさらしながら、ブカブカとうかんでいるのは、どうやら人間らしい。

――一寸法師のドキリとしたような顔。

――つぎの瞬間、一寸法師は岩頭から滑りおりほとんどひとっ跳びの速さでその淵へたどりつくと奇妙な白い人間を、水のなかからひきずり出しました。

――先生、こうして話をするさえ、私は気持ちが悪くなります。だって一寸法師の抱きあげたそれは、人間ではなくてゴムで作った等身大のはだかの女の人形なのです。私、そのような人形を何につかうのか存じません。でも、それはたしかに、昨夜、難破した、あの外国船のなかにあったものにちがいありません。先生、船のなかにはいつでもあのような、女のゴム人形があるのでしょうか。若し、あるとすれば、それはいったいなんのために、備えつけてあるのでしょう。

――それはさておき、ゴム人形を抱きあげてじっとその顔を眺めた一寸法師の顔にみるみる恍惚たる表情がうかんで来ました。一寸法師はそのいやらしい唇で人形の額に接吻します。頬擦ります。必死となって掻き抱きます。

――こゝで人形の顔のクローズアップ。

――あゝ！

――そのときの私の驚き！　試写室の重っ苦しい

空気が、火となって私を焼きつくすのではないかと思ったくらい。

――だって、その人形の顔というのが、私にそっくりではありませんか。いえいえ、そっくりというよりは、私自身であったといったほうがほんとうでしょう。白い動かない瞳（ひとみ）、ほんのりと微笑をふくんだ唇、肩から胸へかけて、海草のようにべったりと吸いついている乱れ髪。

――あゝ、先生、私が死んで石になったら、きっとあゝいうふうになるにちがいありません。しかも、しかも、その人形の顔の上に、あの蜘蛛のような醜（みにく）い一寸法師が、やたらに唇をおしつけるのです。

――あゝ、その気味悪さ！　私は暗い試写室で蛭（ひる）にでもすいつかれたように身ぶるいしました。からだじゅうに粟立（あわだ）って、気が遠くなりそうでした。

――でも、映画はそれで終ったわけではございません。いえいえ、それはまだ序の口なんです。あとにはもっと気味の悪い、いやらしいシーンがいくつもあるんです。

――一寸法師は間もなく人形を抱いて、自分の家へかえっていく。そして、一間（ま）しかない、むさ苦しいあばら家の押入れへ、人知れずその人形をかくしておいて、ときおりそれを取出してはニタニタと気味のわるい微笑をうかべ、はては、狂気のように、白いからだを抱き、頬擦りし、しまいには、物いわぬ唇、動かぬ瞳に、ポロポロと涙をそそぎかけます。

――ところが、どうでしょう、その涙が人形の唇にはいったと思うと、いままで動かなかった人形の眼が、くるくると廻転し、唇がほころびたかと見ると、にっと白い歯を出してわらい、それから、両手でぎゅっと一寸法師の首を抱いて、自分の胸にひきよせたのです。

――あゝ、それからあとのことは聞かないで下さいまし。人形はいま、血の通った人間となって更生しました。そしてその人間とは誰あろう、かくいう私ではありませんか。その私と、あの醜い一寸法師とのあいだにくりかえされた、かずかずの、いやらしい妖しい痴夢（ちむ）。……とても、正視出来ないような奇怪な遊戯、私は羞恥と屈辱のために、からだが火のように熱くなりました。

――むろん、私にはそのような、怪しい映画をとったおぼえはありません。私はいままで、そんな気味の悪い一寸法師など、見たことも聞いたこともございません。だから、私がそんな人物と共演して、あんな怪しい映画をつくるなど、まったく憶えのないことでした。

――だから、私にはわかるのです。その映画のたくみな欺瞞、たくみに継ぎあわされたフィルムのトリック、私にははっきりとそれがわかるのです。

――人形からだんだん人間になるときのクローズ・アップは「君と共に」という映画で、気絶した私が息をふきかえすシーンなのです。それから、一寸法師とふざけるシーンの大写しは、「新しき天地」のなかで、Kさんを相手に、鬼ごっこする場面からとったものです。むろん、あのとき私はあのような、恥かしい裸ではありませんでしたが、全身のところは替玉を使って、顔の大写しだけを私の写真からとったものです。それから、一寸法師とふざけ過ぎてついに死にいたるシーンというのは、「死の饗宴」のなかの最後のシーンでした。

――その他さまざまな、私の古い写真を、たくみに継ぎあわせ、はぎあわせ、そこには、何んともいえぬ、いやらしい、浅間しい映画をつくりあげているのでした。

――あゝ、突然、私は思い出しました。さっきの男のあの声を。あれはずっとまえ、私と同じ撮影所にいた男、「君と共に」や「新しき天地」や「死の饗宴」を撮影した技師……そして私に無礼なふるまいをしようとしてそれが原因でクビになったMという男……そうなのです。そういえばそのMが怪映画などつくっているという噂を、いつか聞いたことがございました。Mは私への復讐と、また、充たされなかった自分のあの浅間しい慾望を、せめて、映画のうえでなりと満足させようと、できるだけ醜い一寸法師をつかってあのようないやらしい映画をつくったのでしょう。

——私はそう思うと、Mにたいしてはげしい怒りがこみあげました。それからまた、この巧妙につぎあわされたフィルムにたいして、あらん限りの悪罵（あくば）の声を投げつけてやりたいと思いました。

——しかし、先生、私にはそれができませんでした。トリックとわかっていながら、あの醜い一寸法師の毛むくじゃらな手が、画面の私の肌にさわるのを見たとき、私は真実、何やらいやらしいものが、自分の体にふれたような錯覚を起しました。

いつか私はほんとうに、あのいやらしい一寸法師の手に抱かれ、おもちゃにされたのではありますまいか。いつか私はあのけがらわしい動物と、私自身も浅間しい雌（めす）となってふざけたのではありますまいか。そして、あゝ私のこのからだのなかには、あの頭の大きい手足の寸のつまった、蜘蛛のような男の血が、流れているのではありますまいか。

——先生、その映画の最後のシーンでは、一寸法師と私の悪ふざけが過ぎて、あやまって私が一寸法師を殺してしまうのです。そしてそのあとで、私自身自ら心臓をえぐって、一寸法師と相重（あいかさな）って死んでいくのです。先生ひょっとすると現実の私も、いつかそのとおりになっていくのではありますまいか。だって、先生、私あの一寸法師を見つけたら、とてもそのまゝにはおけません。きっと、刺し殺してしまうでしょう。そして、私自身そのあとひと思いに死んでいくに、ちがいない。

——先生、先生、私いつかきっと、そのとおりになる日が来るにちがいないと思っています。

——先生、どうか、私を気ちがいだなどとお思いにならないで。私……私……

——先生、きっと、私はちかいうちに死ぬ日が来るにちがいないと思いますわ。先生、先生……

原口トキから以上のような告白を聞いたとき、私はむろんそれをそのまゝ信用することはできなかった。

原口トキはその時分、過労から少し健康を害して、スタジオを休んでいた。彼女はよく私のところへ来ては、不眠をうったえ、偏頭痛をなげいていた。あきらかに彼女は、興奮性のヒステリー状態にあった。

だから、彼女の話も、たぶんヒステリーから来る、自虐的妄想だろうと、私はいゝかげんにあしらっておいた。なるほど、よくエロ映画などに、有名なスターのクローズアップを使うということは、外国の雑誌かなんかで読んだことがある。それは替玉をたくみにつかって、クローズ・アップだけを盗用し、いかにも有名なスターが、その映画に出演しているかの如く見せかけるのである。

原口トキは日本人には珍しい、官能的な容貌を持った女優だから、もし、日本でそういうエロ映画を作るとすれば、いちばんに狙われそうな女優だった。

しかし、彼女の話した映画のストーリーは、エロ映画としても、あまり変り過ぎている。醜怪な一寸法師と、裸身の美女の恋の戯れ、……どうも、それは、エロ映画などをつくる人間の思いつきそうなアイディアではない。

私は頭からそうきめてかゝっていたので、それから間もなく、その話も忘れてしまっていたのである。

ところが、それからひと月ほどたって、キャバレー猟人で起った奇怪な事件……私は新聞でそれを読んだとき呆然とした。

一寸法師を刺し殺して、自らも心臓をつらぬいて死んだ原口トキ……それではいつかの話は真実だったのか。

私はいまさらのようにMという技師を憎まずにはいられなかった。原口トキの写真をそのようなエロ映画に利用するさえあるに、それを当の本人に見せようなどとは、あまり残酷なそのやりかたに、私ははげしい義憤をかんじた。

私はMというその技師をさがし出して、原口のために、何か復讐をしてやらなければ、承知出来ないような気持ちになった。

そこで私は手をつくして、以前、原口トキと同じ撮影所に働いていたMという頭文字のつく技師をさがしたが、その男の名前はすぐわかった。

それは牧山という男で、たしかに以前、原口トキと同じスタジオに働いていたが、不思議なことには、彼はいたって品行方正な男で、そのような怪しからぬ怪映画をつくりそうな人物とは思えないという噂であった。おまけにかれは戦争中、南方で病死しているから、少くとも、あの夜、原口トキに映画を見せた人物でないことだけはたしかであった。

さらに不思議なのは、原口トキの話に出て来る「君と共に」「新しき天地」「死の饗宴」という映画の題名だが、私が調べたところでは原口トキはいままでそういう映画に出たことがないのであった。

私は狐につまゝれたような感じだった。ひょっとすると、原口トキはやはり、ヒステリーの幻想のうちに、あゝいう妖しい妄想を描いていたのではあるまいか。

しかし、そうすると、あの一寸法師はどうしたのか。

彼女が私にあの話をしたのは、彼女が一寸法師を刺し殺して自殺するより一ケ月もまえのことであった。

彼女の幻想に現れた一寸法師が、一ケ月ののちに、現実の人物として現れるというのは、いさゝか暗合がきつ過ぎる。

この不可解な謎について合理的な説明法は唯一つしかないが、それは原口トキにとって、あまりにも気の毒なことである。できるならば、私は、それはいわずにすませたい。しかし、それをいわずにすませることは結局、この奇妙な物語を、茫漠のかなたに葬ることである。

そこで、思い切って私の推測というのをいっておこう。原口トキの話にあるあの怪映画は、やはりこの世に実在するのではなかろうか。しかし、それは決してトリックででっちあげた欺瞞映画ではなく、原口トキが苦闘時代に、一寸法師を相手として、ひそかにつくりあげたものではあるまいか。それを一流スターとなったのち、今日、偶然、見せられた原口トキは、屈辱と羞恥のあまり、かつての相手役を刺し殺して自らも死んだのではあるまいか。

原口トキには気の毒だが、私にはこのほうが真相に近いような気がしてならぬのである。

付録①

跋（かもめ書房48年版）

こゝに収めた小説は、全部戦後書かれたものである。戦後の私は、出来るだけ本格探偵小説を書いていきたいと思っているのだが、短篇ではやはりそれが困難なようである。殊に、戦後の薄っぺらな雑誌では、枚数に制約されるところが多いから、いっそう、その困難は倍加される。いきおい、探偵趣味のある綺譚というふうなものが多くなった。しかし、こゝには「明治の殺人」を除いては、出来るだけ探偵小説の味の濃いものをと選んだ。次に、これらの小説の書かれた当時の記憶を、心覚えのために書きとめておくこととする。

探偵小説（新青年・昭和二十一年・十月号）

戦後いちばん最初に書いた小説である。最初東北の新聞社から出ている「週刊河北」という定期刊行物からの註文で、書きはじめたところが、三十枚という枚数が倍以上になった。そこで、週刊河北には急ぎほかのものを書送り、これはかなり長く筐底に秘めてあったのを、後に「新青年」の「探偵小説号」のために、いくらか書き縮めたものである。この小説を半分ほど書いているところへ、若い人が三人遊びに来たので、すでに書いてある部分を読みあとの腹案を話してきかせたところ、みんな面白がって、てんでにいろんな案を出してくれた。やはり、こういうトリックは、大なり小なり、人の心をとらえるものらしい。

かめれおん（モダン日本・昭和二十一年・夏季増刊）

この小説にはヒントがある。それはずっと昔のアメリカの「探偵小説雑誌」に出ていた「でか鼻チャーリー」シリーズの中の「チャーリーの色盲」という小説である。チャーリーというのはいかさま師で、これが銀行でペテンをやって逃げる。そのとき色の変ったレーンコートを何枚も何枚も重ねていて、つぎからつぎへとそれを脱いで、追跡の探偵の眼をくらましながら、雨の街路を逃亡するという筋である。このレーンコートを何枚も重ねているというのが面白く、それをいろいろヒネっているうちに、こういう小説が出来たのである。小説全体の形式としては、小酒井不木氏の「恋愛曲線」を学んだ。当時はこういう形式が目新しかったのだが、いまではもう短篇探偵小説として一つのマンネリズムにおちている。

女写真師（にっぽん・昭和二十一年・傑作読物号）

戦争中読んだカーの「死の時計」という小説に、篇中のある人物が深夜天窓覗きをするところがある。そこの情景がなかなか凄味があるので、自分もいつか、天窓から殺人の現場を覗くというような小説を書こうと思って、ノートに「スカイライト」という題を書きとめておいた。しかし、日本ではスカイライトのあるような建物は少いし、都合のビルはたいてい焼けてしまったので、仕方なしに写真屋のスタジオを持って来て、いろいろ考えているうちにこんなものが出来たのである。小説のはじめにある四十分間に一つの殺人というのは、アメリカの「探偵小説雑誌」の埋草にあったのを、借用に及んだのである。

アトリエの殺人（オール讀物・昭和二十一年・十月号）

これはもうこれだけのものである。何しろ二十枚というような註文では、私には書きようがない。実際は三十枚になったが。ポスターの文句と、犯罪とを結びつけようと思ったのが、それがぴったりいかなかった。妙にサバサバしたものになっている。

花粉（昭和二十一年七月中旬放送・ロック・昭和二十一年・十月号）

これは放送用の台本として書いたものを、活字にしておきたいから、稿料はいくらでもよろしいと「ロック」に載っけて貰ったものである。それにもかゝわらず、書下ろした放送局よりも、「ロック」の稿料の方が多く、両方合せて、丁度当時の自分の稿料と同じ額になった。これもまずこれだけのもので、わざと探偵小説の中で一番ポピュラーなトリックを使ってみたのである。

明治の殺人（新青年・昭和二十一年・七月号）

探偵趣味はあるが、この集に収めたものゝ中では、これが一番探偵小説の味から遠い。一種の綺譚という性質のものだろう。ストーリー・テラーであるところの私は、こういう風に、どこかに変ったところのある筋を考えるのが好きだ。戦後書いた小説にも、かなり沢山そういうものがある。ほんとうをいうと、こういう小説は地味なもので、一つや二つ読んでもらったのではなんにもならない。十も二十も三十も、つまり、「アラビヤン・ナイト」みたいに、風変りな話がいくつもいくつも集まって、はじめて力になるのだと思っている。私も、少くとも百篇ぐらいはこういう「話」を書いて、そのうちに「綺譚愛好家の手帳より」というような題で集めてみたいと思っている。

一九四七・五・二三

桜の寓居にて

横溝正史

付録②

探偵小説への饑餓

米の飯を三度三度喰って、肉や魚や野菜をほどよく摂取していた頃は、われわれはいちいちそういうものが、自分の生命を維持するうえに、必要欠くべからざるものだと考えて食っていたわけではなかった。

それと同様「新青年」という雑誌の創刊されて以来、海外の探偵小説が程よく紹介され、それに刺戟されて国内にも探偵作家がうまれ、つぎつぎと面白い探偵小説が発表されていた頃は、私はつい、探偵小説というものが自分にとって、どんなに必要なものであるかという事を忘れていたようだ。

ところが今度の戦争で、海外のものは勿論、国内でも新らしい探偵小説のうまれる事がとまってしまうと、私は俄然、探偵小説への饑餓を感じはじめたのである。しかも、食物への饑餓の場合、肉よりも魚よりも先ず第一に米を求めるように、この探偵小説への饑餓をうったえている私は、探偵小説のなかでも最も探偵小説らしい探偵小説、つまり本格的なものを求めている。

今、何が一番読みたいかと云われゝば、私は先ず一番に、クロフツとカアをあげるだろう。それにつゞいてエラリー・クイーンとアガサ・クリスチー、更にもう少し贅沢を許されるなら新青年に抄訳された「白魔」の作者スカーレットの作品をつけ加えたい。

無論、この人たちの小説にもいろいろ欠点のある事は知っている。或いはあまり克明であり過ぎたり、或いはサバサバし過ぎたり、……しかし、この人たちが一番探偵小説家らしい探偵小説家であると思うからである。

巧妙な雰囲気だとか、描写だとか、新鮮味だとか、そういう調味料は一応饑餓がみたされてからでよい。私はいま何よりも米の飯が食いたいのである。

付録③

探偵小説闇黒時代

　岡本かの子さんの小説に人間も四十を越すともとのいのちにかえるという言葉がある。かの子さんのいわゆるもとのいのちとは、父母から伝えられた血の本性とか、幼年時代の趣味嗜好とかいうような意味であるらしい。つまり人間は四十を越すと、一時忘れていた子供の頃の生活なり趣味なりに、激しい執着を覚えて来るというのである。

　それかあらぬか、私もこの数年来、探偵小説に対して、ある熱烈なものをかんじはじめていた。小学生の頃、ほかのどんな読物にも見向きもせずに、三津木春影の探偵小説ばかりを読漁っていた頃の記憶や、また、中学生時代に、友達と二人で、日に一回、必ず三の宮あたりの古本屋巡りをして、外国雑誌の中からビーストンという作家をはじめて発掘して、有頂天になっていた頃の、あの一種狂気めいた熱情が、ちかごろ俄かに強い印象となって、私の脳裡によみがえって来るのである。

　小学生時代のことはしばらく措くとして、中学生時代の私の探偵小説に対する熱情というものは、今から思い出しても、何かしら激しい、強烈なものがあったようだ。一つにはそれは、西田徳重君という相棒があったからである。

　西田君と識合ったのは、中学の二年の頃のことだった。西田君も私も、クラスではあまり目立たないほうで、いつもグラウンドの隅で、こっそり禁断の木を読んでいるというふうであった。その二人が識合って、はじめて口を利いてから、ものゝ五分もたゝぬうちに、私たちは忽然として、お互いの中に自分の分身を発見したのである。

　私たちはグラウンドの隅で、終日探偵小説について語り合って飽きなかった。学校だけではまだ物足りなくて、学校から帰ると、すぐ、西田君が私を誘い出しに来た。

一旦、晩飯に別れて帰って、夜になるとまた西田君が誘いに来た。それは降っても照っても、同じであった。よくよくの大暴風か、極寒でゝもなければ、きっと西田君はやって来た。雨の中を傘をさして、町から町へと歩きまわりながら、探偵小説について語りあっていた幼い二人の中学生の姿を、私はいまでもまざ〳〵と思いうかべることが出来る。

私とちがってこの西田徳重君はたいへん恵まれた境遇にあった。それは家がお金持のみならず、兄さんに大変探偵小説の好きな人があって、その人はシャーロック・ホームズ物語などを、楽しみに飜訳して、こっそり弟の机のうえにおいておくというような人であった。その人はまたお金持の跡取り息子であるうえに、当時すでに社会へ出ていた人だから、お小遣などにも不自由はないらしく、およそ探偵小説という探偵小説は、ことごとく自家の文庫に持っていた。私が涙香を読みはじめたのは、小学生の頃だったが、それを殆ど全部読むことが出来たのは、徳重君が兄さんの文庫から、こっそり持出して貸してくれたおかげである。

それにしても、その当時は探偵小説中毒者の、何んという不自由なることであったろう。「新青年」はまだ現れていなかったから、私たちの手引きとなるようなものはどこにもなかった。又、読もうにも、涙香本を読漁ってしまうと、もう探偵小説らしい探偵小説は極くまれにしか出版されていなかった。そこで私たちは直接外国雑誌から読もうということになった。多分これは、西田君が言い出したのであったろう。西田君は兄さんが、三の宮へんの古本屋から、外国雑誌の古いのを、おりおり見附けて来ることを知っていたのだろう。

そこで、中学三年の終り頃から、二人で古本屋巡礼をはじめたのである。山のように積まれた古雑誌を、二人で丹念に一ページ、一ページめくりながら、探偵小説らしい読物を発見した時の喜び、胸のときめき、それはいまだに忘れることが出来ない。

むろんその時分私たちは、英語で読める探偵作家は、ドイル以外には誰も知らなかった。又、中学、三、四年程度の語学の力では、ひとめ見て、その小説が探偵小説であるかどうかを識別することは困難であった。

そこで私たちは挿絵とか、murder, detective, police, thief, alibi, mystery, jewel 等々、探偵小説に縁のありそうな文字を発見しては、買って来るより仕様がなかった。だから、どうかすると、「宝石」だの「泥棒」だのは出て来るもの丶、探偵小説でもなんでもなく、ふつうの恋愛小説だったので、がっかりするというような失敗をすることもあった。

ある日も、私たちはこうして古本屋の店頭で、外国雑誌をひっくりかえしていた。所は生田神社のまえの古本屋であった。私のめくっていたのは、“Premier” 誌であったが、その中に、“The Yellow Minus” という小説があった。作者は L. J. Beeston という人で、全然未知の名前であった。挿絵を見ても、少しも探偵小説らしくはなかった。唯その前書きにつぎのような文章があった。

Once upon a time I was a jewel thief. The police swung a net over me and pinned me up against their condition; for my experience in jewels and the jewel crook-liberty. Set a thief to catch a thief.

そこで私がこれを買って来て、その晩読んだのだが、今迄読んだ探偵小説とは非常に変っているような気がして面白かった。そこで翌日学校へ行くと、西田君にその話をし雑誌をかれに渡したのである。私たちはいつも一冊ずつ買って来ては、翌日交換する例になっていた。この時、西田君が持ってかえったプレミヤー誌の、「黄色のマイナス」を、新青年が発刊されるに及んで兄さんの政治さんが飜訳したのが、「マイナスの夜光珠」であり、これが日本に於けるビーストンの初お目見得であった。

西田徳重君は中学を出ると間もなく死んだ。そして今度は弟の徳重君の代りに、兄さんの政治さんが、降っても照っても日に一回、私を誘い出しに来るようになったのである。

付録④

私の野心

一九四六年八月号のＥＱＭＭ（エラリー・クインズ・ミステリー・マガヂン）を見ると、六千弗（ドル）の賞金をかけて、短篇小説を募集している。一等が三千弗で、ほかに六篇に対して五百弗ずつを与えられているのである。

ところでこのプライズ・コンテストはこれが二度目で、第一回は一九四五年に行われ、その結果が一九四六年四月号の同誌に発表されている。この時は一等二千弗、他に六篇に対しては五百弗ずつ、即（すなわ）ち合計五千弗でいくつもりでいたところが、あまりにも多数の原稿が集まり、その中より選ばれた十五篇の中、どの一篇も捨てかねたところより、最初の予定を変更し、三等から四等まで作り、総計八千百弗の賞金となってしまった。即ち一等一人、二等六人、三等四人、四等四人というわけで一等二等は最初の予定通りで、三等四等の八名に対する分だけ賞金が超過したのである。

それはさておき、この時集まった原稿総数八三八通、ノース・ダコタを除いたあらゆる州から原稿が届いたそうで、ノース・ダコタの穴を埋めるためには、イギリス、オーストラリヤ、ニュージランド、アラスカ、ドイツ、フランス、イタリー、オーストリヤ、更にメキシコ、ブラジル、アルゼンチンよりも応募があり、今や探偵小説は全世界を風靡（ふうび）しているとある。

ところで面白いことは、最後に選ばれた十五篇の作家であるが、その中に知名の探偵作家がかなり入っているのである。先（ま）ず一等に選ばれたマンリー・ウェード・ウェルマンという人は、比較的ニューカマーだという事だがそれでもとにかく作家として知られている人らしい。更に二等に入っているウィリアム・フォークナー、ヘレン・マックロイ、フィリップ・マクドナルド、Ｔ・Ｓ・ストライブリング、マニング・コールスというような様な知名の作家であるらしく、三等にはいまアメリカで非常な人気のあるクレイグ・ライスや、オーストラリヤの女流作家で、前線版にも沢山本の出ているナイオ・マーシュなどという人が入っているから面白い。ほかの人はよく知らないが、ライスとマーシュはすでに一流といっていゝ作家である。

　こういう人たちがプライズ・コンテストに参加するのは必ずしも二千弗という賞金目当てゞはあるまい。何（な）んのこだわりもなく競技に出場するに寛濶（かんかつ）なかれらのスポーツマンシップがそうさせるのではあるまいか。そこで私は思うのが、第二回目のコンテストには駄目としてＥＱＭＭでは将来もこの試みをつゞけるに違いない。だから国際事情が許すようになったら、私もひとつ、英語の達者な人とタイアップして、自分のオリヂナルを英訳して貰（もら）い、このコンテストに是非（ぜひ）参加したいと思っている。勝敗はむろん問題ではない。私としては、日本にも探偵小説がある、探偵小説作家がいるという事をＥＱＭＭを通じて、全世界の探偵小説ファンに知って貰いたいのである。これは私個人としての抱負だが、もっと理想をいえば、日本に強固な探偵作家クラブみたいなものが出来て、そこで広く作品を募（つの）り、（むろんわれわれもそれに応募する）その中から最優と見られる作品を、われわれの選手として英訳して送ってみたらどうかとも思う。これが実現不可能ならば私個人として、是非この試みはやってみるつもりである。

　そして更にいくいくは、アメリカの大出版社と契約して、年に二作ぐらい向うで出して貰う。そしてポケット・ブックにも入れてもらって、百万部突破して、ガートルードをせしめたいというのが、目下の私の抱負なのである。

　本誌の贅頭繪一（ぜいとうえいち）という人は、たいへん愉快な人物で、計画が物凄（ものすご）く大きいから、私もついつりこまれて、誇大妄想（もうそう）狂みたいな事を書いてしまったが、考えてみるとこれは必ずしも夢物語ではないのである。何故（なぜ）ならば、理智は万国共通語であり、探偵小説は理智文学なのだから。

　さあ、みんな、窓をひらいて世界の舞台へ乗出（のりだ）そうではないか。

付録⑤

探偵茶話（「ロック」版）

クイーンの大手品

いつか本誌に江戸川さんが、エラリー・クイーンの大手品として、バーナビー・ロスがクイーンであった事を紹介していられた。それに関するクイーンの茶目振りはまことに愛すべきもので、自分も江戸川さんと至極同感だが、クイーンがロスというもう一つのプシューダニムを用いて、四篇の探偵小説を書いたという事については、自分はもう一つクイーンの大きなホーカス・ポーカスがあったように思われてならない。いったい、探偵小説で何が一番大きなトリックかといえば、何んといっても探偵と犯人が同じであったという一人二役型にとゞめをさすだろう。このトリックを最初に書いた作家は誰だか自分は知らないが、幼時三津木春影の訳で、「８１３」ではじめて読んだときには、このトリックに驚嘆したものである。『黄色の部屋』はこれより少し早く読んだのだが、訳者が探偵小説ごころのない人物であったらしく、巻頭の目次を見ると、直ちにトリックが分るような見出しをつけた章があったので、折角のトリックも大分割引きをされたのを憶えている。どちらにしても探偵と犯人が同一人であるということは、幼い自分にとっても、素晴らしい思いつきのように思われた。しかし、探偵小説のトリックの性質として、何度もそれを繰返すわけにはいかない。いまごろ探偵と犯人との一人二役を書いたら、忽ち物笑いの種になるだろうし、第一、読者はすぐに観破してしまうにちがいない。ところがこゝに、このトリックを用いても、絶対に観破されない場合が唯一つだけあるのである。いや、あったのである。それはどうするかといえば、シャーロック・ホームズを犯人にするというトリックである。こゝでいうシャーロック・ホームズとは、探偵の一般代名詞ではなく、コナン・ドイルのシャーロック・ホームズである。即ち、もし、ドイルがあれだけのホームズ物語を書いた後に、一大長篇を物して、その中でホームズを犯人に仕立てたならば、その小説がどんなに下手に書かれており、しかも、どんなに眼のこえた読者が読んでも、おそらくそのトリックを観破することは出来まい。（但し、諸君のように早まって、あせって、いきなり最後の頁をあけて読んでは別問題であるが。）自分でさえこのトリックに気がついていたくらいだから、ダンネー、リー両君のような、探偵小説ごころのある御両君が、これに思い及ばぬ筈はない。そしてまた稚気満々たる御両人はそれをやって見たくて仕方がなかったにちがいない。しかし、折角売込んだエラリー・クイーンを犯人にするわけにはいかなかった。一度犯人にしてしまったが最後、その探偵は滅亡してしまわなければならぬ事、自明の理だからである。殊にクイーンの場合は、探偵も作者もエラリー・クイーンだから、探偵エラリー・クイーンを滅亡させることは、同時に作家エラリー・クイーンを自殺させる事になる。だから、いよいよこのトリックを用いる事は出来ない。そこで、ダンネー、リー御両君は、エラリー・クイーンの方は、大事に守り育てゝいく事にして、その代りいつ自殺させても構わぬような、神秘的なバーナビー・ロスという作家を、またぞろ別に作りあげたわけである。即ち、バーナビー・ロスという作家は、ダンネー、リー御両君が、かねがね抱懐している探偵即犯人という古いトリックで、なおかつ読者をあっといわせようという大野心がうんだ産物であり、X、Y、Zの悲劇は、『デュラリー・レーン最後の悲劇』を書くために御念の入った前奏曲として書かれたものだろうと、自分がにらんでいるのはヒガ目であろうか。エラリー・クイーンは自分の選んだ二十傑のうちに、『デュラリー・レーン最後の悲劇』を入れているが、正直のところ、この小説は大した傑作とも思われない。しかし、クイーンとしては、自分のやったこの一大ホーカス・ポーカスを、どうだ、見てくれという気持ちが多分にあったのだろうと自分は思っているが、これまたやはりヒガ目であろうか。

忠臣蔵とカー

大分昔の事である。菊五郎が半七捕物帳の『勘平の死』をやった時、江戸川さんが某演劇雑誌の依頼でその劇評をやった事がある。『勘平の死』はその題名でも分るとおり、素人芝居で忠臣蔵の六段目をやったところが、いつの間にやら小道具の刀が本身の刀にすりかわっていて、夢中で腹へつき立てた勘平役者が死んでしまうという小説である。これを舞台でやったとき、何しろ勘平役者の菊五郎のことだから、劇中劇として、六段目をそのまゝ、勘平が刀を腹へ突っ立てるところまでやったらしい。これを観劇した江戸川さんの批評は、だいたい、半七捕物帳も捕物帳だが、それよりも劇中劇の六段目の方が、はるかに探偵趣味にとんでいるというようなものであったと思う。これ蓋し至言で、まったくその通りである。ところで、ちかごろの若い人は、外国小説の筋は知っていても、忠臣蔵の筋を知らない人の方が多いのではないかと思われるし、それでは自分のこれからいおうとすることがよく分らないので、こゝで簡単に五段目から六段目へかけての筋を述べておく。主家の大事をよそにして、お軽と手に手をとり鎌倉を落ちのびた勘平は、山崎街道のほとりにあるお軽の生家に身を寄せて猟師をやっている。そのあとで起ったのがあの大騒動、勘平はなんとかして、武士の一分を立てたいと思うが、それには五十両という金がいる。そこでお軽が身売りをする事になって、その金を親の与市兵衛が受取って山崎街道へさしかゝる。そこを定九郎に殺されて、縞の財布の五十両をとられてしまう。その定九郎はまた、猪を狙った二つ玉にあたってあやまって勘平に殺される。勘平はまんまと猪を射とめたつもりで、くらがりの中に探りよったが、南無三、人というわけでびっくり仰天、その時手にさわったのが縞の財布の五十両、悪いことゝは知りながら、持って逃げるというのが五段目である。さて、六段目は与市兵衛の住居で、お軽にもう身売りをするに及ばぬ。金は手に入ったと喜ばせていたが、間もなく担ぎこまれた与市兵衛の死骸、しかも、自分が昨夜手に入れた縞の財布は、昨日与市兵衛が一文字屋から受取って来たものだと分ったから、てっきり昨夜自分が射殺したのは、舅の与市兵衛にありつによてな事になって刀を腹に突立てる。ところが後で与市兵衛の死骸を改めると、鉄砲傷ではなくて刀傷であるから、勘平の無罪が立証されるわけであるが、時すでに遅く、早まったりな早野勘平という事になるのが、有名なお軽勘平の悲劇である。さて、江戸川さんが半七捕物帳よりもはるかに探偵趣味にとんでいるというのは、この縞の財布の扱いかた、鉄砲傷と刀傷の相違という作者の目のつけどころであったらしい。ところで、問題はこの後の方、つまり鉄砲傷と刀傷という件である。芝居好きの自分は幼いときから、何度この芝居を見ているか知らない。勘平さんは鉄砲傷と刀傷のくべつがつかないが、早まったりな早野勘平てな唄みたいなものを、自分は七つ時分から知っている。それにもかゝわらず、これが探偵小説のトリックになり得るという事に気がつかなかった。それをカーが書いて見せてくれてはじめて気がついたのである。

カーが書いたのはこうである。鉄砲傷と刀傷とが同じに見えるというトリックである。そうするためには、鉄砲の弾丸が被害者の体内に残っていてはならない。しかし、そうするためのトリックは、自分も何度か外国探偵小説で読んで知っている。それからもう一つ、刀傷が鉄砲傷と同じに見えるためには、刀そのものゝ形に工夫をこらさねばならない。カーはそういう刀を持出すために、例によってお家芸の、中世期風の怪談を持出し、素晴らしい情緒をつくりあげ、そしてこゝに見事な密室殺人を見せてくれるのである。この中世期風の情緒はともかく、自分だって、刀の形に工夫をこらすくらいの才覚はあるにちがいない。だから要は『鉄砲傷と刀傷』というトリックを思いつきさえすれば、自分にだってあの素敵な「密室殺人」を思いつけた筈だし、しかもその事は何百年か前に竹田出雲がちゃんと忠臣蔵の浄瑠璃の中に書いておいてくれたのである。それにも拘らず、まんまと外国人であるところのカーにしてやられたことは、まことに遺憾千万であると、自分はちかごろもっぱら口惜しいのである。カーは更にもう一つ忠臣蔵のトリックを用いて、密室殺人をやっている。それはさっきいった五段目の場面である。ふつう正統的な演出ではやらないが、どうかすると五段目の定九郎と与市兵衛を同じ役者が早変りでやることがある。それはどういうふうにやるかといえば、まず花道から出て来た定九郎が、本舞台にある稲掛けのうしろにかくれる。そして早変りで与市兵衛になり、また花道から出て来て、稲掛けのまえに腰をおろして一服する。そこを背後にかくれている定九郎に抉られたこゝろで、わっと叫んで、うしろに倒れ、上半身だけ稲掛けの中にかくれる。そして下半身だけはまだ観客のまえにあって、両脚をバタバタやっているのだが、その間に顔のこしらえを変え、かつらを改め、与市兵衛の衣裳の上の方だけ脱ぐ。下にはむろん定九郎の衣裳を着ているのである。そして、こしらえが出来るところで、下半身を稲掛けの向うへ引きずりこまれると同時に、ぱっと定九郎の上半身を稲掛けから覗かせ、あたりの様子をうかゞっている間に、脚の脚絆を弟子にとらせ、さて、悠々と血刀さげて稲掛けから出て来るのである。カーはこれを犯人に、自分の殺した被害者との一人二役を演じさせ、これまたまんまと密室殺人をやっているのである。しかもカーはこういう手のこんだ、巧妙な早変り術が日本にあることを知らないから、彼の小説の早変りはこれよりはるかに単純である。自分はこういう素晴らしい早変りが日本の芝居にあることを知っているから、カーのその小説にはあまり感心しなかったが、江戸川さんは単純なところが面白いと、自分よりもこの小説を高く買っていられるようである。それにしても定九郎のこの早変りは、忠臣蔵の浄瑠璃が出来るよりもまえに、上方役者の浅尾為十郎が、ほかの芝居でやって見せ、あっと見物を驚かして以来、いろんな芝居の殺し場に利用されて、自分なども幼い時から、少くとも三つのちがった狂言で、この早変りを見ている。それにもかゝわらず、これまたカーにしてやられたとは、まことに残念千万である。いったい、歌舞伎狂言というやつは、御趣向沢山だから、たいへんトリッキーに出来ている。しかも何百年もかゝって、代々の名人がよってたかって、いろんな工夫をこらして来たのだから、カーのような熱心さをもってあされば、まだまだ沢山、探偵小説のトリックが発見されるにちがいない。例えばお国御前か何かの狂言で、池の蓮のうえを歩いてみせたという。これは仕掛けがわかっているが、そのほか、鯉つかみの水中早変りも面白い。四谷怪談の戸板がえしの、戸板の裏と表に縛りつけられたお岩と小平の早変りも工夫をすれば種になりそうである。もしカーに、日本の歌舞伎のいろんな工夫を見せたら、トリックの大宝庫、ホーカス・ポーカス、ハンキー・パンキーの大鉱脈と驚喜するかも知れない。自分もひとつ心掛けて見たいと思っているしだいである。

（一九四七・五・一二）

クリスチー礼讃

江戸川さんの説によると、日本ではアガサ・クリスチーのファンが少いそうである。してみると自分は坂口安吾氏とともに、日本における少数のクリスチー・ファンのひとりということになるのかも知れない。しかし自分がクリスチーを愛好するゆえんのものは、坂口氏と少しちがっているかも知れぬ。

『宝石』に出た坂口氏の随筆によると、

――（前略）、犯人でありうる多様な人物を組み合せて、そのいずれもが疑惑を晴らしえないような条件を設定するというようなところに主として手腕を要するのじゃないかと思う（後略）

そして、そういう意味でクリスチーを最上とするらしい。しかし、自分が思うのに、唯以上のようなことだけならば、それは自分のいわゆるコネコネクチャクチャ探偵小説に過ぎないのである。では、コネコネクチャクチャ探偵小説とはどういうものであるかというと、それはこうである。

こゝに殺人事件があって数名の嫌疑者がいる。かれらはいずれも嫌疑を晴らしえない立場にある。そこへメイ探偵が登場して、コネコネクチャクチャしゃべった揚句、犯人はAであるぞと発すると、読者諸君が、ははァ、そうでござりましたかと感心する、たゞ、それだけの探偵小説のことをいうのである。注意すべきは、こういう探偵小説にかぎって、最後のドタン場にいたって、作者が天魔にみいられるか、あるいはアムネジヤにかゝるかして、犯人はAであるぞヨという代りに、犯人はBであるぞヨ、あるいはCであるぞヨ、Dであるぞヨ(エトセトラ)と申しても、読者諸君はやっぱり、ははァ、さようでござりましたかと感心して、大して、矛盾もかんじないし、小説全体の興味にもそれほど影響を及ぼさぬという、大変便利に出来たしろものなのである。ヴァン・ダイン先生の諸作は、その風格教養の点では大いに尊敬すべきも、探偵小説としては、少数の例外をのぞいてはおおむね、このコネコネクチャクチャ探偵小説に属する。――と、自分はそう思っている。むろん、自分の書くものなど、その最たるものであろう。

そこへいくとわれらのクリスチー女史はちがうのである。単なる嫌疑者整理から一段飛躍して、常に何かかわったシチュエーションをつくりあげる。そこを自分は愛好するのである。

たとえば『アクロイド殺し』だが、これでは記録者が犯人であるというケレンを見せてくれる。ヴァン・ダイン先生のお筆先によると、こういうのはアン・フェヤーだそうだが、フェヤーであろうがアン・フェヤーだろうが面白いのだから仕方がない。自分が面白いと思うのみならず、アメリカでも面白いと思っているにちがいない証拠には、カンガルー印のポケット・ブックの中には、探偵小説としてはこれが一番はじめに入っている。

『三幕の悲劇』では、最初の殺人は単なる舞台稽古(げいこ)であって、被害者は誰であってもよかったという、被害者にとってはお気の毒さまみたいなテーマであっといわせてくれる。

『ABC殺人事件』は更にこれをふえんして、三人の被害者のうち、犯人の殺したかったのは一人だけである。あとの二人はそれをカモフラージするためであったという、しかし、これは案外早く読者に看破されるテーマだが、それでもコネコネクチャクチャとちがうことはちがうのである。もっとも恐るべきは延原謙氏訳すところの『十二の刺傷』（自分はこの原名を知らない）で、十二人の嫌疑者とは、いやはや厄介なことであるわいと、まずわれわれボンヨーなる読者を嘆じさせておいて、さて、それがしだいに怪しくなって来たかと思うと、あにはからんや、十二人全部が犯人であったという大ケレンで、あいた口がふさがらぬという大ケッ作である。これと反対なのが『みんないなくなったとさ。』でこれには十人の男女が登場するから、さてはクリスチー先生もいよいよ手段に窮して、今度こそはこの中から犯人を探せというのであろうとホクソ笑んでいると、どうしてどうして十人全部、スッタスッタとはなばなしく殺されちまうという、これまた恐るべき大々的大ケッ作なのである。

つまりクリスチー女史の作品にはいつも、読者の意表に出るところの、奇抜なシチュエーションなりテーマなりが用意されている。今度はどの手であっといわせてくれるか、そこが自分の楽しみなのである。もっともクリスチー女史もずいぶん多作家らしく、戦後、アメリカのリプリント本のリストをみると、実に沢山作品があって、延原謙氏の如きは、クリスチーはブレーン・トラストを持っているのではないかといっていられるくらいだから、全作品がそうであるかどうか自分は知らない。それから、こういうふうに一作ごとにあまりにも読者の意表に出ようと試みる結果、作品そのものが皮肉になり、また、作者が女性であるせいかどうか知らぬが、あまりにも小手先きがきゝすぎ、どうです、これは……とばかりの見てくれが、高慢ちきな鼻のさきにぶら下っているようで、宇野浩二氏の描写を拝借すると、珍味々々と舌打ちしているうちに、どこかにトゲがあるような気がするのはやむを得ず、自分にとってはそこがカーのたんまりした味や、クロフツのじっくりした味わいより落ちるように思われるのである。

（一九四七・九・三〇）

（クイーンの大手品、カーと忠臣蔵・「ロック」昭和二十二年七月号、クリスチー礼讃・同十二月号）

付録⑥

探偵茶話（「真珠」版）

困った事

どうも困ったことである。考えていると、困ったことばかりが、自分の周囲に山積しているような気がする。困った事が仲間を大勢連れて旗鼓堂々と押し寄せて来るので、根が心気朦朧性の自分は、圧倒されてしまいそうな気がする。事の起りはこうである。今年の四月に自分は東京へ引揚げるつもりであった。そのつもりで、着々と準備を進めて、大いに張切っていたところが、いろんな事情から急にこの計画を放棄しなければならなくなった。これが困った事のはじまりだが引揚げが不可能ときまると、こちらに居坐るより仕方がない。さて、居坐りときめてみても、もう去年のような生活態度はとれない。あゝ四六時中探偵小説の事ばかり考え、探偵小説ばかりを読み、探偵小説ばかり書いていると、心臓がいよいよ苦しくなるばかりである。そこで今年は旧にもどって、心機転換のために少し畑仕事をやろうと決心した。半耕半稿でいこうと考えた。この考えは悪くなかったのだが、さて、何かやり出すと熱中する性で、少し畑仕事に身を入れすぎた感がある。去年一年、ステッキより重いものを持った事がなかったのに、急に重い鍬を振りあげる日が何日もつゞいたので、忽ち体をこわしてしまった。胸が痛くなって、肩が痛くなって、背中が痛くなったと思ったら、とうとう赤いものを見た。困った事というのはこれである。何しろ赤いものを見るのは久しぶりだから大いに驚き狼狽して、一意専心寝ていることに決めたが、寝ているあいだにも時日は容赦なく来り且つ去って方々から日文矢文の原稿の催促である。しまいには電報配達氏が憤慨して、お宅のために始終夜中に起されるのは迷惑千万である。早々東京へ帰って下されと、大家さんになり代って、行くところもない自分を、おっぱらいかねまじき権幕である。しかもこれほどの犠牲を払って植えつけたサツマイモだのに、今にいたるもはかばかしく芽が出ない。三度豆の種子は半分土中で腐ってしまった。砂糖木もところどころ歯が抜けたように芽がない。やり直すにももう手おくれである。と、いうわけで困った事が山積して、自分を圧倒してしまいそうな気がするのである。しかし、こういうふうに何もかもが悲観材料に見えて来るのは、やはり健康のせいにちがいない。これが健康で元気汪溢しているときならば、又別の考え方も出来るのである。東京は遅配欠配で、たまに配給があっても、米などは拝みたくも無いというが、こちらにはまだそんな事はない。ちかごろは米の中にもち米が混るから、腹持ちがよくて、二合五勺の配給が余りそうだというと、それはどこの国の話かとまた海野さんにいわれそうだが、そういう状態だから、やはり東京へかえらなかった方がよかったのかも知れない。赤いものが出たといっても海野さんの十C・Cにくらべると、極く僅かなものであるから敢て恐るゝに足らん。原稿のほうはボツボツ片附けていくことにし、郵便局の方は職務のことだからとガマンして貰うことにする。サツマイモの芽が出なかったら、部落中を歩いて、余り苗を貰うことにする。三度豆が半分腐ったおかげで、忘れていたさゝげの播き場所が出来て却って好都合であった。砂糖木の苗も少しこみ過ぎて植えてあったのだから、歯が抜けたぐらいが適当であろう。大丈夫、大丈夫、万事心配することはない。……とこういうふうに強いて、困った事を向うの隅に押しやるためには、しかし、何か気をまぎらせるような事をやらねばならぬ。折あたかも、「真珠」の贅頭繪一君が、最後通牒的文章をもって脅かして来たので、これを機会に起上って原稿紙に向ったが久しぶりにペンを持ったので、手がふるえて日頃の悪筆いよ〳〵迷筆となり五月雨やみゝずのたくる縁の先という、折も折も、季題もぴったり合った楽善彦三郎の句さながらのていたらくである。しかし、この方は活字になって読者にまみえるのだから先ずよいとして、困ったことにはさしあたり名論卓説も思いつかない。そこでなるべく無責任な事を、無責任に書き連ねることにする。何を書くつもりか自分にもまだはっきり分らないくらいだから、筆がどうとんで行くか支離滅裂な事はあらかじめ御容赦ありたい。

プシューダニム

日本でも探偵作家は、殆んどの人がプシューダニムを用いている。平井太郎が江戸川乱歩であり、木下龍夫が大下宇陀児であり、佐野昌一が海野十三であるというわけである。こういうふうにみなそれぞれプシューダニムを用いているのは理由のある事なのだろう。江戸川さんの場合は、本名があまり月並であり過ぎるから、何か変った名前を用いる必要があったのだろうし、大下さんや海野さんや甲賀さんは、探偵小説を書きはじめた頃政府のお役人だったから、小説を書いている事を、内密にしておく必要があったのだろう。木々さんの場合も大体それと同じであると思われる。水谷君の場合は納谷という本名が、とてもナヤと読んで貰えそうにないのでねという理由をきいた事がある。久生十蘭、夢野久作もむろん筆名であるし、小栗君も名前の虫太郎だけがプシューダニムらしい。一見本名のように見える渡辺啓助君も圭助が本名のようである。日本ではほかの分野の作家が、ちかごろおおむね本名で小説を書くことになったので、こういうふうに探偵作家だけがプシューダニムを用いていることが、何か特異の現象のように思われがちだが、しかし、これはなにも日本に限ったことではないようである。外国の作家はと見渡すと、ある、ある、ある。——と、いうよりもむしろプシューダニム全盛という感じである。先ず近代探偵小説の鼻祖ともいうべきヴァン・ダインがプシューダニムであることはいうまでもあるまい。ヴァン・ダインは、どこかの大学の教授だったというから、この人が筆名を用いたのは、木々さんと同じような理由によるのかも知れない。それに較べるとエラリー・クイーンのプシューダニムの由来は少しちがっているようだ。エラリー・クイーンがフレデリック・ダンネイと、マンフレッド・リー両君の二人一役であることは、ちかごろあまねく知られているが、F・ダンネイ&M・リーでは少しもっさりしているので、こういうプシューダニムを作ったのであろう。そして、それと同時に、いわゆるクイーンの大手品であるところの、二人一役の一芝居が打たれたのだろう。このクイーンが同時に、バアナビイ・ロスであったことは、自分にも頗る意外であったが、クイーンが、ロスというプシューダニムのもとに、デュラリイ・レーンという探偵を創造した動機については、いつか江戸川さんが「ロック」誌上で指摘した以上に、ダンネイ・リー両君の探偵小説ごころが働いていると自分は睨んでいる。(この事については「ロック」に書くつもりである)こういうふうに、ヴァン・ダインやクイーンがプシューダニムを用いざるを得なかった理由は大体わかるが、分らないのはカーである。ジョン・ディクソン・カーとカーター・ディクソン。誰の眼にもすぐ分るようなプシューダニムを用いて、しかも出て来る探偵のドクター・フェルとH・M、これまた同じような型の同じような性格で、しかも小説そのものも、殆んど同じいきかたである。何んのために二つの名前を用いなければならないのか、とんと諒解に苦しむ。あるいは出版社との関係があるのではないかとも思われるが、それにしてもまぎらわしい。自分など、カーとディクソンの小説を十冊ほど読んでいるが、どれがカーであったか、ディクソンであったか、急には思い出せないくらいだから些か迷惑な話である。江戸川さんの説くところによると、「幻女」のウィリアム・アイリッシュは、「黒衣の花嫁」のコーネル・ウーリッチのプシューダニムで筆名で書いた探偵小説がヒットしたので改めて本名で書き出したということだが、これなどはちとわれ〳〵には分らぬ神経である。アイリッシュでヒットしたのならば、そのまゝアイリッシュで押し通したらよさそうなものだが、これなども、出版社との関係があるのではないだろうか。これまた、アイリッシュもウーリッチも殆んど同じ色彩の探偵小説だから些かまぎらわしい。クイーンはポケット・ブックに収めるとき、ロスの作品をクイーンの名前に戻してしまったが、カーやウーリッチのものは、両方の名前で、同じ叢書に入っているのだから、探偵小説研究家にとっては厄介な話である。クレイグ・ライスもライスのプシューダニムで成功するまえに、二つ筆名を持っていたという事だが、これなど、あきらかに筆名と作品のヒットとの関係を示しているように思われる。ライスもダフネ・ソーンダース他もう一つの名前で書いた小説が、大したヒットを示さなかったので、改めてライスのプシューダニムでジャスタス夫妻とジョン・マロンという愉快な酔っ払い探偵トリオを創造したところが、これが大ヒットしたので、漸くライスの名前に落着いたらしい。ということは、その小説がヒットしなかったならば、われ〳〵はまだ〳〵沢山な彼女のプシューダニムに悩まされなければならなかったかも知れないという事になる。フィリップ・マクドナルドという作家は、その作品の一つが、ポケット・ブックのかなり早い部に入っているところを見ると、相当の作家らしく、また、スリラー映画の元祖といわれるヒチコックの「レベッカ」のシナリオを書いたので有名らしいが、この人も、オリヴァー・フレミング、アンソニー・ローレンス、マーチン・ポーロックという三つのプシューダニムを用いていたそうである。ところが結局本名のマクドナルドで書いた小説で、名声をきずきあげたのだそうである。ジョセフ・シアリングというのは歴史的秘密小説を書くので有名な作家らしいが、これはマジョリー・ボーエンの別の筆名であるそうな。マジョリー・ボーエンなら、その昔、いろんな雑誌でお馴染の作家である。ところがこのマジョリー・ボーエンもやはりプシューダニムで彼女はほかにもまた男名前の三つの筆名を用いているそうである。こうなって来ると、かつて、牧逸馬、林不忘、谷譲次という三つの筆名を用いて、縦横に才筆をふるい天下を驚かした長谷川海太郎君など、まだまだ罪が軽いと思われる。日本でも江戸時代には、戯作者がいろ〳〵な筆名を用いていて、われ〳〵をとまどいさせるが、アメリカの作家のプシューダニムも、願わくばどれかひとつにまとめて貰いたいような気がする。

ディクタフォーン

牧逸馬の事を書いたら、ガードナーを思い出した。日本では多作家といえば、まず牧逸馬にとゞめをさすだろう。何しろ彼が急逝したときは、雑誌の連載小説を十。新聞を三つ、ほかに百枚の読切を三つ引受けていたというから大したものである。しかし、いかに大したものでもそのために働き盛りを、あっけなく死んでしまったのでは何んにもならない。そこへいくとスタンレー・ガードナーはえらいものである。二十年ほどの間に長篇小説を数十篇、短篇小説を数百篇、アーチクルを数千篇か書いて、いまだにカクシャクとしてのさばっているのだから、ちょっと人間業とは思われない。最近のリーダース・ダイゼストにガードナーの事が紹介されていたが、それによると、かれの最初のペリー・メーソン物は一週間で書上げたそうである。ペリー・メーソン物は逐字訳にするとたいてい五百枚ぐらいのものだから、一日に約七十枚の割である。直木三十五が「踊子行状記」を書いたときは、一晩七、八十枚の割で書いたというから、まずスピードの点においては、兄たりがたく弟たりがたしだが直木の方は全篇そのスピードで通したわけではないらしい。たといそうであったとしても、これまた死んでしまったのだから負けである。それにしても、ガードナーがどうして、こうも多作をしながら、牧逸馬や寺尾幸夫みたいに心臓麻痺も起さず、織田作之助みたいに喀血もせず、ますく元気に多作をつゞけられるかといえば、かれがディクタフォーンを用いるからであるらしい。それに較べるとわれくの仕事ぶりは実に原始的である。机に武者振りついて、原稿紙のひとこまひとこまへ、五月雨やみゝずのたくると嘲弄されそうな悪筆を書いては消し消しては書込んでいるのだから、エネルギーも消耗する筈である。リーダース・ダイゼストの挿絵をみると、ガードナーは居心地のよさそうな椅子にふんぞりかえって、ディクタフォーンの送話器を片手に握り、原稿を吹込んでいる。こうして吹きこまれた音盤か音管か知らぬが、それを三人の秘書が速記し、タイプに打ち、原稿にするというのだから、精神的エネルギーの消耗はともかくとして肉体的な疲労の点においては机にかじりついて、四百のこまを一つ一つ埋めていくのと格段の相違があることはいうまでもない。しかも、唯喋舌ってさえいればいゝのだから時と所を撰ばずに仕事が出来るという点も有利である。かれの『ゴールド・ディガーズ・パース』のはじめについているデディケーションを見ると、この小説はユカタンのマイヤン廃墟にはじまってコロムビヤで終ったとあるから英語の力の至って不十分な自分は、南米を舞台にした小説かと早合点していたら、そうではないので、不思議に思ってもう一度デディケーションを読直したら南米を旅行してまわりながら、ディクタフォーンに吹き込んだという意味であった。日本でも甲賀さんなどは旅に出て書くのが好きな人であったが、ディクタフォーンがあれば、更に便利であったろう。怪人三上於菟吉は、新聞記者と一緒に酒を飲みながら、「君一寸、待ちたまえ、時計の針がこゝからこゝへ行くまに一回分書くからね」と、懐中時計のガラスの上に、赤インキで十五分の間に印をつけ、針がその間を進行する間に、酒宴の席の片隅にある机に向って原稿を書いたということだが、これなどもディクタフォーンがあると更に便利である。新聞一回分ぐらい、喋舌れば十五分なんてかゝる筈はないから、記者諸君を相手に、歓を尽しながら、三十回や四十回分の原稿をつくることはなんでもなかったろう。思えばこのディクタフォーンが日本にあったら、牧逸馬も直木三十五も、寺尾幸夫も三上於菟吉も、また近くは織田作之助も、あゝむざむざと花の盛りの人気の絶頂に死ななくともすんだ筈である。文明の利器尊ぶべしである。

三つの探偵トリオ

探偵作家が何に一番苦労するかと云えば、やはり主人公であるところの、探偵のパーソナリティーの創造であろうと思われる。それだけに探偵小説の探偵の型は千差万別である。しかし、だいたいに於て、古いところではシャーロック・ホームズの型を踏襲して来ていたようである。このホームズは作者ドイルの恩師にあたる、何んとかいう教授をモデルにしたということだが、これは作者が、ポーの模倣といわれたくない負け惜しみから、後から附合したので、やはりオーギュスト・デュパンの分身と見たほうが当っているように思われる。このホームズ型も少々古くなったと思われていたが、ヴァン・ダインのフィロ・ヴァンスによって、見事に近代的に再生した。ヴァンスはホームズに近代的衣裳を着せたものである。エラリー・クイーンのエラリー・クイーンは、そのヴァンスをよた散文に書き直したような人物であったが、ちかごろはE・Qもたいへん人が変ったようである。E・Qの作風が変ってからの作品としては、私はまだ「災厄の町」と「ハートの四」を読んだゞけだが、かつてのもったいぶったサイコアナリストとしてのE・Qも、ちかごろは大分砕けて来ている。しかし、たった二作を読んだゝけでははっきりいえないとしても、まだ人間味を帯びて来ているとは云いにくいようである。かつてのE・Qの記憶があるせいか、どうも水に油のようなぎこちなさを感ずる。殊に、「ハートの四」のはじめの方では、E・Qが酔っ払うギャグがあって探偵笑劇の匂いがあるが、そういう点ではエラリー・クイーンは泥臭く、クレイグ・ライスの軽妙さには、足下にもよれない。自分はちかごろカーとは別の意味で、クレイグ・ライスを愛読しているがこの人はちょっと得難い才人である。どの小説にも、あらゆる行にギャグが溢れていて、自分のような英語の力の不十分な者でも、ときどき吹き出さずにいられないところがある。

　かつての新青年の呼物だった外国笑話の材料になりそうな対話や描写が、いたるところにある。この人はあゝいうギャグやウイットが、流れるように出て来るか、それとも、いつもそれを考えていて丹念に書きとめておき、巧みに文中に盛り込んで行くか、あるいは其の両方であろう。ライスの魅力の大半は自由自在に駆使される、この巧みなギャグにあるが、それにしても、三人の主人公のパーソナリティが、ぴったりと文章にマッチしているのは見事である。ライスの三人の主人公というのは、ジェークにヘレンというジャスタス夫妻と、ジョン・マロンという弁護士である。ジェークはかつて新聞記者だったが、賭に勝ってナイト・クラブを手に入れて、そこの経営者におさまっているが、細君には内緒で探偵小説を書いて出版社に送り、いつも没になっているような人物である。ヘレンはシカゴの良家の出だが、ジェークに首ったけである。もちろんジェークの方でも同じである。素晴らしい美人で、奇智と愛嬌も無類だが鼻っ柱の強いことも無双である。御亭主に内緒で、単身ギャングの根拠地へ乗込んだりするが、それに気がついた亭主のジェークが蒼くなって、友人のマロンのところへ相談に駆着けると、マロンが空嘯いて曰く、なるほど、それは心配だ、ヘレンが乗込んだとあってはギャングの方が心配だよというくらい、大した女である。それでいて、なかなか世話女房式のところもあり、亭主とマロンがどんなに夜おそく帰って来ても、いやな顔ひとつしないで、かいがいしく酒を出したり料理をこしらえたりする。誰でもちょんと惚れたくなるような女に書けている。ところで一番の大立者マロンだが、これがまた面白い。弁護士としては凄い腕を持っているので、ギャングから色眼を使われるが、金では動かないうえに、いつも酔っ払っているので、貧乏神と手が切れない。女秘書には何ケ月も月給を借りているし、ジェークやヘレンに紐育へ呼出されても汽車賃がないから時計を質において、辛うじて往きの切符だけ手に入れる。帰りの汽車賃に困ってもジャスタス夫妻に切出しかねるくらい、気が弱いというのか、気位が高いとかいうのか、そういう人物である。そうかと思えば事件の依頼にころげ込んだ、ギャングの妾のしたゝか者と、酔っ払って怪しい夢を結んだりするが、それが別に不健全にも感じられないで、なかなかお色気があってよろしい。この三人があるいはシテとなりワキとなりかもし出す雰囲気は、さながら陽気なアメリカそのものゝような気がする。しかし、どの小説も事件は突拍子もなく奇抜なものでありながら、それを一応納得のいくように解決し、最後にはまたあっというような意外が用意してあるのだから、アメリカで受けているのも当然である。ガードナーのペリー・メーソン物の主人公は、ライスの三人ほどそれぞれがいき〳〵としてはいないが、やはり一種のトリオになっている。弁護士のペリー・メーソンと女秘書のデラ・ストリート、それから秘密探偵局長のポール・ドレークだが、この方は断然ペリー・メーソンが主役だし、ライスにくらべると、うんと生真面目(きまじめ)だから、トリオとしての魅力に欠けているが、依頼者の利益擁護(ようご)のためとあらば多少いかゞわしい手段も辞せずにあくまで闘うところが、読者に受ける所以(ゆえん)らしい。

　大分まえに新年の座談会で、事件に遭遇したら、どの探偵に依頼するかというのがあったが、自分なら断然ペリー・メーソンに依頼する事にする。メーソンなら必ず検事に勝ってくれる。ガードナーにこのほか、D・A物のシリーズがあるようである。D・Aとはディストリクト・アトーニー、即(すなわ)ち検事で、この方は検事のダグラス・セルビーというのが主役になっているらしい。おそらくペリー・メーソン物でいつも検事をやっつけているから、罪滅(ほろぼ)しに検事に花を持たせる事にしたのだろう。この方は自分はまだ一冊も読んでいないが、ちかごろ二冊手に入れたから、読んでみるつもりである。ガードナーにはもうひとつ、新聞社の主筆を主人公にした小説があるが、これもあるいはシリーズになっているのかも知れない。しかし、これはペリー・メーソン物にくらべると大分落ちる。江戸川さんからの通信によると、ガードナーにはこの他、何んとかいうプシューダニムで書いたラケチャー物のシリーズがあるそうだが、自分はまだ読んだことがない。因(ちなみ)にペリー・メーソンと女秘書のデラ・ストリートはふつうの関係ではないらしく、事務所で接吻(せっぷん)する場面がある。キスは何んでもないが、あとで、デラがハンケチを出して、男の唇から口紅を拭(ふ)きとってやるところが、なかなかエロチークだった。過度のエロは真っ平(まっぴら)だが、この程度のお色気はなかなかよきものであると思ったこともある。フランセス・アンド・リチャード・ロクリッヂのノース夫妻ものも、やはり探偵トリオになっている。ノース氏というのは出版業をやっていて、夫人と二人でアパートの三階に住んでいる。そのアパートの四階で殺人事件が起り、ウェイガン警部補がやって来るが、この警部補がたいへん感じのよい人物なので、ノース夫人が気のついたところを注意してやるというのが、ノース夫妻ものの第一作、「ノース夫妻と殺人事件」のはじまりである。この小説ではノース夫人は少しも動かない。唯女らしい細かい注意力から、些細な証拠を推理して見せる。実際に動くのは警部補だから、探偵小説としては極く自然である。これはニュー・ヨーカーに連載されたもので、最初作者はシリーズにするなんて夢にも考えていなかったそうだが、アメリカの堅実な中流家庭がいかにもよく書けているしドメスチックな探偵小説として恰好のものなので、意外な好評を博し、映画になったりしたので、作者も乗気になって書続けていったものらしい。

第一作は処女作らしく、生硬なところがあるが、それだけに家庭探偵小説として捨てがたい味がある。それが後の「鵞鳥殺し」や「銀行家への復讐」などになると、文章もずっと流暢になり、事件も奇抜さを増してるが、それだけに家庭的なよい味は色褪せて来る。殊にノース夫人が女探偵気取りで、自ら調査に出馬したりすると、ふつうの探偵小説とかわるところがなくなり、興覚めである。とこんな事を書いていると、きりがないし、だいぶ疲れたからもう止める事にする。（5・11）

（困った事、プシューダニム、ディクタフォーン・「真珠」昭和二十二年十月号、三つの探偵トリオ・同十二月号）

付録⑦
十風庵鬼語

十風庵鬼語　横溝正史

猫好き猫嫌い

私はこういう文章を書くのが苦手である。苦手だからしたがって大嫌いである。それにも拘わらず、何か書かなければならぬという因果な破目に立ちいたったのは、これひとえに、高木彬光のしからしむるところである。

何月号かの本誌に、高木彬光が十風庵にはいつも猫がうじゃうじゃするほどいると書いたのを見て、本誌の記者君が、それちと面白いではないか、そういうことについて、何か書かせてみようじゃないかということになったらしいが、これは、とんでもない誤解である。

げんざい、私の家には、猫は一匹しかいない。もっとも、去年までは家に一匹いるにも拘わらず、子供が捨猫をひろって来たり、またうまれた仔猫のなかから、器量のよいのを一匹とっておいたりして、いつも二匹ずついたが、それ以上、たくさん猫を飼っていたことはない。但し、仔猫がうまれたときは別問題である。

それにも拘わらず高木彬光の眼に、猫がうじゃうじゃするほどいるように見えたというのは、かれが猫嫌いだからである。いや猫嫌いというよりも、猫恐怖症ではないかと私はにらんでいる。

それというのが、かれの子供である。当年とって六つか七つかになるかれの男の子は、猫を見ると、鼻の頭に皺をよせ、

「ひえっ！」

と、世にも異様な奇声を発してしりごみするのである。

ところで、高木夫人はかくべつに、猫を恐れる風情もないから、これは明らかに父親からの遺伝にちがいない。したがって、高木彬光なる人物は、猫恐怖症患者にちがいないと、私は以前よりにらんでいるのである。

そこへ持ってきて、わが庵の猫女史ときたら、故海野十三家からお輿入れしてきただけあって、たいへん聡明にうまれついていて、客があると、必ずその膝へ這いあがって、そこでぬくぬくと香箱をつくるのである。客ならば、主人へのてまえもあるから、決して、払い落さないであろうことを、よく知っているのだ。

高木彬光こそはもっともしばしば、猫に膝を占領されるという、絶大な被害を蒙った客のひとりなのである。

そのときのかれの胸中を推察しても見よ。

おそらく、かれもまた、かれの息子と同じく、鼻の頭に皺をよせ、

「ひえっ!」

と、奇声を発してとびのきたいその小動物に、ぬくぬくと、膝を占領されて、じっとがまんしていなければならぬそのときの恐怖、苦痛、煩悶、懊悩。——それはおそらく、言語に絶するものがあるにちがいない。

さればこそ、膝のうえの一匹の猫は、かれにとっては五匹にも相当するほどの威嚇をあたえ、もしそこへ、もう一匹の猫が顔でも出そうものなら、その二倍ではなく、その二乗、即ち二十五匹の猫が、十風庵に蠢動しているがごとき錯覚を持ったのにちがいない。

……と、そうとでも解釈しなければ、たった二匹の猫をとらえて、うじゃうじゃと形容するのは、作家としても落第だし、いわんや、かれのごとき、合理主義本格探偵小説を標榜する人物として、その観察眼に欠くるところ、あまりにも大なるを怪しまざるを得ないからである。

昔から私は猫が好きであった。げんにげんざいの女房をめとったのも、彼女を猫好きと誤認したからである。

いまから二十数年以前、私がまだ神戸で薬屋をしていたころ、おふくろが田舎から彼女をひっぱってきて私にあわせた。薬屋の埃くさい二階で、私ははじめて彼女にあったのであるが、そのとき私の愛猫が、ニャーゴとかなんとかなきながら、ふたりのあいだへやってきた。すると彼女が、

「あら、可愛い猫がいるのね」

と、いうような意味のことばを吐きながら猫を膝のうえにかい抱いたが、それで私はいっぺんに彼女が気に入ったのである。

いって見れば、猫が取り持つ縁かいなというところだが、その後つらつら女房を見ているのに、それほどの猫好きでもないところを見ると、私はまんまと一杯喰ったのかも知れぬ。

たしか、その猫であったと思う。それより少しまえ、当時、孤独の想いにたえかねていた私は、夜毎、彼女を抱いて寝ていたのである。ところが間もなく、彼女がお産をすることになったので、階下の物置きのなかに巣をつくってやった。彼女はそこで無事にお産をしたのだが、何がさて寒い時分のことである。

殺風景な物置きの、窮屈な箱のなかで仔猫をそだてる落莫さにたえかねたのか、ある夜彼女が私の寝床のなかに仔猫をくわえこんできた。

いかに猫好きの私でも、これには驚かずにいられない。第一、眼もまだあかぬ、うまれたばかりの仔猫というものは、うごめく奇怪な肉塊みたいで、あまり気味のよいものではない。

「あかんあかん、そんなことしたらあかん」

私は仔猫の首っ玉をつかまえて、あわてて階段をおり、うらの物置きへかえしにいった。しかし、そのときすでに私を追いぬいて物置きへひっかえした親猫は、第二の仔猫をくわえて、さっとばかりに階段をかけのぼっていく。危っかしい階段を、私がえっちらおっちら降りて、一匹の仔猫をかえしにいったころには、親猫はすでに二匹の仔猫を、私の寝床にくわえこんでいるという仕末である。

こういうことを二、三度くりかえして見たが、私は奔命これつとめたあげく、結局、猫の敏捷さにはとてもかなわないことを、認めざるを得なかった。

そこで私は泣き笑いをしながら、

「悪いやっちゃなあ、おまえは」

と、親猫も仔猫もいっしょに抱いて寝ることに覚悟をきめた。

そこまではまだよかったが、そのうちに甚だ不都合な現象が起った。親猫は自分で用を達しにいくすべを知っているが、仔猫にはまだそのわきまえがないから、間もなく私のシーツには斑々として黒い斑点が出来てきた。

それでも、私はどうすることも出来ないので、毎日、万年床のまま学校へいき、夜になると、まだ、斑点の及んでいない寝床のはしへ、そっと体を横たえていた。

しかし、仔猫が成長し、彼女たちの行動半径が大きくなるにしたがって、斑点の範囲はしだいにひろがってくる。このまま放っておいたらどうなることやらと、さすがに私も辟易していたが、すると、ある日、学校からかえってみると、万年床はちゃんとあげられ、仔猫のすがたはどこにもなかった。

それについて、私はひとことも母にきかなかったし、母もまた一言の説明を加えようともしなかった。仔猫をさがして狂ったようになっている親猫を抱いてやり、

「おまえがあんなとこへくわえてくるさかいやがな」

と云いきかせながら、私も母のとった処置を正しいと思わざるを得なかった。私もほろほろ泣きながら内心ほっとしていたのである。

喀血も愉し

昭和二十三年、疎開先より成城のこの十風庵へひきあげてきて以来、今年はじめて私は、寝床をはなれて正月を迎えた。

それまでは毎年、前年の暮に赤いものを喀いて、正月は寝床で迎えるという仕末、

元旦やひげも剃らずに床雑煮

と、いうわけであった。

いったい、私の病気は、はんぶん道楽みたいなものだから、赤いものを喀いたからといって、ほかのひとが考えるほど恐れはしないのだが、そんなとき、いちばんに頭にくるのは、連載物をどうするかということである。

だいたい私の経験によると、赤いものを喀くと、一週間は絶対に、絶対安静をやらなければならないようである。そうすると、喀痰から赤いものがすっかりと

れる。それから寝床のうえで起きる練習をするのが一週間、それでぼつぼつなら仕事にかかれるのである。

　だから、いったん赤いものを喀くと、最低半月は休まなければならず、連載物を何本も持っていると、その全部か、あるいはどれかを休載しなければならぬということになる。

　赤いものを喀くと、まず一番に頭にくるのはそのことであり、ああ、また休載の醜態を演じなければならないのかと考えると、そのために膝頭がガクガクふるえたりするのである。

　さて、赤いものを喀くと、すぐ、絶対安静の体勢に入るのだが、その日はいちにち地獄の想いである。各誌の〆切を考え、胸の木枯しに心耳をすまし、いちいち喀痰を調べる。

　私が赤いものを最初に喀くのは、いつも午前中のことだが、それが夜に入っても、あとがつづくようだと、そこではじめて覚悟が出来てしまうのである。

　こうなったらもう仕様がないじゃないか。誰がなんといっても、これがとまってしまうまでは、仕事なんて出来るもんか。……

「ざまァ見ろ、矢でも鉄砲でも来い！」

　こう肚がきまってしまうと、さあ、そのあとの愉しさといったらないのである。いつも仕事がおそいくせに、小心よくよくとして、記者君にあやまりつづけている私は、そこではじめて、絶好の口実を見つけた感じで、久しぶりに仕事から解放されたのどかさに、鼻唄でもうたいたくなるような気持になってしまう。

　じっさい、また赤いものを喀きまして……と、女房に頭をさげられると、どんな因業な記者君でも、それでもとはいいかねて、仕方がありません、では、お大事にとひきさがってくれるようである。して見ると、ときどき赤いものを喀くということは、私にとっては一種の安全弁のようなものかも知れない。それにもうひとつ、赤いものを喀いてとくをすることがある。

　私が疎開地からひきあげてきて、何年ぶりかに赤いものを喀いたのは、昭和二十三年の秋のことだったが、その時分から、雑誌社の稿料不払いがはじまった。私はその年の夏の暑いさかりに東京へひきあげてきたのだが、金銭的にたいへん無理をしていたので、少し落着くと、すぐ仕事をはじめなければならなかった。

そこで遮二無二、註文に応じて原稿を書いたわけだが、書けども書けども、どこからも稿料を持ってきてくれないのである。あっちが駄目なら、こっちでと書いた稿料がまた不払い。

そのうちに、私はとうとう血を喀いてたおれてしまったが、すると、それを聞きつたえて、さすがに寝ざめが悪いと思ったのか、いままでくれしぶっていた雑誌社が、いっせいにわっと金を持ってきてくれたのである。

おかげで私はこの十風庵を手に入れるについて、海野十三から借りていた金を、いっぺんに返済することが出来たのみならず、当分仕事をせずとも食っていけそうな金が残り、

「時々、赤いものを喀いて見せることだね」

と、女房にむかって苦笑したことである。

とはいうものの、赤いものを喀いてたおれて、各誌に休載がつづくときの気持ちは、なんともかんとも名状出来ないものである。

昭和二十五年の春がその危機の最たるものであった。そのころ、私は七つの連載を持っていたのだが、それが全部二ヵ月三ヵ月という休載である。雑誌社の迷惑、世間への手前を考えると、生きているそらもないほどであった。

そのとき私はつらつらと考えたことだ。こんな想いをするくらいなら、いっそ雑誌が全部つぶれてくれればよい。そうすれば記者君に迷惑をかけることもないし、自分もこんな辛い想いをせずにすむと。

……

ところが、なんと、病気がいくらかよくなって、そろそろ仕事をはじめようかというころになってみると、神様が私の不逞な願いをききとどけてくだすったのか、連載を書いていた七つの雑誌のうち、たった一誌をのこして、あとは全部、ものの見事につぶれてしまって、あれよあれよというわけであった。

私が赤いものを喀いて、もうひとつ困ることがあ

る。それはどうして睡眠をとるかということだ。

終戦後、ヤミ酒や、ヤミチュウーが手に入るようになってから、私はまた昔にもどって、酒を飲まなければ眠れないくせがついている。赤いものを喀いたからといって、その点は、同じことである。睡眠剤も用いてみたが、どうもうまくきいてくれない。いちばん快適にきくのはやはり酒である。そこで寝酒をのむわけだが、絶対安静中だから、むろん起きて飲むわけにはいかない。

そこで女房に命じて、吸呑みで飲ましてもらうわけである。それも一合や二合で睡れればよいのだが、どうしても五合は飲まないと駄目なのだから、それを吸呑みでちびりちびりやっていると二時間位かゝるのである。

まえにもいったように、私が赤いものを喀くのは、近年では、どういうわけか年末から二月ごろまでにきまっている。つまり、新年号の仕事が祟るのだろう。したがって、絶対安静の体勢で、女房に吸呑みで酒をのませてもらうのは、いつも寒いときである。


しかも、私の病気が病気だから、室内に火気は禁じてある。寝床のなかで、湯タンポに尻をあたためながら、吸呑みで酒をのんでいる私はまことに快適な気持だが、火の気もない部屋の病人の枕もとに坐って、一時間も二時間もかかって、吸呑みで酒をのませている女房は身も心も冷えきってしまうようである。

しかし、私をいかにして眠らせるべきかと苦慮し、そして、それには酒がいちばんよろしい(但し、願わくば出来るだけ少い量で)と、いうことを長いあいだの経験で知っている彼女は、不平ひとつ洩らさず、「もうこれくらいでお止しなさい。まだ、これでも眠れそうもない?」

などと、気づかいながら、それでも私が満足して眠ってしまうまで、枕下につききって吸呑みから酒をのませてくれるのである。

喀血も愉し。などと、私がのんきなことをいっていられるのも、こういう柔順な看護婦がついていてくれるからであろう。

編者解説

日下三蔵

本シリーズの第一巻『恐ろしき四月馬鹿』が書店の店頭に並んだのは二〇一七年十二月二十二日だが、その前日に、横溝正史の次女・野本瑠美さん、横溝正史研究の第一人者・浜田知明さん、二松学舎大学の山口直孝教授らによる記者会見が行われた。横溝の戦時中の新聞連載長篇『雪割草』が発見されたというのだ。

この作品は草稿の一部が遺品から見つかっており、二〇一三年に出た戎光祥出版『横溝正史研究』第五号のコラムでも紹介されていたから、ファンにはその存在が知られていたが、その後、掲載紙が特定され、すべてのテキストが揃ったのである。探偵小説の発表が制限され、捕物帳を書いていた時期の作品で、なんとノン・ミステリの普通小説だという。同作は本書と前後して、戎光祥出版から刊行される。

ファンにはなんとももうれしい贈り物となったわけだが、国民的ブームが去ってから四十年近くが経っても、横溝正史は作品の新発見が新聞記事になる存在であること、世代を超えた横溝読者がたくさんいることなどを痛感し、本シリーズの編集にも一層の力を込めなければならないと思った。

第三巻の本書には、戦後に発表された作品をまとめた『刺青された男』（77年6月）と『ペルシャ猫を抱く女』（77年11月）の二冊を合本にして収めた。大正から昭和初期の作品を集めた第一巻が兼業作家時代、戦前の作品をまとめた第二巻が専業作家時代初期とすると、太平洋戦争を挟んで国全体が大きな転換を迎えた後の本書は、横溝正史の第三期に当たる作品群といっていいだろう。

本書にも付録として収めたエッセイ「探偵小説への饑餓(きが)」（46年）にあるように、戦時中は新しい探偵小説を書くことも読むことも出来なくなっており、横溝の飢餓感は本格ものへと向かっていた。一九四五（昭和二十）年八月十五日の玉音(ぎょくおん)放送を聞いた横溝が、心中で「さあ、これからだ！」と快哉(かいさい)を叫んだ話は有名である。

そうして始まった横溝の戦後の執筆活動が、本格ミステリ中心となっていったのは当然と言えよう。この時期に発表された長篇には、国産ミステリのオールタイム・ベスト級の傑作がズラリと揃っている。

本陣殺人事件（46年）
蝶々(ちょうちょう)殺人事件（46〜47年）
獄門島（47〜48年）
八つ墓村（49〜51年）
犬神家の一族（50〜51年）
悪魔が来りて笛を吹く（51〜53年）

四八年、『本陣殺人事件』で創設されたばかりの第一回探偵作家クラブ賞（現在の日本推理作家協会賞）の長編賞を受賞。角田喜久雄(つのだきくお)『高木家の惨劇』、高木彬光(たかぎあきみつ)『刺青殺人事件』などの長篇作品とともに、横溝作品は質と量の両面で戦後の探偵小説ブームを牽引(けんいん)した。乱歩(らんぽ)がほとんど実作から退いた中にあって、横溝正史の存在感は戦前とは比較にならないほど大きくなっていくのだ。

由利（ゆり）先生と三津木俊助（みつぎしゅんすけ）が活躍する戦前の作品にも謎（なぞ）解きの要素はあったが、あくまでも怪奇趣味、サスペンス、冒険活劇などの趣向と同列の比重であった。これが戦後の作品になると、ストーリーの骨格は本格ものとなり、怪奇趣味やサスペンスは意外性を演出するための道具へと変わっていく。由利先生もので言えば、戦前の『夜光虫』と戦後の『蝶々殺人事件』を比べてみれば、その差は歴然だろう。

戦後作品の探偵役は『本陣殺人事件』で初登場した金田一耕助（きんだいちこうすけ）が務めることが多くなり、特に五〇年以降、一般向けの現代ものは、ほとんどが金田一ものになっていく。だが四九年までは金田一ものと並行して数多くのノン・シリーズ短篇が書かれており、これが実に傑作ぞろい。脂の乗った時期の作家というのはこういうものか、と感心させられる作品群なのである。

各篇の初出は、以下の通り。

神楽太夫（かぐらだゆう）　「週刊河北（かほく）」昭和21年2月合併号
靨（えくぼ）　「新青年」昭和21年4月号
刺青された男　「ロック」昭和21年4月号
明治の殺人　「新青年」昭和21年7月号
蠟（ろう）の首　「VAN」昭和21年8月号
かめれおん　「モダン日本」昭和21年8月増刊号
探偵小説　「新青年」昭和21年10月号
花粉　「ロック」昭和21年10月号
アトリエの殺人　「オール讀物」昭和21年10月号「暗闇は罪悪をつくる」改題

女写真師　「にっぽん」昭和22年1月別冊号
ペルシャ猫を抱く女　「キング」昭和21年12月号
消すな蠟燭　「旬刊ニュース」昭和22年1月25日号、2月10日号
詰将棋　「新日本」30号「探偵よみもの」昭和21年11月号
双生児は踊る　「漫画と読物」昭和22年3〜5月号
薔薇より薊へ　「漫画と読物」昭和22年1月号
百面相芸人　「りべらる」昭和22年2月号
泣虫小僧　「サンデー毎日編・秋のスリラー集」昭和22年10月号
建築家の死　「探偵クラブ」9号（昭和8年3月）
生ける人形　「苦楽」昭和24年8月号

「神楽太夫」から「女写真師」までの十篇が『刺青された男』、「ペルシャ猫を抱く女」から「生ける人形」までの九篇が『ペルシャ猫を抱く女』に、それぞれ収められている。これらの作品の初刊本は、以下の四冊。いずれも仙花紙と呼ばれる粗悪な紙に印刷されたカバーもない単行本である。

双生児は踊る　民書房　47年9月
〔双生児は踊る／薔薇より薊へ／百面相芸人〕

醫　隆文堂　47年10月

〔醫／神楽太夫／蠟の首／詰将棋／消すな蠟燭／ペルシャ猫を抱く女〕

探偵小説　かもめ書房　48年10月

〔探偵小説／かめれおん／女写真師／アトリエの殺人／花粉／明治の殺人〕

殺人鬼　展文社　48年11月

〔殺人鬼／黒蘭姫／泣虫小僧〕

「生ける人形」は講談社の『新版横溝正史全集』第九巻（74年12月）に初収録。「刺青された男」「建築家の死」の二篇は、角川文庫で初めて単行本化された。「殺人鬼」と「黒蘭姫」は金田一ものであるため、

『双生児は踊る』
民書房版表紙

『醫』
隆文堂版表紙

本シリーズには入っていない。かもめ書房版『探偵小説』の「跋」は付録として項目を立てて収録したが、展文社版『殺人鬼』の「あとがき」は短いものなので、ここに全文を再録しておこう。

あとがき

こゝに収めたのは全部戦後に書かれたものである。左に掲載誌を書きしるしておく。

『殺人鬼』　りべらる　（昭和二十二年十二月号より 〃二十三年二月号迄）
『黒蘭姫』　読物時事　（昭和二十三年新年号より 〃三月号迄）
『泣虫小僧』サンデー毎日（昭和二十二年秋のスリラー集）

『殺人鬼』と『黒蘭姫』はともに三回分載ものとして書いたものだが、由来、探偵小説の三回物というものは、たいへん書きにくいものである。長篇ともつかず、中篇ともつかぬこの形式は、成功率のうすいものだが、しかしこの二篇はともに雑誌発表当時、かなり好評だったところを見ると、一応成功しているかと自負している。『泣虫小僧』とともに自分では好きな小説である。

昭和二十三年八月　著者

他に岩谷選書版『本陣殺人事件』（49年9月）に「探偵小説」と「消すな蠟燭」、東方社版『びっくり箱殺人事件』（55年6月）に「泣虫小僧」と「かめれおん」が、それぞれ併録されている。『本陣殺人事件』

の方は巻末に初刊本の青珠社版（47年12月）あとがきが再録され、その末尾に併録短篇についての付記がある。

尚、附録として附けた短篇二篇のうち、『探偵小説』のほうは戦後いちばん最初に書いた小説である。当時、私は探偵小説の鬼にとりつかれていて、いろんな小さなトリックを考えるのが面白くてたまらなかった。それらの小さなトリックをこゝに全部ぶちこんでみたのだが、この小説を半分ほど書いているところへ、若い人が三人遊びに来たので、すでに書いてある部分を読み、あとの腹案を話してきかせたところ、みんな面白がって、てんでにいろんな案を出してくれた。こういうトリックは大なり、小なり人の心をとらえるものらしい。『消すな蠟燭』のほうはトリック小説に、情緒を持たそうと試みたのだが、色盲というトリックがコンヴェンショナルで、われながらあんまり感心した出来ではないと思っている。

『探偵小説』
かもめ書房版表紙

『殺人鬼』
展文社版表紙

しかしまあ、農村を舞台にしても、結構探偵小説が書けるぞという、ひとつの見本みたいなつもりで書いたものである。

昭和二十四年三月十一日附記

作　者

鱒書房のアンソロジー『軽文学新書〈推理小説集〉2』（55年9月）に「探偵小説」が収録された際に付された「あとがき」は、岩谷選書版の「あとがき」から抜粋して細部に手を加えたものである。東方社の東方新書から刊行された『消すな蠟燭』（56年1月）は「消すな蠟燭」「女写真師」「神楽太夫」「蠟の首」「靨」「探偵小説」「花粉」の七篇を収録。この本に初めて収められた短篇はない。

それでは各篇の異同について触れておこう。「神楽太夫」は初刊時および講談社版『横溝正史全集』第三巻（70年3月）収録時に、それぞれ若干の修正があるので、これを活かした。また、同作が「別冊宝石」第三十八号（54年6月）に再録された際の自選コメント（無題）は、以下の通り。

この小説は終戦後、筆者によっていちばん最初に書かれた短篇で、発表されたのは仙台の河北新聞社から発行されていた、週刊河北の昭和二十一年三月号であった。

当時、岡山県の農村に疎開していた筆者は思いがけない方面から、絶えて久しい原稿の依頼があったので、大喜びで引受けた。そして、早速、執筆にとりかかったのが、のちに新青年に発表された「探偵小説」である。ところが、書きかけてみると「探偵小説」のほうはとても枚数が長くなりそうなので、一時それは筐底にしまっておくことにして、改めて想をかまえて書いたのがこの小説である。

いわばこれは疎開みやげみたいな小説で、当時、はじめて住んだ農村の風物に、たいへん興味を持っていたので、それを探偵小説に結びつけてみたのである。そういう意味でこの小説は、丁度そのころ書きかけていた「本陣殺人事件」の筆ならしみたいな習作である。


「醫」は角川文庫版で一ヶ所加筆があるが修正後の方が整合性があるので、これを活かした。「刺青された男」は初出では末尾の一文がゴシック体になっていたので初出の形に戻した。

「明治の殺人」は山県有朋への言及が減るなど小さな加筆と削除があった。「蠟の首」はラスト2ページ半にわたって大幅な加筆あり。「かめれおん」は傍点を追加するなど全体にわたって加筆あり。これらはいずれも初刊本での修正を活かした。

「探偵小説」では待合室に先着していた二人の設定に変更があるが、これも初刊本での修正を活かした。

なお、同作が「別冊宝石」第百十号（62年2月）に再録された際の「自選のことば」は、以下の通り。


昭和二十一年の春、仙台の河北新報社から当時出ていた雑誌から、二十枚の原稿執筆の依頼があった。仙台からとはまた妙なところから註文があったものだと思い、また、どうしてじぶんの住所がわかったのであろうかと不思議にも思った。当時わたしは岡山県の農村に疎開していたのである。

しかし、これが終戦後の初の原稿依頼でもあり、なんだか急に世の中が昔に戻ってきたような嬉しさも手伝い、かつまた農村のド真ン中に住んでいたこととて、食糧に不自由することもなく、いたってノンキに暮していた時分なので、断るに忍びず、とにかく引受けることにして書きはじめたのがこの小説である。もちろんこれは原稿の依頼をうけてから想を練ったわけではなく、ノンキな疎開生活のつれづれのあまり、あれやこれやと考えていた腹案のなかのひとつである。

もちろん、ものの五枚と書かないうちに、二十枚におさまるシロモノではないことには気がついていた。しかし、締切には充分間もあり、仙台のほうへはべつのものを二十枚に書くことにして（それが「神楽太夫」という小説であった）これはこれで書上げておこうとそのまま執筆をつづけた。

書上げてみたら八十枚になったが、これはそのまま篋底に秘めておいたものである。当時の雑誌の状態では八十枚というような長さのものは、当分陽の目を見ることはあるまいと思っていたら、案外早く「新青年」から六十枚までなら都合をつけるという依頼がありそこで全部を六十枚に書きちぢめていったものである。したがって文章にどっか寸づまりのところがあり、読み直してみて、そういう意味で満足できるものではないが、終戦後最初の作品という意味でこれを推した。

これの第一稿八十枚を書いている途中に城君から長篇の依頼があり、「本陣」がうまれたのである。

「花粉」の初出では、末尾に以下のような付記があった。

作者附記。この小説は放送物語として書下ろしたものに、若干の手を加えたものである。放送は七月中旬の予定であるから、諸君の中にはこれを活字で読むまえに、放送で聴いておられる方があるかも知れない。

（七月六日夜）

『消すな蠟燭』
東方新書表紙

『刺青された男』
角川文庫版カバー

『ペルシャ猫を抱く女』
角川文庫版カバー

「アトリエの殺人」は初出では本文中とラストの一文が原題「暗闇は罪悪をつくる」だったが、改題にともなって「光は罪悪を駆逐する」に変更されている。これは初刊時の変更なので、そのままとした。「女写真師」も初刊時に大幅な加筆修正がある。雑誌では全五節だったが、単行本で紙片の文句以降を第六節として独立させている。なお、「女写真師」のみ初出のテキストが入手できなかったため、同じ「にっぽん」の四九年五月増刊号に「深夜の抱擁」と改題して再録された際のテキストを参照した。

「ペルシャ猫を抱く女」は後に金田一ものの短篇「支那扇の女」(「太陽」57年12月号)に改稿された。この作品は、さらに六〇年に長篇化されている。

「消すな蠟燭」には若干の加筆、「詰将棋」には大幅な加筆あり。特にラスト三ページは全面的に改稿されている。いずれも初刊時の修正であるため、これを活かした。なお、「詰将棋」の初出テキストは光文社文庫『甦る探偵雑誌2 「黒猫」傑作選』(02年11月)で読むことが出来る。

「双生児は踊る」は重複の効果を狙った文章が角川文庫で削除されているので、これを復元した。この作品は後に改稿されて金田一ものの「暗闇の中にひそむ猫」(「オール小説」56年6月号)になっている。また双生児探偵の続篇に「双生児は囁く」(「漫画と読物」48年1~5月号)があるが、これは角川文庫には収録されず、九九年に『横溝正史〈未収録〉短編集　双生児は囁く』（角川書店）の表題作となった。前出の初出一覧にあるように「建築家の死」は戦前の作品だが、「真珠」四八年四月号（第五号）に再録されていることから、戦後作品と誤認されたものであろう。本シリーズは角川文庫版の構成を踏襲しているため、あえて他の巻に移すことはしなかった。
「生ける人形」は戦前作品「白い恋人」（「オール讀物」37年5月増刊号）の改稿版。原型は角川文庫『青い外套を着た女』に収録されており、本シリーズでは第六巻『空蟬処女』に収録の予定である。

付録として収録した戦後エッセイの初出は、以下の通り。

跋　かもめ書房版『探偵小説』48年10月
探偵小説への饑餓　「宝石」46年3月号
探偵小説闇黒時代　「ぷろふいる」46年12月号
私の野心　「真珠」47年4月号
探偵茶話（「ロック」版）　「ロック」47年7、12月号
探偵茶話（「真珠」版）　「真珠」47年10、12月号
十風庵鬼語　「探偵実話」52年6月号

このうち「探偵小説への饑餓」と「十風庵鬼語」は第一エッセイ集『探偵小説五十年』（72年9月／講談社）、「探偵小説闇黒時代」は第二エッセイ集『探偵小説昔話』（75年7月／講談社／新版横溝正史全集

18）に収録。それ以外は単行本未収録である。

岩谷書店の探偵小説誌「宝石」の創刊号に発表された「探偵小説への饑餓」は「サロン放談」というコーナーに水谷準（みずたにじゅん）、城昌幸（まさゆき）のエッセイとともに掲載された。「探偵小説闇黒時代」は熊谷書房の探偵小説誌「ぷろふいる」の戦後復刊二号目に掲載。「私の野心」は探偵公論社の探偵小説誌「真珠」創刊号に掲載。「探偵茶話」は筑波書林の探偵小説誌「ロック」の第十三号と第十六号、「真珠」の第二号と第三号に、それぞれ掲載。本書では初出誌ごとにまとめて収録した。「十風庵鬼語」は初出で著者の自筆をそのままタイトルに使っていたので、本書でもその趣向を踏襲した。雑誌から画像を再録しているので、若干見にくいかもしれないが、これはお許しいただきたい。

本稿の執筆にあたっては、浜田知明、黒田明、野村恒彦の各氏および世田谷文学館から、貴重な資料と情報の提供をいただきました。ここに記して感謝いたします。

本選集は初出誌を底本とし、新字・新かなを用いたオリジナル版です。漢字・送り仮名・踊り字等の表記は初出時のものに従いました。角川文庫他各種刊本を参照しつつ異同を確認、明らかに誤植と思われるものは改め、ルビは編集部にて適宜振ってあります。なお、今日の人権意識に照らして不当・不適切と思われる語句や表現については、作品の時代的背景と価値とに鑑み、そのままとしました。

横溝正史ミステリ短篇コレクション3

刺青された男

二〇一八年三月五日　第一刷発行

著　者　横溝正史
編　者　日下三蔵
発行者　富澤凡子
発行所　柏書房株式会社
東京都文京区本郷二－一五－一三（〒一一三－〇〇三三）
電話（〇三）三八三〇－一八九一［営業］
（〇三）三八三〇－一八九四［編集］

装　丁　芦澤泰偉
装　画　大竹彩奈
組　版　有限会社一企画
印　刷　壮光舎印刷株式会社
製　本　株式会社ブックアート

ISBN978-4-7601-4906-3